杀戮开关
Kill Switch

【美】尼尔·贝尔（Neal Baer） 【美】乔纳森·格雷（Jonathan Greene） 著

张兵一 译

献给始终与我同在的格里和卡莱布。

——尼尔·贝尔

献给罗宾、玛拉和约书亚——我的生命之光；
献给支持我的家人和朋友。

——乔纳森·格雷

致读者

　　这是一部小说，整个故事纯属作者想象之作品，绝非来自世上任何真实的事件。如小说中的人物与任何在世或去世的真人相似，则纯属巧合。

> "你当真是个非常灵敏的学生!"
>
> ——在阿尔弗雷德·希区柯克的作品《迷魂记》中,斯科蒂对玛德琳这样说。

序幕

1989年，罗切斯特。[1]

  你也看得出来，一场雷阵雨就要来了。愤怒的灰色云团正从安大略湖上压过来，空气中充满了潮气。虽然众所周知纽约州北部的冬天漫长而严酷，但是罗切斯特的居民会告诉你，同冬天里十小时内降下一尺厚的雪相比，夏日里的一场雷阵雨能在十分钟之内造成更大的破坏。而眼下正是1989年夏季的三伏天，在公园大道地区伯特街55号那幢殖民时期白色大房子的车道上，两个八岁的小姑娘正在跳绳，并没有发觉雷阵雨即将来临。

  黑头发的小姑娘就住在这幢白色大房子里，她先看到了那辆车——一辆闪亮的白色"宝马"车，正向她们疾驶而来。"宝马"突然在车道前猛然刹住，车轮摩擦着地面发出刺耳的声音。一个身穿马球衫和短裤的四十八九岁男人从车里跳出来，脸上流露出十分焦急的表情。

  男人说他是温斯洛先生，必须同她们谈谈。黑头发的小姑娘眨了眨眼睛，后退一步，心中有了一种不祥的预感。温斯洛先生转向黑头发小姑娘的朋友艾米说，他是同她爸爸一起工作的同事，然后急切

---

[1] 美国纽约州门罗郡工业城市，位于安大略湖南岸，是纽约州第三大城市。

地告诉她，她爸爸遭遇了一场严重的事故，开车穿过那个臭名昭著的立交桥建设工地时，一堆钢筋混凝土建材倒下来，正好砸到了他的车上。温斯洛先生说她爸爸已经被紧急送往斯特朗纪念医院，自己是来接她到医院里去的。

艾米立刻哭了起来，并且立刻跟着温斯洛先生向"宝马"车走去。然而，黑头发的小姑娘却隐约感到这件事有些蹊跷，她不假思索地问温斯洛先生是谁派他来的。

温斯洛先生一怔，显然没有料到她会提出这样的问题。他看了黑头发的小姑娘一眼，回答说是他的老板派他来接艾米的。艾米也说她认识温斯洛先生，没事的。

但是，黑头发的小姑娘仍然无法摆脱心中疑虑的感觉。她想起了妈妈经常对她说的话，说她总是提出这样或者那样的问题，这个坏习惯总有一天会让她吃苦头的。然而，这个黑头发的小姑娘就是想知道更多的事情。

所以，她又问温斯洛先生，既然他是直接从工作岗位上来的，为什么没有穿着同艾米爸爸一样的工作服？温斯洛先生回答说，那是因为老板打电话的时候，他正好离这里不远，开车很快就能到。

接着，她又问道，他怎么知道艾米没在自己家中而是在这幢房子前玩耍？

温斯洛先生重重地吐出一口气，告诉她说他的老板已经事先给艾米的母亲打过电话，是她告诉老板说艾米约了朋友一起在这里玩。然后，他迅速拉开了"宝马"车的后门，对艾米说他们必须马上去医院。

但是，黑头发小姑娘提出的这些问题却让艾米产生了怀疑，她说她要先到小伙伴家里给妈妈打个电话问一下。

于是，黑头发的小姑娘转身向大白房子跑去，她以为艾米会紧跟在她的身后，但是却突然听到了一阵急促的脚步声。

她回头一看，正好听见艾米发出一阵尖叫声，只见温斯洛先生已经双手抱起了她，几步冲到"宝马"车前，拉开副驾驶位置的车门，把艾米塞进了车里。

黑头发小姑娘也尖声大叫起来，但是她的叫喊声却被突然爆发出的一连串雷声和密集的雨声所掩盖。雨水很快湿透了她的衣服，但是她已经吓得不能动弹，只是呆呆地站在原地看着白色"宝马"车疾驰而去。

第一部

第一章

今日

无论哪一天,纽约市里克斯岛惩戒基地的十座监狱里都关押着15000—18000名囚犯,这里也因此成为全世界规模最大的流放地。在这里的囚犯中间,约3000人是精神病患者,这一庞大的数字使里克斯岛成为全美国最大的精神病患者集中地,同时也成为初出茅庐的司法精神病学家克莱尔·沃特斯研究犯罪心理的最佳地方。

克莱尔走到今天这一步已经花费了整整十年的时间。在哈佛大学医学院完成四年的学业之后,她又在马萨诸塞州总医院精神病科担任了数年住院实习医生,这里是全美国精神病专业学子最佳和最热门的实习地点。因为她的愿望是从事对罪犯大脑的解剖分析和研究,所以离开马萨诸塞州总医院以后,她又加入了美国国家卫生研究院的一个极富声望的研究计划之中。

但是,日复一日地把神经元灰质一片片地切下来并将切片一一染色整整三年之后,并没有帮助她寻找到她渴望的答案。她终于意识到:她必须重新回到精神病患者中间去。现在,她正从事一个犯罪心理学奖学金研究项目,即将开始最后一个阶段的培训工作,在这个阶段中,她要直接对人类难以想象的最严重和最扭曲的犯罪大脑进行治疗。

在绝大多数日子里，克莱尔都素面朝天地出现在精神病患者面前：深棕色的头发垂直披在肩上，额头上的刘海儿刚好遮住那双充满疑问的绿色眼睛；她从来不抹口红、不涂眼影、也不戴假睫毛——总之，任何可能让人注意到她的美貌的饰物都一概弃之不用。无论在地铁上、在星巴克咖啡店里还是走在大街上，她都是一个毫不起眼的女人，轻易地融入了人群之中。

但是，今天却与往日不同。她通常穿在身上的柔软、舒适的旧牛仔裤和常见的平底鞋不见了，代之以一套崭新的橄榄绿"DVF"[1]女西装和一双黑色"鲁布托"[2]高跟鞋，而按理说这两样东西都是她买不起的。鞋跟从红色鞋底探出，在里克斯岛监狱斑驳的水泥地面上发出节奏鲜明的"咔咔"声响，持续回荡在土棕色的煤砟砖墙之间，每一步似乎都在提醒她自己再也无处可藏。身上的纯毛西装让她感到很难受，当时买下它的时候她到底是怎么想的？7月的纽约总是那么炎热而潮湿，而通向囚室区的狭窄走廊里又空气污浊，充满了一股长期没有洗澡的男人们的臭气。

克莱尔今天之所以穿上了这样一身行头，是为了给她的研究项目的主任、现在正走在她身旁的保罗·科廷医生留下一个良好的印象。虽然热浪逼人，身穿"阿玛尼"蓝色细条纹西装的科廷医生却显得十分清爽宜人。科廷已经55岁，满头波浪似的银色头发和一双蓝灰色的

---

1 黛安·冯芙丝汀宝（Diane von Furstenberg），美国著名时装设计师，1999年当选美国时装设计师协会总监，2005年获得该协会颁发的终身成就奖。其创立的DVF品牌在全世界时装界享有极高的声誉。

2 法国著名鞋子设计师克里斯提·鲁布托（Christian Louboutin）所创世界知名品牌，以时尚、高雅、舒适、性感闻名遐迩，红底鞋是其招牌标志。

眼睛非常引人注目。克莱尔身高1.74米，已经超过了女人的平均高度，如果加上高跟鞋的高度则更高，但是身旁的科廷不仅身高达到1.89米而且体格十分健壮，仍然比她高出了一大截。

克莱尔每次同新病人第一次见面之前都会感到紧张，而现在科廷医生又正密切地关注着她的一举一动，这一来就使情况变得更糟。她想把自己的注意力集中在他刚刚交给她的案卷上，但是她的头发今天却不争气，总是在她眼前晃来晃去，挡住了她的视线。虽然她本人天天跑步，身材苗条而且健康状况极佳，但是要跟上这个男人的步伐却相当困难，他好像一门心思要让她明白：他才是一个每年参加纽约市马拉松长跑比赛的三项全能运动员。

她禁不住在心中嘀咕：*我倒想让他也穿上这样一双可笑的高跟鞋，一边走路一边读案卷试试。*

"他的名字叫托德·昆比，"科廷说，他的声音从她头顶上方约半尺高的地方传来，"因强行触摸罪被判一年监禁，现在已经服刑十个月。"

"他到底干了什么？"克莱尔一边翻看案卷一边问道，每往前一步心情就更加紧张一分，但是又下定决心不让紧张的心情流露丝毫。她暗暗告诫自己：*我们同昆比见面之前仅剩几分钟他才把这个案卷交给我，就是想看看我是不是确有真才实学。*

"他在一帮女秘书面前脱下了自己的裤子。"

"在她们的办公室里吗？"

"在一次晚宴上。当时她们刚刚点了一盘炸马苏里拉奶酪条，昆比就当众脱下了他的裤子。"

"这属于不雅裸露行为，不是强行触摸罪。"克莱尔说。

"在纽约州，这种行为被称作'公开淫荡罪'，沃特斯医生。当时，其中一位女士指着他两腿间说他那玩意儿太小，于是昆比先生就企图强迫她用嘴巴尝一尝他那小玩意儿，这可就越线了。"

这时，一名狱卒为他们打开了一扇安全门，克莱尔对科廷医生话语中的幽默感勉强挤出一个微笑，两人一起走进了囚室区。克莱尔把注意力转移到了案卷中的一些陈旧剪报上，在一份爱荷华州《独一无二日报》的头版上，通栏大标题写着"巡回游乐场杀手被判终身监禁"。这篇1985年的新闻报道同时刊发了两张照片，其一是贝丝·昆比离开法庭时的照片，照片上的女人三十八九岁，身上穿着宽松的连衣裤，长相迷人；另一张照片上是贝丝年仅九岁的漂亮儿子托德·昆比，两名警官正在安慰这个孩子。克莱尔心里想，贝丝残暴的行径毁掉了她亲生儿子的正常生活，这个杀人的婊子是否曾因此而感到过丝毫的内疚呢？

"喔！喔！嗨，美人儿，让我爽一把。"

"把那只小猫咪带到我这儿来，我让她舒服个够。"

克莱尔抬头一看，十多个囚犯正站在牢门后向她挤眉弄眼，她不知道对这些污秽的叫春之举应该如何应对是好，是若无其事地笑一笑还是冷眼相对。*都是些笼子里的小白鼠，我对它们可见得多了。*

"别理他们，"科廷平静地说，"这帮家伙，就算是自己八十岁的老祖母来了也会被他们强暴的。"

克莱尔已经清楚地意识到了她和科廷的差别：她是那么手足无措，而他却是那么神态自若。

"这是昆比先生第一次犯罪吗？"科廷问道。

克莱尔知道这又是一次对她的突然测试，他其实早就知道答案，只是想再次试一试她的能力。她翻了翻手中的案卷，很快找到了需要的信息。

"不是。他早有前科，而且不少：非法拥有可卡因、摇头丸和冰毒；非法进入他人土地或房屋；四级骚扰；三级性侵害……"

"那么，这就是告诉我们说……"他不苟言笑地追问道。

"嗯，看似轻微的不轨行为正在发展成为最终的性犯罪，这预示着一个强奸犯即将出现。"克莱尔回答说。

"一个潜在的强奸犯，说得不错。"科廷评论说，"而你的工作就是要阻止他成为一个强奸犯。"

他们转过一个墙角，来到另一道安全门前，门上写着"北医务室——精神病区"。科廷伸手按下了一旁的蜂鸣器。

"科廷医生和沃特斯医生。"说着，他举起自己的身份徽章凑到头顶上方的保安摄像机镜头前。蜂鸣器响了一声，科廷拉开安全门走了进去，却并没有为克莱尔扶住门。好在克莱尔及时伸出手，挡住了即将关闭的门。她针对自己的这位新导师立的案又多了一个新证据。罪名：一级怪癖罪之包含轻罪[1]——傲慢的混蛋。

其实，克莱尔在内心里对科廷的行为非常理解。她想起了自己在整个学生生涯中所遭受过的侮辱，每一个医生都不得不经历这样一个被人羞辱的阶段。她同其他人一样，经过了无数艰苦的努力才以几乎全班最优异的成绩从医学院毕业，但是这并不能使她免于被人羞辱的遭遇。她仍然清楚地记得她刚到医院实习时发生的一件事情：护士们告诉她说，

---

1 在英美刑法中，"包含轻罪"指与一项更为严重的罪行具有包含关系的较轻罪行。如"盗窃罪"就包含在"抢劫罪"之中，两者都具有非法剥夺他人有形财产的特性，而在对被告人所犯较严重罪行进行审判时，不能判决其同时犯有较严重的罪行和包含在严重罪行之中的较轻罪行。但是，如果陪审团认为对该项较严重罪行难以定罪时，则可以以其证据确凿的"包含轻罪"定罪。也就是说，如果以抢劫罪对某被告人进行审判，其抢劫罪的证据并不充分而盗窃行为却证据充分时，则陪审团可以以其"包含轻罪"——"盗窃罪"定罪。

每个来精神科实习五年的住院医生都必须亲自为无家可归的幻想症病人洗澡。于是,她便天真地去为一个患者洗澡,结果却听见那几个护士在门外得意地"哈哈"大笑,说她"傻乎乎地信以为真了"。

成才路上这些痛苦的仪式她都一一熬过来了,跌跌撞撞地完成了住院实习期。然而,当实习期终于结束了的时候,她却觉得若有所失——她对人类大脑的黑暗深处仍然知之甚少,还难以完全承担起对患者应有的责任。于是,她决定申请全美国最负盛名的国家卫生研究院的研究奖学金,她的申请立刻就被通过了,从此开始了对神经元在暴力行为中的基础作用以及对精神疾病同犯罪行为之间的密切关系的研究。她已经诊治过数百例患有抑郁症、躁狂症和精神分裂症的病人,几乎囊括了精神疾病的各个方面,因此她坚信是人类大脑中的化学和结构异常导致了迫使许多人犯罪的脑脉冲。

吸引克莱尔·沃特斯的病例都是被大多数精神病医生视为无可救药和毫无希望的病人,他们的大脑显然都已经无法修复。眼下,当她从一间间囚室前走过、飞快地打量着铁窗后每一个男人的脸的时候,她心中却固执地想着:*他们并不是不可救药的病人,而是我们向他们提出的问题是错误的。*她决心在自己的研究中找到正确的问题,以一种开创性的方式对待精神病患者——把他们视为既不知恐惧为何物又不知他人会恐惧的个体,而不是把他们视为毫无良心的邪恶机器人。克莱尔认为,精神病院里的许多病人早在童年时期就有过虐待动物或者欺凌其他孩子的问题,那是因为他们患有严重的注意力缺陷症,虽然不是完全不能对可怕的局面产生反应,但是却相当困难。也许——我们姑且做出这样的一个假设——克莱尔和她的同事们可以重新设计他们大脑中的电路图,使他们能够意识到别人的恐惧,这样一来,一旦他们获释走出监狱大门,才可以防止他们继续犯罪。

正是因为这种开创性的工作使克莱尔引起了科廷医生的注意。他以极富诱惑力的诱饵把她从国家卫生研究院招募到了自己的麾下——为她提供业界趋之若鹜的高额奖学金，同时提供研究他称之为"精神麻风病患者"的机会。结果是，她吞下了这个诱饵。

"我想修复他们的大脑，即便是不能修复，至少也要懂得他们的思想，"他们在她位于华盛顿特区的实验室第一次见面的时候，克莱尔就是这样对科廷说的，"就像我们谁也无法选择我们的父母和孩子一样，他们也无法选择成为一个精神健康的人。"

"如果你真想成就一番事业，那么就跟我走，"他对她说，"在我的研究项目中工作三年，比你在任何国家实验室埋头工作十年所帮助的病人都要多得多。再说了，一旦你完成了我的研究项目，就等于为你自己拿到了一张万能的通行证，想去哪儿工作都会一路畅通无阻。"

*她将使更多的人得到帮助。*科廷的话始终回响在她的脑海里，因此她接受了他的提议。然而，眼下在这所监狱里，科廷却毫不留情地向她提出了一个又一个问题，就好像对待一个医学院一年级的学生。她现在总算想明白了，他就是要故意刁难她。

克莱尔想好了，她一定要在这场游戏中打败科廷；无论他还会使出什么样的招数，她都会时刻准备接受挑战。

"你还能告诉我一些有关昆比先生的其他情况吗？"科廷紧接着又提出一个新问题。他仍然自顾自地大步往前走，毫不顾及已经落在他身后的克莱尔。是她应该跟上他的步伐，她现在的日子不好过。她告诫自己再走快一些，脑子也要转得再快一些，一定要及时找到科廷需要的答案。

"昆比的母亲被判刑之后，"克莱尔回答说，尽量不低下头去看手中的案卷，"法庭把他的监护权交给了他的祖母。她把他带回纽约同她一起生活，就住在昆比父亲儿时住过的同一间公寓房里。"

"学习成绩如何？"科廷继续道。

"全部是'D'，没有上过大学。"

"就业情况呢？"

"都是一些低下的职业，"克莱尔回答，"洗碗工、看门人、保安员等。六年前首次被捕，被捕前是出租车司机，被捕后出租车驾照被吊销。从那以后，大部分时间都在监狱里进进出出。"

"社会关系如何？"

"独自住在纽约附近的阿尔法城，一直未婚。"

"心理治疗的情况？"

"案卷中没有狱中治疗的记录。"

自从来到里克斯岛之后，她的目光第一次与科廷的目光相遇。从他脸上的表情看，克莱尔以为他一定会因为自己拿不出具体的答案而大为光火。但是，科廷却选择了另一个目标。

"你当然没有记录，"科廷说，"因为他们仍在让囚犯自己管理精神病人。"

克莱尔知道，科廷提到这种过时的理论并不仅仅是为了说明这里的客观现实。实际上，这同科廷的一种理论有关，从一开始克莱尔就觉得他的这种理论绝不是从其表面上看来那么荒诞不经。作为他的坚信者，克莱尔赞同这个理论并且敬佩自己的这位导师。

七年前，纽约市同国内最大的赢利性监狱医疗服务提供机构签订了合同，由他们管理里克斯岛的医务室。这家机构认为，对病人最好的治疗方式就是为某些囚犯支付每小时三十九美分的报酬，让他们去防止同囚室的其他囚犯自杀。其结果是，在短短六个月的时间里，里克斯岛监狱就发生了六七起"上吊自杀"事件，创造了全美国在押囚犯自杀的最高纪录。

在这种情况下，科廷的影响力迅速攀升。他作为这方面的专家已经出版了两部专著，阐述自己在法医精神病学上取得的开创性研究成果。这两本书不仅都热销了数十万册，而且使他成为了美国有线电视网的电视明星，他经常出现在热门电视节目《电视法庭》中，对关注度高的刑事案件审判工作发表意见。科廷具有天生的黑色幽默感，即使在对诸如厌食症和恋尸癖这样可怕的问题进行探讨的过程中也能让观众发出笑声，这使他成了一个颇受观众追捧的电视脱口秀明星，无数次出现在戴夫·艾伦、杰伊·雷诺和奥普拉·温弗瑞等人主持的著名脱口秀节目中。在短短不到十年的时间里，科廷已经成为名声大噪的"法医精神病学的奥兹博士"，或者像精神病学界反对他的人所说的——"为连环杀手说话的杰米·斯普林格[1]"。

但是，如果追问反对者对科廷电视节目的看法，他们也承认他在业界确实是一个颇有谈话技能的表演人才，其访谈节目确实收到了不错的效果。在一些州里，许多因精神疾病而犯下谋杀罪的被告人因此保住了性命，而过去他们往往都被判处了死刑。科廷诚实公正的态度也是无可置疑的，一些讼棍们曾经多次企图诱使他接受委托人提供的虚假精神病证据，而他却一次又一次证明了自己不仅是一个收费高昂的辩护律师，如果委托人提供虚假证据他会拒绝使用，在每一起案件

---

1 杰米·斯普林格（Jerry Springer），美国著名脱口秀节目主持人，爱说脏话和色情语言，英国广播公司播放其节目时曾经引起过不小的争议。

中，他也会对被告作出不利的证明。

然而，科廷职业生涯中的刚正不阿却源于他内心深处的一种理念：他相信通过消除精神病患者大脑深层的致病根源，就能有效防止他们犯罪。对于这个理念，他是有充分的实验室数据可以证明的。

科廷认为，里克斯岛监狱犯人居高不下的自杀率是对人间道义的扼杀，是他所钟爱的这个职业的失败尝试。他深知，里克斯岛监狱精神病区中的绝大多数囚犯从未有过暴力犯罪的前科，他深信通过早期介入治疗就能够防止他们走向暴力犯罪。于是，他利用自己的名声对政治家和官僚人物展开了大量的说服工作，同时主动为媒体提供服务，使他们确信他主持的奖学金研究项目中的学生们一定能够改变里克斯岛目前的可悲局面。正在接受纽约州和联邦政府调查并陷入严重公共关系危机的纽约市政府，自然无法拒绝他所提出的建议。

五年后，里克斯岛监狱的囚犯自杀率降到了历史最低点，而经过科廷治疗的病人重新犯罪的比例也仅仅是该监狱犯人重新犯罪率的十分之一，甚至连狱中在押犯人的数量也大大减少了，因为科廷成功地说服当局对大多数犯人实行了有条件假释。他提出的条件有两个：一是他们必须继续接受精神病治疗；二是必须继续服药。现在看来，他的这个计划已经奏效，而其成功也确实在很大程度上要归功于参加他奖学金研究项目的那些杰出学生。

两人在写着"患者会见室"的门前停下，克莱尔·沃特斯知道她的机会来了，她必须向科廷证明她有资格置身于他的杰出学生之列。这一重要时刻的到来既使她担忧又使她期盼不已，在过去几乎十年的时间里，正是这种期盼给了她奋力前行的动力。她努力把喜悦和恐惧的心情掩藏在自己脆弱的镇定表情之下，而心里也相信自己定能顺利

15

通过这一关，因为她天生就具有一种让人感到精神舒缓的能力，能够轻易从病人的大脑中掏出他们最黑暗的秘密，就连那些第一次见到她的病人也会立刻感觉到她真诚的同情心，从而向她敞开自己的心扉。她下定决心，要在科廷面前充分展示出自己同那些最为病入膏肓的灵魂的交流能力。

"你即将开始的工作是任何一个精神病医生都从没做过的事情，"科廷警告她说，"我和菲尔伯恩医生会在一旁密切地关注你。"

"我知道。"克莱尔回答。

"准备好了吗，医生？"科廷问。

"是，长官。"她回答。

科廷微微一笑。

"那就去吧，搞定他。"

第二章

克莱尔走进没有一扇窗户的"患者会见室"后，坐在金属桌前的托德·昆比扬起了头看着她。墙角的一把电扇吹来阵阵温风。克莱尔对昆比的第一感觉是：*奇怪，他看上去并不像一个猥亵之人。*在昆比那张男孩般的脸上，为什么没有留下任何情感创伤的痕迹？他面容清瘦，但是并不憔悴，脸上多少还有些肉。他留着一头赤褐色的短发，布满雀斑的脸上长着一双引人注目的绿眼睛。

"你是个心理医生？"他心不在焉地问道。

他的双眼紧盯着她，这使她想起了在精神病科住院实习时学到的第一课：眼光低垂或者看着别处的病人对你不感兴趣，而直视着你眼睛的病人希望得到帮助。这就像男女之间的第一次约会，双方彼此打量着对方。克莱尔观察着昆比眼睛里来回移动的目光，他慢慢向下把目光停留在了她的双手上，然后又抬起头注视着她的眼睛。她立刻意识到：*他正在观察我的肢体语言，寻找我的弱点*。这对她有利，她是不会让他看透她的心思的。

"我是沃特斯医生。"她回答说，希望同时向他传达出自己的权威性和同情心，却又对自己是否确实达到了这样的效果没有把握。"在你假释期间，我会是你的治疗医师。"

"没人跟我说过假释的事情。"

克莱尔敲了敲手中的案卷，"这里面说，你已经具备了假释的条件，所以现在就该由我来接手了。"她在金属桌前坐下来，面对着昆比。头顶日光灯的灯光从光滑的桌面反射到昆比的脸上，为他蒙上了一抹幽灵般的神色。

"我不需要新的心理治疗医师。"

"如果你想离开这里，你就需要。"

"我现在已经准备好了，同你谈话并不会让我准备得更好。"

"也许吧。但是，我们谈完之后我会写一个报告，我们称之为'*出狱评估*'，假释委员会会根据我的评估决定你是否能够获得假释。"

"这么说，如果你说我不够格，又会怎样？我可以在这里再待两个月，一觉醒来也就过去了。"

现在，轮到克莱尔紧盯着他的眼睛了，她看得出来，他虚张声势不过是想极力掩盖心中的害怕。她告诉自己说：*要好好地利用他这种心理。*

"如果能出去，你不希望再回到这里，对吗？"

"谁会希望回到这里？"

"这得由你来告诉我。你被关进这里几次了？"

"四次。"

"还想再回来吗？"

"上次那个心理医生就对我说了一大堆软硬兼施的废话。这对我不起作用。"

然而，她的话显然已经起作用了：他开始坐立不安。克莱尔告诫自己：*慢慢来，一步步引诱他。*

"托德，你应该配合我的工作。这对你没有任何损失，反而可以得到两个月自由的生活。"

"除非你对我说的话感到满意。"

克莱尔俯身向前，两眼直视着托德鼓励道："那我们就试一试。"

昆比脸上流露出一丝扭曲的笑意。很少有女人这样对他说话。

"我们从哪儿说起？"昆比问。

"直接进入主题。"克莱尔的耳朵里传来科廷的指示。他正坐在离他几米远的另一个房间里，通过三台监视器观察着她同昆比的谈话。两个隐蔽摄像头分别对着她和昆比的脸，第三个隐藏在天花板的一个角落里，从上方俯瞰着整个房间。

"她正设法让他平静下来，保罗。"一个女性的声音从科廷身后传来,"她干得不错。"

这声音来自洛伊斯·菲尔伯恩医生——曼哈顿城市大学医学院精神病学系系主任,她不仅是科廷的老板,而且恐怕还是这个世界上唯一一个对科廷具有影响力的人。菲尔伯恩医生五十多岁,衣着打扮倾向于年轻人,喜欢穿一身CK名牌时装,嘴唇和指甲都涂成暗红色,大概是因为颜色太深了,科廷在背地里总是把她称作"吸血鬼"。虽然她是个以铁腕手段管理其研究项目的人,但却非常清楚科廷的团队正是她手中可以画龙点睛之人,因此,她虽然与他保持着一定距离,但是对他招收的每一个新弟子都要亲自进行观察。

"她这是在向他献殷勤,如果不及时找到突破口,她就会彻底失去他。"科廷对菲尔伯恩说道。

这时,监视器里传来了克莱尔的声音:"你还是孩子的时候,就经历了太多的心理创伤。"

菲尔伯恩看了科廷一眼,发现他正不无得意地微笑着。她和科廷都清楚,克莱尔正在取得节节胜利。这也是科廷的胜利,这一时刻让他欣喜不已,这说明他对克莱尔的直觉是正确的——把她引进到这个研究项目中来是一个正确的决定。

"你们这帮人为什么总要追究别人儿时的事情?"昆比问克莱尔。

"三岁看到老,正是儿时的经历成就了现在的我们。"

"我看不出来讨论过去的问题有什么必要。"昆比回答说,猛地把坐着的椅子向后顶了一下。

"你必须跟我讨论那些问题,因为你母亲当年当着你的面谋杀了你的父亲。"

"有其父必有其子，我们都是因为两腿之间的那玩意儿而惹了不少麻烦。"

"其实你很清楚，事情并不是像你说的那么简单，"克莱尔俯身向前说道，"告诉我那天发生的一切。"

"我不记得了。"

"不记得了，还是不想回忆？"

"要是你，你想回忆吗？"昆比也俯身向前，毫不退让地回答。

"要是我，我会以继续我的生活为重。"克莱尔两眼紧紧地盯着他，一刻不停地继续道。

"我哪里还有什么生活。"

"为什么没有？"

"你说是为什么？"

"是因为你害怕。"克莱尔说。两人的脸现在相距只有几寸远，她可以闻到他口中散发出来的带有薄荷味的热气。她暗想：他来这里之前肯定先刷过牙。

"胡说八道。"昆比一边嘟哝一边低下了头。

不过，这时克莱尔注意到，他的上唇上方出现了一串汗珠。她想：*他才是胡说八道。是出击的时候了。*

"那天怎么样，托德？"

"嗯？"昆比抬起头，"我刚才说过，我不记得了。"

"我问的是天气。那天的天气怎么样？晴天还是雨天？"

"天气怎么样又有什么关系？"

克莱尔把身体靠在椅背上，给他留出更多的空间。她告诉他说："我是在帮助你回忆。"

"这没有用。"

"闭上你的眼睛。"

"为什么?"

"为什么不试试?"

昆比有些犹豫,说:"这太荒唐了。"

"试试看再说,"克莱尔温和地说道,"那天的天气怎么样?"

"谁会在乎天气怎么样?"

"我在乎。来吧,拿出点儿幽默感。"她把头略微偏向一边,希望这样能给他一种感觉:她并不是在对他进行评判。他终于闭上了眼睛。克莱尔立刻感到兴奋不已,但是却告诫自己决不能让昆比看出她此时的心情。

"我看不到天气的情况。"他回答说。

"那么听见什么声音了吗?无论什么声音?"

"我听见了音乐的声音——手风琴发出的声音……"他的身体开始不由自主地晃动起来。"就是游乐场播放的那些乱七八糟的东西。"昆比说,听得出来他想尽量控制住自己的声音不要颤抖。

克莱尔知道,她已经接近成功了。

"还听见别的什么声音了吗?"克莱尔轻声问。

"'砰'、'砰'、'砰'、'砰'、'砰'、'砰'、'砰'、'砰'、'砰'。像是放烟火的声音——但那不是晚上啊。"

克莱尔又俯身向前,凑到他的耳朵旁悄声道:"你闻到什么气味了?"

"棉花糖、热狗,还有爆米花的焦糊气味。"

一开始,他以为自己闻到的是爆米花的焦糊气味,但是很快他就意识到那其实是火药的气味，还有烧焦的肉的气味和血腥的气味。

那一瞬间，克莱尔闻到了雨的气息。

她可以从他脸上看出：记忆正从昆比的潜意识和意识之间渗透出来，而且越来越多。他自己并没有意识到他放在身体前面的双手正在相互敲打着十指，就像一个孤独症患儿经常做的那样。

"'砰'、'砰'、'砰'、'砰'、'砰'、'砰'、'砰'、'砰'、'砰'。"他又吐出了一连串的象声词，声音越来越大、速度也越来越快，就好像在游乐场里玩他最喜欢的游戏——飞镖，气球一个接着一个被他扔出的飞镖扎破了。

他站起来离开椅子，背靠着墙向会见室的一个角落慢慢挪过去。克莱尔也立刻站了起来，不知道昆比想干什么。但是，紧接着她就明白了：*他根本看不见我，他只看得见那天发生的事情。*

她知道：她搞定他了。

在隔壁的观察室里，科廷和菲尔伯恩也站了起来。

"我去叫警卫来。"菲尔伯恩对科廷说。

"不用，"科廷说，"她没有危险。"

"要是他突然精神错乱怎么办？"

"他还没有过精神错乱的记录。"

他们在监视器上看到，昆比站在会见室的角落里，记忆像一副越来越沉重的担子压在他的身上，他靠在墙上的身体渐渐支持不住，慢慢滑到了地板上。克莱尔站在自己的椅子旁边，正仔细考虑下一步该怎么做。

"她不知所措了。"菲尔伯恩说出了心中的忧虑。

"给她一个机会,洛伊斯,"科廷对她说,"她还没有失望。还没有。"

接着,科廷对着监视器发话了。

"克莱尔,走过去,"他低声道,"走到他面前去。"

昆比全身发抖,大汗淋漓,既不知道自己身在何处,也不知道自己是怎么来到这个地方的。但是克莱尔知道,就好像一个找到了自己的天职的人那样得心应手;她意识到,这就像自从二十年前温斯洛先生把车开到她家门前那可怕的一天起,她就能看穿他和别人的心思一样。现在,她的直觉格外敏锐,她慢慢地、不带任何威胁地向双手抱膝蜷坐在地上的昆比走过去。

他母亲用手捂住了他的嘴巴。她身上溅满了鲜血。他看见了,也闻到了,他无法呼吸。

"你是谁?"他声音颤抖着问道。

"我是沃特斯医生,托德。你明白我说的话吗?"她问他,伸出一只手放到他的肩膀上。

她的触摸使他慢慢平静下来,她的声音这么温柔,他几乎听不见她说话。她又向他伸出了一只手。昆比握住她的手,在她的帮助下从地上站起来,并用一种多年没有感受过的信任看着她。

她用手轻轻推着他的后背,把他带回桌前。透过松松垮垮穿在瘦削身体上的连衣裤,科廷感觉她那只手如芒在背。他在椅子上重新坐下来,克莱尔抓住自己的椅子,拉着它绕过桌子来到科廷身边坐下。

"告诉我那天到底发生了什么事情,"她一边说一边在椅子上坐下来,心里很清楚他已经准备好讲述那个故事了,"你刚才看见了什么?"

"我并没有看见，"他立刻回答道，"我只是听见了。'砰'、'砰'、'砰'、'砰'、'砰'、'砰'。"

"就像是枪声？"

"是，就像在游乐场的射击棚里使用的那种老式的'汤普森'气枪发出的声音，"昆比说道，情绪已经开始松弛下来。"好像装着一百发BB弹，听起来就像真的一样。"

克莱尔想：他要退缩了。我差一点儿就制伏了他，而现在他又不想回忆往事了，不过，至少他还停留在游乐场里。

"你喜欢去游乐场。"她要把他稳住。

"我喜欢用'汤普森'气枪射击。"昆比回答说。

"你妈妈会带你去？"

昆比抬眼看着她，眼睛眯成了一条缝。"从来没有过。那个婊子从我出生的那天开始就一直诅咒我。"

昆比根本没有意识到他会脱口说出这样的话来。现在我抓到他了。克莱尔紧追不放，继续道："你认为你母亲恨你？"

"你跟其他心理医生没什么两样，"昆比说，"我并不是那种想要糟蹋自己母亲的疯子。"

"我没有说过你是那种人，"克莱尔平静地回答，"我只是想知道你为什么会有那样的感觉。"

她的话让昆比冷静下来。他说："是因为苍蝇拍的事情。"

"她用苍蝇拍干什么了？"

"打我。"

"打哪儿？"

"我的生殖器。她还说：'打你这只龌龊的小苍蝇。'"

他母亲虐待他。这个想法让她的思绪游离,艾米……温斯洛到底对你做了什么可怕的事情?

她始终都没法停止想象她最好的朋友在生命最后几个小时里的遭遇,还有她必然感受到的巨大恐惧。对克莱尔而言,这件事就是一个对她的诅咒,伴随着她的天赋才能而来,这段刻骨铭心的记忆不仅驱使她成了一名心理医生,同时也让她无法全情投入与病人的交流。

"你在听我说话吗?"昆比的话把她从回忆中拉了回来。

"是的,我在听。你母亲打你。"她回答说,重新把注意力集中到昆比的身上。

"打我算得了什么。有一次,妈妈对我说:'哪天我非得把你那个小鸡鸡剪下来,我倒要看看你会成为一个什么样的男人。'"

"这种事情经常发生吗?"

"每次我做错了事,她都会打我。"

"你对其他人说起过这些事情吗?"

"她说过,如果我告诉别人,她就会让我吃更大的苦头。她还说,她是一个护士,知道怎么痛打我而又让人看不出来。"

"你难道没有想过找你父亲保护你吗?"

"他一年里有八个多月都在路上奔波,所以我认为他根本不可能保护我,但是我想错了。"

"这么说,他发现了你母亲虐待你?"克莱尔说着挪了挪椅子,使自己靠他更近些。

"当时我六岁。一天爸爸走进家里,发现她正在打我,而且那一次比平常打得更狠。"

"你怎么笑起来了?"克莱尔问他。

昆比根本没有意识到他脸上出现了笑容。

"我在想爸爸当时的反应。"

"他做什么了？"克莱尔问，禁不住瞪大了眼睛。

"他一把从妈妈手中夺过苍蝇拍，然后就用它打她。'你怎么干得出这种事？'他问她，然后又抓起一根擀面杖。'他只是一个小男孩，'他一边说一边用擀面杖狠狠地揍她，一下、两下、三下……"

昆比挥手模仿着父亲的动作，脸上仍然带着似笑非笑的表情，克莱尔不得不把心中涌起的厌恶之情强压在心底。一个六岁的孩子竟然如此欣赏自己的父亲痛打自己的母亲，这是多么让人悲哀的事情！

"你对此并没有感到不安？"克莱尔问道，同时将视线从昆比脸上移到了别处。

"这是她的报应。"他说着歪了歪头，以便再次看到克莱尔的眼睛。

*他想把一切都告诉我。*克莱尔直视着他的眼睛，问道："你母亲一定伤得不轻吧？"

"她全身上下到处都被打得青一块紫一块，她威胁说她要报警。爸爸说，如果她敢报警，他就告诉警察她对儿童进行性骚扰，所以他才打她。他还说，迪比克[1]——我们当时就住在那儿——的警察肯定会把她扔进监狱，从此别想再出来。"

"所以，你父亲的话使她退缩了？"

"使她不敢报警了，但是却没能阻止她收拾起几件衣服，拎着皮箱离家出走。"

"她去哪儿了？"

1　美国爱荷华州城市。

"去了威斯康星州的阿普尔顿，她父母的家就在那里。"

"但是，她后来又回来了。"

"第二天回来的。我的外祖父告诉她说，她这是作茧自缚。当年她怀上我的时候他也说过同样的话。"

克莱尔停顿了一下，思考着昆比最后那句话所暗示的意思。*她虐待自己的儿子，就是因为她恨他毁了她的生活。*

"这件事是你母亲告诉你的吗？"她终于问道。

"我母亲什么也没有告诉过我，都是我父亲告诉我的。"昆比俯身向她靠拢，两眼盯着她的眼睛。"我想，这件事你也很想知道吧。"

"我们说好了要*告诉我一切*的。"

昆比的脸上又一次露出了微笑，现在他很得意，因为他已经完全吸引住了克莱尔的注意力。"那是一个星期六的晚上，爸爸的巡回游乐场正在阿普尔顿。散场后观众开始离开，爸爸准备随后关上大门。就在这个时候一个姑娘走到他的面前，问他最喜欢游乐场里的什么游戏，他说他最喜欢碰碰车。她傻笑着说：'我听说那并不是这里最好的游戏。'这时，爸爸看到了几步外站着她的两个朋友，她们正在'咯咯'地傻笑。他认出了其中的一个，前一天晚上他刚跟她睡过。于是，他回答说：'啊，那么她说什么游戏最好啊？'她回答说，她喜欢电影《肉欲知识》，就像杰克·尼克尔森在电影里演的那样。于是，爸爸告诉她先在附近溜达一会儿，等他关好门以后就让她体会一番。"

"他真的做了？"

昆比咧嘴笑道："三次，一次在碰碰车上，两次在他的拖车里。"

克莱尔意识到，正是她脸上露出的厌恶表情使昆比感到很开心。这一次，她不想把这种表情掩藏起来。

"你父亲向你描述过他当时同你母亲发生性关系的细节?"

"他把他们俩干过的一切都告诉了我。不过,我并不想了解这些事情,因为她毕竟是我的母亲。"

然而,他脸上的笑容并没有消失,*他希望我向他打听那些细节。没门儿。*

"她什么时候告诉你父亲她怀孕了?"

"她并没有告诉他。三个月之后,父亲的巡回游乐场又回到了威斯康星,我的外祖父以强奸他女儿的罪名把他逮捕了。"

"你的外祖父是一个警察?"

"他是阿普尔顿市的警长。他说,如果我爸爸愿意娶我母亲为妻,他就放弃指控。爸爸告诉我说,这总比在监狱里痛苦地度过十五年要强得多。"

"你母亲是怎么想的?"

"她想把我打掉,但是我外祖父不允许。他还说,他也决不允许自己的女儿生下一个私生子。所以,从她在婚礼上说出'我愿意'的那个时刻开始,她就对我父亲产生了仇恨。"

"因为是他让她怀孕了。"

"不,是因为她知道,就算是他娶了她,也不可能阻止他到处甜言蜜语、拈花惹草。"

"看来,你父亲从来都不尊重女人。"

"不对,他很尊重女人,而且也教导我要尊重女人。"

"他从你多大的时候开始这样'教导'你的?"

"我想,大概是从我五岁的时候开始的。他告诉我说:'"停车场蜥蜴"见谁都睡,所以如果你想同她们干,那就太冒险了,因为你不知道会染上什么病。'"

"什么是'停车场蜥蜴'？"

"在大篷车停车场揽生意的妓女。'行李箱女孩'更安全。"

"'行李箱女孩'是……"

"这是游乐场用语，是指那些喜欢找刺激的女孩儿。那种女孩儿可以在卡车下面的行李箱里跟你做爱。爸爸说她们要干净得多，因为她们对做爱的对象都比较挑剔。不过，他说最好的还是找像我母亲那样的城里姑娘，因为巡回游乐场一旦离开，你就再不会见到她们了。结果，这一次他是大错特错了，嗯哼？"

什么样的父亲才会向自己孩子灌输这种东西？克莱尔虽然并没有把这话说出来，但是实际效果却一样，因为昆比已经从她脸上看到了一切，他的脸上再次露出了那种邪恶的笑容。

"他不仅言传而且身教。"

我没有选择了，必须知道这个问题。"他是怎么身教的？"

"这个你也知道，就是带我看黄色录像什么的。"昆比一本正经地回答说，"后来，我七岁那一年，我们跟着巡回游乐场来到了伊利诺伊州的迪凯特，他让我站在一边看着他跟一个十九岁的姑娘做爱，教我怎样才能让姑娘兴奋。"

又来了——还是那种笑，我得让他收敛一些。

"托德……你父亲没有碰过你吧？"

她的话音刚落，昆比就立刻从椅子上跳了起来。

"你是说我父亲是个他妈的同性恋吗？"

"我不是这个意思，但是因为你母亲虐待过你，所以我必须问清楚这个问题。"克莱尔虽然心中恐惧，但是回答得仍很镇定，"好了，

| 29

你干吗不坐下来呢?"

昆比怒视着她,但还是顺从地坐下了。

"我父亲从来没有伤害过我,"他吼道,"他警告过我母亲,如果她胆敢再动我一根手指头,他就要杀了她。从那以后,每当学校放假的时候,他就把我带在他的身边四处巡回,这样我就可以离她远远的。是他把我从那个歹毒的婊子手里拯救了出来。"

"你和你爸爸真是好朋友,"克莱尔说,"他确实是真的爱你。"

"有多少做父亲的会教自己的儿子如何成为一个真正的男人?"昆比问道,"太少了。没人会像我爸爸那样待我。"

克莱尔眨了眨眼睛让他说下去,这样他就是我的了。

"事发那天你同他在一起吗?"

"在一起。头天晚上,胖拉菲吸食了太多的冰毒,一直躺在床上,他们怎么也拉不起来他,所以爸爸不得不代替他看管射击棚。他当时正想追求一个名叫萨拉的姑娘。"

"她是跟巡回游乐场一起到处旅行的吗?"

"不是,她是一个'菜鸟'。我们到某个地方开游乐场的时候,会雇佣一些当地人为我们工作,这些人就叫'菜鸟'。她在售票亭卖票,刚刚轮完一个班。爸爸对她吹嘘说,我那杆'枪'可厉害了。"

"你父亲利用你为他勾引女人?"

"他一直都是这样的。

"很显然,他这一招很管用。

"不过,这个萨拉听后就想钻进我的裤子。"

"你怎么知道?"

"因为她弯下腰搂抱着我,把我的头按到她那两个大奶子中间。

接着,她又亲我,但是亲的又不是我的脸,而是把舌头一直伸进了我的喉咙里。"

"你喜欢吗?"

昆比脸上又露出了淫荡的笑容。"你是想让我说'喜欢',对不对?这样一来,你就可以在喝啤酒的时候把这件事情告诉你的朋友。"

"我们在这里所谈的一切都是不能告诉外人的,"她回答说,"我想做的只有一件事,就是听你把真相告诉我。我们现在不是在做游戏,你明白吗?"

她严肃的表情让昆比退缩了,他脸上的笑容随之消失。

"喜欢个屁,我当时只有九岁。"他回答道,"我躲开了,而且对爸爸说她把舌头伸进了我的嘴里。他听后只是笑,然后说用不了几年我就会巴不得女人把舌头伸进我的嘴里。接着,她问爸爸我是不是年龄太小,那杆'枪'还'开不了火'。爸爸说:'现在还不行,不过这孩子喜欢杂耍。'萨拉又向我弯下腰说:'那么,我敢打赌他手上的功夫肯定不错。他应该跟我们一起去。'"

"你去了吗?"

"没有。爸爸说他要带萨拉回拖车里检查卖票的收据,那意思就是说他要跟她上床。所以我不能去,因为如果我也去,谁留在那里照看射击棚呢?"

"他把你一个人留在那里了?"

"那有什么关系?那是一个星期四的下午,游客本来就不多,而为了防止有人捣乱,我们周围的工作人员倒是不少。这种事情我早就干过了,他很信任我。所以,我就看着射击棚,没有游客的时候我就自己拿起气枪打着玩。突然之间,妈妈穿着一身护士服从大门外冲了进来。"

"她想干什么？"

"干她一直想干的事儿——把爸爸捉奸在床。当时巡回游乐场就在迪艾斯维尔，离我们家只有半个小时的路程。一般来讲，每当我们离家这么近的时候爸爸都会让我守在拖车外面，就是为了防备她突然出现，他甚至还专门交给我一个哨子好为他报警。"

"你报警了吗？"

"我本来应该马上报警的。一开始她并没有看到我，我把哨子从口袋里拿出来挂到脖子上，准备从射击棚的后面偷偷溜出去。就在这个时候，一个客人正好一枪打中了靶心，兴奋得大喊大叫起来：'给我泰迪熊！谁给我奖品？我的泰迪熊！'妈妈听到他的叫喊，扭头朝射击棚看了一眼，于是就发现了我，立刻跑了过来。我本来是可以甩掉她的，谁知道又绊了一跤，结果被她抓住了。"

昆比不说话了，下嘴唇开始发抖。

"怎么啦，托德？"克莱尔问道，心里很清楚她很快就要取得突破了。

"我想，我已经说完了。"

"她打你了？"

沉默。他低头看着地面，不想让她看到他的眼眶里已经溢满了泪水。

"我知道，现在回想起来你仍然感到很痛苦，"克莱尔尽量安慰他说，"没事的。你能看到发生的一切，是吗？你现在仍然看得到她？"

经过长时间的沉默之后，他终于抬起了头。"她想勒死我，"他告诉她说，"我的亲生母亲想要勒死我。她用挂着哨子的绳子勒住了我的脖子。我对她说：'只要我吹一下哨子，爸爸就会赶来救我。'她回答说:'这次他来不了了。'她抡起胳膊打我的耳光,一边打一边说:'你欺骗我,你跟你父亲都是一路货色。好哇,你们两个勾结起来欺骗我。'"

"她知道你父亲在哪儿吗?"

"不知道,但是她知道游乐场的拖车停放在哪儿。她往那些拖车看去,立刻就发现了那辆像发生了地震一样左右晃动的拖车。她撇开我朝那辆拖车跑去,我也跟着她向前跑,只见她拉开车门冲进了车里。我停住了脚步,呆呆地站在那里,从旋转木马那里传来的音乐声震耳欲聋,我一步也动不了。"

克莱尔听到了遥远的雷鸣声,但却一步也动不了。"没事的,"她听见艾米对她说,"温斯洛先生同我爸爸在一起工作。"

克莱尔使劲眨了眨眼睛,把脑子里的幻象赶走。帮助他,让他度过这一关。"就是在这个时候你听到了枪声?"

"'砰'、'砰'、'砰'、'砰'、'砰'、'砰',"他开口道,"我觉得这肯定不是'汤普森'气枪发出的声音,因为我们已经离射击棚很远了。于是,我拔腿继续向拖车跑去。这时,我看见母亲从拖车里走了出来,然后又闻到了爆米花的焦煳味。"

但是克莱尔却看着温斯洛先生。"你怎么知道艾米在我家这里?"她问他。"她母亲告诉我说,你们俩约好了在这里玩。"他回答说,显然已经生气了。

克莱尔回过神来,继续道:"其实,那不是爆米花的气味,对吧?"

"我看见她的手袋里正冒出烟雾,而且接着就看见了她全身上下沾满了鲜血。我开始尖叫,她用手捂住我的嘴,抓住了我。然后,她说……"

"怎么啦，托德？她说什么？"

"你来看看，这就是你帮助你父亲欺骗我的结果。"

突然，她听见身后传来一阵急促的脚步声，紧接着艾米大声尖叫起来。克莱尔回头一看，只见温斯洛先生抱着艾米向他的"宝马"车跑去。

她看到昆比眼眶中的泪水已经流淌下来。我这是怎么啦？

"我求她说：'不要把我拉进车里去。'我想跑开，但是她紧紧抓住我的脖子，把我拖上了拖车门前的梯子。我喘不过气……我闭上眼睛，把头扭到一边。但是，她拼命拧我的头，简直要把我的头拧下来了。她吼叫道：'你得亲眼看一看。'然后，她用手指抓住我的眼皮向上掀起，我就看到他们了。"

"看到了你爸爸和萨拉？"

"妈妈，妈妈，快出来！求你……"

"她的身体还趴在他的身上，头上正往外冒血。父亲的头……已经没了。她从手袋里拿出一把巨大的手枪，把枪口顶在我的脑袋上，然后扣动了扳机……"

克莱尔的心脏几乎停止了跳动，她感到呼吸困难。房间里闷热而潮湿，就好像一场暴风雨即将来临。

"枪没有响，"昆比抽泣道，"她早就把子弹打光了。于是，她把手枪一扔，走下了拖车。"

"妈妈！那个人要把艾米带走了……"

克莱尔陷入了神志恍惚的状态，昆比瞪大眼睛看着她。

"说话呀！你让我受这该死的折磨，为什么不告诉我我怎么会这么倒霉？"

昆比的话把她从恍惚中拉了回来,她谨慎地选择着她的用语。

"托德,你刚才讲述的一切让人心惊肉跳,只有精神病患者才会无动于衷。"

"就这些?这就是你要对我说的?这就是为什么我总是不断地给自己惹上麻烦的原因?"

"我认为,这就是你为什么会用这种态度对待女人的原因。"

"哦,现在你发现我对女人有一种态度了?"

"你父亲让你看黄色录像,并目睹他跟女人发生性关系,而你母亲强迫你目睹她杀死了你的父亲,这样的经历使你成了一个喜欢旁观的人;你总想看到别人惊恐的表情,总是盯着别人看,好迫使他们不得不看着你。就像今天一样,从我走进这个房间的时候开始,你就一直盯着我看。"

昆比的眼睛里立刻充满了愤怒的表情。

"我发誓,就像我现在这样一动不动地坐着,我母亲也会开枪打我的。我巴不得那婊子打死我算了。"

为什么不是我?为什么温斯洛先生没有把我掳走? 克拉尔问自己,她突然感觉一阵毛骨悚然,后背变得僵直,她内心里的某个开关关上了。"你最后一次见到你母亲是什么时候?"克莱尔问道。

"在法庭上作证指控她犯有谋杀罪的时候。在那以后,我就来到这里跟我的祖母一起生活了。"

"她从来没有带你回去看望过你母亲吗?"

"回去过一次。但是,妈妈不愿意见我。"他回答说,这时他已经不再哭泣。

"为什么不见你?"

| 35

"她说我长着一张我父亲的脸,她恨这张脸。她还说,这一切都是我的错。"

"托德,她杀害你父亲并不是你的错。"妈妈说过,那不是我的错。发生在艾米身上的事情并不是我造成的。

"当然是我的错。"昆比回答说。

"为什么?你怎么会认为这是你的错?"克莱尔轻声问道。

"因为我没有吹哨子,"昆比说,"是他保护了我不受她的伤害,而当他最需要我帮助的时候,我却没有帮他。是我把事情搞砸了。"

雷声阵阵。克莱尔能够清楚地看到艾米坐在温斯洛先生的"宝马"车里,流着眼泪透过车窗玻璃望着她。冥冥之中,克莱尔好像已经知道她们从此再也不能相见了。

在隔壁的观察室里,菲尔伯恩正等待着克莱尔的下一步行动,但是会见室里却始终寂静无声。

"出问题了,"她对科廷说,"克莱尔为什么不说话了?"

"你是说,在她刚才从他那里得到了那么多的信息之后?"科廷问道,"你是在开玩笑吧?"

"不是,我是认真的。"菲尔伯恩回答道,"你看看她,身体僵硬得像一块钢板。"

科廷看了看监视器,没错,克莱尔确实正在发呆。不过,紧接着他们就从扬声器里再次听到了克莱尔的声音。她问道:"你当时亲眼看到你母亲枪杀了你父亲和他的情人,心里是什么样的感觉?"

刚一开口,克莱尔就知道她说错话了,但是昆比的故事确实使她感到震惊。

"你认为我有什么样的感觉?你眼瞎了吗,难道看不出你害得我受了多大的痛苦?"

她从桌上拿起昆比的卷宗,假装看材料以掩盖自己难堪的表情。"我是说,你是否心里'扑通、扑通'直跳?是否吓出了一身冷汗?是否感到呼吸困难?"

"我不记得了,行吗?我当时只有九岁,我感觉如何又有什么不同吗?"

"这是因为,那正是焦虑症的征兆。如果你现在仍然感到焦虑,我们有专门的药物可以帮助你克服这种焦虑。"艾米,他到底对你干了什么?别想了!别想了!我不想苦苦思考这个问题……

"我一直都在吃药。阿普唑仑,还有氯硝西泮[1]。那些垃圾根本不管用。"

"从你的档案上看,是你自己想吃这些药。"克莱尔说,两眼紧盯着手上的医疗记录。我这是怎么啦?

"你的意思是说我是个瘾君子?我是在麻痹自己?"

"或者说,你是想尽力忘掉某个痛苦的记忆。"

"你他妈到底是个什么医师?"

"治疗必须对症下药。当你把自己的私处暴露在那些女人面前的时候,是不是感到了快感?"该死的!把注意力放到他的身上。

"没有,只有那种欲望,但是我知道怎么把它控制在我心里。"

"那么,你为什么要吃那些药?"

昆比的脸愤怒地皱成了一团,他把头凑到她面前,说:"你经历过

---

[1] 均为镇静类药物。

这么恐怖的事情吗?你有没有受过这么恐怖的惊吓,以至于你这一辈子都别想忘掉它?"

克莱尔猛地从椅子上站了起来。"我每周都要见你一次,"她声音沙哑地说,"你必须准时到。你保释的条件就是必须按时到我的办公室来接受治疗,地点在曼哈顿城市医院。"

克莱尔在一张纸上草草写下了她办公室的楼号和房间号,把它递给昆比,然后一言不发地转身向门口走去。

"你叫什么名字?"昆比冲着她的背后问道。

克莱尔停下脚步,转过身来。他正朝她微笑。

"克莱尔,"她回答说,"怎么了?"

"克莱尔·沃特斯?听起来像是'清水'[1]?"

"那又怎么了?"

"你的父母有没有告诉过你,他们为什么给你取了这么个名字?"

他还在笑,她刚走进这个房间的时候他也是这种表情。他以为他打败我了。没错。

"我们不是到这里来谈论我的。"

"她到底怎么了?"菲尔伯恩问道,眼睛一直盯着监视器上的克莱尔离开。

"我不知道,"科廷说,"看来,她好像是撞墙了。"

"是在她脑子里,"菲尔伯恩说,"而不是他的。她前面一直干得很漂亮,自从她开始为昆比先生的问题寻找一个化学上的原因时起就

---

1 "克莱尔"(Claire)与"清澈"(clear)一词谐音,而"沃特斯"(Waters)就是"水"(water)的复数形式,所以昆比玩了个文字游戏,把"克莱尔·沃特斯"说成"清水"。下同。

不行了。"

"我也看到了，洛伊斯。"科廷说，心里很生气。

"她无法驾驭精神上的压力，保罗。"菲尔伯恩说，"她不能把自己同病人经受的痛苦区别开来。"

"她会学会的。"

"当初你想要她，我也支持了你，"菲尔伯恩继续道，"但是，我们所需要的人不能回避事实，去寻找什么药物上的答案。如果她应付不了精神扭曲的病人，那她就绝不会成为我们这一行的明星。"

科廷站起来，监视器发出的光亮给他蓝色的眼睛打上了一层金属的光泽。他低头看了看仍然坐着的菲尔伯恩。

"我会把她变成一个明星的。"

第三章

第二天一早，克莱尔和科廷研究奖学金项目的其他同事聚集在一家非常明亮的自助餐厅里，参加科廷称为"初步诊后剖析"的早餐会。这个会是每天必不可少的一种仪式，科廷将在会上对他学生前一天的工作表现一一进行评判。

然而，在他学生们的眼里，这个早餐会更像是一个暴君的每日砍头会，虽然会议都是在匆忙的早餐中进行，但是他们却给它起了一个不无嘲讽的名字——"最后的晚餐"。

今天,星期六,也一样。科廷要求他的学生周末也必须到医院探视病人。"他们发病的时间是不能选择的,"他告诉他们说。"所以,我们探视病人的时间也是不能选择的。"

今天的"初步诊后剖析"从一开始就显得非常温和。科廷手里端着一杯蛋白质果昔,于6点15分准时到达。克莱尔唯一感觉不舒服的是自己身上穿着的实验室工作服(她已经在实验室里工作一个小时了)、牛仔裤和运动鞋,而在场的其他同事不是西装革履就是穿着裙子。科廷绕着桌子慢慢地踱步,向学生们提出各种各样的问题,他们一一作了回答,一切进行得波澜不惊。克莱尔知道很快就要轮到她了,她相信她已经做好了准备,也一定会毫发无损地渡过这一关。或者说,她自以为是这样的。

"沃特斯医生,你对昆比的诊断结果是什么?"科廷问道。

"精神分裂型人格障碍。"她毫不犹豫地作出了回答。

"根据是什么?"他问。

"根据他对压力源和内心冲动的生理反应所作出的描述,以及他重述自己的故事时身体大量出汗的特点。"她回答道,决定再加把劲,继续说下去,"我准备给他开维思通[1],再加上一种抗抑郁药。"

"根据你的诊断和治疗方案,你是否认为昆比已经具备了出狱的条件?"

"根据他以往的表现和治疗的情况,看起来他的状态很稳定。"

"我没有问你他'看起来'怎么样,医生。"科廷道,犀利的目

---

[1] 抗精神失常药,可用于治疗急慢性精神分裂症,也可用于减轻与精神分裂症有关的情感症状。

光仿佛一眼就看穿了她的内心,"但是,既然你讲到了这个问题,我要说:昨天他在那间屋子里的表现'看起来'绝对他妈的不稳定。所以,我要再问你一次:他已经具备释放出狱的条件了吗?"

克莱尔慌忙应付道:"我还不掌握足够的事实和数据,难以下结论。"

"事实和数据。"科廷看了看在场的所有人,带着明显的嘲笑口吻重复道。学生们都知道接下来要发生什么。"沃特斯医生,我的观点是:你把注意力都集中在了他的生理反应上,而根据一个坐在你办公室的病人的血压、呼吸和心跳,根本就不能预测出他一旦出现在大街上,会不会再次陷入麻烦之中。"

"他必须每周见我一次。我会……我会通过治疗随时评估他的精神状况。"克莱尔结结巴巴地回答道。

"要是再像你昨天的做法,你就不用对他进行治疗和评估了。"科廷说道

"但是,我昨天已经设法让他讲出了自己的故事。"克莱尔为自己辩护说。

"你昨天是设法让他讲出了自己的过去,"科廷批评说,"但是,当他一说到他感到害怕的时候,你就退缩了,投降了。你没有继续提出你应该问的问题,而是把话题转到了药物的问题上;你没有进一步深入问题的实质,找出你的病人害怕的真正原因是什么。"

科廷再次把目光转向他的所有学生,但是克莱尔知道他下面要说的话仍然是针对她的。"这个研究项目不是住院实习,"他说,"你们治疗的病人不是患有注意力不足症的孩子,也不是总以为自己的孩子喜欢作弄人并因此患有焦虑症的家庭妇女,只要你开几片阿普唑仑就

可以大功告成。我们是这个世界上为昆比那样的人把门的人，只有我们才能决定他们能不能重新回到这个社会之中。伙计们，这可是至关重要的'联赛'，我们同每一个病人的每一场较量都必须打出'全垒打'，否则社会上不知道哪些人就会受到伤害，甚至会丢掉性命。"

科廷的目光从每一个人的脸上划过，希望他的话能够真正进入他们的脑子里。"现在，五分钟之内你们都到楼上去，"他说，"沃特斯医生，你留下。"

克莱尔深深地陷入紧张的精神状态之中，没有注意到同事们纷纷向她投来的同情目光。

等其他学生都离开后，科廷不以为然地上下打量了她一番，然后问道："你身上穿的是些什么东西？"

克莱尔心想，穿什么又有什么关系，这种想法立刻就表现在了她的语气里。"早餐前我一直在实验室工作，"她回答说，"我不想我的裙子和衬衣被脑物质弄脏。"

科廷叹了一口气，看着她的眼睛里流露出讥讽的同情。"实验室，"他说，然后突然问道，"你当初为什么要接受这个研究奖学金？"

"因为我想弄懂到底是什么原因导致了不正常的犯罪心理。"她看着他的眼睛回答说。

"我之所以把你带到这里来，是因为你很有才华，"他继续道，语气开始缓和下来。"这一点没有任何人怀疑过。而且，我认为从本质上讲，你确实具有从事这项工作的潜质。但是，在这个行当里，仅仅具有潜质是不够的，你必须把它发挥出来。"

"发挥出来？"

"信心，外向性，甚至多少有一点儿自恋。"科廷解释说。

"我可不是什么节目主持人，"她赌气道，"我是一个精神病医生。"

"当一名精神病医生不是在别人面前挥挥你的医学文凭和处方本就可以做到的。"

"你这是什么意思？"她问他。

"你不能把开药当成拐杖，以此回避直面病人的挑战。"科廷回答。

"拐杖？"克莱尔问道，声音越来越高，"我是一个*科学家*，我搞研究——从神经化学的角度寻求产生犯罪行为的原因。"

"我不管你的什么角度，"他说道，"我昨天所看到的是一种反应形成[1]，一种掩饰，这是防卫机制在起作用，这种做法在这里行不通。早餐会结束，你可以走了。"科廷站起来，转身向门口走去。

克莱尔受够了，对着他的后背问道："你是不是想告诉我说，我根本就不是干这一行的料？"

科廷转过身来，脸上露出了微笑，好像他已经料到她会叫住他。"我不会刚刚干了第一天就让你打包走人。我同菲尔伯恩医生已经讨论过你的表现，她想见你。"

"现在吗？今天可是星期六？"

"她现在正在她的办公室里等着呢。"

科廷离开了。克莱尔禁不住想，他把决定她未来的责任推卸给了自己的老板，这是他的一种消极进攻。她现在只能期盼菲尔伯恩不要把她一棍子打死。

---

1 精神分析学上指无意识的防御反应，即对某些不能接受的潜意识冲动采取恰恰相反的反应形式。

"吸血鬼"今天身穿一条深灰色的宽松长裤和一件灰色的真丝衬衣,涂着黑色的嘴唇和指甲,确实给人一种阴森可怕的印象。但是,当她走进菲尔伯恩的办公室以后,却立刻大大地松了一口气,因为她惊讶地发现这里的摆设格外温馨:沙发上扔着几个奶油色的羊绒抱枕,一个水晶花瓶里插满了清香的白玫瑰花。菲尔伯恩的态度非常热情,就好像见到了一位多年未见的老朋友,她一边把克莱尔带向一张舒适的皮椅,一边告诉她说她对克莱尔加入这个研究计划感到很高兴。这时,克莱尔突然看到了挂在墙上的几把漆面中国折扇,这种装饰是在暗示来到这里的每一个人:在这间办公室里谈到的每一件事情都是不允许外传的。

菲尔伯恩以拉家常开始,问了问克莱尔的家庭状况和过去的经历,从而使她紧张的戒备心情完全放松下来。她意识到,今天的谈话可能会比接受一次心理治疗要温和些。她们接着谈到了克莱尔的儿童时代,总体上讲她的童年还是幸福的。但是,就在这个时候,菲尔伯恩提出了克莱尔明知躲不过但是又害怕她提出来的问题。

"你还记得小时候是否经历过什么特别害怕的事情吗?"

克莱尔低下了头。她虽然喜欢这个女人,但是还不准备把自己内心最深处的秘密告诉她。她想蒙混过关。

"当然有。你也知道,就像什么魔鬼呀、蛇呀什么的,就是一般孩子害怕的东西。"

菲尔伯恩却不吃这一套,不过她仍然表现得十分友好。她问克莱尔:"当昆比先生问你是不是有过害怕的经历时,你退缩了,立刻改变了话题。我怀疑,一般孩子害怕的东西不会使你做出这样的反应。"

"我之所以没有回答他的这个问题,是因为这个问题同他的治疗毫不相干，"克莱尔回答说，她想尽量想让自己的话带有职业色彩。"我们到那里去不是谈论我的。"

"但是，*我们*到这里来却是谈论你的。"菲尔伯恩说，"科廷今天早上对你很严厉，是不是？"她说的确实是事实。

克莱尔意识到，科廷唱的是红脸，而菲尔伯恩唱的是白脸，她不想同她周旋下去。

"我认为，我穿什么衣服对我治疗病人的效果没有任何不利影响。"

这句话是否引起了菲尔伯恩的担忧，从她的表情上丝毫也看不出来。她继续问道："你自己认为适合这里的工作吗？"

"我认为很适合。不过，我可能确实犯了一个错误。"

菲尔伯恩把头歪向一边，一只手摆弄着脖子上的珍珠项链，正考虑应该如何评价克莱尔的这句话。

这时，一阵雷声突然从远处传来，把克莱尔吓了一跳。她立刻把自己的恐惧掩藏起来，希望菲尔伯恩没有注意到她的反应。

"雷雨就要来了，"菲尔伯恩看着克莱尔说，"不过，应该很快就会过去。"

"但愿如此，"克莱尔说，然后又点了点头，"今年的雨已经下得够多了。"

菲尔伯恩微微一笑，说："克莱尔，在这个项目中，我们关注的问题无所不包——既有现在的也有过去的——其目的就是帮助病人拥有一个光明的未来。而你呢，过分关注现在的问题，只看重大脑中化学物质的作用。我认为，这样做你就脱离了病人的历史，忽视了他生活中的亲身经历。我想知道，这是为什么？"

"医生，我非常尊重你。我知道病人过去的经历至关重要，我们现在是一个什么样的人，相当程度上是由我们过去的经历所决定的。所以，当昆比先生不愿意谈论他儿童时代的生活时，我设法让他敞开了心扉。"

菲尔伯恩俯身向前，对克莱尔说道："但是，当他问你是否也有过让你恐惧的经历时，你却闭口不答。为什么？"

"我也不知道，"克莱尔回答说，但她心里很清楚，菲尔伯恩是一名顶尖的专家，要想糊弄这样一个人是根本不可能的。

菲尔伯恩的眼睛注视着她。"沃特斯医生……克莱尔，"她说道，"我们来自不同的地方，也有各自不同的观点，但是我们都是心理医生，这就是我们的共同之处。我不会说自己什么都懂，但我从事这一行已经很久了。因此，有一件事我非常明白：如果你不能实事求是地面对你自己的问题，那么你是不可能成为一名优秀的心理医生的。"

"我自己的什么问题？"克莱尔问道，但是她心里却知道答案。

"你的过去，"菲尔伯恩回答道，言语中没有丝毫的傲慢口气。"不管那是什么问题，但是很显然，你不愿意在这些病人面前重温那段经历。"

"我的过去同这个病案毫无关系。"克莱尔仍然顽固地坚持说。

"不，亲爱的，当然有关系。"菲尔伯恩说，"你必须选择如何面对你自己的心魔，因为如果不能泰然面对这个魔鬼，你是很难承担起这项工作所赋予你的巨大责任的。"

又一阵雷声传来，这一次声音更大，距离也更近。克莱尔无法控制自己，身体轻轻地颤抖了一下。"也许你是对的，"她承认道，"确实有一些事情一直困扰着我，我也许应该同你谈一谈。"

"很好。"菲尔伯恩说，立刻站了起来，"我们现在就把谈话的时间定下来，每周两次。"

克莱尔站起身，菲尔伯恩带着她向门口走去。

"我们内心都有雷鸣电闪的暴风雨，克莱尔，关键在于我们能不能泰然处之。"

我们内心的暴风雨。菲尔伯恩的话在克莱尔脑海里不断地回响。也许，她能够帮助我找到摆脱困境的出路。

第四章

尼克·罗勒心想：又是一个炎热而难过的星期六之夜。他身高1.86米，比身旁的其他五位同事高出一大截，七个月前他被调离了原来的岗位，发配到这个登记中心做日常嫌犯的登记工作。这时，他们正齐心协力制伏一个满身污秽、拳打脚踢的醉汉。尼克的一撮棕色头发耷拉在前额上，一串串汗珠正从额头上冒出来。他今年四十二岁，但是因为始终保持着良好的身体状况，所以看上去要年轻十岁。醉汉拼命挣扎，就像一匹发疯的野马，尼克好不容易才终于把手铐戴到了这个混蛋的两只手腕上。

"干得好，尼克。"从他身后传来一个喉音很重的声音。

尼克转过身一看，发现原来是自己过去的顶头上司布莱恩·维尔克斯警督，正咧着嘴笑眯眯地看着自己，露出了左右两边各掉了一颗上牙的缺口。尼克觉得，配上他那圆圆的脸和火红色的头发，他简直就像一个万圣节的南瓜灯。

"我们马上到科尼岛去，"维尔克斯对他说，"你已经官复原职了，我们走。"

"你说的是真的？"尼克问道。他完全没有料到自己还能再次回到曼哈顿南区凶杀案侦破组，并且恢复纽约市警察局二级警探的警衔。

"相信我，朋友。"维尔克斯回答说，"我们接到了一桩凶杀案，纽约警察局总警监要求你来办理这个案子。"

尼克心想：*这可是大老板亲自下的命令。*他一刻也不敢耽搁，立刻跟着维尔克斯走出了登记中心的大门。

坐进车里后，维尔克斯把他原来使用的那把九毫米口径的"格洛克"手枪交还给了他，七个月前他被流放到登记中心的时候，这把枪也被他们没收了。警车沿着贝尔公园大道驶去，两个人都没有说话。尼克的眼睛一直盯着仪表盘上不断闪烁的红色警灯，耳朵聆听着警笛"呜呜"的呼啸声。当他们从韦拉札诺海峡大桥下穿过时，维尔克斯实在是忍无可忍了。

"你怎么连这个案子的情况也不问一问？"

"这个案子是什么情况？"尼克面无表情地说道。

这让维尔克斯忍俊不禁，于是他把科尼岛上发现的那具尸体的情况告诉了尼克。"我们接到了副验尸官打来的电话，他说去年你办过的那个案子同这个非常像。"

"你们为什么不把弗兰基叫去呢？"尼克问道。

"因为要是没人管着你这位过去的搭档，他就只找得到他裤裆里的那玩意儿。"维尔克斯回答说，"我打电话问他的时候，这个白痴竟然说去年教堂游乐场发生的事情他已经记不得了。我听说,当你忙于调查这个案子的时候,那小子竟然跑去跟一个专喜欢警察的女人鬼混去了,是吗?"

"我不记得了,"尼克说,"弗兰基睡过的女人数都数不清。"

他一边说,一边凝视着从对面疾驶而来的汽车的灯光。警灯一闪、一闪、一闪。

他冲进门厅,大叫着:"珍妮,我来了!"他尖叫着……

"总警监最担心的是这个案子跟去年那个案子是同一个人干……"维尔克斯喋喋不休地介绍着情况,但是尼克却仍然凝视着迎面而来的车灯。警灯一闪、一闪、一闪。

他一步两个阶梯地向楼上冲去,突然一步踩空,脸朝下重重地摔倒在楼梯上。他一爬起来,就感觉到一股热血从鼻孔里流了出来。

"……我们不能引起人们的恐慌,从此再也不敢去科尼岛了。所以,他命令我们派熟悉去年那个案子的人……"

"砰!"一道火光闪过!同时他听到了一声枪响,在黑暗中跌跌撞撞地冲进了那个房间。他跑上前查看她的伤势,但是他一看到她胸前的伤口,就知道那是致命伤。她仍在喘息,那是她最后的几口气……

"你他妈到底在想什么?"他突然听到维尔克斯问他。

"我听着呢,老板。"尼克一边说一边晃了晃脑袋,把浮现在脑海中的往事赶走。

"你要仔细听我讲,"维尔克斯警告他说,"是我去帮你求的情,你现在回到局里也只是暂时的。所以,你可千万不能搞砸了。"

尼克从夏夜里熙熙攘攘的人群中穿过,向海滩走去,科尼岛上

"神奇摩天轮"的霓虹灯在他脸上反射出一种病态的光亮。这是个闷热的夜晚，尼克的衬衣已经被汗水湿透，湿漉漉的头发紧贴在头皮上。他从黄色犯罪现场隔离带下面钻过，不远处手摇风琴的音乐和人们沙哑的笑声使他对即将看到的犯罪现场更加感到紧张。

维尔克斯和尼克来到尸体前，副验尸官罗斯伸手掀开了盖在受害者身上的白布。尼克第一眼看到的就是受害者那双白色的眼睛，完全白色的眼睛。他的第一个反应是，犯罪现场警探拍照时闪光灯的闪光让他暂时失明了，但是当他在尸体旁跪下来以后，他的视觉恢复了正常，他清楚地看到受害者两眼周围布满了红色的斑点，于是立刻意识到了真相。

"这个疯狂的混蛋烧掉了她的虹膜，"他对身后站在维尔克斯身边的罗斯说，"用的是哪一种酸？"

"只有在进行彻底尸检之后我才能知道，"罗斯打着哈欠冷冷地说，然后他问尼克，"去年那个凶手没有这么干，对吗？"

"没有，去年他用胶带蒙住了受害人的眼睛，"尼克回答道，"现在还很难说这是不是同一个家伙干的。"

"我之所以让他们请你来，是因为受害人的外貌同去年那个很像。"罗斯说出了自己的理由。

尼克想：关于这一点他的话倒是不错。他仔细观察了一下躺在他面前的这具裸体女尸，看起来她的年龄应该在20岁上下，金色的短发，虽然眼睛周围有烧伤的痕迹，但是整个面容仍然相当漂亮。两条光滑而修长的腿，阴部做过巴西蜜蜡脱毛，腰部苗条。尼克还看得出，她要是站着，胸部会非常丰满。凶手用来勒死她的绳子那磨损的绳头搭在她的一个乳房上。

差不多一年以前，尼克办理过同这名受害者十分相像的一个年轻金发姑娘的凶杀案，不同的是那个姑娘没有给自己的下体脱毛。尸体是在曼哈顿上西区圣裘德中学校园内发现的，同样呈睡眠的姿势，当时校园里来了一个巡回游乐场，尸体就躺在离游乐场几步远的地方。去年的现场验尸官也是罗斯，虽然尼克对他的专业技术不以为然，但是今天晚上他却成为了自己的救星，是他把自己从"警察炼狱"弄出来送到了"应许之地"——就这个案子而言，布鲁克林的这个角落就是他的希望所在。这一切都是因为一个漂亮的金发女郎被人用同样的手法谋杀，而案发地点离具有传奇色彩的"飓风号"过山车又仅有咫尺之遥。科尼岛作为著名的游乐园虽然已经今不如昔，但是这座过山车仍然是这里的标志性设施。

"你的记忆力真好，伙计，"尼克对罗斯说，言语中多少有一些赞赏的口气，"两个受害人的外貌确实很像，许多细节也如出一辙。"

罗斯听出了尼克话中从未有过的赞赏口吻，回答说："总是在星期六的晚上被人从家里拽出来，这种事让我烦透了。"

罗斯又为自己赢得了一分：尼克刚才忘记了去年的游乐场凶杀案也是发生在一个星期六的晚上。他想了想，重新低下头再次查看尸体。

"你们是不是也闻到了一股苦杏仁的味道？"

罗斯和维尔克斯警督彼此看了看，转着圈闻了闻。

"我只闻到从小摊上传来的爆米花和棉花糖的味道。"维尔克斯说。

"我感冒了，什么也闻不出来。不过，如果你认为有必要，我可以做一下毒理检测，看会不会发现氰化物。"罗斯建议说。

"为什么凶手这一次要烧掉她的眼睛？"维尔克斯警督问。

"在身上藏一小塑料瓶酸液比藏一卷胶带更容易。"尼克回答说。

"但是也更危险,我是说对凶手自己也更危险。"维尔克斯道。

尼克用手指了指受害人额头上一条横向的烧伤痕迹,分析说:"他很可能用的是那种带有管口的塑料瓶,只要用手指一挤就能把酸液喷出去。我估计,他第一下喷歪了,所以才喷到了……"

"第二下才喷到了受害人的眼睛上,"维尔克斯接着他没有说完的话说道,"那好,他有意弄瞎了她的眼睛。那么,是因为不想让受害人看到他的面孔吗?"

"我认为,他之所以弄瞎她的眼睛,是不想让她看到自己就要被杀死了。"尼克回答说。

"连环杀手也会感到心虚,这显然讲不通。"维尔克斯反驳说。

但是,尼克并没有听到他的话,他的注意力已经被什么东西吸引了。他仍然跪在地上,仔细查看着留在受害人脖子上那根打了结的绳子。

"检查一下绳子上的那个结,我还从来没有见过这种结。"

"你是说,这个结同去年勒死那个姑娘的绳子上的不一样?"

"那只是一个普通的方结,"尼克回答,"而这一个要复杂得多。"

"这个凶手很会玩花样,让我们不断去猜。"维尔克斯叹了一口气,接着道,"我干吗要把你弄回来蹚这摊浑水。"

尼克一边思考在一个犯罪现场还应该提出哪些例行问题,一边觉得维尔克斯的最后一句话才是问题的重点。他问道:"有目击证人吗?"

维尔克斯用询问的目光看着一名身穿警服的警察,这是一名来自第六十四辖区的警督,名字叫加伯。"到目前为止,还没有发现任何人在海滩木板人行道上看到过受害人,"加伯回答说,"本地也没有收到有人失踪的报告,受害者身上也没有发现任何身份证件。我们正在继续寻找。"

尼克想起，在去年那个受害者尸体旁几米远的地方发现了她的手袋，里面没有找到钱包，所以看起来像是一桩抢劫案。他又问："今天晚上人行道上的人多吗？"

"根据我手下报告的情况，今晚人行道上的人很少，"加伯回答，"因为刚刚下了一场雷阵雨。"

"受害人有可能是当地人，外出散步时遇害的。"

"如果她是一个人生活，那么要想查清她的身份就要花一些时间了。"维尔克斯说。

但是，这个时候尼克已经站起来，转身向收拾照相机准备离开的那位年轻的犯罪现场警探走去。

"你的活儿干完了？"尼克问他。

"剩下都是你的事了，警探。"

尼克想：好久没有人叫过我警探了。这个孩子显然还是一个新手，即使是在这样一个周末的晚上仍然穿着正式的白衬衫，打着蓝领带。他长着金黄色的头发，剪了个寸头，看上去就像一名海军陆战队的士兵。尼克心想：这个孩子是不是听说过有关我的那些事情？

"我叫罗勒，尼克·罗勒。你现在也是一名警探，所以叫我尼克吧。你叫什么名字？"

"特里·埃特肯。"

尼克从口袋里拿出一台长方形的小摄像机，打开了电源开关。

"麻烦你把灯都关掉行吗，特里？"

"愿意效劳。"埃特肯回答道。"喂，亨利，把灯关掉！"他向自己的搭档喊了一声，随即，照亮犯罪现场的强力弧光灯熄灭了。

但是，尼克手中的摄像机却依然亮着。他看着摄像机的取景器，夜视功能开始工作，一束怪异的白色荧光照亮了现场，尼克移动摄像机，从躺在人行道下的尸体一直照到海边的沙滩上。埃特肯警探好奇地观察着他的一举一动，不知道尼克这是在干什么。

"我已经拍下了七十多张照片，长官。"他小心翼翼地对尼克说道。

尼克看了一眼这个年轻的警探，对他谦恭的表现报以微微一笑。"我并没有怀疑你的工作没做好，"他宽慰埃特肯道，"不过，摄像机能够让我从凶手的角度看问题。"

但是，他还是没有看到他希望看到的东西。"你刚才拍下的照片上，是否有凶手把她从人行道上拉下来时留下的拖拽痕迹或者脚印？"

"没有，因为凶手抹平了沙子的表面，把他的脚印什么的都掩盖起来了。"

"指给我看是从哪里开始的。"

埃特肯带着他向东走了几米，然后用手指着沙滩上的一个地方。"他们就是从这里离开人行道的，"埃特肯告诉尼克，"直到我们发现尸体的地方为止。"他举起手中的数码相机。"我这里都拍下来了。"

很好，尼克想着低下了头，目光落到了一片混乱的鞋印上，很显然，这些鞋印是埃特肯拍完现场照片之后警察们留下的。"他光着脚，你说是吗？所以说，他不会给我们留下鞋印。"

"这也就是为什么那些杂乱的印迹都很光滑的原因，鞋底留下的印记都有明显的边缘。"埃特肯也同意他的分析。

尼克又把注意力重新放到了摄像机上。他从埃特肯指出的那个地方开始，沿着人行道一路照过去，很快就看到了他坚信一定会留下的那种痕迹。

"你有手电筒吗？"他问埃特肯。

"有，"埃特肯回答，同时把自己手中的镁光手电筒递给尼克，"你找到什么了？"

尼克打开手电筒，把光照到人行道栏杆下端的木板上，肮脏的木板表面上立刻现出了几个干净的斑点。

"凶手就是在这儿用酸对她进行攻击的，"尼克说，"当他喷出酸液的时候，必然会有几滴落到地上，木板表面就会留下烧出来的干净圆点。"他转身面对着埃特肯，"你能不能把这几块木板通通切下来？"

"我马上就办。"埃特肯说着走开了。

现在，尼克继续端着摄像机，从人行道一直照到"飓风号"过山车的轨道上，然后又照下来，维尔克斯则紧随其后，密切地注视着他的行动。

"像这样的夜晚，即使在人行道上散步的人不多，附近一带至少也会有几十号人，"他说道，"这个家伙向一个女人脸上喷洒酸液的时候，女人肯定会大喊大叫的。"

尼克拿着摄像机，又照向"飓风号"离他们最近的一处轨道的顶点，正好在取景器的十字线上看到了满载着游客的过山车，它刚开始向下冲。

"如果他等到过山车经过的时候再动手，那么即使那个女人狂呼乱叫，也没有人能够听得见她的声音。"

就在这个时候，仿佛要验证他的说法一样，过山车从他们身边呼啸而过，车轮在钢轨上"咔咔"的摩擦声、齿轮的"咔嗒"声和过山车上乘客的大呼小叫声响成一片、震耳欲聋。

第五章

　　电话铃声响到第五下，克莱尔才从被窝里伸出手，拧开了床头的一盏小阅读灯。一缕细长的灯光划过没有几件家具的卧室，卧室的大小刚好放得下一张大床和克莱尔在一家旧货店里淘来的一个布满划痕的枫木衣柜。她从电话上抓起听筒，一抬手话筒却敲到了额头上，然后才笨拙地放到了耳朵上。

　　"喂？"她迷迷糊糊地问了一声，眼睛看了一眼墙上的挂钟：凌晨两点二十三分。

　　"潭深则水清。"一个男人清晰的声音从听筒中传来。

　　克莱尔立刻就听出了他是谁。

　　"应该是'潭深则水静'，昆比先生。你怎么会有我的电话？"

　　"你要是到互联网上查找一个人的资料，会惊讶地发现你想要什么都能找到。"昆比回答说，他说话的腔调让她感到不寒而栗。

　　"你想干什么？"她问道，声音里透着一丝不满的情绪。克莱尔仍然没有完全从深夜酣睡的状态中清醒过来，她想：昆比从里克斯岛监狱放出来才刚刚三天，下个星期才是他们俩见面的时间。

　　"我必须见你一面。"昆比回答说。

　　"出什么问题了吗？"克莱尔问。

"我又感到害怕了。"

"在我听来，你根本就不像害怕的样子，"克莱尔反驳说，"再说，你也不应该给我家里打电话。"

"我需要你的帮助。现在就需要，求你了。"他请求道。

他听起来确实很着急，克莱尔想起了一周前他们见面时他脆弱的样子，心一下子软了下来。

"这样吧，你现在就到曼哈顿城市医院急诊部去，"她告诉他说，"那里有值班的住院心理医生，你可以跟他们谈谈。"

"你不能把他推给那些住院医生。"一个醉醺醺的男人声音从她身边传来。

说话的人叫伊恩·比格罗，他是克莱尔的男朋友，年龄三十岁，即便是躺在床上头发乱成一团，看上去仍然非常帅气，足以充当科廷医生奖学金项目的招生形象大使或者从事其他任何沽名钓誉的事情。昨天晚上，他们一起在他们最喜欢的高档饭店露易丝餐厅吃了晚饭，两人喝掉了一瓶灰皮诺干白葡萄酒，以至于克莱尔到现在仍然感到头晕。她立刻用手捂着听筒，悄声对他说："嘘，他会听见的。让我自己处理吧，他是我的病人。"

"没错，他是你的病人，"伊恩说，"如果你不亲自去同他谈谈，而是让住院医生应付一下，昆比肯定会跟你没完的，尤其是昨天又发生了那样的事情。"

克莱尔的眼睛呆呆地盯着手里的听筒，恨不得立刻挂掉这个电话，当初就不该接下昆比这个病案。

"你的舌头被猫叼走了吗，沃特斯医生？"昆比讥讽道。

"到急诊室等着，"克莱尔对着听筒说道，"我会尽快赶到那里去。"

她挂上了电话，伊恩从床上坐起来，低头吻了她一下，然后把她抱在怀里微笑道："你真是一个了不起的心理医生，千万不要忘了这一点。"

但是，克莱尔自己却并没有这种自信。她伸出双臂搂了伊恩一下，然后放开他钻出被窝，对他说："我得赶快穿好衣服。"

伊恩翻了一个身，很快便又发出了鼾声。克莱尔低头看看他，十分羡慕他竟有如此快速入眠的本事，无论白天发生多少烦心的事情，都能够瞬间抛诸脑后。也许，这正是她如此爱他的原因。他是个解决问题的高手，随时乐于给予他人帮助，她可以随时把自己的麻烦事告诉他，而他也总能帮助她找到解决问题的出路。她把自己同昆比见面的每一个细节都告诉了他，他的反应是：她并没有做错任何事情，而且提醒她说，病人同医生的第一次见面不过是一个彼此熟悉的过程，真正的治疗并没有开始。

然而，昆比是她在科廷研究奖学金项目中的第一个病例，伊恩的鼓励并不能消除她心中的担忧。那天，她把昆比留在会见室独自离去时，很清楚她已经把事情搞砸了。所以，当科廷把她拉到一旁对她一顿训斥的时候，她丝毫也没有感到意外。

你可能还没有做好准备去承担这样的责任。

克莱尔来到自己的小衣柜前，拉开门，脑子里又响起了菲尔伯恩对她说过的那些话。她盯着衣柜里那些千篇一律的衣服：牛仔裤、浅蓝色棉衬衫、为了避免单调而扔进去的几件裙子和针织衫，除此之外还有那套新买的橄榄绿西装和另一套旧些的深灰色西装。她停了一下，考虑该穿什么衣服，她很少这样。

最近，她已经多次中途停止，对自己不确定，对自己当初是否应该接受保罗·科廷的奖学金感到怀疑。她从衣柜里拿出一件浅蓝色的上衣,一边穿一边扭头看了看熟睡中的伊恩。

没错,她想,到这里来同伊恩一起从事这项研究是一个正确的决定。

她现在准备好了,就算不得不牺牲自己心理上的安全感,她也要帮助昆比勇敢面对盘踞在他内心多年的心魔。

克莱尔走进城市医院急诊室的时候,昆比已经在精神病候诊室里等着她了。这个房间里除了两把椅子和一张检查台之外空无一物,这是为了防止精神病患者或具有自杀倾向的病人利用仪器设备伤害他们自己。昆比一见到她便露出了一个开心的微笑,这立刻让她感到气不打一处来:他显然根本没有丝毫忧虑或绝望的样子。

"让我们先把话说清楚,"她明确地告诉他说,"我是治疗你的医师,你是病人。所以,由我来提问而不是你,而且我们只讨论你的问题,不讨论我的问题。听清楚了吗?"

"我真的需要你的帮助。"他回答说。

他脸上的笑容立刻消失了。克莱尔突然发现,他刚才之所以笑,是因为她终于来了,而不是要愚弄她。她看着昆比充满忧虑的眼睛,心里却无法摆脱一个问题——我是来帮助他的吗?还是来帮助我自己?

她的语气随之缓和下来,问昆比:"发生什么事情了吗?"

"是的。"

"告诉我是怎么回事。"

"我干了一件坏事。"他回答说。接着,他犹豫了一下才继续道,"我找了一个妓女,就在时代广场附近。"

克莱尔不无同情地点了点头。他说得没错,这件事确实违反了假释的有关规定,完全可以因此把他重新关进监狱里去。但是,她并不是他的假释官,而是他的心理医生。

"我们都有七情六欲,托德,"她回答道,希望使他的紧张心情缓和下来。"你并不会因此而与其他人有所不同。"

但是,昆比显然仍沉浸在自己的思绪之中,他的眼睛直愣愣地盯着她。

"她的身高同你差不多;很瘦,金色短发,两个大奶子。身上穿着蓝色的两件套短衣裤,很性感。"

"就像你父亲的情妇,"克莱尔说,"就是那个跟他一起被杀死的……"她一时忘记了那个女人的名字。

"萨拉。"他立刻说道,但是却避开了她的目光。

"你是不是因此才挑上了她?因为她看起来很像萨拉?"

"你在想什么啊?"他反驳道,眼睛仍然看着一旁。

克莱尔心想:*我认为他这个回答就相当于"是"*。"托德,"她继续道,"你听我说,你无须为此感到羞愧——"

"跟她无关,"他打断了她的话,"这是我自己的问题,我就是控制不住……你知道……"他结结巴巴地说道,然后终于抬起眼睛看着她,"我为自己所干的事情感到丢人。"

"到底发生了什么?"

"她把我带到了一家廉价旅馆的房间里,喋喋不休地对我说'老娘会让你爽个够的'。而我呢,根本就无法勃起。于是,她就嘲笑我,还把我给她的钱还给了我,然后一走了之。从她走后到现在,我的脑子里就一直在想那些问题。"

"到底是什么问题?"

"要是我小时候就把那个肮脏的妓女萨拉杀了,那么我的父亲到现在还会活着,我母亲也不至于被关进监狱。"

克莱尔看到他的眼睛里溢满了泪水,接着泪水又沿脸颊流下来。克莱尔意识到:他认为他父母的不幸遭遇都是他引起的。

她听到了自己哭泣的声音。她母亲站在她身边,不停地安慰她。"这不是你的错,"母亲对她说,"并不是你让那个男人带走你的朋友的。"

克莱尔发现,她和托德有着许多共同之处。

"并不是你让你父亲对你母亲不忠的,"她对他说,"也不是你把那把枪塞到了你母亲的手里,更不是你强迫她向你父亲开的枪。你当时还只是一个小男孩,无论发生了什么事情都不是你的过错。"

昆比瞪了她一眼。"不是我的错,而是那个婊子的错。我不知道为什么……"

"你不知道什么为什么?"她轻声问道。

"为什么今天晚上我会被那个女人所吸引。"

"我也不知道。但是,这正是我们应该搞清楚的问题。你和我一起来找到答案,然后你就能够摆脱这种忧虑了。我会帮助你的。"

他默默地点了点头。

"我给你开一些药,让你心情平静下来,"克莱尔继续道,"马上回家去,抓紧睡一会儿,然后今天下午两点到楼上我的办公室来见我。"

"但是,今天是星期天啊。"昆比试探着说。

"没有关系。只要你需要我,我都会在这儿的,好吗?"

昆比再次点了点头,很感激她做出的承诺。

克莱尔一头冲进自己的公寓，抬头看了看墙上的钟：早上六点刚过，她还有正好十五分钟的时间换上裙子，然后赶回医院参加今天早上的"最后的晚餐"。她决不能迟到。她知道伊恩已经离开了，但却闻到房间里飘来新鲜咖啡的香味，不免又感到有些迷惑。她走进厨房，才发现烤面包机上插着两块全麦吐司，旁边的盘子上覆盖着锡箔保鲜膜，上面放着一张便条。

"请用早餐。"克莱尔读出了便条上的留言，"我会帮你教训你那些病人的。"落款是一个画得十分蹩脚的心形图案，不过态度很真诚。

克莱尔揭开盖在盘子上的锡箔纸，看到了两个煎得半熟的鸡蛋，不禁微微一笑。她希望自己也能像伊恩那样，多少有一点儿自我保养的本能。她抓起两片吐司，把它们整整齐齐地摆到鸡蛋边上，虽然它们已经冷了，但是却正好符合她的习惯，因为这样把黄油涂上去才不会化掉。她已经放松下来，打开电视调到新闻频道，然后抓起橱柜上的咖啡壶，为自己倒上了一杯热腾腾的咖啡。她正准备坐下来享用她的早餐，电视上的一条新闻却引起了她的注意。

"……在时代广场的凶杀案，"克莱尔听到新闻主持人说，"今天早上，有人在一家旅馆的房间里发现了一具女性尸体……"

她伸手抓起遥控器，把电视机的音量调大，同时换了一个位置，以便能够看到电视机上的画面。屏幕上出现了一个年轻漂亮女人的照片，金色的短发。"据警方说，受害者名叫凯瑟琳·米尔斯，二十二岁，曾经因卖淫多次被警方拘捕……"

克莱尔突然感觉握着咖啡杯的手被烫得很痛，她放下咖啡杯，向放着她公文包的地方跑去。她一把抓起公文包，开始在里面寻找，不一会儿就找到了她想要的东西——一张很久以前留下来的昆比父亲的情人萨拉·贝尔兹的照片。

她走到电视机前，这时凯瑟琳·米尔斯的照片正好再次出现在了屏幕上。克莱尔举着萨拉的照片放到屏幕旁。

两个女人简直就像一对双胞胎姐妹一样。

仅仅一个小时之前，昆比刚刚向她坦白说他在时代广场碰上了一个同萨拉·贝尔兹长得很像的妓女。一个可怕的念头出现在了她的脑子里，她顿时感到自己的脊背发凉：*要是我小时候就把那个肮脏的妓女萨拉杀了，那么我的父亲到现在还会活着，我母亲也不至于被关进监狱。*

难道说昆比的愿望已经实现了？是不是他后来又回到了时代广场，找到了凯瑟琳·米尔斯，并把她杀害了？或者说，在他到医院急诊室同她见面之前就已经犯下了这桩谋杀罪，本来他是想向她坦白的，但是一转念又把这一严重的罪行隐瞒下来了？

克莱尔很清楚，无论是哪种情况，她都不得不面对一个无法回避的事实：她，克莱尔·沃特斯医生，在同她的第一个罪犯病人托德·昆比的最后一次面谈中，完全没有发现这个病人的危险征兆，而因为她，一个女人死了。因为是她让一个杀人犯重返了社会。

*如果他是凶手，*克莱尔想。但是，除非她能够百分之百地确信这一点，否则她必须遵守为病人保密的原则，不能向警方告发托德·昆比。

她看了看墙上的钟，再过八个小时多一点儿，她就要再次同托德·昆比面谈，到时候她必须同他正面交锋，提出他是不是杀害了凯瑟琳·米尔斯这个问题，她必须从他口中得到真相。但是，她也很清楚,昆比是不会轻易把真相告诉她的。

这时,她突然想到了一个主意,只是这个主意显然有些极端。但是,在同他的第一次失败的谈话后,她不得不孤注一掷才能拯救她自己。

她立刻走到镜子前面,看着镜子里的自己,想象着科廷和菲尔伯恩对她专业能力提出的质疑。她必须向他们表明,她是一个负责任的心理医生。

这是一间项目研究人员共同使用的会见室,室内灯光昏暗。当克莱尔走进会见室的时候,昆比连头也没有抬一下。

"我一分钟也没有睡。"他对她说,头仍然伏在放在桌子上的手臂上,整个身体几乎一点儿也没有动。

"现在,你坐起来。"克莱尔命令道。

她严厉的口气使昆比猛地抬起了头,他看了看她的表情,感到很吃惊。接着,他又同样猛地把头扭到了一边,用牙齿咬住了自己的嘴唇。

"你到底出了什么问题?"克莱尔质问道,同时脱下身上的白色实验室工作服,扔到了昆比桌子对面的那张空椅子上。

"我什么问题也没有。"昆比回答说。

克莱尔绕过桌子来到昆比的面前,他现在不得不看着她的眼睛。

"胡说八道。"

"你怎么了?"昆比问,他已经处于下风了。

"这正是我要问你的问题。"克莱尔说。

昆比不停地眨着眼睛,尽量躲开她的目光。"我今天什么也不想谈。"

"那好,那我不得不把你列为'有待观察'的病人。"她回答说。

"你为什么要打扮成这样?"他再也忍不住了,终于脱口而出。

"打扮成什么样?"她佯装不解地问道。

但是,克莱尔心里很清楚他问的是什么,于是抬头看了看墙上单向镜子里自己的形象。

她看到的是一个全新的克莱尔。在到医院来之前的几个小时里,她把自己的头发剪短并染成了金色。她身上穿着一件黑色紧身连衣裙,凸显出她丰满的胸部,大腿处开衩的高度也恰到好处。

克莱尔·沃特斯已经变成了凯瑟琳·米尔斯和萨拉·贝尔兹。

但是,托德·昆比却无法忍受她的这个形象,而这正是她需要得到的效果。

"打扮成什么样?"她再一次问道,语气也加重了。

"你知道我的意思。"

她继续看着镜子,这样她不仅可以看到昆比的反应,也能同时看到自己。"哦,你是说我的头发吗?"她问道,"因为我发现我男朋友总是盯着金发女郎看,所以我想,如果我也变成一个金发女郎,他可能就会把更多的注意力放到我身上。"

"你是想捉弄我吗?"昆比问道,现在显然已经生气了。

但是,克莱尔并不感到害怕。"你怎么会认为我想捉弄你呢?"

"去你妈的,"他说,"我走了。"

"不,你不能走。"克莱尔厉声道。

不知出于什么原因,昆比到底还是服从了她的命令,就像被人捆住了手脚一样乖乖地坐在椅子上。

"你到底想干什么?"他问她,眼看着就要流下眼泪了。

"你不是想谈论我的事情吗,现在就给你这个机会。"克莱尔回答说。

"我改变主意了。"

"为什么?我还以为'潭深则水清'呢。"克莱尔把他说过的话扔还给他,然后向他走过去,在离他几尺远的地方站住了脚步。

"我要求另外找一个心理医生为我治疗。"

"对不起,你已经摊上我了。"

"你不应该这么打扮!"昆比终于爆发了,"我现在该怎么办?"

"你到底想干什么,托德?"说着,她又向他走近几步,摆出一副她能想象出的最淫荡的模样,眼睛色迷迷地看着他。

"我不知道。"昆比说,极力控制着自己的情绪。

"你今天凌晨到底干了什么事情?"克莱尔问。

"我已经告诉过你了。"

克莱尔开始攻坚了。"你并没有告诉我所有的事情,是不是?"她现在已经走到了他的身旁。

"你在说什么呀?"

"你又返回时代广场找到了她,是不是?"克莱尔大声问道。

"是又怎么了?"

"因为她嘲笑了你,所以就把你惹火了?"克莱尔接着模仿出几声妓女的嘲笑声,因为模仿得很像,所以昆比被激怒了。

"你在嘲笑谁?"他质问道。

"我没有嘲笑任何人,只是想起了刚才进来之前别人给我讲的一个笑话。"

"你也以为给我个女人我都干不了那事儿?"

"我怎么知道，你行吗？"她问道，同时向他眨了眨眼睛。

"你走进这个房间，看上去就像……像一个……你认为我该想什么？"

"那你想的是什么？"她又问，简直就像一只叫春的猫。

"我想你要我。"

"要是我真有这种想法又怎么样？你会做什么？"

昆比慢慢地站起身来，一双眼睛始终盯着她不放。克莱尔则以挑衅的目光同他对视着，看他敢做出什么来。她已经感觉到了他呼出的热气，心里感到一阵恶心。

"我会这样开始。"他说，嘴唇上已经沾满了唾沫。

他缓慢而小心地把手伸到她的后背上，绕着圈向下滑动。

"我可没有要你这么做。"克莱尔说。

"哦，这就是你要的，没错。"昆比说，同时手上加快了抚摸的速度，"你如此煞费苦心地把自己打扮得如此迷人，难道不是为了我吗？"

克莱尔没有料到他竟会如此大胆。"你不能见到一个女人就冲上去，肆无忌惮地想干什么就干什么。"她一边说一边后退，一步躲开了他的手。

"但是，我可以这么对你，是不是？"他说。"这就是你想要我做的，对吗？"说着，他又伸手去摸她的乳房。

"你住手。"她举起双臂交叉放在胸前，同时又向后退了一步。

这时的昆比就好像一头闻到了猎物恐惧信息的捕食的猛兽，越发变得凶猛了。"怎么回事儿？"他问她，"这不就是你想要的吗？好啊，你现在就可以如愿以偿。"

接着,他向她扑了过去。

"放开我!"克莱尔尖叫道。

他扯下她上身的连衣裙,露出蕾丝内衣和大半个乳房。

"我为什么要放开你?"昆比回应说,脸上又浮现出了他那邪恶的微笑。

他想把她按到墙上,并且脱下自己的裤子。他比她要强壮得多。克莱尔使出自己剩下的全部力气,一把把他推开,自己的身体也撞到了墙上。昆比欲火中烧地看了她一眼,准备一举拿下这个猎物。

"来吧,婊子。"昆比说着,垂涎欲滴地凑了上来。

克莱尔伸手够到了搭在椅子上的实验室工作服,把衣服口袋里的听诊器抓到了手里。她猛地一甩手,将听诊器向昆比脸上抽过去,金属听诊头狠狠地打中了他的一只眼睛。他疼得用双手捂住脸,跌跌撞撞地向后退去。

"你这个婊子!"他大叫一声,"你以为你能斗得过我吗?"

克莱尔并不想留下来同他较量一番,她哭泣着推开会见室的门,匆匆逃了出去。

她痛哭流涕地沿着走廊一路跑去,路人纷纷向她投来诧异的目光。她刚刚跑过一个拐角,就一头撞上了迎面而来的伊恩,差一点儿把他仰面撞倒在地。

"究竟发生什么事情了?"他问她,伸手抓住了她的肩膀。他立刻就发现了她那一身奇怪的打扮。"你怎么把自己弄成这个样子?"

"他想强奸我!"克莱尔哭道。

"是谁?在哪儿?"

"昆比,就在四号会见室。"她哽咽着说。

"快叫保安！"伊恩大喊一声，希望有人能够听到他的叫喊。然后，他重新把注意力放到克莱尔身上，带着她向走廊里一张空着的轮式担架走去。"我会抓到他的。"他向她保证说。

"不行，他现在很危险。"克莱尔说。

"我不能再让他去危害别人。"伊恩说着大步向会见室方向跑去。

不过几秒钟，他就跑到了四号会见室前，一把推开了门。但是，会见室里已经空无一人，他立刻又跑回克莱尔身旁。

"你找到他了吗？"她问道。

"没找到，他已经溜走了。"

伊恩从口袋里拿出手机，开始键入一个电话号码。

"你给谁打电话？"克莱尔问道。

但是，伊恩已经开始对着手机说话了。"科廷医生吗？我是伊恩·比格罗……"

克莱尔抬起头狠狠地瞪了他一眼，眼睛里全是泪水。"不能说，求你了，千万别告诉他。"

"不，先生。但是，沃特斯医生在这里遇到了麻烦……是的，她就在这里。"

伊恩把手机递到她的面前，克莱尔一边埋怨地看着他，一边不情愿地接过了手机。

"你好……昆比先生……他刚才差一点儿攻击了我……好的，先生，我等着。"

"科廷马上就过来吗？"伊恩问她。

她点点头，然后关上了手机。"你是不是想把我从这里赶出去啊？"

"克莱尔，你应该动动脑筋，我不能不给他打电话。"伊恩回答说。接着,他指了指她的头发。"你这是……为了昆比吗?"

克莱尔又哭了起来。"我把事情搞砸了,伊恩。我确实把事情搞砸了。"

伊恩在轮式担架边上坐下来,把克莱尔拥进自己怀里。"好了,克莱尔,不会有事的。"

第六章

仍然颤抖不已的克莱尔坐在科廷办公室的沙发上,科廷为她倒上了一杯伏特加。虽然在医院里禁止饮酒,但是科廷却在柜子里偷偷地锁着一瓶,就是为今天这样的突发事件准备的。

"保安说,昆比先生从医院里跑出去了——他们没办法阻止他。"

但是,克莱尔因为惊吓过度,一时还难以开口。

"我可以给你开几片安定。"科廷一边轻声说,一边把伏特加递到她手里。

"不,哦,这个好。"克莱尔把杯中的酒一饮而尽,然后说道,"谢谢你。"

"不用谢,医生。"科廷说,"现在,你能告诉我你刚才到底干了些什么吗?"

"干了你让我干的事情。"克莱尔回答道,她不想被人审问。不过，也许是刚刚喝下的酒精已经上头，她才会如此胡言乱语。

"我并没有让你去染头发，把自己打扮得像一个妓女。"科廷反驳说。

"我只是想别出心裁，扮演一个角色而已。"

"一个廉价妓女的角色？"

克莱尔直视着科廷的眼睛，回答说；"是的，就像今天凌晨被昆比杀害的那个女人一样。"

科廷的神情立刻从惊讶变成了警惕：对他领导的研究奖学金项目来说，只有一件事情能够威胁到它的成功，那就是一个被他们释放的病人再一次出现了暴力犯罪，其他问题都无关紧要。

"你说的是在时代广场附近被害那个人，是吗？"他问她，"就是我在今早的新闻里看到的那一个？"

"是的，"克莱尔回答说，"就在时代广场附近。"

"你能肯定那是昆比先生干的吗？"

克莱尔向科廷讲述了整件事情的来龙去脉：昆比如何在半夜里给她打电话，并在他们见面后说出了他在剧院区找妓女的事。她在早上播出的新闻里看到了一个妓女被杀的消息，根据昆比的描述，她发现他找的那个妓女就是凯瑟琳·米尔斯。于是，她决定直接面对昆比，设法让他自己坦白这一谋杀罪行。她想到了一个极端的办法，就是改变自己的外貌，从而刺激他讲出真话。她最后说："后来的事，你都知道了。"

科廷回想起了那天他公开训斥克莱尔的事，他意识到：*也许我对她的判断是错误的。*

"你应该先来找我。"他说，但是他心里也明白，这正是克莱尔最不愿意做的事情。

"我只是想向你证明，我并不仅仅是一个实验用的小白鼠。"

"你是以优异成绩通过我的考试的。"科廷的回答充满了从未有过的热情。"这份工作能获得巨大的成就，但是同时也可能有极端的危险。"他停顿了一下，"我应该早一些向你说明，在类似这样的情况下，你应该随时找我为你提供咨询。"

克莱尔感到，科廷的道歉虽然十分含蓄，但却是真诚的，所以她决定不再跟他过不去。"不，你是对的，"她对科廷说，"因为我听从了你的意见，所以才终于敲开了昆比这颗硬核桃。"

克莱尔低下头，希望不再讨论这个问题，两人之间出现了长时间的沉默。"克莱尔，"科廷有些尴尬地说，"听我说，我是不会为了这些病人拿自己的生命去冒险的。所以，同样的道理，我也不想看到我的任何一个学生拿生命去冒险。"

克莱尔看着他，这是他真心的想法，但这并不能改变已经发生的事情。"昆比仍然逍遥法外，他现在是一个非常危险的人物，我们应该怎么办？"

"你必须报警，"科廷立刻回答道，"如果这个人有可能继续游荡杀人，那么我们就有责任向警方发出警告，尽可能阻止他继续犯罪。"

"如果我错了呢？如果这件事只是一个可怕的巧合怎么办？"克莱尔问道，"在我没有绝对的把握之前，我是不能够违反保密原则的。"

"对那些攻击自己的治疗医师的病人来说，保密原则已经不适用了。"科廷回答说，"昆比攻击了你，他已经犯罪了，仅此一条作为报警的理由就已经绰绰有余了。"

克莱尔对纽约警察局的情况不熟悉，她问科廷："我是不是直接去本地警察局就可以了？"

"不行，"科廷说，"时代广场发生的谋杀案是由曼哈顿南区凶案组负责的。我会给布莱恩·维尔克斯警督打电话，告诉他你马上去找他。他是那里的头儿，我们是多年的老朋友了。"

维尔克斯带着尼克回到曼哈顿南区凶案组所在地时，已经是星期天下午了。维尔克斯昨天整夜都在奔波，科尼岛谋杀案还没有理出头绪，又匆忙赶到时代广场查看另一具女尸，由于缺少睡眠，他已经感到体力不支。然而，对尼克来说，这一天的经历就像是为他注入了一针强力兴奋剂，虽然他不得不把这种兴奋的情绪掩藏在心里，但是一年多以来，他总算第一次如此开心。他终于走出来为凶杀案的受害者复仇了，他始终坚信这是在为上帝工作。他终于回来了。

但是，他一走进凶案组的办公楼，兴奋之情立刻消失得无影无踪。这个地方总是让他感到阴气袭人，无论夏天还是冬天都一个样。墙壁上到处是渗水的痕迹，灰蓝色的墙漆已经开始剥落，枫木椅子和办公桌摸起来都黏糊糊的。经过前台的时候，他从一些警员的脸上看到了明显怀疑的目光，而在一年以前，这些人见到他都会走上前拍拍他的肩膀，彼此打闹一番、开开玩笑。现在，他们虽然立刻把目光转到了别处，但是尼克仍然觉得他们在火辣辣地盯着他。当他和维尔克斯一起走上楼梯的时候，他内心已经意识到，他们依然认为他是不清白的。

"尼克，你得给他们一些时间，他们会转变态度的。"维尔克斯安慰他说。

他虽然并不相信他们会转变对他的态度，但是也只能默默地点点头。

他们来到二楼，一步步向凶案组的办公室走去。尼克的脑子里情不自禁地想象着他的同事们会如何迎接他的归来，差不多一年前他就彻底断绝了同他们的来往，牺牲了自己同他们的友情，以保全他们不受自己的牵连。

维尔克斯在凶案组办公室的门口停下了脚步，然后疲惫不堪地向尼克做了个开门的手势，带着几分嘲弄的口气对他说道："帅哥优先，糟老头随后。"

尼克不敢进去，那里面桌子挨着桌子，天花板上的荧光灯把四处照得通明，他一旦走进这道门，就无处可以躲避其他警探审判的目光。

尼克深吸一口气，推开了门……一道耀眼的闪光立刻使他什么也看不见了，只听见屋内传来一阵发自内心的欢呼声："惊喜！惊喜！"

他脸上肯定出现了痛苦的表情，因为有人立刻对他说道："嘿，看到我们就那么开心吗？"

"我他妈什么也看不见。"尼克回答说。

但是，这句话刚一出口他的视觉就恢复了。他看到了早已站在自己面前的同事们，一个个脸上洋溢着真诚的笑容。清瘦而秃顶的托尼·萨瓦雷斯，仍然穿着他那身蓝色的运动上衣，脖子上系着红蓝条纹的领带，手里拿着一部警探们在犯罪现场取证用的尼康数码相机。在他们身后的天花板底下挂着一个用曲别针和犯罪现场隔离带做的横幅，上面用手歪歪扭扭地写着："欢迎归来，尼基！"他身边的一张办公桌上摆着一些百吉饼、奶油干酪和一个蹩脚地装饰着一副糖霜手铐的大蛋糕。

"就几块百吉饼吗？我离开了七个月，回来就得到几块百吉饼啊？"

萨瓦雷斯用手指了指维尔克斯，说："老大一个小时之前才告诉我们，这个蛋糕上的糖霜手铐还是我亲手做的呢。这么短的时间，你他妈还想得到什么，鱼子酱吗？"

"有这些已经很好了，你这个吝啬鬼。"尼克回答说，萨瓦雷斯立刻张开双臂给了他一个热情的拥抱。

"尼基，闹市区的那帮家伙早就该把你扫地出门了。"他在尼克的耳朵旁说。萨瓦雷斯是这里的高级警探，和其他一些人一样，他始终坚信尼克是清白的。

"现在，我们的工作可以轻松一些了。"站在第二排的基兰·奥布赖恩警探说，同时紧紧地握了握尼克的手表示欢迎。

接下来，老资格的黑人警探西德尼·波茨拥抱了他。"我听说，你和孩子们搬去你妈妈家住了，"他说，"过得还好吗？"

"我就像一个死人，已经在地狱里了。"尼克说。

"你要是再带一个孩子回去，可得事先征求你妈妈的同意了。"奥布莱恩说着，在尼克的背上拍了一掌。

这句话刺痛了尼克的心，但是脸上并没有表现出来。在同其他人一一握手的时候，他的目光却落到了一个衣着不凡的年轻警探身上，这位警探在人们最初的一阵欢呼之后很快回到了他的办公桌前。他穿着一件深蓝色的衬衫和一条很配的领带，椅背上搭着一件长及膝盖的皮外衣。小伙子长得眉清目秀、棱角分明，一头深金黄色的头发梳得一丝不苟，晒黑的脸庞看上去皮肤紧紧地绷着。

"那个新毛头是谁？"尼克问维尔克斯。

维尔克斯带着尼克来到这个表情严肃的年轻人面前。"他就是接替你的老搭档弗兰基的人。弗兰基调走之后，他就从'特殊受害者小组'[1]调到了我们这里。尼克·罗勒,来认识一下汤米·威瑟尔,以后他就是你的搭档了。"

"终于见到你了,很高兴,"威瑟尔带着浓厚的布鲁克林口音说,两人握了握手。"我知道,我还有得学呢。"

"你已经占据了弗兰基的位置,孩子,运气不错嘛。"萨瓦雷斯调侃道。

但是,尼克的注意力却被威瑟尔的办公桌和桌上的一份卷宗吸引了。

"你把圣裘德中学谋杀案的材料调出来了,"尼克对威瑟尔说,这正是他去年调查过的案子,同科尼岛和时代广场发生的两起谋杀案有许多相似之处。

"我看了看现场的照片和所有报告材料,"威瑟尔回答说,"希望早一点儿熟悉情况。"

尼克又看向威瑟尔的办公桌,刚好与自己的办公桌相对,圣裘德中学凶杀案犯罪现场的照片确实摆放在上面。他向威瑟尔点了点头,以表示自己感到满意。他心里想:*这个孩子说不定还真能有所帮助。*

"快来吧,尼基,"波茨一边往一块百吉饼上抹奶油干酪一边喊道,"吃点东西吧。"

"马上来。"尼克回答。

当其他警探纷纷开始享用桌上的点心时,尼克从威瑟尔桌上拿起了那一叠犯罪现场照片,开始仔细地查看最上面的一张。受害者是一个十八岁的金发姑娘,尸体是在游乐场一辆大卡车的车厢里发现的。她的脖子上缠着一根在一美元商店就能买到的电线,上面打着一个普

---

[1] 专门负责性犯罪案件调查和侦破的部门。

通的方结,就是这根电线要了她的命。尼克记得没错,她的眼睛上确实蒙着一段胶带。

她的名字叫伊丽莎白·马斯特森,调查表明,游乐场就设在圣裘德中学教堂的院子里,这个异常漂亮的莉齐[1]姑娘并没有在游乐场里玩过任何游戏,也没有在现场的小摊上买过任何东西。几个见过她的人都说,她是独自一人出现在教堂院子里的。因为她就住在离现场两个街区远的地方,所以当时他们得出的结论是,当晚她只是在回家的路上从教堂院子里穿过,凶手也只是偶然选中了她。

莉齐遇害时,刚刚以优异成绩从一所私立贵族高中毕业不久,准备当年秋天进入达特茅斯大学继续深造,然而,她却最终静静地躺在了城外的一座私人墓地里。伊丽莎白生前一直是一个循规蹈矩的孩子,从来没有过任何不轨行为,人们回忆起她所做过的最坏的事情就是抽大麻,但是也仅有过一次。

在办理凶杀案的警察眼里,莉齐·马斯特森是一个最纯洁、最无辜、最不幸的凶杀事件的受害者,而在纽约市一贯嗜血成性的媒体眼里,她却是一个最能吸引读者的故事,在案发后的几个星期里,他们连篇累牍地刊发她的毕业照片和泄露出去的犯罪现场的恐怖照片。

对莉齐被杀一案的调查工作立刻成为媒体最为关注的热点,同时也成为最令警方感到沮丧的案子,抽着雪茄、焦头烂额的警长最后把怨气都撒到了尼克的身上。但是,警方苦苦搜寻得到的那些最微不足道的线索很快都被证明毫无用处,经过长达两个月每天十八小时的艰苦调查后,警方仍然一无所获,莉齐案的卷宗最后不得不归档封存,渐渐被人们所遗忘。从那以后,这个案子再也没有起死回生,因为再

---

[1] 伊丽莎白的昵称。

也没有任何新的证据从天而降。

也就是说,这个凶手再也没有犯下第二桩或者第三桩谋杀案。

现在,尼克面临的局面简直就是一个最可怕的噩梦:让他接手了这个冷酷凶手刚刚犯下的又一桩谋杀案,而他本该在一年前就把他抓捕归案的。但是,尼克却不能承担凶手再次作案的责任,因为一年前他是强烈反对放弃对马斯特森一案的继续调查的。不幸的是,他的妻子突然去世,等他处理完丧事后回来,案子已经被放弃了,不仅他的努力已经白费,他还立刻得到了一纸调令——到警察局的登记中心从事嫌犯登记工作。他的枪和警徽都被没收,他当时就觉得自己这辈子只能烂在登记中心里了,就像莉齐只能烂在坟墓里一样。

现在,他的命运却突然出现了转机。

尼克查看马斯特森一案的照片时,发现这个案子同刚刚发生的两起谋杀案存在着一些不同之处,这让他感到不安。他把两张照片并排摆放在自己的办公桌上,一张是缠绕在莉齐脖子上的电线上的那个方结,另一张是科尼岛现在还不知道名字的受害者脖子上那根粗绳子上的奇怪绳结。

"这是一个荷兰水手单套结。"有人从尼克身后对他说道。

他扭头一看,原来是威瑟尔正从他肩膀上方看着桌上的照片。

"你说什么?"尼克问。

"我说的是那个绳结,"威瑟尔指了指那张无名氏的照片说,"这种结叫做'荷兰水手单套结',荷兰海军都用这种结。"

尼克开始喜欢上这个小伙子了,不过他还是要照例折磨他一下。"这么说,你在荷兰海军干过,所以知道这是什么结?"

"不是,我是在互联网上查到的。"威瑟尔一本正经地回答道,心里却摸不透尼克是认真的还是在奚落他。

"我真纳闷了,互联网出现之前我们是怎么活过来的?"尼克说道,而这一次他确实说的是真心话。这时,维尔克斯警督正好走过来,把一叠钉在一起的纸扔到了尼克的办公桌上。

"验尸官刚刚把科尼岛无名氏的验尸报告传真过来了。"他说完便走开了。

尼克拿起验尸报告开始看,威瑟尔仍然站在一旁,等了一会儿后,他转身回到了自己的办公桌前。

"你认为这就是去年那个凶手,只是手法略有变化?"尼克问他。

威瑟尔想这是不是有意要考考他。"有可能,"他回答说,"甚至有可能这三个案件彼此都存在某种关——"

"我看不是,"尼克反驳说,"验尸官说,无名氏左乳房上有一处淤伤,看上去就像是一个吻痕。"

威瑟尔低头看了看去年的验尸照片。

"去年那个女孩身上也有,完全一样,"他说,尽量不流露出自己的惊讶。"报告里还说了别的什么吗?"

"说她虽然被强奸过,但是体内并没有留下精液,"尼克回答。"毒物报告也没有发现氰化物。"

"氰化物?"

"我在犯罪现场闻到了一股苦杏仁的味道。看来,是我的感觉不对……"

"时代广场凶杀案……受害人的名字叫凯瑟琳·米尔斯,"这时,从办公室的另一头传来了一个女人的声音,"有人要我向维尔克斯警督报案。"

尼克扭头向声音传来的方向看去，正好看到萨瓦雷斯用手指着自己对克莱尔·沃特斯医生说："罗勒警探负责这个案子。"

"我是罗勒，"尼克大声道，他立刻发现这个女人同他案子中的几个受害者非常相像，于是大步迎了上去。他向她伸出手，说道："我叫尼克·罗勒。"

"克莱尔·沃特斯。"她回答说，然后握了握他的手。

"沃特斯女士，到我办公桌那里去谈，好吗？你认识米尔斯女士？"他带着她一边走一边问道。

"不认识，"克莱尔回答道，"但是，我可能知道是谁杀害了她。"

"来，请坐下来谈。"尼克指着桌子旁的一张椅子说，然后自己坐了下来。

克莱尔马上就注意到尼克的办公桌上几乎空空如也，不像其他警探的桌子上散乱地堆满了案卷和各种文件。"是有人告诉你他谋杀了米尔斯女士吗？"

"没有那么复杂，"克莱尔回答，能把这件事说出来让她轻松了许多，"他告诉我，他昨晚花钱要跟她上床，就在剧场区。"

尼克觉得他看到了希望，如果她的话属实，那么这个信息就非常重要。"请原谅我有话直说：他为什么要向你坦白这件事？"

"对不起，我应该先把情况说清楚，"克莱尔说道，"因为我是他的医生。"

尼克感到很意外，于是说："如果我谋杀了一个人，我是不会去向我的医生坦白的。"

"我真的很抱歉，都是因为我今天早上过得糟透了，"克莱尔回答说，"我是一个精神病医生。"

一听到"精神病医生"几个字,尼克爆发了。"你是他的心理医生,而他是你的病人。"他带着毫不掩饰的敌意说。

克莱尔不明白他怎么对她如此充满敌意,但还是一口气把想说的话说了出来:"他昨天半夜突然给我打电话说要见我,于是我就到曼哈顿城市医院的急诊室里见了他。他告诉我说,他刚刚干了一件很坏的事情,并且向我仔细地描述了米尔斯小姐的外貌。今天早上我回到家以后,突然在电视新闻里看到了她的照片。于是,我把自己打扮成你这个受害人的模样,回到医院向他摊牌,结果……"

这个时候,克莱尔已经明显表现出了她自己也是一个受害者的各种征兆,但是尼克对她却只感到生气。"结果怎么啦?"他问道。

"结果……他崩溃了。"

"崩溃了?"尼克厌恶地问道,"这就是你们这些心理医生的说法?"

克莱尔难以理解这个警探为什么如此刻薄,她回答说:"我被吓坏了,他想杀害我。"

"谢谢你。我看,你还是到楼下找值班警察吧,他会安排人为你做笔录的。"

至此,克莱尔也生气了。"你竟然不相信我的话?"

"不,我当然相信,女士。不过,我手上还有两具尸体需要调查。"尼克回答道。

"你听着,警探,我知道你只想把我打发走了事。但是,外面有一个疯子正在四处游荡,而只有我最了解他——"

"我已经告诉过你,到楼下去把这个故事讲给他们听。"尼克毫不客气地打断了她的话。

"你和我之间有什么问题吗?"

"我和像你这样的所有人之间都有问题,"尼克厉声道,"我讨厌心理医生。"

克莱尔两眼瞪着他说:"警探,我也请你原谅我有话直说:恰恰是那些不喜欢心理医生的人最需要我们。"

到这个时候,办公室里的所有人都在注视着他们俩的谈话。

"同你交谈很愉快,医生。"尼克说完这话,便假装埋头研究起他的案卷来。克莱尔只能怒不可遏地看着他,过了一会儿,她只好站起来转身离去——但是走到门口她又停了下来,转过身看着尼克。

"他的名字叫托德·昆比。"克莱尔向他大声喊道,然后转身走出了办公室。

尼克从案卷上抬起头来,发现威瑟尔正看着他。"你也有什么问题吗?"尼克没好气地问道。

"不,没有问题。"威瑟尔回答说,扭头看他自己的文件去了。

尼克朝空空的门口看了一眼,自言自语道:"这些该死的心理医生,总以为他们什么都知道。"

第七章

克莱尔来到楼下,两个警察拖着一个醉汉从她身边走过。她怒气冲冲地走进一间狭窄的小房间,一屁股坐在了一名年轻警察的面前。

这个警察最多不会超过二十二岁,身上穿着笔挺崭新的警服,胸前的名牌上写着他的姓——卡普兰。看着他漫不经心的样子,克莱尔感到更加生气了。

"你刚才说这件事情是在哪儿发生的,女士?"

"在曼哈顿城市医院。"

就这么一条简单的信息,这个年轻警察似乎也花了好几分钟才记录完毕。"科廷医生难道没有给你们打电话,把我来报案的事情告诉你们吗?"克莱尔不耐烦地问道。

"我们必须同有关目击证人谈谈,女士。还有攻击你的那个男人,他叫什么名字?"

"托德·昆比。"

"你能告诉我'昆比'是怎么拼写的吗?"

克莱尔再也无法忍受下去了,大声道:"这么点儿事情到底还要拖多长时间?"

卡普兰警官可怜巴巴地看了她一眼,回答说:"对不起,沃特斯医生。我两天前才刚刚从警察学院毕业,我不想把事情搞砸了。"

克莱尔自己也意识到,她是把对罗勒警探的一腔怒火发泄到这个不知所措的小伙子身上了。"不,"她说,渐渐平静下来,"是我应该向你道歉,我心情不好,并不是你的错。"

卡普兰看来立刻轻松了许多。"我向你保证,最多10分钟你就可以走了。现在,请你把这件事情的前前后后再给我说一遍……"

克莱尔不得不长叹一声,把事情的来龙去脉又讲述了一遍。

在楼上的警队办公室里,尼克坐在办公桌前,同样怒气未消。他还在想：那个该死的心理医生竟然闯到这里来，大言不惭地告诉我一个警探该怎么工作。过了一会儿，他又对自己生起气来，责备自己不该那么情绪失控。他对克莱尔说的那些话都是脱口而出，简直挡都挡不住。尼克开始感到担忧了，不管是不是心理医生，像这样突然走进一个人来，把两起甚至可能是三起谋杀案的答案送到你手里，这样的好事可不是每天都能碰到的。

他盯着桌上三个受害人的尸体照片，心想，*她讲的那个故事太荒唐了。把自己打扮得花枝招展，引诱自己的病人吐露真相，什么样的人才会做出他妈这样的事情来？真是个怪胎，一个变态的心理医生。*

"你没事吧，警探？"威瑟尔从尼克桌子对面站起身来问道。

尼克抬起头，桌上的台灯照得他直眨眼睛。"你他妈站在那儿干什么？"尼克吼道。

威瑟尔犹豫了一下，然后伸手把一份打印材料放到尼克的办公桌上。"我把托德·昆比的犯罪前科调出来了，就是刚才那个心理医生说的那个家伙。我想，你可能想看一看。"

说完后，他就等待着尼克再次发火。但是，尼克终于控制住了自己的情绪，他也知道这个小伙子只是在做他拿了工资就该做的事情，而且这些工作他自己本来也该做。

"谢谢你，孩子。"尼克说着，勉强挤出了一个不自然的微笑。

威瑟尔点点头作为回应。"嘿，你能不能帮我一个忙？"

"什么事？"尼克盯着威瑟尔问道。*他到底要我帮他做什么？*尼克不想因此同一个新搭档走得太近，谁做你的搭档都一样，他喜欢独来独往，那样做起事情来要容易得多。

"我当警探也已经八年了。你称呼我的名字，行吗？"

他的意思是说：威瑟尔不喜欢别人把他叫做"孩子"，尼克听明白了。

"汤米，对吗？"

"谢谢。"威瑟尔点了点头，脸上的表情却依然很严肃。"我问你一个问题，你不介意吧？"

"我们是搭档，"尼克回答说，希望尽量消除他们之间的误会，"尽管问。"

"你怎么会讨厌心理医生呢？"

现在，尼克刚刚压下的怒火又冒起来了。"听着，所有人都很清楚曾经发生在我身上的事情，如果你不知道，要么是你信息不灵，要么就是你瞧不起我。"

威瑟尔立刻意识到自己不该问这个问题。"对不起，我知道了。你遭遇的不幸落到任何人身上都是非常痛苦的。"

"你能理解，我很高兴。汤米，你是个不错的孩子，刚到这里就干得不赖，千万不要因为管不住你的嘴而砸了饭碗，行吗？"

威瑟尔默默地点点头，垂头丧气地回到了自己的办公桌前。尼克从桌子上拿起那份打印材料，第一页上印着昆比的头像。他看了看这张脸，觉得很平常，走在大街上随处都可以见到这样的一张脸——便利店柜台后的店员、建筑工地上的工人或者驾驶送货车的司机，这样普通的面孔有几百万，你平日里根本就不会多看上一眼。他看上去并不像一个性罪犯。不过，性罪犯又该长什么模样呢？

尼克翻过这一页，继续看昆比的被捕记录。接着又翻过一页，突然一个名称吸引了他的注意：

美国商船学院。

尼克继续往下看。昆比曾经就读过长岛的美国商船学院,不过只读了半年就被学校开除了。

半年的时间足够学会打水手结了,比如荷兰水手单套结。

尼克翻了翻后面的几页材料,嘟囔道:"怎么没有啊?"

"你想找什么?"威瑟尔问道。

"我想找昆比上次服刑的情况,这里只有他几次被捕的资料。"尼克回答说,心里开始感到兴奋起来。

"我可以告诉你,"威瑟尔说,"从去年开始到上个星期为止,他一直在里克斯岛服——"

尼克突然站起身,急匆匆地向门口走去。

"怎么了?"威瑟尔喊了一声,立刻跟了上去,在楼梯口追上了他。

"这个混蛋昆比在去年圣裘德谋杀案之后被关进了监狱,而正好又在科尼岛无名氏谋杀案发生之前被放了出来,这就说明了为什么这两起谋杀案之间没有发生相似的谋杀案。"

克莱尔站在楼外大街的对面,准备搭出租车回家,脸上仍然怒气未消。现在是星期天的下午,7月的太阳明晃晃地挂在天上,她不得不眯缝着眼睛躲避耀眼的阳光。这座城市里的人好像都逃到城外避暑去了,就剩下了街对面两个正在跳绳的小姑娘。克莱尔若有所思地看着她们。

多少年了?

在地面不断升起的阵阵热浪中,两个小姑娘不知疲倦地跳着,突然其中金黄色头发的小姑娘不慎跌倒了,另一个赶快扔下跳绳,跑过去把小伙伴抱起,好像是在告诉她说:没事的。

她为什么要转身离去,为什么把艾米一人留在了身后?

这时,克莱尔听见了一辆汽车驶来的声音,便把目光从两个小姑娘身上收了回来。驶来的正是一辆出租车,但是车顶的灯箱上却打出了"下班"的字样。她挥手示意出租车停下。

司机在她身边停下车,摇下了车窗。"你要去什么地方?"出租车司机问她。

"西区第88街。"克莱尔回答说。

"正好在我回车库的路上,我送你去。"出租车司机说。

"谢谢你!"克莱尔说着钻进车里。一天来,现在总算可以坐在车里喘口气了,她只想尽快回到家里,忘掉今天发生的一切。就在这时,车门突然被人从外面打开了。

"警察。停一下。"尼克气喘吁吁地对出租车司机说,司机立刻把挡位挂回到"停车"挡上。

"你想干什么?吓了我一跳。"克莱尔大声道。

"你为什么要引诱他?"尼克问道,"我是说那个叫昆比的家伙。"

"我还以为你对这件事根本不感兴趣。"克莱尔回答说,立刻钻出出租车站到尼克的面前。

"听着,我为我刚才在楼上说的那些话道歉。我确实应该同昆比先生谈一谈。"

"哦?现在你终于觉得我是对的了?"克莱尔得意地问道。

"我不想同你吵架……医生。"

"沃特斯,克莱尔·沃特斯。"

"对了,沃特斯医生。我需要得到这个昆比的地址,你能给我吗?"

克莱尔看了看他,然后从提包里取出昆比的卷宗,打开来放到出租车的引擎盖上,再拿出一支笔在一张纸上写下了昆比的地址。

"我必须跟你一起去。"她对尼克说。

"不,你不能去。"他回答说。

"我知道应该如何同他交谈。"克莱尔说。

"你如果真知道,那么现在也不会出现在这个地方了,对吗?"尼克说。

"你是什么意思?"

"我的意思是,下一次当你觉得你的哪个病人会伤害别人的时候,不要以为自己就是'少女神探南希·德鲁'[1],还是把这种警察的工作交给专业人士处理。"

克莱尔怒目相向,厉声道:"下一次我一定要找一个没有偏见的警探!"

她把手中的纸条扔到尼克的脸上。"昆比住在他祖母家里。"说完,她重新钻进出租车,"砰"的一声关上了车门。

出租车启动后,她忍不住回头看了一眼尼克·罗勒,在出租车的后视镜上,尼克的身影正变得越来越小,很快出租车转过街角,他的身影也从镜子里消失了。

---

1 美国电影《少女神探南希》的主人公。

第八章

当克莱尔拖着沉重的步伐走进公寓时,太阳已经西沉。她怒气冲冲地"砰"的一声关上了家门。她把提包随手扔到镶木地板上,也不管它放得是不是地方,然后一屁股坐在了松软的沙发上。公寓里的家具都是她以前在周末里同伊恩一起专程到达奇斯县买回来的,沙发上放着几个坐垫,都是米黄和天蓝相间的颜色,温柔而舒心。每个月,他们都会在不同大型购物中心内带免费早餐的旅店住上一晚,白天就在商场里四处寻找中意的打折商品,所以,每一件物品都会让她回想起同伊恩一起度过的一段欢乐时光。她早就知道,总有一天她会放弃在华盛顿特区的奖学金项目,到纽约来同伊恩住在一起,因此,她希望把自己的公寓装扮得温馨一些,以缓解每天倾听病人的痛苦经历而给自己带来的郁闷心情。

"你还好吗?"卧室里传来伊恩的声音。

她没有回答。*他马上就会走出来看我的,这是他的习惯。*

紧接着,伊恩果然来到了起居室里。他穿着浅蓝色的T恤和黑色运动短裤,在她身边的地毯上坐了下来。克莱尔低头看着他,微微一笑。他坐在地毯上那一片蔚蓝色的波浪之上,看上去是那么平和,他轻轻地把她的手握在自己手里。

"你今天过得太糟糕了。"他的话显然说出了克莱尔的真实感受。

克莱尔只是默默地点了点头,然后闭上了自己的眼睛。两人好一阵子都没有说话,还是伊恩最后打破了沉默。"很多人都在问我到底发生了什么事。"他说道。

"我不想谈这件事情。"克莱尔勉强回答说。

伊恩点点头,他很理解克莱尔的感受。"要不要我给你拿点喝的?"

"我还好,谢谢。"克莱尔回答。

但是,当她听到他站起身来之后,还是略微睁开眼睛,看着他走进了厨房。换做平常的日子,看到这种情景总会使她感到兴奋,但是今天晚上却不同,一想到同伊恩做爱她就会想到昆比,想到他对那些女人所干的事情。

不过,她同伊恩一直相处得非常融洽。他们是在哈佛大学的马萨诸塞州总医院当住院实习医生时认识的。克莱尔在他人的鼓励下向这所著名医院提出了实习申请,进入医院后很快便成为那里一颗冉冉升起的新星。伊恩毕业于斯坦福医学院,虽然也是高才生,但还算不上明星,不过同克莱尔在一起也算般配。他们俩在四年实习期的大部分时间里对彼此都有好感,相互间的吸引力也显而易见,只是克莱尔一直坚持把两人的关系限制在专业工作之内,所以两人长期保持着密切的同事关系。后来,随着时间的推移,克莱尔终于放弃抵抗,在伊恩大胆的进攻下成了他的俘虏。很显然,他早就疯狂地爱上了她,而她后来也意识到自己也爱他。他对她具有一种强烈的诱惑力,他们的性生活也是她同男人有限的性经验里最为和谐的。他很懂得如何让她放松——他总是先对她歪嘴一笑,然后抚摸她的脖子,或者用五指在她的头发里轻轻地按摩。每当这个时候,无论她内心深处潜藏着什么样的紧张情绪都会烟消云散，至少能使她享受到生活中短暂的安宁。

在克莱尔到华盛顿特区的国家卫生研究院参加研究奖学金项目之后，伊恩加入全美国最繁忙的医院之一——纽约贝尔维尤医院精神病科住院医生的行列之中，于是两个人也就分居两地。由于克莱尔研究项目的工作时间相对灵活，因此总是她在周末里从华盛顿到纽约与他相会。有时候碰上伊恩值班，两人在一起的时间也不过是匆匆见一面而已。但是，克莱尔需要同伊恩保持肉体上的接触，就好像她需要不停地充电一样。因为她独居时常常在夜里做噩梦，总是看到艾米被大地所吞噬或者被巨大的旋涡所卷走，听到她绝望地向自己喊着"救命"。

后来，他们俩同时接受并加入了科廷的研究奖学金项目，分居的生活总算有了一个意外而圆满的结局。其实，伊恩是在贝尔维尤医院精神病科工作一年后就开始了申请科廷奖学金项目，但是一年后才被接纳。克莱尔一直没有告诉伊恩，科廷亲自去华盛顿说服她加入他的奖学金项目，她想给他一个惊喜。就在科廷项目开始的一周前，她租了一辆运动型多功能越野车，把装满私人物品的各种箱子和纸盒塞进车里，然后开着车突然来到了纽约。当伊恩走进房间时，脸上布满了格外惊讶和欣喜的神情，这让克莱尔觉得隐瞒这个秘密所经受的所有痛苦都是值得的。她现在闭着眼睛，又想起了那天晚上他们几乎不停地做爱，直至太阳升起的情景。

那其实就发生在十天之前，但是克莱尔却觉得仿佛已经过去了一年，过去二十四小时里发生的一连串事情使她精神上遭受了巨大的打击，她好像被彻底掏空了，身心已经麻木。她现在什么都不想做，只想让自己继续麻木下去。

但是，接下来发生的事情就连她自己都始料不及：突然之间，她的眼泪夺眶而出,"哇"的一声哭出声来。她立刻控制住了自己的哭泣,但是伊恩已经听到了她的哭声,并立刻跑到了她的跟前。

"你怎么了?"他问道,脸上流露出关切的神情。

"我不知道。"克莱尔回答说,自己也不明白。她怎么能不知道自己为什么哭泣呢?

"我还从来没有见你这么哭过。"伊恩说着把一张纸巾递给她。

克莱尔擦了擦仍然闭着的眼睛。"我这是怎么了?"她问伊恩。

"你这是有感而发。"伊恩立刻答道。

"我不想再感受了,"克莱尔回答说,"什么也不想了。"

但是,她还是能感受到他的存在,闻到他身上的气息。她让自己睁开眼睛,看到了跪在自己身旁的伊恩和他眼中流露出的奇怪神情。她立刻明白了这种表情的含义,不禁感到有些惊恐。她伸手把耷在额头上的一缕短发拨开。

"你不喜欢吗?"她问他。

"不……当然喜欢……"他结巴道,听起来似乎感到不好意思。

她看到他已经兴奋起来了。接下来发生的事情却比突然爆发的哭泣更让她震惊。

她像一头扑向猎物的母狮般猛地从沙发上站了起来,双手抓住伊恩的头,使劲地吻他,仿佛这个吻、这种两人间触电般冲动的激情能够一举抹去发生在她身上的所有不幸。

他们疯狂地接吻,几秒钟后她紧闭的眼睑后突然出现了一片黑压压的乌云。

"我要你,"克莱尔急促地对他说,"现在就要。"

他抓起她的双手,带着她向卧室走去,克莱尔觉得笼罩在眼前的乌云消散了。他们从起居室墙上的镜子前经过，看到了自己在镜子中的形象。

"你真漂亮，克莱尔。"伊恩对她说。

"我不是克莱尔。"她看着镜子里那个金发女人回答道。

"不对，你就是克莱尔，我爱你。"伊恩回答，"不管你做什么都不会改变这个事实。"

当他们走到卧室门口的时候，克莱尔突然伸出一只手挡住了他们的去路。她现在突然变成了另外一个人，一个没有过去的人；她只有现在，只是一个同另一个男人在一起的女人，而这个男人会用他的爱来保护她。

"不在这里，"克莱尔对他说，"到露台上去。"

她拉着他向通向露台的滑动玻璃门走去，伊恩拼命地控制住自己。克莱尔推开玻璃门，一股热气扑面而来，他们一起走到了露台上。她转过身面对着伊恩，两只手抓住了背后的栏杆。伊恩把她拥入了自己的怀里。

克莱尔抬起双腿，尽力伸展脖子，把头向后仰到了栏杆之外。她看见了这座城市倒置的灯光，感到有些眩晕。

这就是窒息式性行为的感觉吗？

"噢，上帝啊。"她叫道。

"就这样，亲爱的，来啊。"伊恩鼓励道。

她情不自禁地呻吟起来，仿佛五脏六腑都要裂开了，这些年来淤积在心中的痛苦一下子都释放了出来。在那一瞬间，她感到了彻底的自由，整个身心只关注着拥抱着自己的伊恩。

接着，当她感觉他正达到高潮的时候，一阵恐惧却突然袭来。城市的灯光开始在她眼前旋转，她觉得自己就要失控了——即将从这个18楼的露台上摔下去，在下面的人行道上摔得粉身碎骨。她一把推开伊恩，撒腿跑回了房间里。

"你不是说想要我吗？"伊恩说着追了上去。克莱尔抓起她的浴袍，接着又把伊恩的浴袍扔给了他。

"我是想，"克莱尔说，"但是，我怕……"

"我向你保证，你绝不会出任何事情的。"他温柔地说道。他向她伸出双臂，她再次走进了他的怀抱，但是她的脑子却仍然在旋转。

克莱尔开始思考她这种反应的化学原因：在过度紧张的一天之后，她体内的血清素[1]含量大大降低，所以渴望通过达到性高潮而增加体内的内啡肽含量，内啡肽会立刻关闭情感系统，刺激杏仁体并促使肾上腺素大量分泌，从而导致恐惧感。

在过去的十分钟里，她一直被动物的本能所控制。现在，她又重新夺回了控制权，恢复了自己的常态。

第九章

尼克和威瑟尔从一辆没有标志的破旧"雪佛兰黑斑羚"汽车上走

---

[1] 血清素（serotonin）即5-羟色胺，是体内产生的一种神经传递素，由色胺酸衍生而来。血清素同强迫症和恋爱情绪密切相关。体内血清素含量较高时具有安神作用，能使人产生愉悦和幸福的感觉。

下来，迎接他们的是震耳欲聋的建筑机械的轰鸣声。这是次日早上八点，星期一，昨夜悄然过去，再没有接到发生新谋杀案的消息。

"我一晚上都以为会突然接到你的电话，告诉我昆比又作案了。"威瑟尔无话找话地对尼克说道。

"那混蛋大概不想搅了你周日的晚餐。"尼克回答说，他不想破坏他们俩之间脆弱的友好关系。

"要是再来一起凶杀案，我老婆真得气疯了，"威瑟尔说，"她最不能容忍的就是有人搅和了我们家的周日晚餐。她说那是属于我们这个家庭的时间，什么事情都必须给家庭让位。"

"你有孩子吗？"尼克问。

"一个三岁的男孩，一个两岁的女孩，还有一个正在肚子里。"威瑟尔咧开嘴笑道，这是尼克第一次看到他笑。

"乖乖，汤米，"他回答道，"你倒是一点儿也不闲着。"

两人沿街走去。"我有两个孩子。"尼克说，也想自我夸耀一番，但是又忍住了，并没有继续说下去。

他们来到了克莱尔留给他们的那个地址：第78街阿姆斯特丹路和百老汇路之间的一幢八层公寓楼。建筑机械的喧嚣声就来自这幢公寓楼旁边的一块空地上，一幢新的简易公寓楼正在兴建之中。

"过去我一直很喜欢这一带。"威瑟尔说，皱起眉头四处看了看。

"你是什么地方的人？"尼克问。

"生在纽约州的维斯切斯特县，长在纽约市附近的斯卡斯代尔小镇。"

"斯卡斯代尔？是你父母要你当警察的吗？"

"不是，是我自己认为当警察比当律师更加激动人心。"威瑟尔回答说，两人走进了公寓楼的门厅。

尼克看了看克莱尔扔给他的那张纸条，突然发现纸条下面还写着她的手机号码。

"就是这家：1-B。"威瑟尔越过尼克的肩头看到了纸上的地址。他举起手正要按门牌上的蜂鸣器，尼克一挥手把他的手及时挡开了。

"你这是干什么？"威瑟尔质问道。

"如果昆比这时就在公寓里，我们干吗要让他知道我们来了？"尼克说着，用手指了指一个正要从安全门里出来的中年妇女。等她刚刚从他们身边走过，两人立刻穿过安全门走进了前厅。

中年妇女转过身来，伸手抓住了即将关闭的安全门。"等一等，你们两个不是住在这里的。"

威瑟尔拿出了自己的警徽。"警察。"他对她说道。中年妇女放心了，点点头走出了公寓楼。

当他们沿着一楼走廊往前走的时候，尼克开始观察这幢楼的情况。他估计这幢楼大概有六十年的历史了，恐怕是第二次世界大战刚刚结束后修建的，也就是说它见证了已经过去的那一段美好的日子。天花板上剥落的油漆和陈年水迹无疑说明了一个问题：这幢楼的房东不肯对房子进行维修，想以此迫使那些多年的住户搬出去，他便可以重新修葺一新，然后抬高租金重新出租，从而获得更大的利益。

"就是这里。"威瑟尔说，他们已经来到1-B公寓房的门口。门上装有一个老古董的门镜，在它下面贴着一张小纸片，上面写着住户的名字："F.昆比"。从笔迹上看，很像是一位老妇人所写。

两个人分别在门的左右两边站好——你不可能料到门后面会出现什么样的状况——尼克敲了敲门。

"谁呀?"一个女人的声音从门后的公寓房间里传来。

"警察。是昆比夫人吗?"

"我怎么一个人也看不见?"她说,显然指的是她从门上的门镜里看不到他们。"把证件拿出来我看看。"

尼克把警徽举到门镜前。

"警徽可能是你买来的,"她说,"我要看带照片的证件。"

尼克和威瑟尔不解地彼此看了一眼,看来这个昆比夫人要么警惕性格外高,要么是想解除他们的警惕性。

尼克把自己的证件举到门镜前。接下来,他们听到安全链摘除的声音,然后又传来两道门闩打开的声音,门终于开了,芙洛伦丝·昆比出现在他们面前。她看起来大约快八十岁了,一头没有梳理的白发,身上穿着居家的便服,脸上不快的神情说明她并不知道有人来也不想见到任何人,尤其不想见到警察。

"什么事?"她冷冷地问道。

尼克的鼻子立刻闻到了一股积年的烟臭味,毫无疑问这个公寓房的主人已经抽烟几十年了。"我是罗勒警探,这位是威瑟尔警探。你孙子托德在家吗?"

"你们这些人现在又来找托德做什么?"芙洛伦丝问道。

"我们只是想找他谈谈。"威瑟尔回答说。

"是啊,没错,"芙洛伦丝挖苦道,"上次来的那帮警察也这么说,结果就把托德带走了,害得我一年多都见不到他。"

"他在家里吗?"威瑟尔问她。

"不在,好几天都没有回来了。"芙洛伦丝回答。

尼克和威瑟尔彼此交换了一个眼神。"你知道他在哪里吗?"尼克问道。

"他去哪儿从来也不告诉我,"芙洛伦丝说,语气中带有一丝沮丧,"你们是不是又要把他抓回监狱里去?"

"我们可以进去谈吗?"威瑟尔又问。

"除非你拿出搜查证来,否则不能进去。"

尼克探头向公寓里看去,屋内的景象仿佛还停留在1972年:花花绿绿的旧墙纸早已开始剥落,老式的"福米卡"家具东倒西歪,随时都要散架的样子,已成深棕色的粗毛地毯表面已经磨出了大大小小的洞,露出了地毯里面的填充物。

"托德并不是一个坏孩子,"芙洛伦丝对他们说道,"你们干吗总是来找他的麻烦?"

威瑟尔也向她身后的公寓里看了看,然后问道:"好吧,你能给我拿点喝的吗?"

"只有白水,我可以给你拿一杯过来。"

"我想喝一杯啤酒,可以吗?"

尼克瞪了威瑟尔一眼。

"我家里从来没有啤酒。"

"那么,那瓶'帕斯特'公司的蓝带啤酒是谁的?"威瑟尔质问道。

他指了指起居室咖啡桌上的一个啤酒瓶,瓶中的酒几乎还是满的,瓶身布满冷凝霜,显然是刚从冰箱里拿出来不久。芙洛伦丝回过头去看了看,脸上立刻流露出紧张的表情。

"我不知道那是哪儿来的。"

就在这个时候,两名警探清楚地听到了破旧的木制窗户打开的声音。

"我抄到后面去。"威瑟尔说着拔腿向楼外跑去,尼克一把推开芙洛伦丝,拔出枪冲进了公寓房间。

"你不能进去!"芙洛伦丝在他身后喊道,尼克已经冲过门廊到了起居室。

尼克一把推开卧室的门,只见到对面窗户上退色的窗帘还在微风中飘动。他立刻冲到窗前,刚好看到托德·昆比正跑过隔壁的建筑工地。他毫不犹豫地爬上窗户,纵身跳了下去,整个身体重重地摔倒在地面上。

他刚刚爬起,却突然看到一捆吊在吊车下的钢梁横扫过来,他立刻躲向一旁,只差几寸他的脑袋就没了。尼克看到头戴安全帽的工人们纷纷向他喊叫,但是建筑机械的隆隆声淹没了他们的声音,不过他已经清楚地看见了他们的口形,知道他们要他赶快离开,不然会白白送了自己的性命。

就在这个时候,三声尖利的汽笛声突然响起,震得尼克耳膜疼痛。仿佛一只无形的手从天而降,一下子切断了电源,工地上所有大型施工机械都同时停了下来,工人们也都站在原地惊呆了。工地上只有一个人在动,那就是托德·昆比,尼克发现他已经跑出了很远。

尼克迅速从地上爬起来,以最快的速度追了上去。但是,这时的昆比已经从工地敞开的铁丝网大门跑出去,到了大街上。

尼克花了约十五秒钟的时间才穿过工地来到街边的人行道上。他四处张望,完全看不到昆比的影子,也看不到威瑟尔身在何处,他们不可能突然都消失得无影无踪啊。

只有一种可能:他们俩都跑进了百老汇拐角处的地铁入口。

他拔腿就跑，跑过一个街区后又沿着石阶冲下了地铁口。他立刻感到视线变得模糊起来，从灿烂的阳光下突然进入地铁站昏暗的灯光里，自己的眼睛一时还不能适应。尼克拿出警徽向检票口的工作人员晃了晃，飞身从检票口十字转栏的上方跳过去，大步来到了站台上。他发现站台上候车的乘客们都扭头看着南面，而列车来的方向却应该是北面。

"怎么回事儿？"尼克向人群问道。

"警察追着一个人跑到铁轨上去了。"站在他身旁的一个人指着南面对他说。

尼克向站台最南端跑去，当他正要走下通向铁轨的几步石阶时，却突然停住了脚步。

我这是他妈的干什么？一旦跑进去我就什么也看不见了。

但是，他没有选择的余地，因为他的搭档就在眼前这个黑黝黝的地铁隧道里。

尼克一头冲进了隧道。突如其来的黑暗再一次模糊了他的视线，他感觉自己就像戴上了一副滤光镜。他现在实际上就是一个瞎子，唯一能够见到的东西就是一面墙上两只点亮的灯泡和二十多米外的一盏红色信号灯。也许不到二十米？

尼克摸黑继续向前走，小心翼翼地走在两条铁轨中间，他在心里一再警告自己，千万不能碰到第三根铁轨，要是那样就等于把自己处以电刑。

这时，他突然发现前方有动静，*那是一个人在动吗？*

他加快步伐，跌跌撞撞地向那个影子冲过去。这时，他已经听到了一列火车正向他驶来的隆隆声，但是却无法判断这辆列车到底来自哪个方向。紧接着,列车顶上射出的强烈光束突然出现在了他的眼前,这趟列车正沿着他身旁的另一条轨道向北行驶。车头从他身边轰然而过,列车离他很近,他清楚地看到了车厢里的乘客们纷纷透过车窗玻璃看着他。转眼间列车远去了,但是不知为什么,他耳朵里的隆隆声却没有立刻消失。

突然,又一道耀眼的光束从他身后出现了,而他正好处在光束的中心。他转过身面对着呼啸而来的列车,几秒钟后他将被它无情地撞死。

猛然间,他感觉有人抓住了他的身体,迅速推着他跨出脚下的铁轨,冲到了刚刚驶过那趟列车的轨道上。他一头倒在了两根铁轨之间,刚一抬头就看见本该撞死他的向南的列车从眼前飞速驶过。

列车消失以后,他才发现一个人趴在他身边不远的地方。

尼克立刻跨过铁轨,随即看到了他搭档身上的鲜血。一切都明白了。

汤米·威瑟尔刚刚把他推到了死亡线之外,而他自己却被呼啸而来的列车撞倒了。

他慌忙在威瑟尔身边跪下来,发现他的搭档正艰难地喘息着。

"坚持住,"他向威瑟尔大叫道,"你不能扔下我不管!"

这个孩子挽救了我悲惨的生命,而那个混蛋昆比却再次逃脱了,继续寻找他的下一个谋杀目标。

这时候,他听到有人向他们跑来的脚步声,一束手电筒的光亮出现在不远处。

"警察!"来人大声喊道,"你没事吧?"

来人是一名铁路警察,很显然是刚才为尼克指方向的人们指引他来到了隧道里。

"这里有一名警察受伤了，"尼克高声道，"叫救护车！该死的，快叫救护车啊！"

尼克低下头看着躺在地上的这个年轻人，他成为自己的搭档才刚刚二十四个小时，他知道：无论汤米·威瑟尔发生什么样的事情，自己都难辞其咎。

第十章

在曼哈顿城市医院的急诊室入口外，警车几乎堵塞了整条街道。托尼·萨瓦雷斯的蓝色运动上衣已经被汗湿透。他把他驾驶的"雪佛兰黑斑羚"汽车挤进了路边唯一一个狭窄空当里，紧靠在一个消防栓旁边。尼克坐在"黑斑羚"的副驾驶位置上，根本没有注意到他们已经到达医院，他眼前仍旧是汤米·威瑟尔奄奄一息地躺在铁轨旁的情景。

几分钟后，大批警察赶到了地铁站的现场，医护人员迅速把威瑟尔送往医院，至少五十名警察和警探把地铁隧道搜了个遍，但是却没有发现托德·昆比的影子。他彻底地消失了，很可能是从某个紧急出口溜了出去。萨瓦雷斯认为尼克的精神状况已经不适合参加搜捕行动，在听取了尼克的简短汇报后，他便带着他来到医院，让他同自己的新搭档待在一起。

"我们到了，尼克。"萨瓦雷斯对他说道，尼克这才清醒过来。

他走下车，从停在路边的一辆辆警车前走过，看到了不同警区的车牌号，他知道：上至肩上扛着几颗星的长官，下至刚刚进入警界的年轻警察，都从纽约市各地赶到了医院的急诊室里，包括远在皇后区和斯塔顿岛的警察们。他们是来此支持自己的战友、为挽救战友的生命献血的。尼克已经不记得自己为多少战友参加过多少次这样的活动，但是这次倒下的却是自己的搭档，这对他来说还是第一次。

这时，萨瓦雷斯陪着他走进了候诊室的双开门，尼克立刻看到了几十名聚集在这里的警察，他们有的在祈祷，有的在轻声低语，也有的在哭泣。当他们发现尼克到来之后，都纷纷安静下来，因为八个月前他曾一度成为媒体关注的人物，这个城市里的每一个警察都早已熟悉他的这张脸，甚至连一些普通市民也能轻易认出他来。他从这些弟兄们中间穿过，不由自主地看到了他们脸上沉重的表情，他们都用那种难以名状的眼神看着他，在他们心中到底是充满了悲伤还是同情？也许，他们想的是尼克·罗勒又一次把事情搞砸了？

一阵低沉的抽泣声传到了尼克的耳朵里，萨瓦雷斯也听到了。他拿出一条手帕擦去秃头上的汗水，带着尼克走进另一个门，来到了治疗区。几步外，维尔克斯警督正在努力安慰汤米的妻子黛比·威瑟尔。黛比现年二十五岁，金发碧眼、容貌可人，显然正怀着孩子。她和维尔克斯一起站在一扇玻璃窗前，正透过玻璃关注着房间里的医生和护士们抢救她的丈夫。尼克想：*她这么年轻就不得不面对如此不幸，怎么受得了啊。*

"你们不能进来！"从他们身后传来一个男人的声音。是一名医生，脖子上挂着他的名牌，上面写着"加文·莱斯特，急诊部主任"的字样。

"我们是警察，医生，"萨瓦雷斯对医生说，同时指了指尼克，"他是威瑟尔警探的搭档。"

"是你负责他的抢救工作吗？"尼克问道。

"是的，就是我，"莱斯特回答说，"我们正设法使他的状况稳定下来，然后才能进行手术。"

"他能挺过去吗？"尼克问，心中却害怕听到答案。

"如果我们能尽快缓解他的脑肿胀，他还有一线希望。"

尼克松了一口气。

"不过，这只是好的一面，"莱斯特继续道，显然这种话他以前也说过许多次，"他的右腓骨和胫骨都已经粉碎性骨折。"

"将来会怎么样，医生？"尼克问道，希望不要听到他所想到的结果。

"我们会把它们重新接好，但是即使恢复以后，他也不可能像原来那样自如地行走了。"

尼克心想：*他的警察生涯结束了。*

"谢谢你，医生。"尼克再也无话可说。

这时，维尔克斯警督扭头看见了他们。尼克看见他对威瑟尔的妻子耳语说他要离开一会儿。接着，他带着一脸严肃的神情走到他们面前。

"医生怎么说？"维尔克斯问道。

"他只是说他们正尽力稳定他的状况，以便尽快为他做手术。"萨瓦雷斯回答说。

"你必须立刻回到案发现场去，"维尔克斯对萨瓦雷斯说，然后又指了指黛比，"她的情况很糟，而我们又联系不上汤米的父母，所以我不得不留在这里。"

"我马上就去,老板。"萨瓦雷斯说完看了看尼克。

"我没事,"尼克立刻说道,他明白萨瓦雷斯看他的意思,"我过会儿自己回家去。"

萨瓦雷斯点点头离开了,维尔克斯朝黛比看了一眼。

"要不要我为你介绍一下?"

尼克现在最害怕的就是见到汤米的妻子。"不,我无法面对她。"他说。

"你自己让医生检查一下没有?"他问尼克。

"我没有受伤,老大。"尼克回答说。

"还是让医生为你检查一下好,"维尔克斯命令道,"然后就回家去,冲个澡再回办公室。我要知道这个叫昆比的家伙可能藏身的每一个地方。另外,我们终于找到了凯瑟琳·米尔斯的父母,他们住在俄亥俄州的诺威尔,现在正开车赶到这里来,应该在明天上午到——"

"我明天要休一天假。"尼克打断维尔克斯的话说道,就连他自己也没有意识到这话已经脱口而出。

维尔克斯脸上又出现了那种南瓜灯似的笑容。"尼基,现在可不是开玩笑的时候。"

"我没有开玩笑。明天我来不了。"

老板盯着他看了好一阵子。"真的吗?"维尔克斯质问道,"我们现在正面对着一个十分棘手的案子,有个疯子正在这座城市里四处流窜,专门杀害金发碧眼的女人,并且还要烧掉她们的眼睛,不仅如此,这个家伙差一点儿就害死了你的搭档,而你现在却要休一天假?"

"我有一些私人事情要处理,"尼克冷冷地说,"如果你不同意,那就把我送回登记中心好了。"

维尔克斯认真地看了看尼克脸上的表情。"听着,尼基,"他对他说,"既然今天对你的打击太大,你一时也难以——"

"我并没有说我承受不了,"尼克再次打断了维尔克斯的话,"我只是需要休一天的假,这点要求也算过分吗?"

维尔克斯想起了过去一年尼克所经历的痛苦。"好吧,如果这件事对你这么重要,那我就亲自为你打掩护。"

"谢谢,老板。"尼克说道。

"你不要又是'谢谢'又是'老板'的,尼基。为了让你重新回到这里来工作,我可是承受了很大的压力。"维尔克斯说道,"你不会到头来让我变成一个十足的傻瓜吧,你说呢?"

"不会的,老大。我保证。"

尼克一边往门外走,一边希望自己能够活下去实现自己的诺言。

二十个小时之后,也就是星期二的下午,尼克·罗勒从纽约开来的一列"阿西乐快线"列车上走下来,站在了波士顿后湾火车站南端的月台上。

他很累,在他的记忆中还从来没有像现在这样疲惫不堪过,不过他很清楚这趟旅行是正确的。但是,尽管如此,早在列车抵达波士顿之前,他心中的责任感和负疚感就已经占了上风,他毕竟不应该在这个至关重要的时刻休这一天假。

他的手机响了,是维尔克斯警督打来的。

"你休息得还好吗,尼基?"维尔克斯用十分勉强的友好态度问道。

"我很好,老大。也没什么事,只是在家里打发时间。"尼克回答说，有意表现出一种若无其事的心情。

"告诉你一个好消息：你的搭档已经完全苏醒过来了，他现在已经能够喋喋不休地说话。他把责任都揽到了自己头上，说他不应该在没有后援的情况下独自跑进地铁隧道里去。"维尔克斯停了停，等待尼克的反应，但是尼克却一句话都不说。"他出院后就要退休了，每月可以拿到四分之三的工资。他还说，是他把昆比跟丢了，把事情办砸了，结果害得他自己也受了伤。"

尼克心想：*是他救了我的命。他并没有把事情办砸，而是我办砸了。*"老大，我得挂了，有人敲门。我们明天见。"

尼克挂断了电话。他要去一个地方，他已经晚了。

曼戈尼医生用检眼镜照着尼克的眼睛，刺眼的灯光使他感到疼痛。

"情况是不是更糟了？"尼克问道。

"恐怕是的，"曼戈尼医生说，他的眼睛正通过这部巨大的仪器仔细查看着尼克灰蓝色眼睛瞳孔的黑暗深处。

"还能坚持多长时间？"

"一年吧，如果运气好也许一年多一点儿，"医生用明显的波士顿口音回答说，"你没有在晚上开车吧？"

"没有。"尼克不敢说实话。

曼戈尼医生上下看了他一眼，接着道："巴顿先生，我得问你一个问题：你向哪些人隐瞒了你的病情？"

巴顿先生。他始终无法适应医生对他的这个称呼。

五年前，尼克第一次发现自己的眼睛可能出了问题。那天晚上他在家里，走下楼梯时竟然一脚踩空摔倒了。他以为是因为自己太疲倦了,爬起来拍拍身上就没有再多想,但是第二个星期他在开车的时候又无缘无故地撞上了一辆停靠在路边的汽车,这才使他开始感到害怕。当时,他只觉得天很黑,怎么突然之间眼前就出现了一辆停着的汽车?尼克给纽约警察局的一名眼科专家打了电话,约好了检查的时间,心想他可能不得不戴上一副眼镜了。

但是,在让医生检查之前,他先在互联网上查了查自己的症状:夜盲和周边视觉丧失——这些都是色素性视网膜炎的典型症状,这种病无法医治,而且都会最终导致患者失明。他很清楚,如果他真的得了这个病,那么从确诊的那一天起,他的警察生涯也就终结了。他不敢冒这个风险,于是便取消了同警察局那个眼科医生的约会,查到了一位治疗色素性视网膜炎的专家——曼戈尼医生。这名医生在波士顿开业,远离纽约,没有人会发现他的病情。结果,曼戈尼医生立刻就确认了尼克自己的判断。

但是,现在尼克根本不知道应该如何回答曼戈尼医生提出的问题,他一直向自己的老板、朋友和其他所有人隐瞒了他的病情,他甚至自己也不愿正视患病的现实。为了不再说谎,他没有回答医生的问题。曼戈尼医生站起来,把检眼镜推到一旁,尼克把下巴从仪器的下巴托上移下来,把身体靠到椅背上。

"听着,"医生开始说,"你怎么对待你的生命我管不着,但是一旦病情继续恶化下去,你就必然把你自己或者别人置于危险之中。"他摇了摇头,"我本来很想问你的真实姓名,但是算了。"

曼戈尼医生很谨慎,对他的真实身份和这种可怕的病将对他生活带来的影响都没有深究,尼克感到松了一口气。

"你总是用现金付账,也没有医疗保险,"他继续道,"你的地址只是一个邮政信箱,而我还很少见到带枪的会计师。"

尼克低头朝自己的脚上一看,发现脚踝枪套的底部已经从裤脚下面露了出来。*我的天哪!*

"这件事几句话说不清楚,医生。"他说。

曼戈尼医生叹了一口气,回答说:"你也并不准备告诉我,不是吗?"

"我不能告诉你。"尼克说。

"那么,请听我说,要仔细地听好了。你根本不可能看清楚你想瞄准的目标——尤其是在晚上。如果你不得不向某个人开枪的话,其结果很可能是误杀了他人。"

你哪里知道我的苦衷啊,医生。

在返回纽约的"阿西乐快线"列车上,尼克呆呆地望着车窗外黑暗的夜色,在他眼里,铁路旁小镇上明亮的街灯就像闪光灯一样一闪过。他闭上眼睛,仿佛这样他就可以抹掉今日,抹掉昨日,甚至从五年前在楼梯上摔倒的那一刻起都通通抹掉。

渐渐地,尼克眼前出现了自己那天冲进家里的情景,沿墙壁摆放着的家庭照片从他身边一晃而过;一会儿,他又看见自己在隧道中奔跑,突然之间发现了威瑟尔;接着,他再次看见自己冲进了卧室,看见了从那把枪的枪口发出的耀眼的火光,那枪口好像正直直地指着他的鼻子……

"先生,我是警察,醒一醒。"

尼克睁开眼睛一看,一名铁路警察正站在车厢过道紧靠他椅子的地方,一只手放在枪套中的"格洛克"手枪的枪把上。

| 109

"啊，什么事，警官？"

"把手放到你对面的坐椅上。"

尼克这才发现车厢两头都站着警察，整个车厢里只剩下了他一个乘客。他意识到是警察疏散了这个车厢的乘客，*他们把我当成恐怖分子了。*

"如果你们是因为我身上这把枪的话，"尼克对身边的铁路警察说，"实不相瞒，我是纽约警察局的警察。"

"你的证件呢？"铁路警察问他。

"就在外衣口袋里，"尼克回答说，"我可以拿出来吗？"

铁路警察点了点头。尼克从口袋里摸出皮夹，取出警徽和证件递给他。铁路警察终于松了一口气，随即把证件还给了尼克。

"对不起，伙计，"铁路警察抱歉地说道，"有人看到你带着枪，就报了警。我们必须查清楚。"

"这是你们的工作，"尼克说，"不用道歉。"

"谢谢你理解我们。"铁路警察说完转身离去了。

尼克无精打采地坐在椅子上，警察们开始让乘客重新回到车厢里。不久，列车再次启动。

在余下的旅程中，尼克一直盯着窗外，他不想看到其他乘客厌恶的目光，因为是他害得这趟列车晚了点。现在，列车已经驶上了横跨在哈莱姆河上的大桥，灯火通明的曼哈顿出现在窗外的夜空下。

至少我现在还看得见这座城市。

虽然他很清楚再也看不到曼哈顿的那一天正在悄悄逼近，但是他仍然如释重负地叹了一口气。他到家了。

当尼克走进那幢两层楼的公寓的大门时，已经是午夜时分。这里是他从小长大的地方，现在他同母亲和两个女儿一起住在这里。数十年前，他父母找住机会租下了这套公寓，这是他们这一生仅有的一次莫大的幸事，这要感谢20世纪70年代中期纽约金融萧条的困境。那个时候，尼克的父亲是上西区第二十四辖区的一名始终不得志的警察，他查处并赶走了住在这套有五个房间的昂贵公寓里的海洛因毒贩。房东为了感谢他，以每月二百五十美元的租金管制价格把这套公寓租给了他，这对当时曼哈顿的绝大多数公寓房住户来说不过是一个小小的施舍，但是到今天这套公寓就堪比一套豪宅。现在，差不多四十年过去了，公寓的租金每月也只有一千二百美元，对一个警探来讲，负担这个价格完全绰绰有余。

尼克走进厨房，直接走到冰箱前面。从早上出发前往曼戈尼医生的诊所检查眼睛到现在，他没有吃过任何东西，所以很饿。他打开冰箱门，胡乱吃下几块冷火鸡肉，同时心里有些纳闷为什么母亲没有给他留下一丁点儿饭菜。

但是，他立刻就感到很内疚。妻子詹妮突然去世后，不仅让他失去了自己的终身伴侣，让女儿们失去了母亲，也给他留下了如何照顾孩子的巨大问题。因此，他不得不卖掉了他在皇后区白石村的联排别墅，带着女儿们搬回来同母亲住在一起。海伦·罗勒已经年过七旬，从十五年前尼克的父亲去世后就一直孤身一人，但是身体却依然很健康，所以当尼克带着两个女儿回到她家里来的时候，她张开双臂欢迎他们的到来。从那时起，她就一直信守诺言，不辞辛劳地照顾着这两个孙女。

"情况怎么样？"

尼克转过身来，看到母亲身穿一件毛圈浴袍站在厨房门口。

"姑娘们都好吗?"他问母亲。

"吉尔的数学考试得了一个'A',凯蒂嗓子发炎,我今天没让她去上学。"

"你带她去看医生了吗?"尼克关切地问道。

"只是有点感冒,尼克,没有发烧,她会没事的。"海伦知道,两个小姑娘中的任何一个只要稍有不适他就会非常紧张,因此她尽量不让他担心。

"谢谢妈妈帮我照看孩子们,"尼克回答说,"我去睡了。"

"你还没有回答我的问题,"母亲追问道,"波士顿的情况如何?"

尼克情不自禁地想,母亲真该做一名警察。"不是太好。"他坦白说。

"那么,你有什么打算?"她问道,心中感到很忧虑。

"现在不是谈话的时间,妈妈。"他说,感觉就像童年时代逃避父母问话时一样。"我累了。"

"你每次检查完眼睛回来,就好像有人欠了你工钱一样闷闷不乐,你父亲过去就总说你有这个毛病。"

"妈妈,求求你别说了。"

"你可以做的事情还多着呢。"

"看得见的人可以做的事情确实很多,但是瞎子可做的事情就很少。"

"尼基,你总得面对这个现实。"

尼克叹了一口气。自从他把自己视力衰退而且必将失明的秘密告诉母亲之后,两人之间的交流就成了尼克每天的烦心事。他早就学到了一条重要的经验:要想赢得同母亲的争论,唯一的办法就是从一开始就不要同她争论。

"今晚我们不谈这个问题，好吗？"他求母亲说。

"姑娘们已经失去了她们的母亲，她们不能再失去她们的父亲，而我也不可能永远活在这里。"

"妈妈，我现在得到了一个重要的机会，"他争辩说，"可以证明那帮人对我的看法是错误的。"

"你心里本来就很清楚，你没有做过任何错事。所以，不要学你的父亲。"她一边说一边向灶台走去。"我给你摊几个鸡蛋吃吧。"

这就是他的母亲，没有她解决不了的问题，说出话来也总是对的。"别把爸爸牵扯到这件事情里来。"尼克说着在一张凳子上坐下来。多年来，这套公寓里的陈设始终没有丝毫的变化，尼克喜欢这种一成不变的样子；脚下是同样的地毯，桌子上放着那盘同样的塑料水果。母亲富有远见的做法使他感到欣慰。

"你父亲——愿他的灵魂得到安息——总是想向别人证明他是一个好警察，可是到头来怎么样，还没有退休就死于心脏病。"她叹一口气，从冰箱里拿出了三个鸡蛋。

尼克喜欢母亲摊的鸡蛋，她总是用文火慢慢地摊，吃起来又松软又多汁。

"爸爸确实是一个好警察，只是他身边的那帮家伙不争气而已。"现在轮到尼克安慰母亲了，"他从来没有拿过一分昧心钱，不像那些人那么没有良心，而且他也从来没有出卖过他们。他不需要证明自己的清白。"

"你也不需要，儿子。"

你看看，这就是同她争论的结果。她意味深长地看了看他，然后又回过头去继续摊鸡蛋。

尼克默默地吃着摊鸡蛋和三片几乎烤焦的吐司——他喜欢这种吃法。他从冰箱里拿出一瓶水，像小时候一样亲吻了一下母亲的脸颊，给母亲道了晚安。他走进姑娘们的房间，在她们各自的前额上深情地一吻，然后走进自己的卧室，关上了门。像往常一样，他取下枪，把它锁进床头桌子里的保险箱。他的母亲和女儿们都不知道他的枪放在哪儿，也从来不问。保险箱的密码他只告诉过一个人，结果却酿成了巨大的灾难。

他关上灯，和衣倒在床上，然后闭上眼睛等待睡意降临。然而，没过多久他就意识到自己已经陷入了人们所说的那种矛盾状态：因为太累而无法入眠。

尼克把手伸到床底下，拿出了一个大信封。

我这是干什么？为什么现在又把它拿出来？

他自己也想不明白这是为什么，但还是打开封口，把手伸了进去。他从信封里拿出几张剪报，打开床头灯，开始看这些八个月前留下的剪报上的大标题：

《每日新闻》："凶杀案警察被控杀妻"；

《纽约时报》："纽约警察局警探枪杀妻子被起诉"；

《邮报》："凶案组警察丈夫谋害亲妻"。

这三张剪报上都刊登着令尼克这一生都感到屈辱的那张照片：深夜里，他双手戴着手铐，正被警察从自己在皇后区的家中带走，两个女儿哭叫着站在门口望着他。《邮报》上还另外刊出了一张他妻子詹妮的照片，是他们前一年劳动节在邻居家的后院里参加烧烤聚会时邻居拍的。尼克久久地凝视着照片上自己已故的妻子。

*为什么？为什么？*他跑上楼梯，冲过走廊，经过挂在墙上的一张

张家庭照片。詹妮，别干傻事……我来了……"砰！"黑暗中枪口发出的火光闪过。他冲进卧室，只见她瞪着两眼死在了床上，后背上的弹孔处正不停地流着血，染红了一大片白色的床单……

"丁零零……丁零零……"

尼克猛醒过来，挺身坐起。他刚刚睡着了。床头桌上的电话正发出急促的铃声，反复出现的噩梦里显然没有这样一个情节。他顾不上看一眼来电显示，一把抓起了电话。

"喂？"

"快起来，穿好衣服。"话筒里传来了维尔克斯警督清晰的声音。

"怎么啦，老大？"尼克迷迷糊糊地问道。

"你的假期结束了。昆比又干掉了一个姑娘。"

尼克立刻完全清醒过来，抓起一支钢笔问道："在哪里？"

"中央公园，"维尔克斯说，"第九十街和那个湖之间。"

"马上出发，老板。"

"这就好。"

尼克挂上电话。

他又杀人了，而我却正好在休假。

尼克伸手把钱包拿出来，开始在里面寻找他放进去的那张纸片。他拿出那张纸，稍微犹豫了一下，还是把它打开了。在一年之前，他无论做什么事情都不会像现在这样犹豫不决，但是这一年来发生了太多的事情，而且桩桩件件都不是好事。现在，他又情不自禁地觉得他要为昆比再次行凶负责任。

他慢慢把手伸向电话，心里仍在犹豫该不该打这个电话，最后还是下定决心拨出了克莱尔·沃特斯的电话号码。

第十一章

尼克那辆没有标志的"雪佛兰黑斑羚"汽车驶入了中央公园,在湖边公路上停放着的各种应急车辆中穿行,克莱尔坐在副驾驶的位置上,眼睛透过挡风玻璃盯着前方。几辆车顶上安装着微波天线的新闻转播车已经抵达,记者们个个手里拿着话筒,做好了随时把这里的恐怖故事传回总部、继而公之于整个纽约三州地区的准备。

一个连环杀人犯正逍遥法外,并又一次作案了,而这个人正是我的病人。

克莱尔立刻又纠正了自己的想法:*他曾经是我的病人。*

科廷昨天让克莱尔休息一天,所以她整天待在家里,连公寓的大门都没有迈出一步。她利用这一天的时间继续读她喜欢的一本书,紧绷的神经终于彻底松弛下来,晚上在伊恩的怀抱里睡得十分深沉。半夜里,尼克·罗勒的电话突然把她从酣睡中惊醒,这才使她重新意识到,只有抓到昆比,她才能够真正放下心来。

尼克在电话里很客气,甚至为自己粗鲁的态度向克莱尔道了歉,感谢她给了他们昆比的住址,并向她讲述了汤米·威瑟尔在抓捕昆比的行动中严重受伤的情况。克莱尔知道,尼克亲口把这样的坏消息告诉她,心里无疑感到很难堪,因此她为尼克感到遗憾,同时也猜到尼克会提出请她帮忙的要求,于是静静地等着他说出来。

"又发生了一起凶杀案。"尼克继续道,"我们必须立刻阻止这个叫托德·昆比的家伙,而你比我们都更加了解他。"接下来,他请克莱尔给予帮助,几乎是求她同他一起到犯罪现场去看看。尽管昨天科廷就告诉过克莱尔,昆比现在已经是警方的事情,她必须置身事外,但她还是毫不犹豫地答应了。

她的公寓离中央公园不远。两人坐在车上都沉默不语,克莱尔一直目不转睛地盯着仪表板上红色泪珠状的警灯在挡风玻璃上的反光。自从多年前艾米失踪以后,她就再也没有坐过任何一辆警车,此时心中不免感到一种不合时宜的好奇。这时,她突然看到前方有一辆警方验尸官的汽车,两个医护人员正把一副轮式担架从汽车后部抬下来。

维尔克斯警督正从他那辆破旧的"福特维多利亚皇冠"汽车里走下来,尼克把自己的汽车停到了他的边上。维尔克斯立刻看到了坐在副驾驶位置上的克莱尔。

"那他妈是什么人?"尼克一下车维尔克斯便问道。维尔克斯穿着牛仔裤和运动衫,平日梳理得十分齐整的一头红发现在却像一堆干草似的支楞着。尼克知道,他的老板无疑也是刚刚从被窝钻出来就匆匆赶到了这里。

"她是昆比的心理医生。"尼克回答。

"你怎么把一个心理医生带到犯罪现场来了?"

这时,克莱尔也下了车,正好听到了维尔克斯的话。她不想硬碰硬,决定以柔克刚。"我叫克莱尔·沃特斯,"她主动向他伸出手说道,"我知道你认识我的老板保罗·科廷。"

维尔克斯握了握她的手,然后先发制人,想堵住她的嘴。"没错,我是认识他,"警督回答说,"明天太阳一出来我就给他打电话,问问他是不是脑子出了问题,为什么要把你派到这里来。"

"他并不知道这件事,"尼克对老板说,"是我叫她来的。"

"我们不需要她,"维尔克斯说,毫不顾忌克莱尔就站在他的面前,"我们现在的麻烦已经够多了,尼基。"

"老板,我们面对的是一个十分棘手的案子,两天之中就出现了三具年轻姑娘的尸体。"尼克争辩说,声音虽然不高但是却很有分量。他用手指了指克莱尔,"我们知道这几起凶杀案都是她的那个病人干的,因此她很有可能为我们提供一些这个家伙下一步行动的线索,这无论如何也不至于给我们的工作带来任何坏处。"

维尔克斯看着他,感觉那个老尼克·罗勒已经回来了。这是个不服输的家伙,破获过许多毫无头绪、被认为无法侦破的凶杀案。于是,他挥挥手让尼克和克莱尔跟他走。

"我希望你能帮助我们锁定这个疯子,"维尔克斯一边走一边扭过头对克莱尔说,"因为我听说他这一次的手段极端残忍,你不会看到现场就呕吐吧,医生?"

"我们在医学院学习的时候做过尸体解剖,"克莱尔回答说,"过去也见过不少死人。"

"这可不像一具平常的'尸体'那么简单,"维尔克斯说,"这是凶杀案。请相信我,它同一个普通的'死人'有天壤之别。"

克莱尔相信自己能够应付得了。"我是一个司法精神病学家,警督,"她说,"如果我无法面对一起暴力凶杀事件,那就只好另谋职业了。"

维尔克斯还来不及继续说下去,聚集在犯罪现场隔离带外的记者们已经蜂拥而上，围着他们提出了一连串的问题。

"你们知道受害人的名字吗？"

"死者又是一个金发碧眼的姑娘吗？"

"你是否认为凶手就是杀害凯瑟琳·米尔斯的同一个家伙？"

克莱尔很知趣，不动声色地站在一旁。

维尔克斯毫不畏缩地看着面前的摄像机镜头。"嘿，"他回答说，"你们都看见了，我们现在还站在这儿。"他用手指着隔离带后面的犯罪现场，"这就是说，我们还没有看到犯罪现场。给我们一点儿时间，好吗？等我们了解情况之后，你们就可以得到报道的材料了。"

他向守在隔离带旁的三名警官做了个手势，警官们拉起隔离带，让他们三人钻进了犯罪现场隔离区。

他们的正前方就是湖，犯罪现场就在离他们约几十米开外的地方，隐匿在葱郁的树木和灌木丛中。天空中乌云密布，已经看不到一颗星星，尼克闻到了风雨欲来的气息。他知道自己的时间非常紧迫，必须在雨水冲刷掉所有的证据之前完成现场调查。

当他们走上湖边人行道的时候，克莱尔想到了自己曾经无数次在这条人行道上跑步。她已经看到了前方被弧光灯照亮的犯罪现场。他们一步步走近犯罪现场，她在心里告诫自己一定要挺住，千万不能让自己刚才信誓旦旦对维尔克斯夸下的海口成为别人的笑柄。

他们转过一个弯，一名犯罪现场警探正沿着湖边拍摄地面的照片。克莱尔发现地上有一道痕迹，上面的草都被压平了，而且草叶都倒向与湖相反的方向。

她本来在湖水中，他把她拖到了岸上，为什么这么做？

这时，副验尸官罗斯从树丛中走了出来，打断了她的思路。罗斯看到了尼克和维尔克斯,说道:"就是他,没错。"

"他这次干什么了,把她淹死了?"尼克问罗斯。

"我认为不是,"罗斯一边回答一边带着他们向尸体走去,"她的呼吸道里并没有发现水,应该是他先杀死了她,然后带着她在湖中洗了一个浪漫的夜半鸳鸯浴,最后又把她拖到了这里。这个家伙真是疯了。"

他们来到了尸体旁,罗斯弯下腰揭开了盖在尸体上的白布。

克莱尔顿时吓得一步踉跄,尼克迅速伸手抓住她以免她倒下。受害人又是一个金发美女,同凯瑟琳·米尔斯和科尼岛的受害人一样,昆比同样用碱液烧烂了她的眼睛,并且在她身上留下了他的"签名"——一条打着同样的荷兰水手单套结的绳子缠绕在她的脖子上。

但是,不同之处在于这个受害人全身都被湖水浸透了。

不仅如此,她的头发也被剪短,长短不一地纠缠在一起,很显然这不可能是理发师的杰作。

"找到被剪下来的头发了吗?"尼克问。

"犯罪现场的警探们已经找到了,"罗斯回答说,"就在大约四十五米开外。"

"为什么要剪掉她的头发?"维尔克斯问。

"因为我,"克莱尔回答说,身体仍然颤抖不已,"他要杀的人是我。"

维尔克斯狠狠地瞪了尼克一眼,说道:"她这是说的什么鬼话?"

"她说的没错,老板。"尼克回答道。

"清水,"克莱尔继续道,目光依然停留在那个被害姑娘的尸体上,"昆比把我叫做'清水',所以他才会把她拖进湖里。同样,因为我剪短了我的头发,所以他也剪短了她的头发。他这是想让我知道他的意图。"

"什么意图?"维尔克斯追问道。

"他要杀死沃特斯医生,"尼克说,"她就是下一个目标。"

"或者是想要我明白,她的死是我的错。"克莱尔低声道。

尼克转向维尔克斯,问道:"你能不能在这里替我一下?"

"你说什么,你难道又要休一天假不成?"警督生气地说道。

"怎么会呢,我是想把沃特斯医生送回医院里去。"

维尔克斯看了看克莱尔,她还在发抖,心中不禁也为她感到难过。

"医生,你不用担心,"他对她说道,"我们绝不会让这个混蛋有任何接近你的机会,好吗?"

克莱尔勉强点了点头。

"你给我们提供了重要的线索,"警督十分认真地继续对她说道,"我要给保罗·科廷打电话,请他安排你协助我们破案,你能继续干下去吗?"

"我必须干下去。"

当科廷开始仔细查看来自中央公园犯罪现场的照片时,一场少见的清晨雷阵雨发出了第一阵雷鸣。他逐一翻看完所有照片之后,把它们统统放回了原来的那个牛皮纸信封里。

"这件事我不能同意。"他对尼克和克莱尔说道。

他们俩正坐在科廷的办公室里。维尔克斯警督没有食言,在尼克和克莱尔离开后不久就在犯罪现场给科廷打了电话。科廷要求看一看犯罪现场的照片,于是维尔克斯叫一名警探立刻打印出一套照片并送到了曼哈顿城中。

"这件事情我已经无法置身事外，医生，"克莱尔向科廷请求说，"因为，我现在已经是他的下一个目标了。"

科廷仍然不为所动，冷冷地回答说："正因为如此，你才不能牵扯进去。"

"但是，我必须找到——"她又说。

"拿你自己的生命去找吗，不行！"科廷打断了她的话。

"但是，如果真的是我的错怎么办？"克莱尔问道。

科廷稍微缓和下来，回答道："你并没有做任何事情促使这个家伙四处滥杀女人，早在你认识他之前他就已经开始杀人了。"

"我剪短了自己的头发，"克莱尔争辩说，"所以昆比才会把这个受害人弄成了我的模样。"

"克莱尔，你听我说，"科廷直视着她的眼睛说道，"今天凌晨发生在中央公园的凶杀案跟你没有丝毫关系。"

尼克想打破两人之间的僵局。"科廷医生，"他插话道，"这个混蛋杀害那个姑娘后又把她拖进了水里，要是让我们这些人去猜测其中的原因，且不说几个星期，至少也要冥思苦想好多天，但是沃特斯医生在短短五秒钟之内就解决了这个问题。"

科廷仍然不愿意妥协。"警探，在其他任何情况下我都会十分乐意让我的学生协助你们工作，但是我决不能让沃特斯医生去送死。她是我研究项目里的人，我必须为她的安全负责任。"

"即使不让她参加这个案子的工作，也不能阻止昆比继续杀人。"尼克也不想放弃。

"你说的没错，"科廷反驳说，"所以我要求你们指派警力保护沃特斯医生，直到昆比被抓获归案为止。"

尼克站起身来。"我的老板已经同意为她提供保护，"他回答说，"我们会派一名警探随时随地跟着她，无论是在家里还是在医院都寸步不离。"

听着两个男人为她应该如何生活而喋喋不休地争吵，克莱尔再也无法忍受了。"先生们，我就坐在这里，你们难道就没有想过应该听听我的意见吗？"她对他们说道，"我不管你们怎么想，我不需要警察的保护。"

"你听着，医生，"科廷又拿出了克莱尔十分厌恶的那种高高在上的口气，"这件事情没有你说话的份儿，我决不允许我手下的任何一个人受到伤害。"

克莱尔知道科廷是不会改变主意了，只好无奈地摇了摇头。

"来吧，"尼克无可奈何地对她说道，"我送你回家。"

半小时之后，尼克的"雪佛兰黑斑羚"警车在上东区一个居民区的路边停了下来，这里同克莱尔和伊恩居住的地方正好处在完全相反的两个方向，中间隔着整座纽约市。雨已经停了，空气格外清新，城市的污垢都被冲刷得干干净净。

"我还以为你真的要把我送回家去。"克莱尔对尼克说。

"我就是要把你送回家去，"尼克说着关掉了引擎，"这里就是你临时的家。"

透过挡风玻璃，克莱尔看见了伊恩，他脚下放着一个大背包，正站在人行道上同一个相当迷人的女人说着话。

"（20世纪）80年代，政府从一个毒品贩子手中没收了这个地方，"尼克解释说，"后来我们就用它作为保护证人的住所。在对黑手党头目约翰·高蒂进行法庭审理的时候,他手下的'公牛萨米'作为控方证人出庭作证,庭审前他就是住在这里的。"

"同我男朋友在一起的那个女人是谁?"克莱尔问。

"你的保护神。"尼克回答。

克莱尔正准备打开车门,尼克一把抓住了她的手。"听着,"他告诉她说,"我们不会向媒体透露中央公园凶杀案的任何细节。"

"你是想告诉我不要把这个案件的情况告诉伊恩。"克莱尔说。

"他现在只知道你是作为一个潜在证人而受到保护的,"尼克解释说,"我希望你对他也这么说。"

"遵命,长官。"克莱尔调侃道。

尼克禁不住笑起来,然后说道:"来吧,我给你介绍一下。"

他们下了车,克莱尔跑上前同伊恩拥抱在一起。"你还好吗?"他问她。

"会好的。"克莱尔说完仍不肯放开他。

"沃特斯医生,"尼克开口道,"这是玛吉·斯特尔斯警探。"

克莱尔向她伸出一只手,另一只手仍然挽着伊恩。见此情景,斯特尔斯警探一边同她握手一边"咯咯"地笑起来。"从现在起我就是你的室友,需要住多久就住多久。"她告诉克莱尔。玛吉长着一张热情而真诚的脸,克莱尔立刻就喜欢上了她。她身材高挑、体格结实,深棕色的头发在脑后梳成一根辫子,这让克莱尔觉得她看上去就像在电视上经常看到的那些网球运动员。

"玛吉会二十四小时跟你待在一起,"尼克继续道,"你在医院上班的时候也一样。"

克莱尔放开伊恩,看着他的眼睛问道:"你不住在这里吗?"

伊恩指着地上的背包说:"我给你装了几件换洗衣服,但是他们要我还是住在我们自己的家里。"

"那么,你们最好也把他保护起来。"克莱尔扭头对尼克说。

"为了防止昆比出现在你家里,我们已经在整个街区安排了便衣警察,二十四小时守候。"尼克向她保证说。

"那么你呢?"克莱尔又问,"你也不跟我一起留在这里吗?"

她从眼角偷偷地瞥了一眼伊恩脸上的表情。

他吃醋了吗? 克莱尔很想看到伊恩表现出吃醋的神情,这才说明他非常爱她,即便是因为工作原因让她同另一个男人待在一起他也会妒忌。

这时,尼克的步话机响了,打断了克莱尔的思绪。"702号车,"无线电调度员呼叫道,"代码102。"

"调度中心,代码104。"尼克用对讲机回答说,"好了,他们在呼叫我回办公室,"尼克举着步话机对克莱尔说,"男警官保护女被保护人过夜是不符合程序规定的。再说,昆比是我负责的案子,我早一天抓到他,我们就可以早一天送你回你自己家,让你恢复正常的生活。"

"来吧,"斯特尔斯警探对克莱尔说,借此打破僵局,"我带你到你的临时住所去。"

克莱尔看着向警车走去的尼克,说道:"请及时告诉我案子的进展情况。"

"我会告诉你的。"尼克扭头回答说,然后钻进"黑斑羚",发动引擎开走了。

第十二章

"问题是追踪这个家伙很难,他的作案地点分散在纽约市各个不同的地方。"维尔克斯警督说,他正站在凶案组拥挤的办公室前方。从发现中央公园的女尸到现在已经过去了十八个小时,纽约市警察局局长办公室已经发出了非常明确的命令:不惜一切代价抓住昆比。

维尔克斯面前站着许多人,除了他手下的警探之外还有二十名临时抽调过来执行当晚监视任务的便衣警察。在他身后的墙上挂着两块写字板和一块黑板,都是从楼里不同的办公室拿来的。左边的黑板正中间钉着一张托德·昆比的放大头像,四周用粉笔整齐地写着他的相关信息。中间的写字板上贴着一张纽约市地图,上面插着一些大头针,分为两种颜色,蓝色的代表昆比可能出现的地方,红色的代表受害者被发现的地点。右边的写字板上贴满了受害者的照片,既有她们生前的照片也有她们惨死后的照片。房间里所有空着的地方都摆上了折叠椅,供临时抽调来的警官们坐下来分析案情。电话里不断传来各种线索,但是这些线索绝大多数都毫无用处。

一个小时之后,布鲁克林南区凶案组终于传来消息,他们刚刚查到了科尼岛无名女尸的身份材料。她的名字叫罗丝·格里马尔迪,年龄二十岁,上星期六晚上同四个朋友一起从新泽西的朗布兰奇市开车来到岛上的游乐园游玩。警察已经问过她的四个朋友为什么一直没有报告她失踪的消息，她们说罗西[1]从"飓风号"过山车上下来后就感到不舒服，说要一个人先开车回家，那辆车本来就是她自己从泽西海岸开到科尼岛来的。直到星期一的上午，她们发现她没有去上班，才向当地警察局报了案，又过了一天她们才把她同科尼岛的恐怖谋杀案联系起来。

尼克把中央公园受害者的材料贴到了写字板上，查清这个人的身份也让副验尸官罗斯费了不少劲，直到把她的指纹输入指纹自动识别鉴定系统才终于找出了她是谁。维尔克斯指着她的照片说道：

"昆比最后杀死的这个人叫莎朗·科比特，六个月前从亚利桑那州美丽的弗拉格斯塔夫市来到我们大苹果城[2]，她一口咬下去就留下了十五次被捕的记录，原因包括卖淫罪、流浪罪，等等等等。她最近卖淫的区域在十一大道和三十九大道之间的四十二街上。"

"昨晚有什么人在那一带见过她吗？"西德尼·波茨警探问道。

"有，"尼克回答说，"在街上的其他妓女见到过她，但是并没有人见到她同昆比在一起。"

"我还以为这个家伙只在游乐场杀人呢。"防止犯罪监视组一个名叫洛根的年轻警察在办公室后面说道。

"因为十一大道上没有游乐场，"维尔克斯回答道，"那里只有嫖客。"

1　罗丝的昵称。

2　"大苹果"（the Big Apple）是纽约市的别称。这个别称起源于1921年《纽约晨递报》上的一篇文章，作者约翰·J·费兹·杰拉尔德是撰写赛马专栏的记者，他在赛马场回来自于新奥尔良的黑人马夫聊天时，发现他们把纽约看做一个遍地都是黄金的地方，于是将纽约比做一个人人都想咬上一口的"大苹果"。

"不过,晚上的时代广场看起来就像一个老式的游乐场。"萨瓦雷斯说。

"还有一点,昆比杀害的最后两个人都是金发碧眼的女人,"尼克说道,"如果他在四十二街找不到他想找的目标,自然会到其他地方去找。"

维尔克斯指着写字板说道:"罗丝·格里马尔迪,星期六晚上,科尼岛;凯瑟琳·米尔斯,星期天凌晨,时代广场;而莎朗·科比特是昨天晚上,在中央公园。这个家伙已经发狂了,过去四天就给我们留下了三具尸体,照此看来,今天晚他上也不会闲着。"

他转向尼克。"罗勒警探带队调查了所有三个案子,下面就由他讲一讲我们的行动安排。"

尼克走到办公室的前方。"昆比的最后两个受害人都是妓女,所以我们从今天起,将每夜在纽约五个区内的每一处卖淫集中的地方蹲守,直到他现身并被我们抓获为止。我们已经在皇后区、布鲁克林区、布朗克斯区和斯塔腾岛安排了警力,我们这里的人负责曼哈顿南北两区。我们还将增加巡逻车和无线电通讯车作为后援,沿西——"

"维尔克斯警督。"身穿警服的拉米雷斯站在门口,从尼克身后喊道。

"等一会儿,帕布罗。"维尔克斯对他说道。

"是紧急情况。"拉米雷斯说,他脸上的表情已经清楚地告诉尼克发生了什么事情——那个混蛋又作案了。

"在哪儿?"维尔克斯还没开口尼克就抢先问道。

"德威特·克林顿公园。"拉米雷斯回答。

"所有人立刻出发。"维尔克斯大声命令道,满屋的警察随即迅速离去。

德威特·克林顿公园位于十一大道和哈德逊河之间的西五十街上，是约两个街区大的一片绿地。公园东边的三分之二是三个垒球场，在天气温暖的季节里晚上也对外开放，因此整个区域都灯火通明。但是，今晚在明亮的泛光灯下呈现出的却是人间最为丑恶的一幕。

尼克刚刚走进公园的大门，就看到了躺在其中最大一个垒球场上的那具尸体，就在本垒后的草地上。

他忍不住想到昆比把尸体放在这里是有目的的，这是他留给警察的一个信息，甚至可能是留给他个人的一个信息。

我随时都可以来一个本垒打，你们这些笨蛋根本无法阻止我。

和维尔克斯一起从刚刚拉起的犯罪现场隔离带下钻过去以后，尼克打开了他的摄像机，把右眼凑到了取景器上。他把焦距拉近，昆比作案的标志性特征立刻呈现在他的眼前。

"金色短发，脖子上缠绕着一根绳子，绳子上打着一个荷兰水手单套结。"他对维尔克斯说道。

"这狗娘养的。"维尔克斯狠狠地骂道。

再走近一些，尼克发现这个女人仰面躺在地上，身上穿着一条"阿玛尼"牌黑色短裙，没有任何首饰。他的胃里突然一阵翻腾，每当碰到不合情理的情况时他的胃就会闹腾一番。

"你我大概都在想同一个问题，对吧？"他问警督。

"是啊，"维尔克斯回答道，"她根本不是妓女。"

"附近六个街区之内至少有十几家夜总会，"尼克分析说，"那混蛋知道我们在找他，所以就到这一带来寻找他的目标，真是绝妙的主意。"

"他可以优哉游哉地坐在夜总会里，我们在大街上根本就不可能见到他的影子。"

不远处，犯罪现场组的人员正在拍照，尼克认出了其中的一人是特里·埃特肯，就是他在科尼岛凶杀案现场见过的那个小伙子。

"嘿，埃特肯。"尼克对他喊道。

埃特肯放下手中的尼康相机，回答道："尼克·罗勒，我就知道你会来这个现场。"

尼克想要考一考这个孩子，于是问道："对于这个案子，你有什么想法？"

"一个躺在垒球场上的姑娘，为什么裙子前面会这么干净？"埃特肯若有所思地回答，"另外，为什么在她周围的地上和草坪上布满了脚印，但却丝毫看不到拖动或挣扎的痕迹？依我看，这具尸体是被凶手扔到这里来的。"

"昆比又不是'冷石斯蒂夫·奥斯丁'[1]，"维尔克斯反驳说，"那混蛋怎么可能把她从大街上一路扛到这里来？"

"他有运输工具，警督，"埃特肯说着，指了指围栏后的一个地方，"是四个轮子的，都已经清清楚楚地拍下来了。"埃特肯把他说的照片从尼康数码相机里调出来，然后一张张展示给尼克和维尔克斯看。

"是购物车，"尼克说，"他先把她推到挡球网那里，然后再把她抱过来。"

1　原名斯蒂夫·威廉姆斯（Steve Williams），美国著名摔角手，"冷石斯蒂夫·奥斯丁"（Stone Cold Steve Austin）是他在摔角场上的名字，他曾经先后夺得摔角世锦赛、极限摔角锦标赛和世界摔角大赛三项冠军，是20世纪90年代美国摔角界的代表性人物。他同时又是一位电影明星，曾出演过《敢死队》、《特遣部队》等多部好莱坞动作片。

"发现尸体的时候,这些灯都是开着的吗?"维尔克斯问道。

"没有开,是我们把公园的人叫来打开的。"埃特肯回答说。

"这里这么黑,他就是把她赤身裸体地搬到这里来也不会有人看见。"尼克说道。"你还要拍多久?"他问埃特肯。

"我们已经干完了,"埃特肯说,"这里都归你了。"

尼克在女尸旁跪下来,用戴着手套的手拨开了她左眼的眼皮。

"眼睛呈白色,他烧毁了她的眼睛。肯定是他,没错。"尼克说。

他想拉起她的右手,却发现尸体已经完全僵硬。"天哪,"他喊道,"她已经僵硬了,她被杀到底有多长时间了?"

紧接着,他闻到了什么气味。他抽了抽鼻子,维尔克斯看到了他的举动。"怎么了?"警督问他。

"又是那种气味:苦杏仁。"尼克回答说。

"你有病吧,"维尔克斯说着也在他身边跪下来,"我怎么什么也没有闻到?"

"氰化物的气味不是所有人都能闻到的。"尼克告诉他说。

"验尸官说,并没有在其他受害人体内发现氰化物的痕迹。"维尔克斯说。

这时,尼克看到验尸官的厢式货车刚好开到了围栏外。"验尸官到了。"他说。

维尔克斯点点头。"我们让他好好检查一下,然后再——"

"警探!"从远处传来一个人的喊声。

两人同时抬头望去,喊声似乎是从第五十二街的方向传来的,他们看到站在那里的一个人正向他们晃动着手电筒。"我发现了一名目击证人。"

131

"上帝保佑。"尼克说着立刻站起身来。

"快去,"维尔克斯说,"我同验尸官留在这里。"

尼克跑到公园围栏的一个缺口处,一个名叫德-安布罗西的巡警正在那里等着。"是什么人?"尼克问道。

德-安布罗西带着他向一个流浪女人走去。她坐在一条长凳上,身边放着一辆购物车。"她叫桑娅,"他告诉尼克,"像她这种人戴着钻石首饰恐怕不大对劲,你明白我说的意思吧?"

他把手中的电筒照到桑娅的脸上,一对钻石耳钉在手电光下闪闪发亮。

"桑娅,宝贝,"两人来到她跟前,德-安布罗西对她说道,"把你那对漂亮的耳钉给这位好心的警探看看,好吗?"

尼克立刻就明白了这对公主方形钻石耳钉来自何处。

桑娅得意地笑了。"是我男朋友送给我的。"她声音沙哑地说,露出了嘴里那两排因长年抽烟和酗酒染黑的牙齿。

"我发现她的时候,她正戴着那对耳钉,拿着她的新'普拉达'手袋往城外走。"德-安布罗西说,然后一把从桑娅手中把那个手袋抓了过来。

"嘿,小子,你想把自己抓起来吗?那是我的财产,你这是偷窃行为。"桑娅看着正在翻看手袋的德-安布罗西说。

"是你的财产吗?"尼克礼貌地问道,"这个包也是你的男朋友送给你的?"

"你看上去倒是一个不错的年轻人,"桑娅对尼克说,似乎对他颇有好感,"那个包是我在垃圾箱里找到的。"

"耳钉也是在那个垃圾箱里找到的吧?"尼克问道,在她身边跪了下来。

她扭头看着别处,脸上露出了羞愧的表情。

"桑娅,亲爱的,"尼克继续道,"你看到那边垒球场上躺着的那位年轻女士了吗?"

她避开了他的目光,回答说:"她已经没有呼吸了,她不再需要这些东西了。"

"但是我需要,桑娅,"尼克说,"有人害死了那位姑娘,我必须把他找出来,所以我需要这些东西。你也想我为你抓到那个坏蛋吧,对吗?"

"是的。"

"桑娅,是你把购物车推到这里来的吗?"

"不能把它留在那儿。只要我离开它三步远,就会有人把它偷走。这里面放着我所有的东西,你看吧。"

"罗勒警探,"德-安布罗西警官突然说,"看来我们找出受害人的身份了。"

他从手袋里拿出一个皮夹,从中取出一本纽约州的驾驶执照递给尼克,照片上微笑着的女人显然正是受害者。

"她是谁?"维尔克斯警督问道,他刚好来到他们身边。

"她叫塔玛拉·索伦森,年龄二十八岁,家住贝德福德。"

"住在贝德福德,呃?住在郊区的富家姑娘跑到城里来挥霍享乐,结果把命给搭上了。"

"不管怎么说,我们总算知道她是谁了。"尼克说,"也有坏消息,在尸体旁留下轮子印的购货车不是昆比的,而是这位桑娅女士的。看来,还是他自己把她扛到那里去的。"

"是把她的衣服剥光之后扛过去的。"维尔克斯警督说。

尼克看了他一眼,问道:"什么意思?"

"验尸官把她的尸体翻过来检查,结果发现受害人的背上粘有草和泥土,是在衣服里面。"

尼克立刻明白了这意味着什么。"这么说,昆比强奸并勒死她的时候她是赤身裸体的,然后他把早已死掉的她弄到这里,再给她穿上那件黑裙子,按照他想要的妓女的样子把她扔在了那里。"

维尔克斯扭头向垒球场看去,验尸官仍在检查塔玛拉·索伦森的尸体。"我已经告诉验尸官把这个案子当做头等大事去办,"他告诉尼克说,"现场检查完毕后立刻把尸体送到停尸室做进一步的检查,如果等你到达那里的时候他们还没有开始解剖,我就让他们吃不了兜着走。我要他们利用一切法医学手段把她身上的所有线索都给我找出来。"

四小时之后,也就是凌晨三点,尼克走进了解剖室。副验尸官罗斯正在缝合他在塔玛拉·索伦森腹部切开的"Y"字形刀口,检查已经结束。

"你来晚了,我已经等不及了。"罗斯头也没抬地说道。

"她是被勒死的,"尼克说,"我有必要到这里来吗?"

"是啊,不过勒不勒她都快死了。"罗斯回答说。

尼克万万没有想到会听到这句话。"那么她的死因到底是什么?"他问罗斯。

罗斯抬起头看着他,回答说:"淋巴瘤。"

"癌症?你肯定吗?"尼克问,两眼紧盯着验尸台上那个年轻女人的脸。她的五官长得十分清秀,给人第一眼的印象就是*善良*。

"我是一个病理学家，"罗斯回答说，"所以只要一看到淋巴瘤我就能认出来，不过像这么严重的还是第一次见到。"

"你到底想说什么？"

"癌症已经扩散到了她的全身，即将把她彻底地吞噬掉。大脑、脾脏、腹腔甚至脊水液里都是癌细胞，而这还并不是问题的全部。"

尼克不想听这些具体的病情，他再次追问道："你他妈到底告不告诉我你想说明什么问题？"

罗斯摘下口罩，回答说："她只有二十多岁，我还从来没有听说过哪个五十岁以下的男人或女人罹患如此严重的霍杰金氏病。这个姑娘就连自己上厕所都做不到，更不可能穿着超短裙到夜总会里闲逛。"

"我是昨晚九点左右到达现场的，"尼克说，"那个时候她的尸体都已经完全僵硬了。"

"根据尸斑和尸体的核心温度判断，我认为她的实际死亡时间应该是两天前的晚上十一点过后不久。"

"你是说，昆比早在星期一深夜或者星期二凌晨就杀害了这个姑娘，也就是他在中央公园杀害莎朗·科比特之前。"

"不错，你完全听明白了，尼基。"罗斯热情地说。

但是，尼克还是不满意。"你再仔细检查一次，"他对罗斯说，"像其他几个受害人的尸体一样，查一查有没有氰化物，用你所有的手段对她进行一次彻底的毒理检验。"

"怎样才叫彻底？"罗斯问道。

"彻底就是彻底。"尼克不耐烦地说。

"别发火呀，"罗斯说，"我们的工作就是让你满意。"

"对不起，"尼克抱歉地说，"这个案子让我心烦。"

他说的是实话,他的胃里又在翻腾了,他明显地感觉到塔玛拉·索伦森这个案子有什么地方不对劲。

第十三章

当两人一起从曼哈顿城市医院精神病科的安全门内走出来时,艾迪·桑切斯问克莱尔:"你想让我明天早晨查房时去看一看你的那些病人吗?"这是星期二的下午,天气闷热,克莱尔加入科廷的研究奖学金项目一周来,气温一直没有降下来。

"谢谢你,艾迪。"克莱尔边在门卫的办公桌上签字边回答,"但是如果我不尽快恢复正常工作,科廷肯定不会饶了我。"

"说句安慰你的话吧,我们所有人都认为你非常了不起,"艾迪微笑着回答说,"要是换做我们任何一个人,第一个病人就碰上一个连环杀手,还不知道我们会怎么应付呢。如果你需要我们帮助,尽管……"

受到同事们的如此关注让克莱尔感到很不舒服。艾米遭人绑架后,她曾经一时成为人们关注的焦点,从那以后她便一直谨言慎行,避免再次成为人们关注的对象。现在,托德·昆比却再一次把她推到了聚光灯下。

"我很感谢大家的关心,"克莱尔说,"不过,我只是想继续正常工作罢了。"

艾迪点点头,知道克莱尔需要一定的空间。克莱尔向医院出口处的方向走去。"明天见。"她说,没有回头看艾迪。

她脑子里仍然想着昆比的事情,突然感觉一只手抓住了她的胳膊,她吓得正要发出尖叫,却已经看到了这个人是谁。

尼克·罗勒。

"你有毛病啊?"她大声道,"吓了我一跳。"

"对不起,"尼克诚恳地说道,"我不想给你惹麻烦。"他拉着克莱尔穿过一道门,走进了员工休息室。

"如果科廷看到我们两个在一起说话,那我就死定了。我还以为你正在城里忙着抓昆比呢。"

"我确实一直在忙这件事情,不过昨天晚上又发生了一起凶杀案。"他回答说。

"噢,上帝啊!"克莱尔低声道,只觉得一阵恐惧和恶心传遍了全身。

"你还不知道吗?"

"不知道。"她说。正是因为害怕再听到这种消息,克莱尔在过去二十四小时里有意不看报纸也不看电视。从内心里讲,她并不想打听这起新凶杀案的细节,但是现在已经没有选择了。她问尼克:"又是一个妓女?"

"要是那样,事情就太简单了。"尼克回答说,"她的名字叫塔玛拉·索伦森,我需要你帮我分析这个案子的案情。"

"哪怕科廷只是听到了我们俩在一起说话,我都会被他扫地出门的。"

"他剥光了她的衣服，"尼克飞快地说道，"给她穿上了一件黑色短裙，然后抛尸——但是，在这之前他强奸并杀害了她。是在杀害她的一天之后，他又把莎朗·科比特拖进了中央公园里的湖水里。"

"等等，"克莱尔说道，"据我们所知，昆比从来没有过拿走受害人的东西作为战利品的先例。还有，这就意味着他不得不把索伦森女士的尸体存放一整天，这些情况都同他作案的方式不一致。"

"不一致的地方甚至比一致的地方更多，"尼克继续道，"塔玛拉·索伦森患有晚期癌症，医学名称叫'霍杰金氏病'，已经命在旦夕。验尸官说，她的脾脏、肝脏和大脑里都长有柠檬大小的肿瘤。"

"这个女人有多大年纪？"克莱尔问道，同时在脑子里搜寻这种病的症状和治疗方法。

"二十八岁。"

克莱尔的大脑开始飞快地运转：塔玛拉·索伦森年纪轻轻就患有如此严重的癌症，一定有某个医生一直在为她进行治疗，但是，这个人是谁呢？也可能她根本就不愿治疗，假装自己什么病也没有？

托德·昆比的案子现在已经超出了它原有的性质，他不仅仅是一个被通缉的连环杀手，而且成了一个货真价实的医学谜团的一部分，这样的案子正是克莱尔希望进行深入研究的对象。但是，她必须非常谨慎小心，绝不能让科廷听到任何风声，否则他就会像一头五百磅重的狂怒大猩猩一样把她撕得粉碎。

"你需要我做什么？"她问尼克。

"我们首先要做的事情是通知受害人的父母，我希望你能同我一起去。"

"去送死亡通知书？"

"你是一名医生,我希望更多地了解塔玛拉的病情,而你最清楚应该问哪些问题。"

克莱尔犹豫了,科廷的警告言犹在耳,她很清楚她这是在玩火,不过冒一点儿风险也是值得的。

"我还有一些表格需要签字,完事后就可以下班了。"她告诉他说,"但是,我们俩决不能一起出现在医院,包括医院附近也不行,否则科廷非生吞活剥了我不可。"

"玛吉也参与了这个案子的调查,"尼克回答,他说的正是克莱尔的保镖斯特尔斯警探,"你只需要坐进她的车里,她就会把你带到我这里来。"

塔玛拉·索伦森的家位于贝德福德市维斯切斯特县的郊区,离曼哈顿大约四十八公里,是一幢超高档的殖民时期大房子。当尼克按响门铃的时候,站在他身边的克莱尔开始感到忐忑不安了。

"你怎么向他们解释为什么你要带一个医生一起来?"她问道。

尼克根本就没有想过这个问题。"到时候再说吧,"他刚说到这里,从门内就传来了门闩打开的声音,紧接着门开了,一位身材瘦削、衣着随便且上了一些年龄的女人出现在他们面前。

"你是索伦森夫人吗?"尼克问道。

"是的,我是葛洛瑞亚·索伦森。"她回答说,"有什么事吗?"

尼克拿出警徽和证件给她看了看,然后说:"我是纽约市警察局的罗勒警探,这位是克莱尔·沃特斯。"

克莱尔明白了:*他是想让索伦森夫人以为我是他的搭档。这更加使她感到不安。*

"警察?"葛洛瑞亚问道,"到底出了什么事?"

"我们可以进去谈吗?"克莱尔轻声问道。

"哦,当然可以。"葛洛瑞亚说着站到一旁,把他们让进了屋里。房子的内部十分华丽,墙上挂着几幅巨大而漂亮的抽象画,堪称完美无瑕。

"迈克尔!"葛洛瑞亚关上门,向楼上喊道,"快下来,警察来了。"

"出什么事了?"迈克尔·索伦森说着匆匆走下楼来。他是个相当英俊的男人,身体健康,五十多岁。克莱尔心想:*真是一对非常般配的夫妻,可惜我们就要把他们美好的生活彻底打碎了。*

"我们来是为了你们的女儿塔玛拉的事情。"尼克说。

"塔米[1]怎么啦?"迈克尔问道,他已经预感到了问题的严重。

尼克虽然有过多次这样的经历,但是每次都仍然感到难以启齿。

"这种事怎么说都不会让你们感到好受,所以我就直说了。我们在曼哈顿西面的一个公园里发现了你们的女儿,很遗憾,她死了。"

索伦森夫妇彼此交换了一个眼神,没有恐惧的表情,却露出满脸的疑惑。

"肯定是哪儿弄错了,"葛洛瑞亚回答说,"塔米休假去了,现在在夏威夷。"

听到葛洛瑞亚的回答,尼克和克莱尔却感到疑惑了。

"我们在死者身上的钱包里找到她的驾驶执照,上面的名字就是住在这里的塔玛拉·索伦森。"尼克说着把那本驾照递给了塔米的父亲,他看了看又递给了自己的妻子。

"这确实是塔米的驾照,"迈克尔·索伦森回答说,"但是,她根

---

[1] 塔玛拉的昵称。

本就没有去曼哈顿,而是远在八千公里以外……"

他开始感到问题恐怕没有那么简单,声音变得越来越小。尼克从外衣口袋拿出了一张照片。

"这是我们的验尸官拍的,我们需要你们确认她的身份。"

尼克把照片递到他们面前,一看到照片上女儿那张毫无生息的脸,葛洛瑞亚猛然抓住了迈克尔的手臂。

"是她,就是她。哦,上帝啊,上帝啊!"葛洛瑞亚哭喊着,无力地倒在了迈克尔的怀里。迈尔克扭头四处张望,好像期盼着会有另外一个人走进来,告诉他们说这一切只是一个可怕的错误。

"你们失去了女儿,我们感到很难过。"尼克说。

"她是怎么死的?"迈克尔含着眼泪问道。

"我必须如实告诉你,她是被人谋杀的。"尼克回答说。

"太可怕了!"葛洛瑞亚道。

"你们知道杀害她的凶手是谁吗?"迈克尔强忍着悲痛问道。

"我们认为是的。现在,纽约的所有警察都在搜捕他。"尼克向他们保证说。

葛洛瑞亚看着迈克尔问道:"她为什么要对我们说她在夏威夷?"

克莱尔心里也在想着同样的问题。"你们女儿的身体状况适合旅行吗?"她问索伦森夫妇。

"当然适合,"迈克尔回答,"你为什么这么问?"

迈克尔的话再一次让尼克和克莱尔感到疑惑不解。

看来,夫妻俩对女儿的病情一无所知。

尼克对克莱尔点了点头,她十分小心地继续道:"索伦森先生和夫人,验尸官对你们女儿的尸体进行了剖检,发现她患有晚期癌症。"

"这不可能，"迈克尔回答说，"看在上帝的分儿上，我们可是她的父母啊，像这样严重的问题我们怎么可能不知道？如果她真的患有癌症，她又为什么不告诉我们？"

"坦率地说，我们也想知道这是为什么。"克莱尔回答道。

"你们最后一次听到塔米的消息是在什么时候？"尼克问。

"两天前我同她刚通过电话，"葛洛瑞亚回答，"听起来她一切都很好。"

"你能确定她真是从夏威夷打来的吗？"尼克又问。

"她是不可能从夏威夷给你打电话的，"克莱尔不等索伦森夫妇回答就接着道，"塔米的癌症已经到了晚期，她根本不可能进行如此长途的旅行。"

"我不明白，"迈克尔说，"按照你们的说法她已经病入膏肓，但是三周前我们还见过面，她看上去没有任何问题。"

克莱尔尽可能用最平和的语气说出了下面的话："你们的女儿患有五期转移性癌，癌症始发于免疫系统，已经扩散到她体内的各个重要器官。索伦森先生和夫人，我不想耸人听闻，但是塔米即使两天前还能讲话都是一个不可思议的奇迹。"

迈克尔·索伦森看了看克莱尔。"你说起话来不像我接触过的任何一个警察，"他说道，"但是，却很像我认识的所有医生。"

克莱尔决定不向他们隐瞒自己的身份。"我就是一个医生，"她直截了当地回答说，从而免除了尼克不得不解释的难处，"罗勒警探要我今晚一起来，就是为了帮助他最终认定他们在塔米身上发现的问题，没想到现在这些问题一个也无法得到确认。三周前你们见到塔米的时候，她不可能还没有患上癌症，而且根据验尸官在她体内发现的肿瘤的严重程度,她更不可能轻松地到处旅行。"

迈尔克显然生气了,他告诉他们说:"我女儿为了购买人寿保险,两个月前刚刚进行了体检,一个星期前保险公司也已经同意她投保。我们都知道,如果体检发现了哪怕一丁点儿癌症的迹象,他们都是不会同意她购买人寿保险的。那么医生,你怎么解释这个问题?"

克莱尔已经完全被弄糊涂了。"从科学的角度上讲,这确实是解释不通的问题,"克莱尔承认说,"我还从来没有听说过哪种癌症会发展得如此迅速。"接着,她突然想到了一个问题,"你能不能告诉我你女儿的职业是什么?"

"塔米拥有分子生物学的博士学位,"葛洛瑞亚回答说,又开始了哭泣,"她在冷泉港一家名叫拜欧法利克斯的生物制药公司工作。"

"我从来没有听说过这家公司的名字,"克莱尔回答道,"但是,我相信罗勒警探一定会把它查出来的。"

"不过,首先我想查看一下你女儿的卧室,可以吗?"尼克问道。

"哦,塔米读研究生的时候就从家里搬出去住了,"迈克尔说,"她只是没有更改驾照上的地址。"

"她在怀特普莱斯市有一套自己的公寓。"葛洛瑞亚回答说。

"你们能否同意我们对她的这套公寓进行搜查?"尼克问道。

"我马上就把公寓的钥匙交给你,"迈克尔说,"只要能帮助你们抓到那个杀害我们女儿的人,我们什么都愿意做。"

他离开去取钥匙,而葛洛瑞亚的眼睛仍然看着克莱尔,她能够感觉到这个医生身上有某种特别的东西,她不仅仅对塔米的癌症感到好奇,而且发自内心地关心塔米的问题。

"你们要是发现了什么新的情况,"葛洛瑞亚对克莱尔说,"请一

143

定告诉我们,好吗?她是我可爱的小姑娘,我们必须知道实情。"

她是我可爱的小姑娘。

艾米的母亲不知多少次说过同样的话。

"我保证,我们会把所有的进展都告诉你们的。"克莱尔回答道,同时用目光注视着尼克,希望他记住这个承诺。

"我们什么时候能够取回她的遗体?"葛洛瑞亚用十分微弱的声音问道。

"你们现在就可以见她,"尼克回答说,"一旦我们完成了对她的毒理学检查,就会把她的遗体交还给你们。"

葛洛瑞亚痛苦地闭上了眼睛,就像艾米遭绑架后她母亲第一次见到克莱尔时的情景一样。

二十分钟之后,尼克戴上手套用钥匙打开了塔米·索伦森公寓房间的门。她住在一个刚刚维修一新的公寓小区里,就在维斯切斯特县的县府所在地怀特普莱斯。

从塔玛拉父母家开车来到这里的短暂途中,尼克和克莱尔都对他们了解到的情况感到迷惑不解。两人都认为,塔米·索伦森不符合托德·昆比谜案的特征:她拥有博士学位,也不住在纽约城中,而且已经病入膏肓,昆比为什么要选择她作为目标呢?

"也可能他们二人因为某种原因而彼此认识,"克莱尔分析说,"比如他们过去在什么地方曾经有过某种关系,会不会是这种情况呢?"

尼克同样不能排除这种可能性。"塔米的长相同昆比的其他几个受害者很像,"他说,并提出了自己的假设,"我们在地铁隧道里把他跟丢之后,他不得不找到一个藏身之处。也许,他给他的朋友塔米打了一个电话,然后就逃到这里来躲藏。当他看到她金色短发的形象时,又起了杀心并谋杀了她。"

"就像他当时见到我,差点杀了我一样。"克莱尔说。

"这就可以解释他在哪里把她的尸体存放一天了——就在塔玛拉自己的公寓里。"尼克接着说。

"但是,这并不能解释他是如何把她从四十八公里外运到曼哈顿的那个垒球场上去的,"克莱尔说,"除非他偷了一辆车或者使用了塔米自己的车。"

尼克知道她的分析是对的,于是立刻给索伦森夫妇打了一个电话,他们告诉他说塔米驾驶的是一辆深蓝色的丰田"佳美"轿车。但是,当他们开车来到公寓楼外的时候,却发现那辆车仍然停放在楼外的路边。看来,应该是塔米使用其他交通工具去了纽约,在那里遭到了昆比的毒手。

现在,两人已经站在了塔玛拉的公寓门口,尼克打开门后从门锁上取下了钥匙,然后拿出一副乳胶手套递给克莱尔。"如果这屋里就是犯罪现场,"他告诉她说,"除非我告诉你怎么做,否则千万不要碰任何东西。"

尼克推开房门,打开了屋里的灯。公寓内陈旧的镶木地板闪闪发亮,好像刚刚重新打磨过并且重新刷上了油漆,甚至连长沙发上的靠枕都摆放得非常整齐。

尼克招手让克莱尔跟着他,两人一起走过一间空荡荡的厨房门口,尼克伸手打开了起居室的顶灯。

出现在他们眼前的情景却使塔米·索伦森之谜更加神秘莫测了。

"太整洁了,"尼克说,"看起来她好像已经几个星期没有在这里住过。"

"不止如此,"克莱尔回答说,"这里根本就不像经常有人居住的样子。"

尼克知道,她又说对了,这里的一切都过于井然有序。"家具的样式千篇一律,像是租来的。"

克莱尔迅速看了看放在桌上和架子上的那些照片,不仅有塔米同父母或朋友的照片,也有塔米划船或在海滩上的照片。

"我去查看卧室。"克莱尔说。

"不,我去。记住我刚才说的话。"

"忘不了:不要碰任何东西。"克莱尔回答。

她站在原地等着,尼克接连推开了卧室和盥洗间的门,并打开了两个房间里的灯。他伸手拉开洗手池上方的镜子,露出了后面的药箱。

"如果她患有癌症,那么她肯定要吃药,对吗?"

"她的药应该多得可以开一间药房了。"克莱尔回答说。

"可是,这里面却连一个药瓶都没有。"尼克说,随即关上了药箱门。

"除非昆比事后亲自清扫过这里,否则说明他并不是在这里杀害塔米的。"他继续道,"我会叫怀特普莱斯的警察派犯罪现场调查人员到这里来,彻底检查是否有昆比留下的指纹,到时候我们就能知道他是否来过这里。"

克莱尔开始觉得戴在手上的手套很不舒服。"我能把手套摘下来了吗?"她问他。

"你要是摘了手套,还怎么帮我?"

"帮你做什么?"

"我们到这里来,并不是随便看一看就了事了,"尼克告诉她说,"塔米的父母是她的直系亲属,他们已经同意我们搜查这个地方。所以,我们要把这里彻底搜一遍。你来负责卧室,我先四处看一看。"

"我应该找什么东西?"

"凡是你觉得不同寻常的或者对我们的调查有所帮助的东西。"

"要是发现了这样的东西我该怎么办?"

"叫我就行了。但是,千万要保持它原来的样子。"

克莱尔点点头,走进了塔米的卧室。但是,她立刻发现这里根本不像她所见过的任何一个女人的卧室,床头柜、梳妆台和那张特大号双人床的床头板都是用黑色樱桃木做成的,表面光滑,线条笔直而粗犷,完全是男性风格。铺得整整齐齐的床单上摆着叠起来的被褥,都是白色的,就好像盥洗间里的毛巾一样。

"这地方就像是旅馆里的一间客房。"她大声向尼克喊道。

他从门口伸进头来,说道:"是啊,除非在她之前这里住的是一个男人,而她搬进来的时候直接买下了他用过的家具。"

分析得好,克莱尔想。尼克转身继续搜查,她则小心翼翼地拉开了梳妆台最上面的一个抽屉。里面堆放着许多女人内衣,都是胡乱塞进去的,没有一件折叠得整整齐齐。她接着打开了其他抽屉和衣橱的门,发现里面同样杂乱无章地塞满了衣物,同整个公寓里整齐干净的风格大相径庭。这时,她心理医生的本能开始发挥作用了。

这套公寓房就是塔米实际生活的写照——金玉其表而败絮其中。

她正准备去起居室找尼克,突然注意到垂在床边的床单上有一个奇怪的凸起,大概在地板与床垫上端的中间位置。她以为大概是她不经意间碰到了床单,于是伸出手去想把它抚平。

但是,这个凸起却硬邦邦的,显然有什么东西戳在那里。

"警探!"她大声喊道,"你快来看看。"

尼克立刻来到她的身旁。

"我觉得这床里面有什么东西。"

他把床单轻轻拉起来,发现床垫下露出一个小笔记本的一角,正是这个东西顶着床单形成了克莱尔刚才看到的古怪凸起。尼克小心翼翼地让克莱尔拉住床单,然后拿出手机拍下了一张照片。接着,他用戴着手套的两根手指夹住本子露出的部分,慢慢地把它从床垫下抽出来。封面和背脊上没有任何手写或印刷的文字,克莱尔立刻就明白了这是什么东西。

"这是她的日记。"她告诉尼克。

"你还没看怎么就知道?"尼克问道。

"因为我也是一个姑娘,"克莱尔了然地微笑道,"我们最喜欢藏日记的地方有几个,而床垫下面就是其中之一。"

"干吗要藏起来,怕谁看?"尼克又问。

"那些爱管闲事的人呗,日记里都是个人的隐私。"克莱尔回答说。

尼克看了她一眼,然后翻开了那个本子。这一次,克莱尔又说对了。光滑而洁白的内页上写着曲线优美而整齐的文字,显然只能出自女人的手笔。

他继续往后翻,一直翻到结束的那一页。

"你想象得到吗?她的最后一篇日记写于三个星期之前。"

"正好是她父母说最后一次见到她的前后。"克莱尔说。

"那么,福尔摩斯博士,你的结论是什么?"说着,他把翻开的日记本递给了克莱尔。

她把日记读了出来：

"史蒂夫和马克……红色……五分。"

"弗兰克——想象……三分。"

"乔丹——星光……五分。"

"这是三周前最后一次写下的：某个名字首写字母为E.B.的家伙——红色……五分加。"

"你知道这他妈是些什么东西？"

克莱尔已经有了一个绝妙的想法，她回答说："我想，这是一本性生活日记。"

尼克难以置信地摇了摇头，问道："这也是你们这些姑娘的特殊爱好吗？"

"当然是了，我完全能够理解塔米记录下这些事情的原因。"

"那么，是什么原因？"

"因为从这本日记上看，她从来不跟同一个男人发生两次性关系。"

这让尼克感到有些尴尬，他避开了她的目光。"你说的有道理，"他停顿了一下后又问道，"那些数字是什么意思？"

"我认为，那是她对他们表现的评价。"克莱尔回答说。

"这又是你们姑娘的特殊爱好吗？"尼克不无讥讽地问道。

"我也从来没有见过这种东西，但是塔米是一个科学家，所以她很关注细节问题。但是，我猜不透那些文字是什么意思：'红色'、'想象'、'星光'……"

但是，尼克却对此十分清楚。"那是因为你不是这个地方土生土长的人。'红色'、'想象'和'星光'都是西区几家夜总会的名字，就在我们发现塔米那个地方的三个街区之外。"

两人彼此看着对方,事情开始变得明朗了。

"你认为这是她留下的猎艳记录?也就是说,她很清楚她已经不久于人世,所以决定'广交朋友'?你明白我的意思吧。"

这时,克莱尔突然想到了一个问题,于是立刻快速地翻动日记本,飞快地浏览每一页上记载的文字,寻找那个她几乎可以肯定必然存在的名字。她只翻了十页,便看到了那个名字。

"托德——红色……两分。"

"什么时候?"尼克问。

"八个月之前。"克莱尔回答。

"那正好是昆比被捕入狱的前后。"尼克道。

"塔米在'红色夜总会'碰上了他,"克莱尔彻底明白了,"并同他上了床,因为她就想干这个。我估计,出狱后他又来找她,却发现她正同另一个男人在一起。"

尼克完全明白克莱尔的意思,接着道:"于是,他跟踪并杀害了她,然后把她冷藏起来,并最终把她扔到了垒球场的本垒位置上。这样一来,等太阳升起来或者垒球场打开灯光的时候,人们就能看到她那个样子,明白她就是昆比认为的那种人。"

"一个娼妇,"克莱尔道,"对他而言,她同其他几个人一样都是妓女。"

第十四章

尼克把克莱尔送回安全屋后便离开了。克莱尔独自躺在床上，辗转反侧，难以入睡，塔米·索伦森留下的谜团一直占据着她的大脑，其中的一个问题更是始终缠绕着她：

塔米两个月前还没有查出癌症，两个月后却已经发展到了癌症晚期，这怎么可能？

在从塔米的公寓返回的路上，她向尼克提出了这个问题，而他给她的回答却是："如果只从凶杀案侦破工作的角度而言，我们只需要知道她同托德·昆比之间是什么关系就足够了。"

他显然不明白这个问题的重要性，因为他是一个警察，而我是一个医生、一个科学家。从科学的角度上讲，塔米突然患上淋巴瘤的现象是不正常的，因此必须对其进行调查。

她想把这个问题告诉科廷医生，希望自己这位导师会意识到找出这个医学谜题的答案具有重大的科学价值，但是，她很快就放弃了这个想法，重新回到了现实中，意识到这样做无异于在一头公牛面前挥动一面红旗——那是找死。科廷早就明令她不得参与任何与昆比有关的事情，她绝不能公然违抗他的命令，一旦他发现了她现在所做的这些事情，便会毫不犹豫地把她从他的研究奖学金项目中驱逐出去，而这正是克莱尔根本无法承受的后果。

无论如何，至少现在她是不能承受的。

于是，她最后决定自己解决这个谜团，等她把所有的证据找到之后，再把既成事实告诉他。

不过，她的首要任务是搜集证据，而她自己却不知道是否真能找到证据。她拿起电话，拨通了塔米母亲的电话。

"索伦森夫人吗？"克莱尔对着听筒说道，眼睛盯着她这间临时公寓空荡荡的墙壁。"我是克莱尔·沃特斯，昨天晚上我同罗勒警探一起到过你家……"

"是的，医生，"塔米的母亲葛洛瑞亚回答说，"你有什么消息可以告诉我吗？"

"还没有，"克莱尔回答说，"但是，有一件事我希望你能给我提供帮助。"

"当然可以，我和我丈夫会尽我们所能提供任何帮助。"葛洛瑞亚说。

"昨天晚上，索伦森先生提到塔米不久前刚刚为购买人寿保险而做过身体检查，"克莱尔说道，"按照法律规定，保险公司必须向申请人提供一份体检报告的复印件。塔米是否向你们提到过这件事情？"

"她不需要向我们提起，"葛洛瑞亚回答说，"因为体检报告被邮寄到了我们这里，我丈夫没注意就把它拆开了。实际上，我们是通过电话把她的体检结果读给她听的。"

"你能不能把这份报告传真给我？"克莱尔问道。

"把传真号码告诉我，我马上就传给你。"葛洛瑞亚说。

克莱尔完全能够想象出葛洛瑞亚现在是如何强忍着心中的悲痛做

这些事情。毫无疑问,她和她丈夫正在准备女儿的葬礼,而这样的事情本不该由做父母的人来做。因此,克莱尔极不情愿让这位悲痛欲绝的母亲感到更加痛苦。

"索伦森夫人,我知道这对你们确实是一个非常可怕的打击,我也不愿意强迫你继续回答我的问题。但是,如果你愿意的话,我还有另外一个问题需要你的帮助。"

"请讲吧,"葛洛瑞亚回答,"你完全不用感到内疚。"

"你是否知道平时为葛洛瑞亚看病的医生是谁?"

"我知道,她总是找……她生前总是找同一个医生看病,这些年他也是我和我丈夫的医生。他叫菲尔·詹特里,在瓦尔哈拉的维斯切斯特医疗中心工作。"

"你是否愿意签署一份特许文件,授权詹特里医生把塔米的医疗记录提供给我?"

克莱尔立刻感觉到电话另一头的葛洛瑞亚很犹豫。

"是有关你说的她患有癌症的问题吗?"葛洛瑞亚问道。

她不想蒙骗这个可怜的女人,于是回答说:"是的,正是这个问题。"

"你认为,她生病的事跟她被谋杀也有关系?"

说到这个问题,克莱尔必须十分谨慎,因为就连尼克也不知道她给葛洛瑞亚打电话的事情。

"我们必须搜集与受害人相关的所有情况,"她平静地说,"这只是这个案子的例行公事。"

对一则难以解释的、罕见而致命的转移性霍杰金氏病突发病例,这是"例行公事"。 克莱尔试图自圆其说。

"我想，你只要向菲尔医生解释清楚你需要塔米医疗记录的理由，他一定会乐意把它们交给你的。"葛洛瑞亚回答。

对克莱尔而言，她最害怕的事情就是不得不回答另一名医生提出的她为什么需要这份医疗记录的问题，不过，好在她有一个很好的理由。

"联邦隐私法对医疗记录的规定十分严格，即使在病人去世之后也一样。"她告诉葛洛瑞亚，"如果我贸然给詹特里医生打电话，他会要求我首先征得你们的同意，这就是我为什么要向你提出这个请求的原因。请相信我，在现在这样令人悲痛的时刻，我是绝不会无缘无故地给你添麻烦的。"

"那好吧，"葛洛瑞亚终于说，"你只要把特许文件的文本传真一份给我，我马上签字。"

克莱尔不禁感到了沉重的负罪感，无论你的谎言是如何微不足道，如何出自善意，也无论它是如何必要，谎言就是谎言，她终究是难辞其咎的。

"太感谢你了，索伦森夫人。有什么我能为你和你丈夫做的吗？你们是不是已经顺利地从验尸官那里取回了塔米的遗体？"

克莱尔之所以问这个问题是有特别原因的。

"是的，今天上午殡仪馆已经派人运回了她的遗体。"葛洛瑞亚说，那声音听起来是那么空虚。

"你能告诉我什么时候举行葬礼吗？"克莱尔问道，"罗勒警探希望了解这个情况。"她心想：*至少这件事情是真实的，凶杀案的警探们照例都会参加受害人的葬礼，以便了解出席葬礼的是什么人，谨防凶手在葬礼上现身。*她也知道尼克无疑会参加塔米的葬礼。

"星期一。"葛洛瑞亚回答说。

"你能告诉我教堂和墓地的名字吗？"克莱尔继续问道。

"我可以用电子邮件发给你，好吗？"葛洛瑞亚回答说，"她将被葬在这个城市里我们的家族墓地里。"

克莱尔心中终于放下了一块石头，因为葛洛瑞亚在毫不知情的情况下已经把克莱尔需要的信息告诉了她：塔米不会被火葬。她希望塔米的遗体能够在两米深的地下保存下来，一旦到了真有需要的那天，可以把她的遗骸取出来进行深入研究。如果对她进行火葬，再把骨灰抛撒在山坡上，那么这一切都将不再可能。

她再次对葛洛瑞亚表示了深深的感谢，并且告诉她说，只要有可能，她就会同尼克一道前去参加塔米的葬礼，同时也再一次表达了自己的哀悼之情。

克莱尔看看手表，现在已经是星期五上午十一点三十二分了。*真该死！*她突然想起科廷今天的"最后的晚餐"九点整开始，虽然她现在没有病人的病情可以陈述，但仍然是不能迟到的。

克莱尔冲进医院大门，又一次同伊恩撞了个满怀，差点儿把他抱着的一大堆案卷撞到地上。

"上帝啊，"他大叫道，"你是怕赶不上火车吗？"

"对不起，"克莱尔说着拥抱了他一下，"我怕要迟到了。"

伊恩摇了摇头，两人一起向开会的地点走去。

"你昨天晚上没有给我打电话。"他对她说。

她立刻给了他一个吻。"真是抱歉，我很早就上床睡了——实在是累得够呛。"克莱尔随口又说了一个谎，不过这一次她心里并不感到内疚，因为她这是出于对伊恩的爱。她很清楚，如果他知道她违背了科廷的命令,一定会为她担心的。

"我能理解,只是太想你了。"伊恩说。

克莱尔再也无法忍受自己欺骗他的行为,"伊恩,"她停顿了一下,"有件事情我还一直没来得及告诉你,尼克两天前让我跟他一起去了受害人父母的家里,向他们通报塔玛拉被害的消息。我不想让你为我担心。"

"科廷告诉过你不许参与昆比一案的任何事情,"伊恩回答道,"而且,你现在都已经亲切地称呼他'尼克'了?"

"对不起,我现在才告诉你实情。我觉得我对所发生的事情负有责任,所以才会同意跟他一起去,我只是想尽我的一切可能阻止昆比继续杀人。"

伊恩抓起克莱尔的一只胳膊,把她带到一个角落里。"我并没有吃醋,"他一边说一边揉着她的肩膀——这是她喜欢的方式。"问题是你正在经受如此痛苦的磨难,而……你甚至不让我帮助你一把。"

她看着他的眼睛,一时间,过去一周以来她所经历的一切痛苦都烟消云散,心中感受到了他们俩在一起的幸福感。

"我确实需要你的帮助,"她轻声对他说道,"不管科廷允许与否,我都必须把这件事情弄个水落石出。"

"你并不是一个警探,克莱尔。"

"不仅仅是几个凶杀案的问题。两天前的一名受害人几乎是转眼之间就患上了转移性霍杰金氏病,而她的年龄却只有二十八岁。"

伊恩脸上露出了十分惊讶的表情,"我虽然是一个心理医生,但是就连我也知道这是不可能的事儿。"

克莱尔把事情的来龙去脉都告诉了他,并且把自己的计划也向他和盘托出。"我看你是疯了，"她刚一说完他便说道，"不过，我爱你，不管你想做什么我都会参与。"

"任何一个发现塔米患有如此严重癌症的医生都会向'肿瘤登记部门'通报情况，"克莱尔对他说，"你能不能查一查看，这个病例是否已经报给他们了。"

"当然可以，"伊恩保证说，"我还会给你打印一份出来。"他想了想，又接着道，"看来，这里的某个家伙想要同你亲热一番就得付出这个代价。"

"明天晚上到我那里去吧，"克莱尔脸上流露出了挑逗的微笑，"到时候你得到的比这还要多。"

她亲吻了他一下，然后走开了。

"等等，"伊恩说着大步跟了上去，唇上仍然能感觉到这一吻的美妙，"今天晚上为什么不行呢？"

"昨天晚上我只睡了大约一个小时。"克莱尔回答说。

"明白了。"伊恩说。

"今晚我享受不到快乐。"克莱尔继续道。

"我想你。"伊恩说。

"我也想你。"

当他们一起向"最后的晚餐"走去时，克莱尔感到很开心，因为准确地说，她并没有向他撒谎。虽然他依然会为她担心，但是她却不能因此而不顾其他的一切。不仅如此，她也清楚地知道，如果一切按照她的计划进行，那么她今晚是不可能回安全屋去的，而要到明天凌晨才能回去。

157

当晚六点，克莱尔终于走出了医院的大门，此时天空中正下着大雨。她蜷缩在一把雨伞下，立刻就看到了警方为玛吉·斯特尔斯配备的那辆灰色"道奇公羊"汽车。她很快走过去，坐到了副驾驶的位置上。

"今天的工作不轻松吧？"玛吉看着慌忙收起雨伞的克莱尔问道。

"我现在就想下班，"克莱尔回答说，"但是，那个混蛋科廷却要我在附近等一会儿，说还有一大堆文字工作要我完成。"

"你看起来已经筋疲力尽了，"玛吉说，"怎么还能保持清醒的头脑？"

"喝了很多咖啡。"克莱尔回答，上车后第一次抬头看了看玛吉。玛吉同克莱尔年龄相仿，在布鲁克林出生、长大，并一直生活在这座城市里，她像大多数布鲁克林人一样性情十分耿直，只要她发现你有什么问题，就决不会轻易地放过你。因此，克莱尔准备拿出身为心理医生的最大本事让玛吉感到心情舒畅并且信任自己，办法是*让玛吉谈一谈她自己。*

"你看，我过一会儿才回办公室，我们可以聊一聊。"克莱尔说道，"我现在可以休息一下。"克莱尔朝着玛吉微笑，发现她的辫子也已经被雨水淋湿，弯来扭去地耷拉在背上。"你是怎么当上警察的？"

"我当时在大学读会计专业，很快就要毕业并拿到文凭了，我的一个女性朋友跟我打赌，说我不敢参加招募警察的考试。结果，我就走进了考场，没想到竟然以高分胜出。"玛吉说着耸了耸肩膀，"于是，我意识到一辈子同数字打交道并不适合我。"她停顿了一下，然后问道，"那么，你呢？你是什么时候决定要当一个心理医生的呢？"

"我一直就想当心理医生，"克莱尔回答道，"我喜欢听人们讲他们自己的故事，然后帮助他们解决困难。"

"我也一样,"玛吉说,"看来我们俩有许多相似之处——只不过我帮助的是受害者,而你帮助的是精神有问题的人。"

"其实也不全是,"克莱尔告诉她说,"检察官也常常需要心理医生的帮助。"

两人之间出现了短暂而尴尬的沉默,只有淅淅沥沥的雨声响个不停。

"要不要我给你拿点什么东西,比如喝点什么?"玛吉问道。

"你来保护我已经够糟糕了,"克莱尔回答说,"我不能再让你干一个送货小姑娘的活儿。再说,我也太累了,什么都不想吃。"

"我可是饿坏了,"玛吉说,"我去街角那里随便吃点东西,很快就回来。"

玛吉和尼克一致认为,托德·昆比是个十分狡猾的家伙,他不会傻到冒着被捕的危险再次来到曼哈顿城市医院,就算他敢来,他也只能从医院的前门进去。让克莱尔感到放心的是,玛吉并没有因为终日保护她而影响到自己的正常生理需求,尤其是今天晚上。

"今晚我们会工作到很晚。"她对玛吉说。

"反正计价器一直开着呢,"玛吉开玩笑说,"你什么时候可以走了,就给我的手机打个电话。"

"谢谢你。"克莱尔说着走下汽车,打开了雨伞。她重新跑进医院的大门,一进去便停下了脚步。她一边晃掉雨伞上的雨水一边回过头向外看去,看着玛吉开着车消失在街角处。

然后,克莱尔再次走出了医院的大门,向一辆正在下客的出租车跑去。

不等下车的客人关上车门,克莱尔便迅速钻到了后座上,出租车随即离去。

第十五章

　　尼克从睡梦中突然惊醒过来，他睁开了眼睛，但是却什么都看不见。出现在他脑子里的第一个念头是他失明了，但是很快他就想起来，为了抓紧时间好好睡上几个小时，他有意选择了警局里这间没有窗户的房间，他实在是太需要睡眠了。

　　他伸手摸到手表，按亮表盘灯，渐渐看清了手表上显示出的时间：晚上九点十七分。该死！他猛地坐起身——却"砰"的一声把头撞到了上层床铺的底部。

　　尼克揉着头，把双腿挪下床。人到中年，他感觉身体越来越容易疲乏，他无奈地摇摇头，心里又涌起了对纽约市政府的不满——强迫像他这样世界上最好的警探们睡在这种破旧的双层床上。很显然，这些家具的年龄至少比他要大十岁，天知道它们是从哪个废旧品仓库里买来的打折货。他吸了一口气，觉得空气很污浊，突然感到了一阵恐惧。他上一次在这里睡觉大约是在一年前，那时候他还可以借着门底下透进来的光线看到双层床的轮廓，而今天晚上他却只能看到漆黑的一片。

　　尼克小心翼翼地在这个比衣橱稍大一点儿的房间里摸索前进，心想这个地方最初很可能就是一个衣橱,后来才被改造成了警探们的临时"婴儿室"。他脱下身上的运动短裤,穿上牛仔裤、衬衣和外套,最后穿上一双黑色的"锐步"运动鞋。今天晚上他要外出"打猎",平日里穿的西装就用不上了。

自从塔米·索伦森的尸体在德威特·克林顿公园被发现以来,已经四十八小时过去了,而托德·昆比也已经成为自"山姆之子"大卫·伯克维茨连环杀手案以来纽约最为恐怖的罪犯。三十五年前,"山姆之子"先后枪杀了七名坐在车里谈情说爱的青年情侣。到目前为止,昆比已经谋杀了四名妇女(并导致警探汤米·威瑟尔重伤),这使得纽约市警察局局长——一个一向脾气暴躁的控制狂——勃然大怒,下令向昆比宣战。1977年,这位警察局局长还是一名普通警察,他对"山姆之子"当年给"大苹果城"带来的恐惧至今仍记忆犹新,因此他决不能容忍昆比把他治下的"臣民"吓得屁滚尿流,这在他的任期内是绝对不行的。

他下达的命令很明确:去他妈的市政预算赤字,为加班工作的警察增加额外人身保险,纽约市辖五个区内的所有警察通通取消休假;要不惜任何代价把托德·昆比抓捕归案;他们要毫不松懈地追捕下去,直到把他重新关进大牢,或者按照小道消息的说法,局长对少数亲信说过,直到把他击毙为止。大老板已经放出话来,无论哪个或者哪几个警察,只要他或他们能够阻止昆比再次杀人,都将得到提拔并委以重任。

尼克心想:他居然向媒体如此具体地透露了警察的动向,真他妈该死!

自从塔米被杀一案发生后,他就再也没有回过家,一直在追踪他们得到的每一条线索，却至今都没有一条线索能够帮助他取得突破。然而，更糟糕的事情是纽约的新闻媒体，这些家伙每时每刻都会突然出现在你的面前，让你感到怒不可遏。警察们都喜欢不时给自己的媒体"朋友"透露一些消息，而对于昆比这样一个备受关注的案子，从纽约警察局内部泄露出去的消息就像胡佛大坝决堤一样四处泛滥。不过，凡是有点本事的记者都已经知道尼克就是负责这个案子的警探，每次他走进走出警局的时候，都至少会有十几个麦克风和摄像机伸到他的面前。尼克始终对他们很客气（因为你根本不知道什么时候你会需要他们的帮助），总是友好地告诉他们"无可奉告"，但是也总有人"不知趣"（这是警察们对那些死缠烂打的记者的用语），每当这个时候尼克就会冷冷地瞪他一眼，然后转身离去。

不用说，他内心里真正想对他们说的话是"滚蛋，让我专心工作"。因为连续两天都没有睡觉，维尔克斯警督不得不命令他到"婴儿室"休息一下。尼克没有同自己的这位救星争辩，因为这个人挽救了他的事业，他老老实实地睡了三个小时。

现在，四个小时过去了，尼克从"婴儿室"走出来，一边把枪套挂到皮带上，一边眯缝起眼睛避免走廊里明亮灯光的刺激。就在这个时候，他看到萨瓦雷斯大步向他走来。

"我正要来叫你。"他对尼克说。

"出什么事了？"尼克问。

"刚刚从塔米·索伦森的雇主那里得到的消息，也就是拜欧法利克斯生物制药公司的人力资源部，她确实正在休假，为期两周。"

"她对他们说过她要去什么地方休假吗？"尼克问道，希望听到哪怕一丁点儿更具体的线索。

"没有，"萨瓦雷斯回答说，"我们也查看了她使用信用卡的记录，没有买过机票和火车票，也没有预定过旅馆房间，无论是夏威夷还是其他任何地方都没有。"

两人一起走进"嗡嗡"声一片的凶案组办公室，这里实在太小，已经难以容纳侦办此案的众多警察。警探们一个个埋头在办公桌上紧张地工作，进进出出的人彼此挤在一起。在办公室尽头维尔克斯那间狭小的隔间里，电话铃声不断，他对着话筒骂骂咧咧地大叫着，不一会儿又重重地把话筒砸回到电话支架上。

"你是不是认为塔米一直在某个地方秘密地接受治疗？"萨瓦雷斯问尼克，"比如说某个私人诊所或者类似的地方？"

这让尼克联想到了自己，他不也是秘密地前往波士顿接受眼科专家的治疗吗？

"如果真是这样，要找到这个地方可就难了，有联邦隐私法管着呢。"尼克回答道，"她最后一次使用信用卡是什么时候？"

"就在我们发现她的那一天晚上。"萨瓦雷斯回答说。

"那已经是她被谋杀的两天之后了。"尼克说。他抓起一支深蓝色的记号笔，在写字板上写下了**"信用卡"**三个字。"这就是说，是昆比在使用她的信用卡。付的什么钱？"

"酒吧的钱，在曼哈顿几乎所有热门夜总会的酒吧都用过。看来，这家伙还挺忙，到过'大蜥蜴夜总会'、'娃娃脸夜总会'、'南索霍夜总会'、'红色夜总会'……"

尼克正把夜总会的名字一个个写到写字板上，听到"红色夜总会"几个字便立刻打断了萨瓦雷斯的话，说道："等等，这正是塔米三周前去过的那个夜总会。"他用笔把"红色夜总会"圈了起来。

"对了，这里有一笔钱就是她被杀的那天晚上在'红色夜总会'支付的。"萨瓦雷斯看着手中打印出来的信用卡支付记录说。

"什么？你刚才为什么不告诉我？"尼克质问道。

"我也是刚刚才拿到她的——"

"我明白了！"尼克再次打断了他的话，萨瓦雷斯有一年多没有见过尼克如此兴奋了。"塔米有一个日记本，上面记录着她挑选男人的每个夜总会的名字。她被杀的那天晚上肯定又回到了'红色夜总会'，而这个夜总会离德威特·克林顿公园只有两个街区。"

"也就是说，昆比是在那儿碰到她的。"萨瓦雷斯补充说。

"那些夜总会就是他的狩猎场。"尼克说着又用笔在"红色夜总会"几个字下面画了一道横线以示强调。

"那么，我们最好立刻把警探们派到每个夜总会里去，对吗？"维尔克斯突然在他们身边说道，尼克和萨瓦雷斯都没有看见他过来。

尼克从椅子上抓起自己的外衣，同时道："我负责红色——"

"别着急，"维尔克斯不等他说完就说道，"玛吉·斯特尔斯刚才打了一个电话来，你那位心理医生从她的保护下溜走了。"

这个消息立刻让尼克担心起来，紧接着担心变成了害怕。他问道："玛吉到底是怎么说的？"

"克莱尔告诉斯特尔斯说她要工作到很晚，然后就溜走了。"维尔克斯回答说。

尼克心想：*经历过这一系列事情之后，克莱尔是不应该故意甩开她的保护人的，难道真是她有意溜走了吗？*

"玛吉应该立刻赶回安全屋去，沃特斯医生很可能已经自己回去了。"尼克说。

"她已经在回去的路上了,"维尔克斯说,"现在,你必须立刻出发,设法在昆比找到她之前找到这个疯子心理医生。"

"我必须找到昆比。"尼克反驳说,转身向门外走去。

"但是,我决不能容忍再发现一具心理医生的尸体。"维尔克斯大声吼道,办公室里的所有警探都扭过头看着他,"我现在的麻烦已经够多了。你给我找到她,尼克,现在就去找到她。"

尼克停下来,转过身面对着维尔克斯,他知道再争论下去没有什么意义。

"那好吧。"他没再多说什么,转身走出了办公室。

尼克来到"红色夜总会"外,门厅处一片漆黑,但是突然之间眼前就出现了一片红色的灯光,不停地闪烁着,刺痛了他的眼睛,耳畔则响起了震耳欲聋的音乐声。他从等候的人群中挤过,瞪大眼睛以便看清楚周围的情况。

不一会儿,灯光不再那么耀眼了,他终于可以看清楚周围摩肩接踵的人群,他们就像污水坑中的细菌一样紧紧地挤在一起。这就是"红色夜总会",是塔米·索伦森性爱日记中记载的夜总会之一,而且在她死后有人还在这里继续使用过她的信用卡。

尼克终于挤到了夜总会的入口,他拿出警徽向看门的保镖晃了晃,同时看到了那根把等候的人群挡在门外的粗大红色天鹅绒绳。他禁不住想到了自己目前的处境:这一步迈过去,他就同时越过了好几条红线——违抗维尔克斯警督对他下达的立刻找到克莱尔的命令,藐视长官,而且是挽救了他整个生活的长官。这样的违纪行为是要受到惩罚的,轻则取消休假、扣减工资,如果他们真想置你于死地,甚至可以重罚：把你从警察局中开除出去，使你从此丧失政府的养老金。

也有另一种可能：只要他能在这个夜总会里抓到昆比，反而会官升一级。

当然，前提是局里没有任何人发现他即将失明的秘密。

我还能把这个秘密保持多久呢？ 尼克一边在人群中穿行一边想，却发现身旁的人纷纷盯着他看，就好像他是一个天生的怪物。他们是不是看出他是一个警察了？在这样一个高档夜总会里，满屋子的人不是穿着"阿玛尼"就是"雨果·波士"[1]，是不是他这身从男士服装零售店买来的"超级180"纯毛细纹裤子和套头羊毛衫让他们觉得他就是一个想赶时髦的乡巴佬？离开警局后他特意先回了一趟家，精心挑选了他衣橱里最时髦的衣服穿上。*我当时到底在想什么？我是不可能融入这种环境的。* 正想到此，突然有人撞到了他的肩膀上。

"对不起。"尼克立刻说道，是一个相貌英俊的三十多岁男人正在和一个显然隆过胸的袒胸露背的女人跳舞。

"走路看着点儿，混蛋。"那个家伙对他说。

尼克可不吃这一套，他立刻带着明显的挑衅腔调问道："'对不起'还不够吗？"

那个家伙很显然正想把这个女人搞到手，他把脸凑到尼克的鼻子跟前，回答道："你还必须向这位女士道歉。"

"如果不呢？"尼克回敬道。

"你是警察吧？"一个声音从他们身后传来。

---

[1] "雨果·波士"（Hugo Boss），德国著名经典服装品牌，由雨果·波士创建于1923年，20世纪70年代起逐渐风靡全世界。旗下拥有Boss-Hugo Boss、Hugo-Hugo Boss、Baldessarini-Hugo Boss三个品牌，主营男女服装、香水、手表等。

尼克转过身来，面前站着一个四十七八岁的男人，脸上布满了多年夜生活留下的皱纹。"我叫安德罗斯·萨博，这里的老板。"

尼克拿出自己的警徽，说："我是尼克·罗勒警探。"他瞪了刚才那个粗鲁的家伙一眼，那人知趣地走开了，他那位隆过胸的女伴向尼克眨了眨眼睛，也不再理会那个招惹是非的家伙。于是，尼克回过头看着萨博，在一片喧闹声中大声问道："能找一个地方跟你谈谈吗？"

萨博点点头，拨开人群带着尼克走上一条楼梯，来到了一间十分豪华的办公室里。办公室的一面墙上装着一块巨大的单向玻璃，可以清楚地看到楼下拥挤的人群。

"占用你的时间了，谢谢。"尼克一边说一边从衣服口袋里拿出一张塔米·索伦森的照片递给萨博。"你在这里见到过这个女人吗？"

萨博没有丝毫犹豫便点了点头，回答说："真是不幸啊，这是个多么漂亮的女人！"他讲话带有浓厚的东欧口音，目不转睛地看着尼克。"我已经看到新闻报道了。"

"你认识她？"尼克说。

"她是塔米，"萨博回答道，"这里的所有人都认识她。"他微笑着说。

尼克已经明白了他话中的意思，但还想亲耳听到他说出来。于是，他问道："你能说得更具体一些吗？"

萨博有些惊讶地看着他，就好像看着一个土包子。"她每天晚上都到这里来，要一杯酒，接着到舞池中跳舞，挑选一个她中意的男人，然后带着他离开。每天如此，而且每天都找一个不同的男人。有一天晚上，她还想带我走。"他说，"我知道她那套把戏。"

尼克又拿出了昆比的大头照，问道："她找过这个家伙吗？"

萨博皱起了眉头，问道："这不是电视里报道的那个杀人狂吗？我从来没在这里见到过他。"

"但是，如果你见到他，你会告诉我，对吗？"尼克逼问道。

"红色夜总会"的老板两眼直勾勾地看着尼克，回答说："我这里每天都有数百人进进出出，如果是漂亮女人我可能会注意到，但是像这样相貌平平的家伙谁会注意到啊。"

尼克也知道他的话不假，他现在要拿出警察的行话对付他了。

"萨博先生，我需要你提供帮助。"

"什么都行，只要是我能做到的。"

"我想，你这个夜总会里应该安装了安保摄像头吧？"

"当然有，"萨博回答说，"而且是最先进的。"

"录像你通常会保留多长时间？"

萨博立刻明白了尼克的想法。"录像保存在一个硬盘上，每两周清除一次。你可以把你们的计算机专家派来，把硬盘复制一份。"

尼克微笑道："谢谢你，先生。看来，这种事对你来说已经不是第一次了。"

"不客气。我喜欢看犯罪电视连续剧。不过，我可不知道你能不能找到你需要的东西。"

"为什么找不到？"

"那个叫塔米的姑娘已经有一阵子没到这里来了。"

"我们知道，"尼克告诉他说，"但是，过去几个星期以来，她的信用卡却在你的吧台那里刷过无数次。"

萨博的脸色立刻沉了下来。"你没开玩笑吧？"他问道，"你认为是那个杀手在使用她的信用卡？"

"萨博先生，你能不能告诉我这个女人最后一次到这个夜总会来的准确时间？"

萨博叹了一口气，回答说："我告诉过你，有一次她想带我走，我拒绝了，但是后来我又有些后悔。所以，我就告诉我们把门的人帮我盯着，她再来的时候就直接带她来见我。那是三个星期之前的事情。"

这时，楼下的灯光突然明亮起来，尼克把目光转向单向玻璃。唱片骑士打开了明亮的白炽灯，把舞池中的人群照得一片雪亮。

"警探，你没事吧？"

但是，尼克却没有理睬他的问题，他的目光被舞池中一个身穿黑色短裙的金色短发女人吸引住了。接着，他把目光转向另一个女人，这个女人身材更高，但是同样留着金色短发并且穿着类似的黑色短裙。接下来，他又看到了第三个、第四个、第五个……

昆比的目标就是在这里挑出来的。

这时，尼克又看到了另一个同样打扮的女人，她并没有跳舞。他觉得：这个人的身姿很僵硬，看起来不像是常来这里的人。就在这个时候，这个女人转过身来，一束红色灯光打下来并开始闪烁，照亮了她的脸——那是一张尼克十分熟悉的面孔。

"对不起，我得离开一会儿。"尼克从单向镜子前转过身来说道。

"你是不是发现那个杀手了？"萨博问道，同时警惕地抓起了放在桌上的对讲机，"我可以立刻吩咐我的手下把他控制起来。"

"不用，不是他。"尼克说着迈步向门口走去，"只是一个我可能认识的人。"

"看来你的眼力比我好，"萨博说，"从这里看下去，我觉得他们的脸都是一个模样。"

"我过一会儿就回来。"尼克告诉他说。他走出门,迅速走下楼梯。他知道萨博刚才的话有道理,他怎么能确定从这么远的距离看到的人是谁?所以,他必须确定自己没有认错人。

他来到夜总会一楼的舞池旁,用了几秒钟时间适应这里闪烁的灯光和震耳欲聋的音乐声,然后向刚才他看到那个女人的地方看去,却没有看到她的身影。

她在那儿!金色短发——在闪烁的红色灯光映衬下就像一团火焰——在跳舞的人群中穿行。她正向房间后部走去,手里的手机贴在耳朵上。尼克向她的方向走去,尽量避免撞到跳舞的人,希望那个女人还没有看到他。

尼克一把抓住那个女人的手臂,粗鲁地把她的身体转过来面朝自己。克莱尔猛地甩掉了他的手,手机脱手落下,摔到了地板上。

"把你的手拿开!"她大声道。

紧接着,她认出了站在她面前的这个人。

"你他妈跑到这里来干什么?"尼克吼道。

"你知道我想干什么。"她也吼叫道,然后弯下腰把已经摔碎的手机捡起来,递到他面前让他看。"你看看,这就是你干的好事。"

尼克连推带搡地带着她向前门走去。"你现在马上跟我走。"他说着把她拽出了夜总会的大门。

"你要把我带到哪儿去?"

"带你回安全屋,要么就带回警局关起来,你选择吧。"

尼克拉着克莱尔往外走时,站在门口的保镖们都惊讶地看着他们。尼克再次拿出警徽晃了晃,示意他们不要干涉警察的公务。克莱尔脚上穿着来这里的路上刚刚在布卢明代尔百货公司买来的黑色高跟鞋,被尼克拖着一瘸一拐地往前走,她身上那件黑色短裙也是在那里刚买的,在商店的盥洗间里把它换上,换下来的衣服交给了店员保管,说好了明天上午她会去取。

"我是在帮你找昆比。"克莱尔气喘吁吁地对尼克说。

"你是在帮你自己早点儿进坟墓。"

一直走到尼克的汽车跟前,他才放开了她的手臂。

"你把我的手臂弄疼了。"克莱尔揉着手臂说。

"要是昆比看到你这身打扮,你受到的伤害就远远不止这点疼痛了。你是不是真想找死啊?"

"我必须找到他。"

"那是我的工作,不是你的事情。"

"他以前就是在这里碰到塔米的,所以我认为他很可能还会再回到'红色夜总会'来寻找下一个目标。"

尼克不得不承认她的话符合逻辑,心想:*她如果不是一个心理医生,说不定真能成为一个不错的警察*。"我也是这样认为的,但是事情有些不对劲。"

克莱尔注视着尼克的表情,她看得出来,他心里确实很忧虑,这使得刚才从夜总会里被拖出来给她带来的愤怒减轻了许多。她立刻问道:"出了什么问题,尼克?"

"塔米被害的当晚曾经在'红色夜总会'使用过她的信用卡,但是,刚才那里的老板告诉我,她已经三个星期没有去过他们那里了。"

这个消息让克莱尔感到非常惊讶,她说:"塔米的父母说,她是三周前出发到夏威夷去的,而我们已经知道她实际上根本就没有去夏威夷。"

"我们还知道,昆比杀害她两天之后才把她的尸体扔到了那个垒球场上。"尼克一边说,一边为克莱尔打开了车门。

"也就是说,昆比是在我们发现塔米尸体的两天前遇到她的,"克莱尔继续道,"但是,我想不明白的是,她在那种身体状况下怎么可能自己走到'红色夜总会'去。"

"根据夜总会老板的话判断,她那天确实没有去过夜总会,"尼克说,心中感到迷惑不解,"但是,他也可能记错了,等我拿到夜总会当天的监视录像就知道她是否去过那里了。不过,昆比的那张脸早就出现在各大媒体上了,他一直表现得相当精明,应该不会傻到大摇大摆地出现在公共场合。"

尼克为克莱尔关上车门,然后走到驾驶座的一边。他坐进车里,透过挡风玻璃看着"红色夜总会"的招牌:红色霓虹灯上不断闪现出明亮的红斑,就好像一个接一个爆炸的气球。

克莱尔看了尼克一眼,发现他现在已经平静了下来。"塔米的癌症病例并没有上报到肿瘤登记处。"她一边说一边密切观察着尼克的反应。

"你想说什么?"尼克立刻扭过头看着她问道,两人的脸相距只有几寸远,克莱尔可以清楚地看到他眼中悲伤的神情。

"按照规定,像塔米那样严重的恶性肿瘤病例都必须上报给国家肿瘤登记处,那是一个由肿瘤学家组成的专家委员会。"克莱尔回答说,"她的病情极不寻常,她的医生应该迫切希望得到这个专家委员会的指导才对。"

"你怎么会知道这些事情?"尼克问道。

"伊恩帮我查明这个情况的,"克莱尔回答,"刚才在夜总会里就是他打来的电话,所以说我们目前知道的情况存在许多不合情理的地方。"

"他还说了其他什么事情?"尼克问道。

"我根本来不及问,"克莱尔说起这事就有气,"因为就是你害得我把手机给摔坏了。"

尼克看着她,拿出自己的手机递过去,说:"给他打回去。"

"看到不熟悉的号码,他根本就不会接。"克莱尔说。

"那好,我们就去找他当面问清楚。"尼克淡淡地说,随即伸手发动了汽车。这时,放在两人座位之间的步话机突然发出了"咔咔"的声响。

"中心区北部长官有令:皇后区警官回话。"

"802号车,调度中心呼叫,请回话。"

802号正是维尔克斯那辆没有标志的"维多利亚皇冠"汽车,尼克立刻拿起步话机。

"调度中心,723号车收到。"他对着步话机喊道。

"723号,"调度员回答,"立刻前往西区铁路站场向你的长官报到。其他人员请回话。"

尼克扭头看了克莱尔一眼,她立刻从他的眼神里看出了问题。

"天哪,怎么会这样?"她叹道。

萨瓦雷斯带着克莱尔和尼克向犯罪现场走去。"辖区巡逻车发现了这个女人的尸体。这里的警察说,她是经常在第四十街一带站街的妓女,但是他们都不知道她的名字。曼哈顿北区的一名警探正赶来确认她的身份。"

"当心啊，"萨瓦雷斯警告尼克，"老板正在气头上。"

尼克还没来得及回答，维尔克斯警督就已经看到了他，并向他吼叫起来。

"你他妈到底跑到哪儿去了？"他质问道。

尼克指了指克莱尔，回答说："是你让我立刻找到她，对吧？"

维尔克斯上下打量了一番克莱尔那身装扮，不想继续追究下去。"医生，依我看你来得正好，因为那家伙已经变本加厉了。"

维尔克斯把他们带到了用白布盖着的尸体跟前，掀开白布让他们查看受害人的情况。

受害人又是一个漂亮的金发姑娘，一身典型的妓女打扮——金灿灿的黄金项链和两边开衩高及腰部的裙子。同前几个受害人一样，她的脖子上也缠绕着一根绳子，绳子上打着一个荷兰水手单套结，但是，她的整张脸上都布满了猩红色的伤疤，已经面目全非。

"他烧掉了她的脸。"尼克板着脸说道。

"看来，他是直接把碱液泼到了她的脸上，他已经不太注重细节了。"

"或者说，他已经黔驴技穷了。"克莱尔插话道，几个警探都大为不满地看了她一眼，因为她的话无意之中影射了警察的无能。

尼克看了看周围的情况，说道："没有任何挣扎的痕迹。"

"他把她骗上了车，在车上干掉了她，最后把她扔到了这里。"维尔克斯解释说。

尼克在尸体旁跪下来，抽抽鼻子，然后转向克莱尔问道："你闻到什么气味没有？"

"你是不是又闻到了苦杏仁的气味？"维尔克斯问。

"是的。"

"你就是个疯子，"维尔克斯说道，接着又赶紧补充说，"我可没有含沙射影的意思。"

"不知道这个疯子的下一个目标会是谁？"萨瓦雷斯道。

"是我。"克莱尔说，她已经有些哽咽了。

第十六章

"我同老板谈过了，"尼克说着咽下了半夜里的最后一口咸肉和鸡蛋，"我们要加强对你的保护。"

克莱尔默默地点了点头，两眼仍然直愣愣地盯着面前那碗蔬菜沙拉，她一口都没吃，而且本来也不是她自己点的。

"你应该吃点东西。"尼克又说。

"你现在说话的口气越来越像我妈妈了。"克莱尔回答说。

离开犯罪现场后，两人直接到了第十一大道上的这家通宵晚餐店。在这个案子的受害人身上，除了明显带有昆比作案的特征和标志性绳索外，犯罪现场组的警察们没有发现任何能够解释他是如何把尸体运送到现场的证据。现在，尼克得到的所有已经确定的信息是：受害人名叫露西·查普曼，年龄十九岁，是从印第安纳波利斯市的家中自己跑出来的，大街上的妓女们都叫她"小甜饼"，尸体被人发现之前不到一个小时才刚刚被杀。一个开着一辆老款"宝马"车的男人在离尸体几米远的地方看到了她,他当时刚刚接受了"小甜饼"的一个竞争对手毫无激情的"服务"并为此支付了五十美元。这个家伙是一个来自新泽西州蒂内克市的商人,巡警到达后他非常紧张,当警察们一再向他申明他们只想知道他发现尸体前都看到了什么之后,他才吞吞吐吐地说他当时只顾享受"服务"了,完事后走下车,正准备打开行李箱拿一条毛巾的时候,却突然看到了那具尸体。

"你必须随时同我们的一个警察待在一起,"尼克告诉克莱尔说,"无论是在医院里还是医院外。"

"我不可能带着一个警察去查房,"克莱尔回答说,"再说,我怎么向科廷解释身边突然多出来一个保镖?"

"我会向他解释的。"尼克平静地说。这时,他的手机铃声响了起来,是Lady Gaga的歌。

"你好吗,亲爱的……我也很想你们……一小时之内我就回来。我恨不能马上见到你们。再见,甜心。"

克莱尔一直看着他挂断了电话,这还是她第一次看到尼克生活中的另一面。"是你的孩子们吧。"她说。

"我的大女儿,吉尔。"尼克告诉她,"她半夜里突然醒了,发现我不在家,于是打电话来问我是不是再也见不到我了。"

"是啊,你已经连续工作很长时间了。"克莱尔说。

"已经三天没回家了。"他说,仿佛是在提醒他自己。

这时,克莱尔突然发现他手上没有戴结婚戒指,于是问道:"你离婚了吗?"

"鳏夫。"尼克纠正她说。

"对不起。"克莱尔说,对自己贸然下结论的做法感到很难堪——作为一个心理学家,这样的事情原本是不应该发生的。

"你不用道歉,她是自杀的。"尼克平淡地告诉她。

克莱尔惊讶地看了看他。*这样的回答听起来实在太古怪了。*

"我很惊讶你居然没有听别人说起过她的事情。"

"为什么我就该听人说起呢?"

"因为这件事曾经在媒体上闹得沸沸扬扬。你知道她是怎么自杀的吗?"

*他的眼睛并没有看着我。*克莱尔注意到。

"如果你愿意告诉我的话。"

尼克立刻喝了一大口咖啡,就好像他喝的是一口酒,有酒壮胆他才能把自己那些可怕的事情都坦白出来。"她用枪射杀了自己,而那把枪是我的。这是八个月前发生的事情。"

"你事先知道她有自杀倾向吗?"克莱尔出于职业的本能问道。

尼克完全没有想到她会提出这样一个问题,他狠狠地盯着她问:"我怎么会知道?"

"对不起,这不是我该问的事情。"克莱尔回答。

但是,在克莱尔的脑子里,她已经知道尼克希望她为他解决这个问题。她能够明白无误地感觉到他心中的负罪感,这种感觉已经在他心中积郁了太久,以至于他的精神就快到崩溃的边缘了。但是,虽然她非常愿意帮助他,但此时此地却不是匆匆进行心理治疗的理想选择。

他需要向某个人倾诉内心的痛苦,而且选择了我。

"不,是我该说对不起。"尼克说,他已经意识到是自己把她置于了如此尴尬的境地。他看了她一眼,她的表情很悲伤。"你自己要处理的问题已经够多了,我不能再给你添麻烦。"

克莱尔脸上隐隐掠过一丝难以捕捉的微笑,开口说道:"我是一个心理医生,虽然恐怕算不上什么出类拔萃的人物,但是这就是我赖以生存的职业。所以,你不用为我担心。"

尼克站起身来,说道:"来吧,我送你回家。这才是我现在该做的事情。"

他们一起来到克莱尔的安全屋前,走进了这幢褐色沙石建筑的前厅。克莱尔一边在手提包里摸索安全门的钥匙,一边感到心里有些紧张,她想:*现在该轮到我向他坦白了。*

"我喜欢玛吉,"她对尼克说,"我不想因为我的事情而使她受到……你知道的,不好的影响。"

"她没事,她并没有因此陷入任何麻烦。"尼克告诉她说。

但是,她哪里知道此事远非尼克现在所说的那么简单,而且他也绝不会把真实的情况告诉她。对尼克来说,他可是费了九牛二虎之力才劝说老板平静下来,并且向他保证说克莱尔已经安全地回到了他的身边,并没有受到任何伤害。等维尔克斯彻底消气之后,尼克又添枝加叶地向他讲述了克莱尔的精神状况是如何脆弱,如果再把玛吉撤掉她肯定会彻底崩溃的,于是维尔克斯终于答应放玛吉一马。

"你能肯定她不会对我大发雷霆吗?"克莱尔问尼克。

"她非常信任你,"尼克回答说,"不过,她的工作就是要保护好你的人身安全,所以她再也不会让你离开她的视线了。我们所有人都不会。"

克莱尔找出安全门的钥匙，打开了门锁，尼克走进去，然后用手扶着门让她进去。他看了她一眼，有些犹豫不定，克莱尔立刻就明白了他的心思。

"离开这所房子的唯一通道就是我们现在进来的这个门，我穿着这样的高跟鞋，是绝不会从消防逃生通道上偷偷溜下去的。"她向他保证说，"再说，玛吉再也不可能让我从她手里溜掉了。"

"那就好。我想我可以相信你能够自己上楼去，"尼克说，语气已经大大缓和下来了，"好好睡上一觉。"他拉开安全门，转身准备离开。

"尼克。"

他转过身，脸上露出某种难以名状的神情，克莱尔看得很真切。

"有什么问题吗？"她问他。

"没什么，我估计只是有些累了。"他回答道。然而，实际上事情并非如此。

她刚才喊了我的名字，那声音听起来让我感到很舒心，真让人难为情。

"谢谢你。"克莱尔诚心诚意地说。

尼克转身离去，同时说："尽量多休息一下。"

克莱尔看着他离开，然后爬上楼梯来到了公寓房间的门口。她小心翼翼地把钥匙插进锁孔，拧开锁，轻轻推开门，然后走进了一片漆黑的房间。整个房间里只能见到一缕从微微开着的浴室门缝中透出来的银白色光线，同时能听到从浴室里传出的流水的声音。她虽然不想同玛吉发生争吵，但还是认为应该把这件事情做个了断。

"嘿！"她向浴室的方向大声喊道，"里面的人快点儿，我要上厕所！"

179

就算玛吉听到了她的喊声,她也没有理会她。克莱尔走进起居室,摸黑来到落地灯前,伸手摸到了灯泡下面那个小开关,把灯打开了。

她把外衣脱下来扔到一把椅子上,本想就势坐下来休息一下,但还是打起精神向浴室走去,她希望玛吉不要气得连话都不愿跟她说。

"听着,"她大声说道,希望自己的话盖过流水的声音,"我想给你道个歉,真是对不起。"

就在这个时候,克莱尔突然听到脚下传来一声"咯吱"声,她的高跟鞋好像踩到了一块吸满水的海绵上。她停住脚步低头一看,发现脚下的地毯已经完全泡在了水里,她立刻低头向浴室的门底下看去。

水正不停地从门下面流出来。

她迅速扭头向玛吉的卧室看了一眼——门紧闭着。

克莱尔立刻意识到发生了什么事情:玛吉想洗个澡,打开水龙头后就回到了她的卧室,倒在床上准备躺一会儿,等浴缸水满了再起来洗澡,结果却不知不觉地睡着了。克莱尔立刻向浴室门口跑去,心想但愿水还没有渗漏到楼下的公寓房间去。

"玛吉,"她大声喊道,"快醒醒,来帮我一……"

她一把推开了浴室的门,眼前的情景却让她愣住了,一时间还以为她看到的只是一个幻觉。

玛吉就在她的眼前——赤身裸体地吊死在那儿,脖子上的绳子向上绕在浴帘的金属横杆上,在喉咙处打着一个荷兰水手单套结。

克莱尔发出一声声嘶力竭的号叫,但是不到一秒钟,一只戴着手套的手就紧紧地捂住了她的嘴巴,紧接着,一根绳子套住了她的脖子并立刻开始收紧。

一声尖叫。听到它的时候,尼克已经走到了马路对面自己的汽车旁,正拉开车门要坐进去。

但是,当他猛地扭头朝后看时,那声音却又消失了。他站在原地,身体靠在打开的车门上,怀疑是不是自己臆想出来的。

接着,他脑子里又响起了手枪"咔嗒"一声子弹上膛的声音。

那是我的卧室。要是我当时能早一步赶到,就能及时……

他摇了摇头,边想着那个可怕的晚上,边抬起头朝克莱尔公寓房间的窗户看了一眼。房间里的灯已经打开,看起来似乎一切正常,再说还有玛吉在屋里保护她。尼克又等了一秒钟,然后坐进车里,关上了车门。

攻击克莱尔的人把套在她脖子上的绳子使劲往后拽,想把她拉到浴室外面去,她的呼吸已经变得十分困难。她一只手抓着绳子,把手指卡在绳子和脖子之间,另一只手企图掰开捂在她嘴上的手,但是却怎么也掰不开。她想张开嘴咬他的手,但是他太强壮,怎么也咬不到那只强有力的手。这时,她突然想起了自己脚上穿着的那双又尖又细的高跟鞋。

她抬起一条腿,用尽全身的力气把鞋跟向他脚上踩下去。

他发出一声痛苦的惨叫,不得不松开了手中的绳子。克莱尔终于可以呼吸了,顺势一把将绳子拉到了自己的手里。她正想大声呼叫,但是他已经迅速做出了反应,伸出手臂勒住了她的脖子,然后一使劲把她的整个身体拽离了地面。

克莱尔很清楚自己的处境:他已经掐断了她心脏供给大脑的血液,不出几秒钟她就会失去知觉,所以她疯狂地扭动身体、拳打脚踢，打翻了周围的许多东西。她急中生智，抬起双腿用鞋底对着凶手站立的双腿，用力向后蹬腿。

蹬出第三次的时候，她终于不偏不倚地把一个高高的鞋跟插进了杀手的大腿里。

凶手立刻站立不稳，松开了勒住她脖子的手臂，克莱尔又可以呼吸了。她转过身，再次抬腿蹬出一脚，鞋跟击中了他的膝盖，踹得他踉踉跄跄地向后退去，但是巨大的反作用力也同时把她向后推倒，整个身体不由自主地摔到了地板上。

与此同时，她终于第一次看到了攻击她的这个男人：他身穿黑衣，头戴面罩，脸上还戴着一副滑雪镜。

他的脚上穿着一双工作靴子——一双肮脏的靴子。

托德·昆比穿过这样的靴子，是他。

克莱尔现在在起居室的另一头，靠近临着大街的窗户。她挣扎着站起来，眼睛看了看公寓的门，希望能够从门口冲出去。

克莱尔企图迈步，但是昆比的速度却比她更快，几步冲上前来，一把抓住了她衣服的后摆，用力向后拽，企图把她拖倒在地。

她伸手抓起起居室里唯一亮着的那盏落地灯，但是两人所处的位置却使她难以把灯砸到他的头上。

于是，她急中生智，凭着肾上腺素的作用猛地一扬手，把灯扔向了临街的落地玻璃窗。

落地灯从空中划过，随即"哗啦"一声砸碎了平板玻璃窗，飞出窗子，落到了楼下的人行道上，整个公寓立刻陷入了一片漆黑。

虽然尼克的步话机正发出"咔咔"的声响，但是他仍然听到了玻璃被砸碎的声音。

他已经把汽车掉了一个头,刚刚驶过了安全屋。这时,他立刻一脚踩住刹车,汽车轮胎发出尖利的摩擦声停了下来。

他抬头向后视镜看去,正好看到一盏落地灯落到了他车后不远的人行道上。

尼克立刻跳下车,拿出了手电筒。他用手电筒向克莱尔那套公寓房的窗户照去,只见原本漂亮的落地窗被砸出了一个大洞,参差不齐的玻璃像一把把锋利的匕首在手电光的照射下反射出一道道光亮。

他立刻从腰间拔出"格洛克"手枪,向褐色公寓楼跑去。他冲进大门,但是却无法打开里面的安全门,而要想踢开它是不可能的。

情急之下,他看好角度以免子弹反弹回来伤到自己,瞄准门锁扣动了扳机。他连续发射了三次,安全门终于猛地打开了。

尼克冲进门里,三步并作两步冲上楼梯。

他一冲到二楼的楼梯口便大声喊道:"警察!"他希望无论是谁在克莱尔的公寓房间里,他的喊声能把那个家伙吓唬住。

他冲到克莱尔所在的公寓房间门前,不顾自己的安危一脚踢开门冲了进去,用电筒快速地扫过整个房间,看到了满地一片狼藉。

"警察!"他再次大声喊道,"举起手来!"

"他逃走了。"从房间里传来了克莱尔微弱的声音。

尼克把手枪插回枪套里,拔腿向声音传来的方向跑去,脚下不断踩到打斗留下的东西碎片,终于来到了躺在窗前地板上的克莱尔身边。她脖子上仍然套着一根绳子,尼克一眼就看到了绳子上的那个荷兰水手单套结。他扶着克莱尔站起来,问道:"你没事吧?"

"我会没事的。"她回答道。

"玛吉在哪儿?"

"她在浴室里,已经死了。"

尼克万万没有想到他会听到这样一个答复。

"是昆比干的吗?"

"他听到枪声后立刻就逃跑了,是从我的卧室里逃走的,我听到了他打开窗户的声音。"克莱尔回答说,"他肯定是沿着消防逃生梯逃跑的。"

"你能肯定你没有受伤吗?"尼克问道。

"我想应该没有。"克莱尔仍然惊魂未定地说。

"赶快打911,"尼克吩咐说,"告诉接线员这个地址发生了1013——代码1013的意思是'警察遇害',他们两分钟之内就能赶到这里。"

说完,他跑进了克莱尔的卧室。"小心!"克莱尔从他身后喊道。

尼克从卧室开着的窗户爬出去,攀到了墙外的消防逃生梯上。他沿着梯子爬下去,来到了褐色公寓楼后面的一条小巷子里。他用手电筒向两个方向照了一下,都没有见到昆比的身影。

尼克向通向人行道的一头跑去,左右看看灯光昏暗的街道,深夜的大街上根本见不到一个人影。

就在这个时候,他突然听到了远处传来的一个声音,那是汽车引擎发动的声音。

他举起手电筒向声音传来的方向照去,发现就在这个街区的另一头,一辆汽车正驶离路边的停车位,向他所在的方向开过来。

尼克立刻穿过路边两辆汽车之间的空隙,来到了街面上。虽然那辆车并没有打开车前灯,但是尼克仍然通过其外观作出了判断:那是一辆20世纪90年代生产的"别克世纪"轿车。

昆比的祖母就有一辆"别克世纪"轿车……

"别克世纪"突然加速,然后向左一拐直接向他冲来。

他想撞死我!

就在"别克世纪"即将撞到尼克的一瞬间,他一纵身从身边一辆"现代"汽车的引擎盖上跳过,落到了人行道上,"别克世纪"擦着停放在路边的两辆汽车飞驰而过。

尼克从地上爬起来,耳朵里听到了正急速驶来的警车的警笛声。他拔腿向自己停放在另一辆汽车边上的"雪佛兰黑斑羚"跑去,汽车引擎并没有熄火。他钻进车,挂上挡,一脚把油门踩死,汽车吼叫着原地掉了一个头,轮胎摩擦着地面发出刺耳的声音。

他一只手握着方向盘,让汽车保持直线前行,另一只手迅速地把红色警灯放到了挡风玻璃下面。就在这时,克莱尔突然光着两脚跑到了大街上,撕破的衣服在身后飘动。尼克立刻刹住车,克莱尔拉开副驾驶一边的车门纵身扑进了车里。

"开车!"她对尼克大喊一声。

她系上安全带,尼克一脚踩下油门,同时打开了警笛。

"那辆'别克'车跑到哪里去了?"他问道。

"你干吗要问我?"

"赶快告诉我!"

克莱尔看得很清楚,"别克世纪"就在一个街区之外。"下一个街区的尽头。"

"黑斑羚"猛地向右蹿出,擦到了停在路边的一辆小货车。

"你想撞死我们吗?"克莱尔大叫道。

"我看不到那辆车。"

"他刚刚拐进了街角的另一条路,"克莱尔喊道,这时她心里感到害怕了。"你到底出了什么问题?"

"我晚上看不见!"

"那赶快停车!"

"停车就追不上他了,"尼克说,"你马上换到我的位置上来。"

"开着车怎么换?"

"我把脚先放在油门上,你抓住方向盘,然后从我身后坐过来。"

克莱尔瞪大眼睛看着尼克,就好像看着一个疯子。

"快换!"他喊道。

她取下安全带,见他从座椅上抬起身体后,立刻从他身子下面钻过去坐到了驾驶座上。

换过座位后,克莱尔看到两个街区外的"别克世纪"又猛地向右转到了另一条街上。

她猛地踩下油门,那样子看起来就像是一个天生的驾车高手,仅仅十秒钟便冲过了两个街区,并且毫不费力地在路口处急速右转。

"是谁教你这么开车的?"尼克难以置信地问道。

"我父亲,"克莱尔回答说,"是谁把你这个夜盲人招来当警察的?"

"他们都不知道。"

"不知道什么?"

"不知道我患有色素性视网膜炎。"

克莱尔狠狠地瞪了他一眼。

"眼睛看着路。"尼克对她说道。

"你有色素性视网膜炎?而你还天天带着一把枪?"

"闭嘴,专心开你的车。"

克莱尔看到前方的"别克世纪"拐上了匝道,正向罗斯福东河公园大道驶去。

"上帝啊,他走错道了。"

"到哪儿了?"尼克问。

"他在罗斯福东河公园大道北行车道上向南逆行。"

"别追了,那样太危险。"

"他就在你前面一步之遥。"克莱尔道。

她转动方向盘,非常专业地把"黑斑羚"开上了通往罗斯福东河公园大道南行线的匝道。"我们马上就可以和他并排而行。"她对他说。

"你真该当一个警察。"尼克说着,抓起了步话机,"调度中心,723号车呼叫,我们刚刚驶离第二十三街,正在追赶一辆在罗斯福东河公园大道上向南逆行的90年代生产的'别克世纪'轿车。开车人是六起凶杀案的嫌疑犯。通知高速公路局立刻关闭罗斯福东河公园大道!"

尼克随即听到了调度员调换频率的声音。把这件事放到公共频道上播出是他最不愿意干的事情,因为媒体都能收听到这个指令。但是,他已经没有选择的余地了。

眼下的情况还算是幸运的,深夜里罗斯福东河公园大道上行驶的车辆不多。克莱尔可以清楚地看到在前方相反车道上行驶的那辆"别克世纪",它正左闪右躲地避开迎面而来的汽车,飞也似的狂奔。

尼克再次拿起步话机,大喊道:"他刚刚驶过了休斯顿街。在布鲁克林大桥前把他拦下来!"

这时,他们已经驶上了威廉斯堡大桥下的弯道,但是克莱尔却并没有减速,"黑斑羚"很快追上了"别克世纪",就在他们几乎要与昆比并行的时候,"别克世纪"突然加速,再次拉开了两车之间的距离。

尼克看了看"黑斑羚"仪表板上的速度计,指针已经接近每小时一百六十公里了。

"别让他跑了。"尼克催促道。

"别克世纪"突然偏向左,车身碰到了沿着东河一面的护栏,摩擦出一片耀眼的火花。

"他这是干什么?"尼克问道。

这时,他们即将从曼哈顿大桥下通过,克莱尔立刻明白了。"他想从布鲁克林大桥的入口冲出去。"

"他的速度太快,根本不可能拐进匝道口的那个弯道。"

他们的车也已经接近出口,而这个时候昆比却突然加速,冲上了出口的匝道。

"拦住那辆车!"尼克对着步话机命令道,"他会被撞死的!"

克莱尔松开油门,踩下刹车,就在"黑斑羚"停下来的那一刻,"别克世纪"撞上了弯道上的水泥护栏,整辆车从地面一跃而起。

昆比的"别克世纪"在空中划出一道完美的弧线,一头栽进了东河漆黑的河水中,不一会儿就消失在水面之下。尼克立刻开始呼叫纽约警察局港口组,请求他们前来救援。

第十七章

太阳刚刚升上地平线的时候，一艘带有起重机的驳船徐徐驶近了托德·昆比的汽车坠入河中的地方，现场已经停泊着纽约警察局港口组的三艘汽艇。这时，从深紫色的水中冒起一阵气泡，两名潜水员拖着一具尸体出现在水面上。

在离打捞现场几百米远的南街海港码头上，克莱尔和尼克同副验尸官罗斯一起关注着整个行动。潜水员把昆比的尸体推上了最近的一艘汽艇，紧接着汽艇发动，向他们三人所在的地方驶来。

"真是一帮高效率的家伙。"尼克低声感叹道。

此话不假，纽约警察局港口组向来以反应神速而自豪，他们随时与设在布鲁克林湾脊区的911报警台保持联动。尼克第一次发出协助呼叫二十分钟后，第一艘汽艇就抵达了出事现场，很快确定了托德·昆比难逃溺毙的事实。

"如果有人问起——"尼克对克莱尔耳语道。

"是你开的车，"克莱尔不等他说完就抢先回答说，"我知道。"

这时，克莱尔在他的脸上看到了一种她从未见过的神情，而她自己对这种神情却非常熟悉，自从她的朋友艾米失踪之后，她曾经无数次在镜子里看到过这种神情。

恐惧。

不过，当汽艇缓缓靠上码头的时候，她心里又产生了另一种感觉——如释重负。她马上就可以确认这个连环杀手的身份，从此不仅彻底消除她心中的恐惧，也消除整座纽约城的恐惧。

汽艇的引擎声停息了。昆比的尸体仰躺在船尾的甲板上，克莱尔的一双眼睛一直紧紧地盯在这具尸体上，想到这个持续了多日的噩梦终于从此了结了。

她说："是他。"

"为了记录存档，"尼克对她说，"你能不能具体告诉我这个死者的姓名以及你是怎么认识他的？"

"他的名字叫托德·昆比，"克莱尔平静地说道，"他是我的一个病人。"

"很好，已经没有我的事了。"罗斯说，他手下的人把昆比装进尸袋中，放到一副轮式担架上推走了。

尼克扭头对克莱尔说道："结束了，我们走吧。"

他向停放在不远处的"黑斑羚"汽车走去，克莱尔同他并肩走着，悄悄地把车钥匙递给了他。

"现在还要干什么？"克莱尔问他。

"犯罪现场组会在这里监督打捞昆比的'别克世纪'车，然后把它运到实验室的车库里。他们会仔细检查那辆车的每一个地方，把所有证据收集起来——没有被河水冲刷掉的证据。"

克莱尔突然想到，她再也没有机会同昆比当面交谈了，因此也永远无法知道他为什么要杀害那些女人，心里不禁感到遗憾。然而，更重要的是她再也不可能问他，他强奸和杀死塔米·索伦森的时候是否知道她患有严重的疾病。尼克用遥控器打开了"黑斑羚"的门锁,她静静地站在他的身旁。

"我能不能借你的手机用一下?"克莱尔问尼克。

"没问题。"尼克说着从口袋里摸出手机递给她。

"我只需要一分钟。"克莱尔说着走到一边去。

尼克坐进车里,扭头看着克莱尔键入电话号码,接着她转过身背对着他。

克莱尔刚刚才突然想起来,自从走进安全屋到现在,她完全把伊恩忘得一干二净;先是同尼克一起驾车追逐昆比,后来又忙于善后事情,她一直处于高度紧张的状态之中。电话响了几声之后,手机里里传来了伊恩平淡而温馨的声音:我不在,请留言。克莱尔不等听到留言的"嘟"声便挂断了电话。她看了看手表:六点二十三分。

她想:*我打晚了*,突然意识到今天科廷"最后的晚餐"开始之前轮到伊恩查房。她感到很懊恼,快快地坐进了车里。

"我现在必须马上把这个案子的报告写出来,从头至尾做个总结。"尼克疲惫不堪地说道,"另外,我还有几件事情要问你。"

"问吧。"克莱尔说,眼睛却遥望着在地平线上那一片片彤云中冉冉升起的太阳。

"你今天凌晨是怎么进入安全屋的?"尼克问道,没有像平时那样拿出他那个小笔记本。

"我打开门就走进去了,"克莱尔回答说,但是心里感到有些不解,"为什么这么问?"

"因为昨晚我跑上楼后,是一脚踢开门冲进去的,根本没有看那扇门是不是被人撬动过。"

"门并没有被破坏过,也就是说是玛吉自己打开门让昆比进去的。"克莱尔说道,"问题是,她为什么会这样做?"

"玛吉是个很棒的警察,"尼克说,"我敢肯定她事先从门镜里看到了他,并且也一定认出了他就是昆比,她认为自己能够制伏他,于是就让他进去了,结果却被昆比害死了。"

两人面面相觑,都很清楚这件事意味着什么。

"他一直在跟踪我。"克莱尔说着,长出了一口气。

"现在已经无关紧要了,"他安慰她说,"你已经安全了。"

安全?

她从来没有感到过真正的安全,自从艾米被绑架之后。而且,昆比虽然死了,但仍然在她心中留下了一个令人费解的问题:塔米到底是怎么回事儿?她在短短的几周内就患上了如此严重的癌症,这是讲不通的。接着,她想起了昨晚伊恩打给她的那个电话,他说他发现了什么问题,但是还来不及说,她的电话就摔坏了。

"你能把我送回我的公寓吗?"她问尼克。

"你难道不想和我一起到安全屋去看一看吗?"尼克回答说。很显然,他希望她一起去。

"我必须搞清楚几个有关塔米·索伦森的问题,"克莱尔说,"伊恩了解到了一些情况,但是他已经上班去了。我想,他有可能在家里给我留下了什么东西。"

"昆比已经死了,现在再调查塔米的事情还有什么意义吗?"

"对我来说,意义重大。"

尼克扭头看了她一眼,她立刻警告他道:"眼睛看着路。"

他立刻扭回头看着前方。

"正好从你那里经过，"他接着道，"我就让你下去吧。"

尼克说完却感到心里一阵莫名的难受，他自己也不明白这是为什么。

我这是怎么啦？

"谢谢。"克莱尔说。

"我会把你送到楼上。"尼克又说。

克莱尔疑惑地问道："为什么？"

"因为，如果伊恩给你留下了什么信息，我也想知道。"尼克回答道。

"那好吧。"克莱尔终于感到松了一口气。*我们一起继续调查，尼克会帮助我查明真相的。*

克莱尔和尼克一起来到她公寓房间的门口，她上前一步，把钥匙插进了锁孔里。

她拧了拧，锁没有打开，尼克站在她身后看着她。她来来回回拧了好一阵子，终于打开了锁。她把门推开了一条缝。

"我必须马上赶到安全屋去，老板在那儿等着我呢。"

就在这个时候，他突然愣住了，就好像有人无缘无故打了他一个耳光。自从他的视力逐渐减退以来，他的嗅觉却变得越来越敏锐，而这时从克莱尔的公寓房间里传出的气味使他皱起了眉头。

"如果伊恩留下了什么信息，我会给你送到办公室去的。"克莱尔说。就在她准备走进公寓的时候，尼克却粗鲁地一把把她拉了回来。

"你这是干什么？"她质问道。

"待在这里别动。"尼克命令道，同时伸手拔出了腰间的手枪。

"里面没有人，尼克。"克莱尔对他说，"伊恩上班去了，而托德·昆比正躺在停尸房里。"

"听着，"尼克说，"照我说的做。"

他脸上的表情立刻使克莱尔感到了害怕，他也从她的脸上看出来了。

"也许什么问题都没有。"尼克安慰她说。

克莱尔点点头，她现在确实感到紧张了。

尼克右手握着枪，枪口指着地面，推门走进了克莱尔的公寓套房，然后把门掩上，仅留下一条缝。他走进门廊，看到前方有一扇开着的窗户，窗帘在微风中飘动。

又是一扇通向消防逃生梯的窗户。

尼克立刻感到体内的肾上腺素开始大量分泌。

这间公寓房里肯定发生过什么事情。

他用空着的左手从屁股口袋里拿出一副始终带在身上的乳胶手套，一边往手上戴一边感觉自己的双手在不停地颤抖。他走到门廊尽头，站在起居室门口，伸手打开了起居室的灯。眼前的一切似乎并没有什么异常。

不过，地毯上有一张白纸，看起来像是被人有意扔在那里的。

或者，是从他对面那扇关着的门底下的缝隙中塞出来的。

于是，尼克向那扇关着的门走去，空气中的气味也变得更浓了。他知道，无论发生了什么事情，都一定隐藏在那扇门之后。

尼克转动门把手，轻轻一推，门慢慢打开了。

他不禁倒吸一口凉气，惊恐地倒退了一步。

伊恩仰面朝天躺在床上，全身一丝不挂，两只眼睛已经被烧掉。他的脖子上缠绕着昆比标志性的绳套，两个手腕被绳索绑在床头板上。他的整个身体躺在白色被子上一摊黏稠的黑色血液之中,他的生殖器被割掉了。

尼克立刻意识到:*伊恩是在玛吉之前被谋杀的。昆比要把克莱尔据为己有,而伊恩正是他唯一的障碍。*

"噢,上帝啊!"尼克身后传来克莱尔微弱的声音。

他转过身来,伸手抓住她的手臂,说道:"别看。"

她推开他的手,好像根本没有听见他的话一样径直走进了房间。

"你不能进去,"尼克提高声音说道,"这是犯罪现场——"

"这是我的家。"克莱尔的声音仍然很微弱,一股难以名状的力量推动着她向伊恩走去,来到床前时她已经泪流满面。

是我杀了他,就像是我杀了艾米一样。

她感觉到尼克的手抓住了她的手臂,突然之间尼克感同身受的同情心像电流一般传遍她的全身,使她内心里勉强支撑着的最后一道防线彻底崩溃了。

克莱尔缓缓地跪倒在床前开始抽泣。当她把头埋进没有染上伊恩鲜血的被子一角时,尼克没有劝阻她。

第十八章

尼克站到一旁,给犯罪现场组的特里·埃特肯警探让开路。埃特肯手里拎着一个特大号的纸质证据袋，袋口露出了那床白色被子的一角。

"还有其他证物吗？"他问埃特肯。

"没有了，这是最后一件。"年轻的埃特肯回答说，"还有其他事情需要我做的吗？"

尼克四处看了看，以免漏掉任何一个证据。他的目光落到了房间尽头伊恩的电脑显示器上，这使他想起了克莱尔昨天晚上曾经对他说过的话，塔米的医疗记录让人怀疑。

于是，他对埃特肯说道："把那台台式电脑带走，如果他还有笔记本电脑或者平板电脑，也一定要通通带走。"

"你需要电脑犯罪组寻找某种特定的内容吗？"埃特肯问道。

"我想知道过去一周里电脑使用的所有情况。"尼克急切地回答说。

"放心吧。"埃特肯保证道。走到公寓房门口时，他又补充道，"好在这个混蛋再也不可能祸害其他人了。"

房间里终于只剩下了尼克一个人，他再一次四处看了看，现在这里就像四个小时之前他和克莱尔发现那恐怖的一幕时一样宁静。克莱尔的精神受到了巨大刺激，他不得不叫来了一辆救护车，说服她让医护人员把她送到了曼哈顿城市医院。

"我是一个医生，"克莱尔当时曾经同他争论说，"我很清楚我没有问题。"

"如果你真是这么想的，那么你现在就算不上一个医生了。"尼克对她说。

现在回想起来，他很后悔自己说出了那样的话，他对克莱尔确实过于严厉了，他不禁对她目前的状况感到担心。

尼克走出卧室，回过头最后看了一眼这个房间。犯罪现场组的人已经把所有带血的东西都拿走了，因此这里看起来同事发前并没有什么两样。

别干傻事，詹妮……我来了……"砰"！

尼克使劲摇摇头，想把脑子里的想象甩掉。

她瞬间死亡，所以两眼还睁得大大的，鲜血从她背后的弹孔中涌出来，浸透了一大片白色的床单。

他又使劲眨了眨眼睛，极力把这段恐怖的记忆置之脑后。他意识到，克莱尔现在经受的恐惧，同当年妻子自杀带给他的恐惧完全相同，两人甚至都同样产生了负罪感。他还想起了当年事发之后，他是何等痛苦地清理妻子在床上留下的那一摊血迹。

任何人都不应该经历这样可怕的痛苦。不应该啊。

他拿出手机，键入了一个电话号码。

"佩吉，"他对着手机说道，"我是尼克，我需要你帮个忙，今天。你开个价，只要把这儿清理干净，多少钱都行。"

克莱尔以为自己正在睡梦中，医院里特有的低声细语、排风系统的"嗡嗡"声响、污秽的床垫，所有这一切都让她回想起了自己当实习医生时的一幕：那天凌晨时分，她偷偷溜进了一间无人的病房，躺在病床上睡了十五分钟。

但是，当她睁开眼睛的时候，却发现刚才看到的模糊景象突然消失得一干二净，这才意识到这一次自己真的成了一个病人。

"你好，克莱尔。"

她迷迷糊糊地转过头来，只见科廷医生身穿T恤衫和牛仔裤坐在靠墙的一把椅子上。她想坐起来，对自己的导师表现出应有的尊重，但是科廷立刻站起身，伸手按住了她的肩膀。

"别起来，"他的语气格外温柔，克莱尔从没在他嘴里听到过如此不像科廷的话语，"你需要休息。"

"发生什么事情了？"克莱尔勉强问道。

"他们把你带来的时候，你受了强烈的精神刺激，"科廷回答说，"所以，我就让你住院治疗。"

"这里是精神病科吗？"克莱尔问。

"这是内科，"科廷回答道，"我们都不希望在你的医疗记录上留下因精神疾病住院治疗的内容。"

克莱尔点了点头，问道："我睡了多长时间？"

"大约六个小时，"科廷说，"我给你服用了安定和安眠药。"

"伊恩……"

科廷点了点头，握住了她的手。"我给他的父母打过电话了，我们正在为他准备葬礼。"

不知为何，她觉得这位导师今天看上去有些不同，显得那么憔悴和萎靡。显然，伊恩的死对他同样也是一个沉重的打击。

"你还好吗，医生？"

"我会好起来的。不过，眼下我更担心的是你。"

科廷温柔地捏了一下她的手。

她想，只要他愿意，他也能够表现出同情心。

"克莱尔，我希望你专心听我说。我从事这个行业已经多年，但还从来没有哪个学生像你这样，不仅竭尽所能去帮助一个病人，而且不遗余力地防止这个病人伤害其他人。我自认对人的判断力很强，尤其是对自己学生的判断力更加准确,但是在对你的判断上,我的看法却离真实情况相距太远。"

克莱尔疑惑不解地看着他。

"你已经证明了我对你的判断是错误的,我敢肯定你也知道,这种失误在我身上很罕见。"

克莱尔脸上露出淡淡的微笑。"你这么说也很罕见啊。"

这是她第一次鼓起勇气用幽默的语言同科廷讲话,让他禁不住笑起来。

"你需要好好休息一段时间,也许今年剩下的时间都应该休息。"

"但……要是那样我就会跟不上研究的进度了。"克莱尔结巴道。

"这个你不用担心,"科廷向她保证说,"明年或者后年你可以再回来,怎么都行。只要我还在掌管这个项目,这里就始终有你的位置。能够有你这样的学生和同事,是我莫大的骄傲。"

克莱尔不知道应该如何回答,科廷感觉到了她的窘境,站起来准备离开。

"我会给你签署一份休学文件,如果你还有其他要求,就给我打电话。"

"医生?"

"什么事?"

"谢谢你,"克莱尔回答说,"感谢你为我所做的一切。"

科廷点了点头,克莱尔感觉好多了。

"克莱尔,我对发生的这一切感到非常非常痛心,你恐怕很难想象我现在的心情。"他低下头看着地面,随即又抬起头看着她,"有什么需要,给我打电话吧。"

说完，他转身离去。

"科廷医生！"克莱尔又喊道。

科廷立刻转过身来。"怎么？"

"确实有一件事情需要你的帮助。"

克莱尔打开了自己公寓房间的门，刚刚跨进门口一步，恐惧便再次攫住了她的神经。

"那天的事情就发生在卧室里。"克莱尔说道。

"亲爱的，你干吗不让我先进去看一眼？"洛伊斯·菲尔伯恩医生温柔地说道。

克莱尔默默地点了点头，对菲尔伯恩陪她回到这里感到感激。要是她独自一人回到这个家里，并且还不得不清理那间一度成为屠宰场的卧室，那将是她根本无法承受的事情。所以她才向科廷提出了请求，希望菲尔伯恩医生陪同她一起回来。科廷不仅立刻答应一定为她安排，并且保证说如果菲尔伯恩不愿意去，他就陪她去。

当然，菲尔伯恩不会不愿意。在对克莱尔进行心理辅导治疗的过程中，"吸血鬼"已经看到了克莱尔取得的进展，并开始喜欢上了这个优秀的年轻医生，不用说她从内心里确实是真心实意地爱护她。

"克莱尔，你想让我先进去吗？"

克莱尔一动不动地站在门廊中，感觉自己就好像悬挂在一道悬崖的边上。

"是的，你请。"

"我们一起迈过这道难关，好吗？"菲尔伯恩的话让她感到十分宽心。

克莱尔虽然感激菲尔伯恩对她的鼓励,但是仍然心有余悸,不敢向屋内再迈出一步。

她听见菲尔伯恩打开了卧室的门,不过并没有听到她发出任何惊恐的声音,不一会儿菲尔伯恩回到了门廊里。

"跟我来吧。"她对她说。

"你愿意帮助我面对内心的恐惧吗?"

"我愿意帮助你战胜恐惧。"

她向她伸出一只手,克莱尔有些犹豫地握住,让菲尔伯恩带着自己向卧室走去。

"你先看一看吧。"她对她说。

克莱尔看了菲尔伯恩一眼,然后向前几步走到了卧室的门口。眼前的情景让她很吃惊,清晨她所看到的血腥场面已经荡然无存,就好像一只神奇的手已经把那一切通通抹去了。

整个卧室显得十分整洁,她的床——他们俩的床——几小时之前还浸透了伊恩的鲜血,现在却已经收拾得干干净净,床上仍然铺着同样的白色被褥。整个房间里没有一滴血迹,也看不到凶杀案留下的任何其他痕迹。

就在这个时候,浴室的门突然打开了,一个十来岁的小姑娘从里面走了出来。克莱尔惊讶地瞪大了眼睛。

"艾米,你怎么在这儿?"

"嗨,克莱尔,想玩跳房子游戏吗?"

"你在这儿干什么?"

紧接着,眼前的一切突然变得缓慢了。从浴室里又走出了另一个小女孩,走上前抓住了艾米的手臂,克莱尔看得目瞪口呆。

她所看到的正是八岁大的自己。

她向她们走过去,两个小女孩也看到了她。

"嗨,"艾米说,"你还好吗?"

"出什么事了?"小克莱尔问道。

克莱尔扭头向镜子里看去,发现自己的脸上流下了泪水。

"你迷路了吗?"小克莱尔又问。

"你是在找什么人吗?"艾米接着问道。

"我在找你,"克莱尔说着,双膝跪倒在艾米的面前,"你到底在哪儿啊?"

"我离开了,"艾米回答说,"一个男人把我带走了。他是一个坏人。"

"他对你做什么了?"克莱尔问艾米。

"我不能告诉你,"艾米天真地说,"他说过,不许我告诉任何一个人。"

克莱尔开始抽泣。"我看到他把你抢走了,我当时也在那儿。他把你带到什么地方去了?求求你,快告诉我。"

"你别哭,"艾米安慰她说,"他打了我,但是现在没事了,我在休息。"

艾米转身对小克莱尔说:"来吧,克莱尔,我们出去玩。"

两个小姑娘对她笑了笑,重新向浴室里走去,很快便消失在浴室门后。

"别走,求你们不要走!现在不能走!你必须告诉我到底发生了什么事情。"

她一把推开了浴室的门,却发现里面并没有人。她走上前掀开浴盆的浴帘,就好像她正在同她们玩躲猫猫的游戏。然而,浴盆里也是空空如也。

但是,紧接着克莱尔就看见了另一扇门——就在浴缸另一头。于是,她迈进浴缸,推开那扇门,毫不迟疑地走了进去。

她来到了一幢老房子的前面,她就是在这所房子里长大的。她呆呆地站在那里,看着八岁的自己正在房子前面的车道上同艾米一起跳绳。

"克莱尔!艾米!"她向她们喊道。

但是,她们却只顾自己继续跳绳,好像根本就没有听见她的喊声,好像她根本就不存在。

也许,她们俩并不在那里。她们怎么会在那里呢?

这时,一只无形的手把她拉回门内的浴室里。

她听见了一阵噪声,好像水泵发出的声音。

她低头往下一看,发现一个女人正坐在浴缸里,身体不停地膨胀着,好像很快就要爆炸了,蕴藏在她身体中的无数记忆即将迸发出来,把她自己活活地淹死。

克莱尔感觉自己的手正向她伸过去,接着她摸到了她的头。她的头没有头盖骨,就好像一辆掀起引擎盖的汽车。

她看向镜子,发现自己的整个头骨也没有了,额头上方只剩下一个不停鼓动着的大脑,眼看就要爆裂开来。

"你没事吧,亲爱的?"一个人的声音从她身后传来,听起来就像是她的母亲。

克莱尔转过身来,菲尔伯恩医生正站在她的面前,两只眼睛里流露出关切的目光。

"我看到她们了,我看到她了。"她对菲尔伯恩说道。

"看到谁了?"菲尔伯恩问道。

"艾米,"克莱尔说,似乎菲尔伯恩应该知道艾米是谁,"我小时候杀死的那个小姑娘。"

"克莱尔——"

"她是我最好的朋友,就在我的面前被人绑架了。我没有上前阻止那个人,结果她死了。是我杀了她。现在,我又杀了我的男朋友,因为托德·昆比嫉妒了。"

"你并没有杀过任何人。"菲尔伯恩告诉她说。

"我确实杀了人!"克莱尔大声道,眼泪又流了下来,"我把自己打扮成一个妓女的样子——他的那些妓女的样子——因为我想让你和科廷医生重视我。"

克莱尔感到天旋地转,失声哭起来。菲尔伯恩把她带回起居室,让她在沙发上坐下来。

"我也不知道我怎么会这样。"克莱尔抽泣着说。

"你什么问题都没有。"菲尔伯恩安慰她说。

"但是,我不应该这样的,不应该哭……"

"你已经把自己的情感压抑了太长时间,现在它们终于爆发出来了,让它们释放出来正是你现在最应该做的事情。"

"求求你告诉我,这是为什么?为什么艾米要死?为什么伊恩要死?"

"我也希望我能够给你一个答案,克莱尔,但是这个问题只有上天才能回答。"

克莱尔瞪大眼睛看着她,说:"说吧,我们都是医生,我们都利用科学寻找正确的答案。"

菲尔伯恩轻轻地点了点头，回答说："科学绝不可能告诉你为什么你的朋友艾米会被绑架、为什么托德·昆比谋杀了——"

"不，科学能够给我一个解答。托德·昆比患有精神分裂型人格障碍，"克莱尔就像背书似的说道，"他本来应该对我的治疗方法做出积极的回应。"克莱尔垂下头，哭得更厉害了。

"你在寻找根本就不存在的答案。"菲尔伯恩对她说。

"那我该怎么办？"克莱尔哭道。

"宽恕你自己。"

"我不知道该怎样去做。"

菲尔伯恩沉默了一会儿，思考着应该如何回答克莱尔的问题。然后，她抓住克莱尔的两条手臂，看着她的眼睛说道："还记得你第一次同昆比面谈时的情景吗？记不记得你当时是如何做出一次次的努力，才最终使他吐露了内心的秘密？他是你在里克斯岛监狱的第一个病人，而你第一次同他见面就取得了一个'本垒打'。"

"但是，紧接着我就把球给丢掉了。"

"那是因为你也是一个普通人，克莱尔。我们都是。我们自己都无法预见下一分钟我们将会如何行事，更不用说对别人的行为料事如神了。我们应该对我们自己说：只要能够获得足够的信息，我们就可以对人类某种行为的原因做出解释。但是，这里还有一个因素必须考虑在内——我们的病人并不会把所有事情都毫不隐瞒地告诉我们。那么，就只有上帝才知道他们不想告诉我们的事情是什么，或者说，只有上帝才知道哪些事情我们甚至都不愿意告诉我们自己。"

克莱尔看着菲尔伯恩，脸上流露出乞求帮助的神情。

"我知道你很痛苦，而且这种痛苦明天或后天还会继续，甚至再过一个月也会依然存在。随着时间的推移你会慢慢好起来，但是有一个前提：你必须停止对你自己的指责，不能再把那些女人的死归咎于你自己。当然，也不能把伊恩的死归咎于你自己，更不能把艾米的死归咎于你自己。"

菲尔伯恩的话是如此具有说服力，克莱尔开始相信她确实有可能好起来。

"我会努力照你的话去做。"克莱尔说着紧紧地闭上了眼睛，她要把这个世界和这个世界上一切残酷无情的事物都通通拒之门外。

托德·昆比躺在验尸台上，胸膛被切开了一道精确的"Y"字形刀口。他也是一个受害者，是他母亲的残忍行为害了他，长大后他把自己对母亲的怨恨转移到了其他女人的身上。副验尸官罗斯低头仔细检查了一遍昆比的心脏，发现它看起来很正常，同这个年龄其他男人的心脏并没有什么不同。罗斯对自己微微一笑：邪恶昆比的内脏中根本没有任何嗜杀成性的征兆，在他解剖过的其他杀人犯的心脏中，也同样没有发现过这样的征兆。

接着，罗斯开始查看昆比的肺叶。

奇怪，他想，*既然是淹死的，他的肺里就应该有更多的淤血。*

罗斯决定从昆比肺叶的积液中提取一些样本，把它送到实验室做进一步的检查。

对于这个现象，应该是能找到一个合理解释的，他想，*科学会把答案告诉我，科学总是能够解开所有的谜团。*

第二部

第十九章

尼克坐在办公桌前，愣愣地盯着桌上那八个牛皮纸档案夹，其中七个分别装着一名被托德·昆比残酷杀害的受害人的案情材料，而最后那个、也是最厚的那个档案夹则装着昆比本人的材料。看着这些档案夹，尼克觉得它们好像也在盯着自己，也向他提出了那个一直让他迷惑不解的问题：为什么会发生这样的事情？

如果要他向七名受害者的家属解释这个问题，他会说昆比的杀戮暴行极有可能是一种根深蒂固的精神疾病造成的结果。但是，扪心自问：回答这样的问题难道是他的工作职责吗？我们为死者伸张了正义难道还不够吗？无论上帝做什么，肯定都有他自己的理由。好人被谋杀；好人自杀身亡。

好人即将失明。

但是，尽管如此他仍然忍不住要想，在这些档案材料之中一定隐藏着这个问题的答案。追根溯源本来就是人的天性，为什么七个无辜的人会被残忍地谋杀，总应该有一个解释才对。

昆比最后的"杰作"是在一个晚上谋杀了三个人的生命，从那之后，一个星期已经过去了，但是在尼克的心中，昆比依然是一个难以解开的谜团。尼克知道，这个谜团永远也无法解开了，因为昆比已死,他已经永远失去了审讯他的机会,再也不可能从他口中听到任何供述,无法看到他像有些杀人犯那样,乐于承认自己的罪行,甚至带着一种病态的、扭曲的微笑大言不惭地讲述他的孽行。不会再有对昆比的审判,受害者的家属也不再可能在法庭上目睹正义得到伸张,看到陪审团判定他有罪,让他在监狱中度过自己罪恶一生的下半辈子。

尼克心中不禁产生了一种被欺骗的感觉。*面对现实吧,生活从来就没有公平过。*

而他自己比其他任何人都更加清楚地知道这一点。

尼克抬起头,用日渐衰弱的眼睛扫视了一下办公室里默默工作的其他人——今晚这里十分安静。他立刻联想到了窗外的整个城市,昆比肮脏的灵魂坠入地狱以后,纽约似乎也变得安静多了。

一周来,尼克的声望从零陡然飙升为警察英雄,贪婪的媒体竟然完全忘记了他妻子死后他们曾经对他进行过的无端指责和围剿,纷纷前来对他进行了几十次采访。他的英勇行为好像在一瞬间就把他们对他的仇恨通通抹去了,詹妮·罗勒的自杀似乎根本就没有发生过一样。尼克想起这件极具讽刺意味的事情,脸上禁不住流露出一丝苦笑,媒体就是一帮招人厌恶的家伙。

什么"大英雄",我连车都开不了了。

这时,一沓钉在一起的材料落到了他面前的桌子上,打断了他的沉思。他抬起头一看,维尔克斯警督正转身离开。

"这是什么?"他问道。

"怎么,还要我教你怎么阅读吗?"维尔克斯生硬地回答道。

尼克拿起那沓材料,发现原来是验尸官办公室发来的传真。

是托德·昆比的验尸报告。

"有什么重大发现吗？"尼克向老板大声问道。

"结果惊人哪，那混蛋是淹死的。除了毒物检验的结果还没有出来，一切正常，死因就是驾驶失误。别坐在那里发呆了，赶快把那几个案子都给我了结了。"

尼克桌上的案件档案是按照凶案发生的先后顺序摆放的，他不假思索地拿起了放在最右边的那个档案夹——昆比杀害的最后一个女人的案卷。

玛吉·斯特尔斯警探。

按照纽约警察局的惯例，任何一位在工作中殉职的警察都将享受到相当于高级警监待遇的葬礼，但是数十年来警察们都把这种待遇当成一个笑话，因为高级警监差不多相当于军队中的上校军衔，而在纽约警察局的历史上，死在工作岗位上的高级警监一共只有一人。

话虽如此，尼克当然还是参加了在布鲁克林福莱特布什大道上的一座教堂里为玛吉举行的葬礼，那天出席葬礼的警察有数千人之多，有的人甚至是从数千公里外的加利福尼亚赶来的，大家都为玛吉的英年早逝感到莫大的悲痛。但是，私下里也有许多人认为，玛吉把昆比放进安全屋而没有呼叫后援是一个严重的判断失误，正是这个失误导致了她自己的死亡。少数一两个不知好歹的家伙说出这话时被尼克听到了，结果立刻遭到了他的呵斥，他当面告诉他们说玛吉的勇气胜过他们十倍。

尼克心想：在一个疯子面前，即使是世界上最有勇气的人恐怕也无济于事。也许，正是因为我为玛吉的死感到自责，所以才会以此为自己开脱。我要是能够早一步到达安全屋……

"对不起，"一个声音从办公室另一头传来，"罗勒警探在吗？"

尼克立刻警惕地抬起头来,他很熟悉这个声音,而且清楚地知道这个人根本不应该出现在纽约,更不应该出现在他的办公室里。

"我是萨瓦雷斯警探,"托尼从桌前站起来回答说,并且向门口迎上去,"有什么事?"

"我听到了,托尼。"尼克立刻对萨瓦雷斯说道,同时迅速跑上前,他知道大事不妙,所以必须抢占先机。说话的这个人来自波士顿,他正是尼克的眼科医生弗兰克·曼戈尼。在这个世界上,除了克莱尔和他自己的母亲,曼戈尼医生是唯一一个可能泄露他秘密的人。

尼克装出一副正在等待曼戈尼到来的样子,希望以此打消其他人的好奇心。"见到你真高兴,"他握着医生的手说道,"我们到外面谈,好吗?"

一分钟之后,两个人走出警局来到了大街上。

"你他妈怎么跑到这里来了?"尼克质问他说。

"这应该是我来问你的问题。"曼戈尼医生回答说,他脸上的愤怒表情丝毫也不亚于尼克,而且丝毫没有犹豫。

"你是怎么找到我的?"尼克又问道。

"如果你连这个都想不出来,那还算个什么警察。"医生回答说,"你的照片在网上到处都是。首先,我得祝贺你抓到了那个连环杀人犯。"

"这样你就有理由跟踪我了?"

"这样就给了我理由阻止你误杀任何一个无辜的人。"

"我不会误杀任何人,医生,我很好。"

"你已经快要失明了,这是不可逆转的。所以,你必须把你的枪交出去。"

"对不起，医生，这绝对不可能。"

"那么，请你看在上帝的分儿上，把枪交给其他某个人，你不能再带着它到处溜达。"

"我是一个警察。"

"你晚上根本什么都看不见！"曼戈尼发火了，"你老婆是不是就是因此而死的？"

"你说什么？"尼克怒吼道。

"是不是你意外枪杀了她？因为你当时根本就看不见她？"

尼克马上就意识到他必须让曼戈尼医生冷静下来。

"我妻子拿出了我的枪，并且用那把枪杀死了她自己，她的死跟我眼睛的毛病毫无关系。"

"现在，这已经不是你一个人的问题了，它也是我的问题。"

"我不明白你为什么这么说。"尼克回答道，带着医生继续沿街走去，一方面希望离警局越远越好，另一方面希望即使被人看见也会以为他们俩是老朋友。

"我宣过誓，"曼戈尼医生解释说，"绝不伤害任何人。如果我听任你继续做警察并且随时带着枪，那就等于让无数人身处危险之中。"

"你这是在威胁我吗？"尼克难以置信地问道。

"你怎么认为都可以，"医生回答说，"但是，你听着，我给你一个月的时间，你可以辞职、退休，或者选择任何一种你愿意的方式离开警察局。"

"我要是不呢？"尼克问道，但是他已经清楚地知道医生会怎么做。

"我就给纽约警察局的医生打电话，把你的病情如实告诉他。"

尼克像过去无数次看着那些他要制伏的罪犯那样恶狠狠地看着曼戈尼医生,但是医生却毫不退缩。

"你不能那样做。"尼克最后不得不说。

"我不仅能这样做而且还一定要这样做。"医生回答道,"这是人命关天的大事情,如果你意外枪杀了那些不该杀的人,那他们的血就会沾满我的双手,我就再也无法继续生活下去了。"

说完此话,曼戈尼医生转身离去了。尼克知道医生没有吓唬他,他一定会说到做到的,尼克不知所措了。

突然,他想起了他必须做的一件事情。

尼克沿着医院走廊向前走去,心想,*日光灯周围有圈奇怪的光晕*。他本来还想像往常那样拒不承认这是自己日渐衰退的视力所造成的,但是一小时之前曼戈尼医生向他发出的最后通牒已经使他彻底地认命了。

他转过一个拐角,差一点儿同迎面而来的两个医生中的一个撞个满怀。

"对不起,"他赶忙道歉说,"我没有看到你们。"

"或许你应该走得慢一点儿,"那个医生说,"这里是医院。"

"真的很抱歉。"尼克说着继续往前走去。他要找的办公室就在几公尺之外,于是他快步走了过去。

但是,当他走到那间办公室门口的时候,却发现门上的姓名牌已经没有了。

他敲敲门,等待着回应,但是好几秒钟过去了,仍然毫无动静。

他抓住门上的把手一拧,门动了,但是等他推开门看去,却没有

213

看到他期待看到的人。

整个办公室空无一人，只留下了一张空空的桌子和两把椅子，就好像从来都没有任何人在这里工作过一样。

克莱尔似乎早就从他的生活中消失了。

即使到现在为止，他自己都不明白是什么原因促使他来这里找她，他只是隐隐约约地感到他必须见到她。

就在呆呆看着空空如也的办公室的当口，他突然明白了他来这里的原因。

一生之中，尼克都被朋友包围着。家人。妻子，在她患上严重的精神抑郁症之前。还有那些同他有着兄弟般情谊的警察同事们。

现在，曼戈尼医生的最后通牒彻底改变了他生活中的一切，他的妻子已经死了，他的朋友们很难理解他的处境，而一旦他的警察同事们知道了他日趋衰退的视力，也会对他进行指责。他们会立刻联想到一周前发生在地铁隧道里的事情，把在他年轻搭档威瑟尔身上发生的事归咎于他。

而他们并没有错。

"需要我帮助吗？"一个声音从尼克身后传来，他猛地转过身去。

"科廷医生。"尼克道。

"你是警探……"科廷问道。

"罗勒警探，尼克·罗勒。"尼克回答说，同时向科廷伸出手，科廷握了握他的手。

"我想，你是要找沃特斯医生吧，"科廷说，"是有关那个案子的事情吗？"

"只是结案的事情，"尼克回答道，"我还有几个问题需要问问她。"

"你已经看到了,沃特斯医生已经离开我们这里了。"

"她出什么事了?"尼克焦急地问。

"你应该知道出了什么事,"科廷立刻回答,"你当时就在现场,对不对?"他话里的责备语气让尼克感到难受。

"你说的没错,我就在现场。"

"那么,你就应该很清楚她所经历的一切,"科廷继续道,"沃特斯医生今年剩下的时间都要休假,明年六月才会回这里。"

听到这里,他立刻毫不犹豫地问道:"你能把她的联系方式告诉我吗?"

"医院里有规定,我们不能把病人或者雇员的信息告诉其他任何人。"

尼克想了想,这家伙是在有意刁难他。

"听着,医生,"尼克说,"我不管你为什么会认为我要对发生在沃特斯医生身上的事情负责任,我一直在做我该做的事情,那是我的工作,而且我现在也是在工作。"

"托德·昆比已经死了,警探,"科廷说,"沃特斯医生还有什么事情可以帮助你的?"

"我需要她的证词,"尼克毫不犹豫地回答道,"没有她的证词我无法结案。"

科廷强硬的语气终于缓和下来了,尼克不知道医生是否看穿了他的谎言,或者是对他产生了同情。

也许,他看出了我需要克莱尔的帮助?

"到我办公室来吧,"科廷说道,"我让我的助手把你需要的情况都告诉你。"

"谢谢你，医生。"尼克立刻说道。

"但是，我有一个条件，"科廷又说，"如果有人问起，你绝不能说是我告诉你的。"

第二十章

看得出，一场雷阵雨即将来临，空气中充满了水汽，从安大略湖上吹来的大片乌云正呈现出愤怒的暗灰色。

就像艾米被刘易斯绑架的那天，当时也是这样的情景。

克莱尔手里端着刚刚在公园大道拐角处的克兰西晚餐店买来的一大杯咖啡，一边沿着伯特街匆匆而行，一边又回想起了当年的往事。从她的孩提时代到现在，那家晚餐店里的红色长凳和女服务员身上的工作服一直没有改变过，这一切都让她感到不舒服。

*这里的一切依然如故，时间已经凝固了。*她一边想一边向她父母的家跑去，希望在雷雨来到之前赶回家里。艾米被人绑架的那天，她们俩就是在这同一幢房子的前面玩耍。罗切斯特的夏季暴雨总是来势汹汹，第一场雨总是大雨倾盆，总是那么猛烈。

当克莱尔到达伯特街上那幢威严的殖民时期建筑的前门，把钥匙插入门锁的时候，豆大的雨点正好开始落下来。她刚急匆匆地躲进屋里,一道闪电就划破了昏暗的天空,紧接着一声震耳欲聋的惊雷在空中炸响,震撼着整座房子,倾盆大雨随之倾泻而下。

现在正是一天的中午时分,她父母都在外上班。她的母亲在一所高中教生物课,克莱尔认为自己就是在那那所学校里对医学产生了兴趣。她的父亲是一名物理学家,致力于光纤的研究工作,但是他同时又是一个非常虔诚的教徒,每个礼拜天都要到万灵圣公会教堂去做礼拜。他在她还是一个孩子的时候就对她说过,是科学促使他产生了对上帝的信仰,因为有些问题只能用信仰才能寻找到答案。

是谁创造了这个世界,爸爸? 她在成长期间许多次问过这个问题,父亲总是告诉她说他不知道。

当克莱尔走进起居室的时候,她终于感到了这所房子带给她的那种美妙的宁静感,而屋外"哗啦啦"的雨声也变得那么令人舒心。

她在柔软、舒适的沙发上坐下来,一边望着落地窗玻璃上流下的一片片雨水,一边悠闲地喝着咖啡。雨水把窗外的景色变得模糊不清,让人觉得在她童年这所房子的墙壁之外似乎并不存在那个复杂的大千世界。她伸手把放在旁边的一床被子抓过来盖在身上,感觉自己就好像包裹在一个温暖的茧里,几周来第一次不再时时刻刻感受到来自外部世界的威胁。

在眼下这一段时间里,她最需要的就是这种受到保护的感觉,远离她难以掌控的一切事情,然而她的内心深处却仍然隐隐存在着一种忧虑,尤其是在夜里,当她独自一人进入睡梦中之后,这种忧虑就会浮现在她的脑海里。这是一种无法解释清楚的感觉,它总是阴魂不散地盘踞在她意识的边缘。

难道说她就没有享受安宁的权利吗?她已经经历了一次情感上

的巨大挫折,强忍着悲痛把她和伊恩共同生活过的那套公寓房收拾干净,把他留下的衣物捐给慈善机构,再把他们的其他生活用品存放起来,等她重新回到纽约,继续进行科廷的研究奖学金计划的时候再拿出来使用。

可是,她又想道,*如果我从此不再回去又怎么办呢?*

参加伊恩的葬礼是克莱尔最为痛苦的经历。科廷和菲尔伯恩都参加了,研究项目中的其他同事也一个不少,他们对她说的那些话让她感到宽慰,尤其是科廷,他利用其他人不在身边的短暂时刻再次向她重申了态度:她什么时候想回来都可以,他的奖学金项目中始终都会为她保留一个位置。但是,在当时的情况下,重返科廷的研究岗位却是她最不愿意做的事情。她心中只有一个难以遏制的愿望,那就是立刻远远地离开她在纽约的生活。她父母也主动向她提出,只要有助于消除过去几周来在她心灵上留下的恐怖阴影,无论她愿意到什么地方旅行,一切费用都由他们承担。

思来想去,克莱尔最终意识到只有一个地方能让她得到安全感,那就是她现在所在的这个地方。

在回到父母家后的一个星期里,他们一直竭尽全力为她提供帮助,两人都从繁忙的工作岗位上请了几天假,留在家里陪伴在她身边。现在,虽然他们已经重新回去工作了,但是只要情况许可,他们都会尽可能早一些赶回家里同她一起吃晚饭,以免她独自一个人长时间待在家中。克莱尔的姐姐戴安娜一直在伦敦做建筑师,也主动提出要回到家里来陪伴自己的妹妹,是克莱尔告诉她不要回来。戴安娜比克莱尔年长五岁,两个人的关系一直并不亲密,因此克莱尔不愿意再向她讲述一遍过去几个星期以来自己的痛苦经历。

克莱尔现在总是感觉到,父母对她的关怀已经远远超过了他们在她成长期间对她的关怀。她觉得这件事具有极大的讽刺意义,七桩谋杀案和她本人几乎精神崩溃的经历才终于使他们如梦初醒,开始对她关怀备至。

不过,迟到的关怀总比漠视要强。

在克莱尔的一生中,这是她第一次感到自己与众不同,也是第一次觉得自己不再是一个可有可无的人。

"轰隆隆!轰隆隆!"一连串巨大的雷鸣震撼着整幢房子,也震撼着她脆弱的神经。

她突然感到一阵恐惧,从长沙发上一跃而起,拔腿向前门跑去。她慌乱地拨开那可恨的门闩,一把拉开了门……

……正好看到温斯洛先生把艾米抱进了他的"宝马"车里。

"妈妈,妈妈,快出来!求求你……"

克莱尔回头向屋里看,妈妈并没有走出来。她在哪儿呢?

"妈妈!那个人把艾米带走了!"

她尖叫着朝楼梯跑去,没有人回答她的叫喊。她哭喊着、抽泣着,又从屋里跑回门外,知道自己已经无能为力了。

空中传来隆隆的雷声,克莱尔看到泪流满面的艾米正从温斯洛先生的"宝马"车里透过玻璃窗祈求地望着她。她知道两人从此再也见不到了。

多年来,她已经无数次像这样站在瓢泼大雨中,任由雨水淋透了她的衣裳,止不住的泪水同雨水一起流下她的脸颊。

我还能够重新获得安全感吗?哪里才是我真正安全的地方?

克莱尔转过身子,无助地依靠在墙壁上抽泣,她心中的痛苦远远超过了以往任何一次，因为这一次她不仅是为失去艾米而哭，而且是为她失去的一切而哭。

自从艾米被人从她身边强行掳走之后，她的心中就产生了一种无比强烈的情感，无论她后来获得了多少个学位，在对神经传导物质及其对人类行为的影响的研究上取得了多少成就，也无论她获得了多少次研究奖学金，都不可能抹去她心中的这种情感——

无助。

她自己也知道，她必须努力摆脱这一心理上的巨大阴影，哪怕是穷其一生也必须努力做到这一点。

克莱尔还记得，多年前她把那个纸板箱放进了阁楼中一个隐蔽的角落里，就在一张陈旧的木制床架后面。

由于很多年没有打开过，纸板箱上封口的胶带已经开裂，轻轻一碰便碎了。早在即将离家去上大学的时候，克莱尔就把这个纸板箱放到了这里，并且以为她这一辈子再也不会打开它了。当时，她不顾父母的反对，把自己的几乎所有东西都扔掉了，她的卧室几乎被清理一空，就好像她再也不会回到这里来了。

她当时甚至想过连这个纸板箱也一起扔掉，但是某种潜意识阻止了她的冲动，一只无形的手拉住了她，一个不熟悉的声音告诉她说，扔掉这个纸板箱她会后悔的。于是，她把它藏到了这个没有人看得见的地方，远离父母存放在这里的其他东西。

克莱尔把纸板箱从阴暗的角落里拖出来，在阁楼中扬起了一大片灰尘，不仅迷了她的眼睛还害得她不停地打喷嚏。她最终把纸板箱拖到了活板门的边上，酸疼的肌肉终于松弛下来。她在折叠楼梯上站稳身体，认为自己做出了一个正确的决定，心里感到很满足。

当她筋疲力尽地把纸板箱最终放到厨房餐桌上的时候，她又感到犹豫了：她真的有勇气打开这个纸板箱，把封存在其中的儿时记忆统统释放出来吗？几秒钟之后，她终于下定了决心。

我必须打开它。

她把封口处的胶带一点点撕下来，掀开箱口的纸板，闭上眼睛把一只手伸进纸板箱，拿出了她摸到的第一件东西。

这是一本没做任何标记的大相册。克莱尔低头看着相册上覆有白色塑料薄膜的封面，从它平淡的设计上很难看出相册里的内容。

要想面对我心中的恐惧，就必须敢于面对这本相册里的东西。

她深深地吸了一口气，然后翻开了相册的封面。她眼前出现了一张剪报，来自罗切斯特的《民主与记事》日报，时间是1989年7月18日，剪报上的大标题写的正是那桩她渴望忘记而又无法忘记的事件：

警察搜寻被绑架女孩

该报道还同时刊登了一张艾米的黑白照片，照片上的艾米就穿着被绑架当日穿着的那件T恤衫。

克莱尔耳旁又响起了艾米对她说过的那句话：*没事的，温斯洛先生同我爸爸在一起工作。*

克莱尔开始阅读那篇她早已烂熟于心的报道文章，随着一行行文字进入她的大脑，心中原来的疼痛却渐渐减弱了。这使她想到了创可贴，如果你猛地一下子把它从伤口上揭下来，疼痛感往往会轻微得多。

她把翻开的大相册放到一旁，把纸板箱中的其他东西一一拿了出来：两本小相册兼剪贴簿和一大堆她和艾米一起拍下的照片。这些照片记录了她和艾米的快乐生活：一起跳绳，一起玩跳房子，一起坐在安大略湖边海风游乐场的旋转木马上,一起在塞内卡公园的动物园里向一群大象扮鬼脸。这里的每一张照片都代表着一段鲜活的记忆,都是她这些年来极力想忘却的痛苦经历,而现在它们又一一清晰地呈现在了她的眼前。她不知不觉地"咯咯"笑起来,想起了自己那时候对艾米深厚的情谊,以及她们俩一起度过的那些美好时光。

这时,从前门处传来几声黄铜门环的敲击声,把她从迷迷糊糊的回忆中惊醒过来。她看了看餐桌上堆得乱七八糟的东西,心想要是父母看见她又翻出了这些旧东西,一定会感到不安的。

她看看手表——下午一点二十五分,离他们下班回家的时间还很早,而她也并不知道会有人来访。

克莱尔从房子正面的窗户向外望去,发现雨已经小多了,刚才沿着窗玻璃哗哗流淌的雨水已经不见踪迹,只有几处还在滴水。门前的马路边上停着一辆"丰田佳美"汽车,她从未见过,看来并不是快递员送来了什么东西。

她有些犹豫不决,于是蹑手蹑脚地走到前门后面。她父母由于不愿意破坏这扇漂亮橡木门的整体美感,一直没有在门上安装门镜。

克莱尔问道:"是谁呀?"

"警察。"雨声中传来一个男人的声音。

她看得出来,停在路边的汽车根本不可能是一辆警车。她父母几天前刚刚对她说过,这段时间这片居民区发生了好几起大白天入室盗窃的案件,这个人会不会正是一个前来查看房子里是否有人的盗贼?

虽然门上没有门镜可以向外窥探,但是门的上半部却镶有几块不大的玻璃,只是玻璃的位置太高,克莱尔或其他人都无法从玻璃处望出去。不过,克莱尔想到了一个利用这几块玻璃的方法,她举起一只手在玻璃上敲了敲。

"把你的警徽和证件放到玻璃上让我看看。"她大声说道。

她很快就听见了一声金属碰到玻璃的声音,于是抬起头向玻璃外看去,这一看不由得使她惊讶地瞪大了眼睛。

她所看到的并不是罗切斯特警察的警徽,而是纽约市警察局警探们使用的金黄色警徽,警徽上的数字她早就看到过无数次,立刻就认出了这个警徽属于谁。她打开锁,伸手拉开了门。

尼克·罗勒有些局促地站在她的面前。

"你已经把头发的颜色染回来了。"他对她说。

克莱尔下意识地用手指卷起一小缕头发,头发的颜色确实是她几天前刚刚染回来的。"观察力很强啊,警探。"克莱尔回答说。

两人四目相对,都有些尴尬。克莱尔立刻想到了他为什么会来到这里的问题,心里不免忐忑,不知道这时见到他应该感到高兴还是恐惧。

"你已经越权了,不是吗?"她打破沉默问道。

"我必须同你谈谈。"

"还是那个案子的事情吗?"

"那个案子已经了结了。"

"你是怎么找到我的?"

"别忘了,我是个警探。"他从鼻子上抹去一滴雨水,"站在这里太湿了。"

克莱尔的脸立刻因为难为情而浮现出一抹红晕。"真是对不起,"她赶忙说,"请进来吧。"

尼克走进屋里,随手关上了身后的门。他脱下雨衣,露出了身上的牛仔裤和栗色的高尔夫球衫。

"这一身就是你们警察旅行时的行头吗?"克莱尔问道。

"要是出公差是不会这么穿的。"尼克回答说。

"这么说,你不是因为公务而来的?"

"不完全是。"说着,他眯起眼睛以适应屋内较暗的光线。

"那么,你开车跑了五百多公里就是为了找我聊聊天?"

"我是坐飞机来的。"

克莱尔忍不住笑起来,因为她想起了高中时那个想约她出去的腼腆男生,只是尼克脸上没有长满青春痘。

"看来,你是急于赶到这里来。"克莱尔说,她已经本能地进入了心理医生的角色。

"医生,你这样会让我感到紧张的。"

"你是不是需要我为你提供一些专业方面的帮助?"克莱尔朝起居室的方向点头示意,两人一起走了进去。克莱尔在沙发上坐下来,尼克则坐在了她对面的皮椅上。

"我刚才说了,我必须同你谈一谈,对吧?"尼克回答说,已经有些生气了。

"我们直说吧,"克莱尔道,"你从纽约市一路飞过来,就是因为你需要心理医生的帮助。"

尼克的脸上流露出十分困惑的表情,这使克莱尔判断出她一语中的了。

"我不知道该怎么办。"他告诉她说。

"不知道什么事情该怎么办?"克莱尔问道。

"你就是这样一步步把病人引入你的圈套的吧?"

克莱尔不得不缓和下来,说道:"你干吗不直接告诉我发生了什么事情?"

于是,尼克支支吾吾地讲起了曼戈尼医生如何跑到他的办公室,并对他下了最后通牒的事情。克莱尔专注而同情地听着他的讲述,直到他讲完了他的故事。

"这么说,曼戈尼医生在把他的……威胁付诸行动之前,还是给你留下了一段考虑的时间。"

"我求他说我马上休息几个星期,请他在我休假结束后再给我一个月的时间,让我根据那个时候的病情再做决断。"

"换句话说,"克莱尔判断道,"你现在面临的是一个终身判决,而那位尽职尽责的医生居然接受了你的讨价还价。"

尼克笑了起来,他知道克莱尔是想使他们的谈话变得轻松一些。

"差不多是这个意思,"他说,"他说,只要我不随身带着枪就行。"

"你能接受他的这个条件吗?"

"只要不知道,他就不会觉得自己受到了欺骗,我也就平安无事了。"尼克说着拍了拍自己插着枪的那条小腿。

"但是,你这样确实可能误伤到其他人,"克莱尔看着他佩枪的那条腿回答,"你自己也很清楚,他的话是对的。"

"是,是,我知道。"尼克并不否认这一点,"但是,我做了一辈子警察,根本干不了其他任何事情。"

克莱尔微微地笑了笑,尼克立刻用犀利的眼神看向她。

"你认为这很可笑吗?"他质问道。

"对不起,我不是嘲笑你的不幸,而是嘲笑我自己。"看到他生气的样子,她立刻解释说,"绝大多数心理医生之所以成为心理医生,都是因为他们自己的麻烦太多了,因此他们觉得,天天同别人的问题打交道不失为一种解脱。我回到这里已经一个星期了,而你是第一个来看望我的人,是你让我从自己的烦恼中解脱了出来。"

尼克忍不住大笑起来,对她说:"愿意效劳,医生。"

"你准备住在哪里?"克莱尔问。

"我根本就没有做任何计划,"尼克回答说,"今晚八点半有一班回纽约的飞机,我准备坐它回去。"

"要不要喝点什么东西?"克莱尔问道。她发现他的头发很有趣,被雨水淋湿后紧贴在头皮上,看起来整个人显得十分脆弱。

"喝点白水就行。你打算怎么做?"

"做什么?"

"嗯,我不想白占用你的时间。"他说,身体不自在地在椅子上扭动了一下。这间起居室干净得一尘不染,几乎看不出有人在这里生活的迹象。尼克注意到墙上挂着几幅海景和花卉静物的油画,却见不到一张家庭照片,似乎这间屋是禁止闲人进入的。

"请放松,罗勒警探,"克莱尔对他说道,他敏感的自尊让她感到吃惊,"这次谈话是免费的,你难道不觉得自己当之无愧吗?"

她微笑着站起身,向厨房走去,心中已经想好了接下来的心理治疗应该采取什么样的策略。不过,她还没走到厨房的门口,就不得不停住了。

"能不能问你一个问题?"尼克在她身后问道。

她转过身面对他。"尽管问。"她说,对他报以微微一笑。

"你为什么会对这个案子如此着迷?"

克莱尔耸了耸肩膀。"因为这是我的工作。"她搪塞道,企图蒙混过关。

"'着迷'可不是工作的内容,而且我敢肯定,改头换面去勾引自己的病人,也绝不会是心理医生指导手册上的做法。"

克莱尔勉强挤出一个微笑,同时不由自主地扭头朝餐桌上那个装着她最黑暗秘密的纸板箱看了一眼。"你到这里来是为了讨论你的问题,而不是我的问题。"她轻声回答道,"我马上就回来。"

克莱尔一走进厨房,尼克就立刻起身走到了餐桌前,他想看一看她担心被他看到的东西到底是什么。他首先看到了纸箱侧面用记号笔写上去的克莱尔的名字,接着又看到了纸箱旁边摆着的那个大相册,他明白她不想让他打探她生活中的秘密。

但是,打探别人生活中的秘密正是尼克赖以为生的工作,因此他没有丝毫的犹豫便翻开了那本相册的封面,第一页上剪报的大标题像一盏醒目的霓虹灯一样映入了他的眼帘,也使他大吃一惊。

"你在干什么?"克莱尔一走出厨房便立刻惊恐地问道。

"你以前的业余爱好倒是很有趣,"尼克回答道,但是他的眼睛并没有离开那篇新闻报道,"喜欢收集有关儿童猥亵案的报道,难怪你会成为一个心理医生。"

克莱尔大步走上前来,"啪"的一声合上了相册。"这跟你无关。"

"但是,刚才我问过你为什么会对托德·昆比那么着迷,现在我已经找到答案了。"他低头看了一眼已经合上的相册,"你从小到大都一直对性变态的家伙很关注。"

"昆比并不仅仅是一个性变态,还是一个杀人狂,他谋杀了我的男朋友和六个无辜的女人。"

尼克怔住了,他知道自己逼人太甚。*为什么我总是对别人不依不饶呢?明明是不可避免的事情为什么我就不能接受呢?*

"对不起，"尼克说道，"我错了，我根本就不该到这里来。"他一把抓起自己的雨衣，径直向门口走去。

"等一下。"克莱尔说道。

尼克止住脚步，但是并没有转过身来。

"她是我的朋友。"克莱尔告诉他说，声音已经有些哽咽了。

"你是说那篇报道中的那个小姑娘？"尼克说着转身面向克莱尔。

"她的名字叫艾米，这个箱子装的所有东西都同她有关。"

尼克向克莱尔走回去。"发生什么事情了？"

"我们当时正在这幢房子的前面跳绳，一个家伙开车来到我们面前，他告诉我们说艾米的父亲出了意外事故，他被派来把艾米接到医院去。"

"你亲眼目睹了这件事情。"尼克说着来到了餐桌旁。

"但是，我根本无法阻止他的行为。"克莱尔说。

一切都解释清楚了，尼克想道，难怪她对昆比一案会那么投入，因为她失去了朋友，并且再也无法把她找回来了。

"警察抓到那个家伙了吗？"

"没有。"

她低头看着地面，下嘴唇微微发抖，自打八岁那年到现在，这是她第一次向别人吐露这个秘密。

"他们也一直没有找到你的朋友，对吧。"她听到尼克说，并不是提出一个疑问，而是陈述一个事实。

克莱尔摇摇头转过身去，他已经看够了我哭泣的样子，当眼里开始充盈泪水时，她想道。

尼克走到她身后，本想伸出双手扶住她的肩膀，但是又立刻打消了这个念头。

"你当时只是一个孩子，"他温柔地对她说道，"根本不可能改变现实。"

"我……我知道。"克莱尔抽泣着说，尽量让自己平静下来。"但是，伊恩——"

"是托德·昆比杀害了他，不是你。"

"但是，他是因为我而被杀害的。"克莱尔说。

"昆比是一个十恶不赦的魔鬼，而你并没有把杀人的刀放到他的手里。"

"我一心只想阻止昆比那样的人对别人造成伤害，但是到头来却得到了一连串的尸体，而这些尸体上都留下了我的名字。"

"是*他*的名字，不是你的名字。伤感和自责都无济于事，死者已经不能复生了。"

克莱尔猛地转过身来，怒视着他的眼睛问道："你倒是说得轻巧，因为你从来没有感到过内疚；你妻子的死也从来没有让你感到过不安，是不是？"

"我们说的不是我——"

"你跑到这里来不就是想说你的事情吗？别忘了，我是一个心理医生。"克莱尔愤怒地说道，"我比你更了解你自己。别人都指责你，说是你杀害了她。扣动扳机的人当然不是你，但是你内心深处和我是一样的，你也同样认为是你杀死了她。"

"她需要帮助！但是，我告诉过她她会好起来的！因为，我就是不相信你们这种人。"

一气之下，这些话竟然脱口而出，他想收回来也已经晚了。

"你们这种人?"克莱尔问道,其实她心里很清楚他指的是什么。

"心理医生。"尼克脱口说道。

克莱尔盯着他问:"你妻子生前有没有表现出自杀的倾向?"

"她连续几个星期都在床上昏睡,接着又连续几个星期都睡不着觉,一直不停地干这干那。"

"像是躁郁症的症状。"

"她自杀以后,警察局的心理医生也是这么说的。"

"你自愿去的吗?我是说是你自愿去看警察局的心理医生的?"

"不是自愿的。"尼克回答说,其实要回答这个问题相当复杂。凡是不想自毁前程的警察都会尽量避免同警察局的心理医生接触,因为他们担心谈话的内容会最终被记录在总部的个人档案材料之中。因此,如果确实需要心理治疗,他们会去找警察局以外的心理医生,因为对方不会向纽约警察当局泄露谈话的任何内容,他们会坚守隐私法和自己的誓言,保守病人的秘密。

"这么看来,显然是有人强迫你去看警察局的心理医生了。"克莱尔接着道。

"是内务部的命令,"尼克回答说,"他们要我选择,要么去看警察局的心理医生,要么接受测谎仪的检查。"

"那么,心理医生最后是怎么说的?"

尼克深吸了一口气,回答说:"他的结论是:我妻子是开枪自杀的。"

"心理医生就是一个人类测谎仪,"克莱尔说,"他证明了你的清白,他的证词在法庭上是有效的。这一点同测谎仪正好相反,测谎仪的结果不能作为法庭证据。"

"你真了不起。"尼克说。

"但是,同你相比还差得远。"克莱尔挖苦说,她心中的怒火升起来了,"刚才有一阵子我竟然相信了你的话。"

她的话让尼克摸不着头脑。"我说的每一句话都是千真万确的实话,我以上帝的名义起誓。"他诚心诚意地说道。

"关于你妻子的死,你没有撒谎,我知道并不是你枪杀了她。"

"那你他妈说的是什么东西?"

"你到这里来并不仅仅是想得到我的帮助,对吗?"

"确实没有那么简单。"

"那就让它简单化,"克莱尔回答道,"因为我不想再玩游戏了,我烦了。"

"我自己也说不好,"尼克说,"我们的事情还没有了结,这是你和我之间的事情。我无法解释清楚是什么,反正我能感觉到它并没有结束。"

"那是什么?"克莱尔迷惑不解地问道。

"只是一种感觉。"尼克回答说。他找不到其他合适的字眼进一步解释。

克莱尔同样无话可说,但是,她已经明白了他的意思。她自己也有一丝不安,那是一种仿佛伸手可及却又不知道是什么东西的感觉。

好一阵子两人都没有说话,然后尼克问道:"你为什么退出了?"

就算尼克再提出其他几十个问题克莱尔也不会感到意外,但是这个问题却是她万万没有想到的。

"你他妈知道得很清楚我为什么要退出。"她也只能这么回答。

"到这里来之前我一直不知道,"尼克反驳说,"不过你说得也对，我现在确实知道了。"

他用手指了指餐桌上的那些东西，意识到自己已经发现了克莱尔·沃特斯之谜中那个缺失的环节。"你之所以回到这里来，是为了找到你的朋友，"他对她说，"你是回来寻找艾米的。"

克莱尔感觉自己已经完全被尼克看透，承认说："我想知道这件事情为什么会发生。"

"我能理解。但是，让我来告诉你一件事：知道为什么对死者来说已经没有意义了，但是一旦你真的知道了为什么，事情往往会变得更糟。道理很简单，谋杀并不需要什么冠冕堂皇的理由，而且倒霉的事情往往就是会落到好人的身上。就算你找到了艾米，你的男朋友也回不来了。"

"但是，至少我能够知道我男朋友去了哪儿。"

尼克明白了。"你想彻底了解艾米的案子，其结果很可能是一场空，尤其是像这样一个已经过去多年而且又是发生在一个孩子身上的事情。"

"但是，至少我能找到艾米的骸骨，可以让她父母把它埋进那个空无一物的坟墓里。"她的脸上突然掠过一丝恐惧的神情，紧接着，她把手伸进那个纸板箱里翻找起来。

"你想起什么了？"尼克问她。

克莱尔很快就找到了她想找的东西，并把它从纸箱里拿了出来。那是一张她和艾米的合影，照片上她们两人一起抱着一个洋娃娃。

"这是什么？"

"这是艾米送给我的，是我八岁生日的礼物。我后来把她埋葬了。"

"你把洋娃娃埋葬了。"他纠正了她说的话。

克莱尔点了点头,两眼仍然紧盯着手里的照片。

"你记得把它埋在哪儿了吗?"

"记得。"

雨已经完全停止了,克莱尔站在父母家的后院里,用铁铲在草地上挖出了一个越来越大的坑。

"为什么?"尼克问她。

"我记得你刚才说过,知道为什么毫无意义。"克莱尔回答。

挖掘出那个洋娃娃是对她心灵的治疗。她使劲把铁铲插进潮湿的土地里,把一大块黑色的泥土铲出来。"我一直在想象他绑架了艾米之后把她埋葬在了某个地方,我想亲身感受一下她当时的感觉:泥土落到她的脸上,落进她的眼睛里。我还想知道那个混蛋把我的朋友埋进泥土里的时候,心里到底是一种什么样的感觉。"

尼克看到克莱尔已经泪流满面,他轻轻地从她手中拿过铁铲。她任凭他把自己推到了一边,看着他开始挖掘。不久他就感觉到铁铲碰到了泥土下的什么东西。

他弯下腰,伸手抓住了一只塑料小手,慢慢地把洋娃娃从泥土中拽了出来。

"这样做很傻,对吗?"克莱尔问道。

尼克看着手中的洋娃娃,它眼睛上的油漆已经脱落。"我知道,这个洋娃娃既是你的一部分也是艾米的一部分。"

"我们为艾米举行了葬礼,把一口空棺材埋进了坟墓里,原本是不该这样做的。"

"让我来帮助你吧。"尼克对她说。

"帮助我做什么?"

"帮助你找到艾米,找到把艾米从你身边掳走的那个男人。"

"你为什么想找到他?"

"找到他,你就可以问他那个'为什么'。"

克莱尔看看他,心里明白尼克并不愿意把全部理由都说出来。但是,有一点她始终都很清楚,那就是她一个人是无法找到艾米的。也许,她也并不愿意独自一人去寻找艾米?

也许,这一切都无关紧要;也许,这样做可以使我们彼此都得到解脱。

"好吧。"她接受了他的请求。

第二十一章

克莱尔走在罗切斯特公共安全大楼灰色的楼道里,听着自己的高跟鞋在地板上发出"咔咔"的声响,这使她想起了她第一天走进里克斯岛监狱的情景。当时她跟着保罗·科廷走进由煤矸砖砌成的监牢走廊里,高跟鞋在水泥地面上也发出了同样的"咔咔"声。虽然那只是不到一个月之前的事情,但是克莱尔却觉得已经过去了十年。

然而,这一次同那一次截然不同。那天上午她亦步亦趋地跟在科廷后面，心中感到害怕和胆怯，而今天她同纽约警察局的尼克·罗勒警探并肩走在一起，不仅心中充满了自信而且目的非常明确，她深信在尼克的帮助下，一定能够找到她的朋友艾米·丹佛斯（或者她的遗骸）和温斯洛先生。多年前，就是这个温斯洛先生在克莱尔家门前的车道上绑架了艾米。

尼克主动提出留下来几天帮助克莱尔，她立刻接受了他的请求并留他住在了父母家的客房里。克莱尔认为，他们应该从她和艾米小时候一起去过的地方入手，重走这些地方也许能够唤起她对某个地点的记忆，从而想起她曾经在那里见到过温斯洛其人。但是，尼克却坚持认为他们首先应该去的地方是案件档案室，也就是说他们必须同罗切斯特市警察局的凶案组取得联系。克莱尔的父母同罗切斯特警界有着良好的关系，于是她建议利用她父母的影响力确保警长配合他们的调查，但是尼克却告诉她说，他本人同罗切斯特警察局的密切关系是她父母根本不可能拥有的。

他们刚刚走过一个拐角，尼克的话就得到了证实。一个身材高大、仪容整洁且满头银发的男人正等候在一间办公室的门口。他身穿衬衣，打着领带，皮带上挂着警徽和自动手枪，很显然正是一名警察。他一看到尼克便笑脸相迎，尼克也立刻露出了满脸的笑容。

"我早就知道关于你妻子的那些传言都是胡说八道，"他说着迎上前来，热情地拍拍尼克的肩膀，然后又拉着他亲切地拥抱，"欢迎回来。"

"你们俩认识？"克莱尔有些怀疑地问道。

"这位是阿兰·哈特警探，这位是克莱尔·沃特斯医生。"尼克说着先后指了指阿兰和克莱尔。

"我读过有关你的全部材料，"哈特一边同她握手一边说，"就是在那个案件的档案里看到的。你还是照片上的那个样子。"

"那张照片可是我八岁的时候照的，"克莱尔微笑着对他说，"警探，我想你这么说是在恭维我。"

"朋友们都叫我艾尔。"哈特说着为他们打开了身边的门，"而尼克的朋友也就是我的朋友。跟我来吧。"

哈特把他们带进了凶案组的办公室，里面有四男两女六名警探，各自坐在一张标准的政府配发的金属书桌前。当他们看到尼克走进来时，都纷纷站起热情地鼓掌欢迎他的到来。

克莱尔惊讶地看了看尼克，说："这是怎么回事儿，像是在欢迎一个英雄凯旋？"

"两年前，我曾经帮助他们办过一个案子。"尼克有些不好意思地回答说。

"肯定是一个了不起的大案。"克莱尔摇摇头说。这时，警探们冲上前来，一边问候他一边把他拉到了一旁。

"确实是个大案子。"哈特对她说，接着就开始讲述那个案子。两年前，有一家三兄弟在自家的地下室里开办了一个海洛因加工厂，就在罗切斯特的第十九区，那里正是这个城市犯罪最为严重的地区。有一天，这三兄弟突然被两个手持'乌兹'冲锋枪的职业杀手枪杀了。那两个杀手本来完全可以顺利地逃之夭夭，但是当时却正好有一辆没有标志的警察巡逻车从那所房子前面经过，而坐在车里的是一个刚刚当警察不久的年轻警官，埃文·斯普林格。他从那里经过的时候听到了自动步枪射击的声音。斯普林格曾经是一名海军陆战队队员，狙击手，在伊拉克打过仗。他停下车，打开车门走出来，趴在巡逻车后面举起了枪,当两个杀手从房子里跑出来的时候,他连开两枪,子弹准确地击中了两个杀手的脑袋,两个人根本不知道怎么回事儿就一命呜呼了。他们倒下时手指抽搐扣动了扳机,子弹四处乱飞。不幸的是,其中一颗子弹击中了巡逻车后面的一根电线杆,反弹回来击中了斯普林格的头部,他的头颅被打穿,当场就牺牲了。

在他之前,最后一个被枪杀的罗切斯特警察还是发生在1959年的事情,那时的哈特还是一个穿着尿裤的襁褓中的婴儿。现在,作为这里的警长,他决心要给斯普林格警官的死一个交代,他要查出谁是下令枪杀那三个制毒兄弟的幕后主使,而这个人同那两个被打死的雇佣杀手一样犯有谋杀斯普林格警官的罪行,艾尔·哈特发誓要抓到那个混蛋。

他们在杀手之一的衣服口袋里发现了一套车钥匙,那辆车是一部2006年生产的"三菱钻石"汽车,就停在屠杀现场的街角。调查发现,这辆车是从纽约西四十七街的一个露天停车场里偷来的。哈特避开官方渠道,利用"警察都是哥们儿"的非正式方式,以个人名义给曼哈顿南区凶案组打电话求助。尼克·罗勒警探正好接到了这个电话,他不仅立刻表示愿意提供帮助,而且还邀请哈特到纽约一起开展案件的调查工作。

第二天哈特来到曼哈顿的时候,尼克已经同纽约警察局特殊麻醉品组取得了联系,他们从线人那里打听到了一个名叫爱德华多·佩纳的人具有重大嫌疑,而这个人正是臭名昭著的墨西哥华瑞兹毒品联盟纽约分部的头目。据线人说,佩纳正在向纽约州北部扩展其毒品市场,他所采取的办法就是消灭当地的竞争对手。

纽约警察局紧急行动组的警察们荷枪实弹地冲进了佩纳的办公室,尼克·罗勒和艾尔·哈特身穿防弹衣紧随其后。一名紧急行动组的警察把佩纳按倒在地上跪着，示意尼克他要的人已经抓到了。

"这家伙归你了，警探。"紧急行动组警察对尼克说。

尼克扭头对哈特说："这是你的案子，嫌犯也是你的。"

"这可是你的地盘。"哈特回答说，他很惊讶尼克居然会把在自己辖区内抓获的重大嫌疑犯转交给另一个城市的警察。

"我们都在纽约州的地盘上，"尼克回答道，"所以，你也是这里的警察。把他带走吧，不要让他再跑出来。"

哈特感激不尽，他把佩纳铐起来，带回了罗切斯特，准备指控他谋杀了斯普林格警官。紧接着，罗切斯特警察局对外宣布，他们成功抓获了美国最危险的毒品贩子和枪杀警察的罪犯。

为了感谢尼克·罗勒作出的贡献，罗切斯特警察局向他颁发了一枚罗切斯特荣誉警察的警徽，并且向他做出了一个承诺：在具有"花之城"美誉的罗切斯特范围之内，只要尼克开口，他们将全力提供帮助。

"所以，就你的这个案子而言，"哈特最后说道，"你们取得的任何进展也是对我们的帮助，因为二十多年过去了，我们一直没有了结这个绑架案。"

这时，一个看似哈特顶头上司的人从办公室一头的玻璃隔间里走出并向他们走来。克莱尔看了他一眼，然后问哈特："从一开始你就参与这个案子的调查了吗？"

"差不多吧，"哈特回答说，"我当时还在警察学院学习，我们都参加了对塞内卡公园的地毯式搜索，但是并没有找到你的朋友艾米。"

"你的意思是说，你们当时寻找的是艾米的尸体。"克莱尔说。她低下了头，尽力驱散心中的痛苦并使自己平静下来。"你们为此付出了极大的努力，我很感激。"她勉强微笑道。

从玻璃隔间里出来的人已经来到他们身旁，哈特对他点了点头。"这位是基里安警监，"哈特说着又指了指克莱尔，"这位是克莱尔·沃特斯医生。"

"你母亲教会了我所有的孩子怎样解剖青蛙，"警监握着克莱尔的手说，"像我这样做自我介绍的人，你恐怕会觉得很古怪吧。"

"你不必为此担心，"克莱尔回答说，"我只希望我母亲没有误人子弟。"

这时，尼克也走了过来，同警监握手致意，两人也是在斯普林格一案中认识的。"我们已经为你们准备好了一切，"基里安说着，从衣袋里拿出两个临时证件分别交给克莱尔和尼克，"你们可以随时来，随时走，随便使用我们的电脑，任何需要都会得到满足。局长还特别为我们提供了一辆没有警察标志的汽车供调查用，另外在走廊尽头还为你们准备了一间办公室，案件档案都已经放在那里了，你们三个人可以很舒服地在那里开展工作。"

"三个人？"尼克问，他有意看了哈特一眼。

哈特微笑起来。"你难道以为我会袖手旁观，放弃为你效劳的机会吗？"

"我才不需要你报答呢。"尼克微笑道。

基里安警监转身向他的办公室走去，一边走一边又扭过头对哈特说："艾尔，还有其他任何需要的话，就立刻告诉我。"

"谢谢你，警探。"克莱尔对他说道。她感到松了一口气，仿佛终于卸下了压在肩上的一副重担。

"别那么客气，"哈特回答说，"我们开始工作吧。"

一看便知，罗切斯特警察局确实已经为尼克和克莱尔的工作做好了充分的准备。在这间没有窗户的临时办公室里，几张金属办公桌上堆放着十多个陈旧的纸箱子，二十年的光阴已经使纸箱的颜色变得发黄。

"这么多？"克莱尔惊叹道，心中不禁感到有些恐惧：天知道她会在这些箱子里看到什么意想不到的事情。

"在这个案子里，整个纽约西区的几乎每一个警察都曾经或多或少地为我们提供过帮助。"哈特告诉她说。他打开一个纸箱的盖子，向箱子里看了看。

"当时负责这个案子的那些警探还在吗？"尼克问，同时看了克莱尔一眼，"同他们谈一谈还有价值吗？"

"我也希望能同他们谈一谈，"哈特回答道，"但是，当年负责调查的那位警监已经在1998年去世了，两位主要的警探去年也先后去世，当年凶案组的人员如今只剩下了一个，他早就退休了，现在住在佛罗里达。"

克莱尔几乎没有听到哈特的话，她的目光被一个标有"1号"的纸箱吸引住了，因为纸箱上写着那个她永远难忘的日期："1989年7月18日"——那正是艾米被绑架的那一天。

尼克感觉到了她的不安，走到她身边问道："你还好吗？"

克莱尔把一缕头发从眼前拨开，回答说："我真没想到这件事情会如此复杂。"

"其实，这里根本看不到任何实物证据，"哈特走过来说，"因为当时在绑架案现场并没有发现任何物证，我们的犯罪现场组技术人员拍下了几张留在那条街地面上的车轮痕迹的照片，仅此而已。"

克莱尔抬头看着尼克问道："你看该从哪里入手？"

"从头开始，"尼克立刻回答道，他把"1号"纸箱从其他纸箱上搬了下来，然后揭开了盖子。"任何犯罪案件最有价值的线索都来自于事发后的那一段时间，因为那时人们的记忆最清晰。我们每个人查看一个纸箱，按照时间顺序依次往下看。"

他又把第二个和第三个纸箱搬下来，把第一个留给自己，第二个交给克莱尔，第三个交给了哈特。哈特搬着纸箱走到一张办公桌前，克莱尔则走到另一张办公桌前，打开纸箱开始阅读存放在里面的大量材料。一个接一个的报告，一份又一份的证词，大量克莱尔从不知晓的案情让她感到晕头转向，但是与此同时，她多年来一直迷惑不解的一些问题又逐步清晰起来：警方在寻找艾米和绑架犯时确实已经做过深入细致的调查，他们还从附近的城镇和县市调集了无数警力参与调查，整个工作进行得非常专业和彻底。当他们发现一条线索，认为艾米有可能被拐卖成为童工的时候，甚至连州警察和联邦调查局都参与了进来。后来，那个贩卖儿童的犯罪团伙被警方破获，查明艾米并没有落入这个团伙手中，这一线索才被放弃了。

虽然存放案件材料的纸箱上按照时间顺序做了标记，但是纸箱内的文件却是乱作一团，大概是因为过去二十年来，这些文件已经被翻看过无数次，早已乱了顺序。他们三人在这些材料中埋头工作了一个小时后，克莱尔从纸箱中拿出了一个牛皮纸文件夹，盯着上面的标签看了看。

"你们来看看这个。"她突然说道，她语气中的恐惧感立刻引起了尼克和艾尔的注意。

"那是什么？"哈特放下手中的一份文件问道。

"是艾米失踪那天我在警察局的证词，"克莱尔回答道。她意识到自己已经完全忘记了这件事,或者说有意把它排斥在了自己的记忆之外。她心里不愿意再次感受这个早已忘却的经历,于是便把手中的文件夹一下扔到了桌上,就好像那是一个烫手的山芋。

尼克拉着椅子来到她的身边,对她说:"我们可以一起来看这份证词,说实话,你应该看看事发当天你对警察是怎么说的。"

"为什么?"克莱尔问道,避开了尼克的目光。

"因为,这有助于你回想起当时的一些事情。"尼克回答说,"你是唯一见过绑架犯的人,而且又是一个孩子,当时你觉得无关紧要的事情很可能现在看起来就具有了特别重要的意义。"

克莱尔明白了。她从自己的许多病人身上看到过这种情况,他们之所以能够解锁儿时的记忆,正是因为他们现在已经是成年人,能够理性地看待过去遗留下来的问题,用完全不用于孩子的方法去分析和对待问题。

于是,她打开文件夹开始阅读自己八岁时提供的证词,多年前她向警探讲述那段经历时的情景如今又浮现在了她的眼前,她甚至觉得自己又看见了那台放在她面前桌子上的录音机,磁带在里面不停地转动,她面前的证词就是根据她的录音整理出来的。

眼前的那些文字看起来并不熟悉,那是因为那些话出自一个刚刚目睹了一次可怕罪行并且吓坏了的小女孩之口。

但是,渐渐地她的记忆开始恢复了。警察局的那个房间里,椅子上摆放着一些填充动物玩具,她与一位心理医生并排坐在一张长沙发上,那个警探坐在她对面的一条凳子上。她能感觉到,他们提出问题的时候都很小心,每句话都讲得很温柔,他们不想加剧她心中已经难以承受的痛苦。他们通过一些带有诱导性的问题引导她幼小的大脑回忆案发时的每一个细节，但是又始终保持在法律规定的限度之内。那次对她取证的时间并不长，克莱尔把自己记得的一切都告诉了他们。现在她才第一次意识到，她当时告诉警察的东西远远比她现在仍然记得的东西要少得多。

"我当时有很多事情都没有告诉他们，"她对尼克说，但是眼睛仍然看着那份证词，"很显然我的证词对他们并没有多大的帮助。"

"你那时只有八岁，"尼克说，"而且又惊吓过度。你休息一下吧。"

"他们问我他长什么样子，"克莱尔指着证词继续道，"我只告诉了他们他个子很高，长着棕色的头发和一个大鼻子，身上穿着短袖衬衫和咔叽布短裤。他们问我他开的是什么样子的汽车，我告诉他们说那是一辆有四个门的白色汽车，我也根本没有记下车牌号码。"

"这已经比我们从大多数证人那里得到的信息多多了，"坐在房间对面的哈特头也不抬地插话道，"尤其是和其他孩子相比。"

她继续往下读，过去二十年来在她脑子里反复出现过千百次的当时的情景再次展现在她的眼前。

他开着一辆洁白闪亮的汽车在房子前面停下来。

他的表情显得很焦急。

他向我走来，我眨了眨眼睛，开始往后退。

接着，他就对艾米说起了她父亲的事情。

"我眨了眨眼睛。"克莱尔把脑子的这句话说了出来。

"你说什么？"尼克从档案材料上抬起头问道。

"没什么。"克莱尔回答说，但是她心里却感到有问题。

我为什么会眨了眨眼睛？

| 243

她试着回想当时的情景,在脑子里用慢镜头把它重放一遍,就好像当时发生的一切早就记录在录像带上一样。她完全能够清楚地看见温斯洛先生下了车,然后向她们走来,他的眼睛一直盯着克莱尔看。

他盯着我看?

她把脑子里正在重放的慢镜头进一步放慢,就好像一部放得极慢的电影,她简直可以清楚地看到胶片上的每一帧图像。

八岁大的克莱尔抬起头看着他。

她看到了温斯洛的眼神,他几乎已经走到了她的面前。

她感觉到自己抽了抽鼻子。

他的头转过去看着艾米。

我抽了抽鼻子。

一股特别的气味直冲她的鼻孔,就好像有人刚刚拍下了一张照片。

一张"宝丽来"照片。

克莱尔几乎是猛地从椅子上跳了起来,把尼克和哈特都吓了一跳。

"你没事吧?"哈特不无担忧地问道。

但是,克莱尔的眼睛却紧紧盯在她的那份证词上,她不顾正顺着脸颊流下的泪水,快速地翻动着证词的每一页,寻找着她几乎可以肯定不会在证词里找到的那几个词或者是那句话。

"证词里确实没有。"她自言自语道,现在她心中最担心的预感已经得到证实了。

尼克看了哈特一眼,随即转身面向克莱尔。"证词里没有什么?"他问她,他意识到某个深藏在她内心里的记忆已经复活了。

"没有那个气味,"克莱尔回答说,"我根本没有告诉他们我闻到的那种气味。"

"你当时闻到什么气味了?"哈特说着合上了他桌上的文件夹。

克莱尔尽量让自己平静下来。"我父亲有一台老式的'宝丽来'一次成像照相机,"她回忆说,"他喜欢用那台照相机给我照相。有一次,他让我坐在那儿,让我亲眼看着相片从相机里滑出来,然后他把相纸上的那张纸揭了下来……我当时立刻闻到了一股难闻的气味。"

"那是'宝丽来'照片的气味。"尼克说。

"所以,当温斯洛从车道上向我们走来的时候,我抽了抽鼻子。他当时几乎已经走到我的面前了,眼睛正盯着我看,所以我才会抽了抽鼻子,然后马上后退了几步……"

"因为他身上有那种'宝丽来'相纸的气味,"哈特接着她的话说,"他身上有一股照片显影液的气味。"

他看看尼克,任何一个警探都会明白这显然是一条十分重大的线索。

"但是,我从来没有把这件事情告诉过警察,"克莱尔继续道,"我之所以没有告诉他们,那是因为——"她低下头,缓和一下急促的呼吸。

这一次,尼克毫不犹豫地伸出手臂搂住了她的肩膀。"因为温斯洛真正想绑架的人是你,"他仍然像先前一样温柔地说道,"你闻到了他身上的那股怪味,因此你的脸上流露出了讨厌他的表情。当你往后退去的时候,他只好把注意力转移到了你朋友艾米的身上。"

"你明白了吧?"克莱尔抬起头,两眼泪汪汪地看着尼克说,"就是我的错,他想要的人是我;本来被绑架的人应该是我,而不是艾米。"克莱尔垂下头开始抽泣,仿佛一个即将溺死的人,"我之所以没有告诉警察,是因为我感到羞耻,不想承认这——"

"不对,"尼克打断她的话说,"是你那个表情救了你的命,而你之所以没有告诉警察,是因为你害怕别人把艾米被人绑架的事情归咎于你。但是,无论怎么说,温斯洛绑架艾米都不是你的错。"

这时的克莱尔已经再次变成了那个胆战心惊的八岁小姑娘,她像记忆中她当时的反应那样泣不成声,泪流满面地趴到了警察的肩膀上,只不过这一次不同的是,那个警察换成了尼克·罗勒。

第二十二章

十五分钟之后,克莱尔已经完全恢复了平静,同尼克和哈特一起来到基里安警监的办公室里,在一张磨损得很厉害的皮椅上坐下来。这间办公室不仅狭小、昏暗,而且有一股发霉的气味,就好像这是一个见不得阳光的地方。克莱尔禁不住想:这些年来,有多少受害人曾经在这张椅子上坐过,又有多少人曾经在这里为自己噩梦般的经历讨回过公道。

虽然他们三人刚刚开始查阅那一大摞纸箱中有关艾米一案的材料,但是尼克和哈特却一致认为克莱尔的发现极为重要,温斯洛先生身上的显影液气味无疑是一个新的重大线索,他们再也坐不住了。然而,基里安警监对此却不以为然地摇了摇头。

"你是在这个地方长大的,"基里安对克莱尔说道,"所以我不说你也知道，要查明这样一个线索就像大海里捞针一样困难。"他看了看尼克，"你不是这里长大的人，所以让我给你做一个介绍。1989年的时候，这个城市不叫'罗切斯特'而叫'柯达城'，大半个城市的店铺和地名中都包含有'乔治·伊士曼'[1]这个名字，柯达公司是整个门罗郡首屈一指的大公司。数码相机问世后，感光胶片业才变得一蹶不振。所以说，我可以非常肯定地告诉你，在当时的罗切斯特，每天有成千上万的人从工厂下班回到家时身上都带有显影液的气味。"

哈特早就预料到基里安会有这样的反应。"老板，"他开口说，并把手中的文件夹递给了基里安，"受害人艾米·丹佛斯的父亲是柯达公司的销售主管，因为绑架者曾经说过他是艾米父亲的同事，所以事发后柯达公司曾经配合我们进行过调查。"他指了指克莱尔，"警方根据沃特斯医生的证词画出了嫌疑犯的画像，并将它同柯达公司所有雇员的证件照进行了比对，但是却没有发现相符的人。在该公司的雇员中只有一个人姓温斯洛，还是个女人，已经于2002年去世了。"

尼克不安地在椅子上换了个姿势。"我们认为，绑架艾米的家伙有可能跟儿童色情行业有牵连。"

基里安的表情立刻变得严峻起来。"你的意思是，他绑架艾米是为了拍摄色情照片。"

"那个时代还没有互联网，"尼克回答说，"那些色情狂同其他恋

---

1 乔治·伊士曼（George Eastman），美国发明家，1854年7月12日生于纽约的沃特维尔，五岁时随家人迁居罗切斯特。1881年创办柯达公司的前身伊士曼干板制造公司，1886年发明感光胶卷，1892年将其公司更名为后来全球闻名的伊士曼柯达公司。1932年3月14日，乔治·伊士曼因不堪忍受癌症的痛苦在自己位于罗切斯特的家中开枪自尽。

在柯达公司鼎盛时期，罗切斯特居民中有三分之一都为该公司工作，因此人们又把罗切斯特称为"柯达城"。数码成像技术诞生后，柯达公司逐渐衰落，虽曾经力图转型发展数码产品，却无力回天，终于2012年1月申请破产保护。

童癖的家伙交流儿童色情照片的方式只有两种：一是当面交换；二是通过美国邮政寄送。他们不可能把这种胶卷拿到照相馆或者相片冲印店去冲印，所以他们只能在自己家里秘密地把照片冲印出来。"

基里安合上文件夹，把它放到办公桌上。"那么，当时有没有哪个警察调查过艾米是不是被儿童色情犯罪组织绑架的？"

"确实调查过，"哈特回答说，"我们把她的资料和照片送到了联邦调查局和国家失踪与受虐儿童援助中心，但是并没有任何结果。"

基里安警监把身体靠到椅背上，双手交叉抱在胸前。"那好吧，艾尔，"他终于让步了，"我看这个线索希望不大，不过这个显影液的气味确实是我们目前得到的唯一一个新线索。"

"我在这里生活的时候，"克莱尔说，她心里既紧张又激动，因为她很可能为他们提供了一条新的办案途径，"我们那条街的另一头住着一个职业摄影师，人们总是请他到婚礼、签字仪式或其他社会活动现场拍照。他是某个行业组织的成员——我记得好像是罗切斯特摄影协会。也许，我们可以从他们那里入手。"

"我有一个更好的主意。"哈特说。

不久之后，三人开车来到了"五大湖胶片实验室"。这是一座灰色的水泥建筑，位于罗切斯特市中心以南十五分钟车距的亨利埃塔近郊的一个工业园区里。哈特所说的"更好的主意"就是带他们拜访了一位当地警察局照相实验室的老专家，这位专家当着尼克和克莱尔的面告诉他说，这个地区的所有摄影师有什么问题都会到"五大湖胶片实验室"寻求帮助。

他们走进大楼的前厅，这里也是一个展示厅，墙上挂满了20世纪

20年代拍摄的新娘照片,照片都放在镜框里,按一旧一新对照陈列出来。前一张是原照,光线昏暗而且已经退色,后一张则是经过重新修饰后的新照,照片上新娘胸前捧着的玫瑰花束经染色后已经变得鲜艳夺目,她们的脸颊也散发着同样美丽的红晕。照片中的新娘们喜盈盈地望着展示厅里的人们,仿佛正期盼着光明而幸福的未来。但是,整个展厅中并没有一个顾客,只有接待台后面坐着一个年轻的助理员,她的两只手臂上文着几手只赢不输的扑克牌。她立刻看出了尼克和哈特都是警察。

"你们是罗切斯特警察局的警官吧?"两人还没开口她便问道。

"我是哈特警探,"他拿出警徽对她说道,然后用手指了指尼克和克莱尔,"他们二位只是随车陪我来的,我们是来见道格拉斯·刘易斯的。"

"他正等着你们呢,"姑娘一边说一边把手伸进她的提包里。"不过,现在他正在后面的办公室里接待一位顾客,"她从提包里拿出一支烟和一个打火机,"很快就会出来了。你们不介意我抽——"

"别管我们,去吧。"克莱尔对她说道。

"谢谢了。"她放心地微笑道。说完,她立刻冲出前门站到了阳光下,同时点着了手里的香烟,看来她确实是烟瘾大发了。

前厅的沙发旁有一张陈旧却完好无损的桌子,桌子上摆放着公司的宣传册。克莱尔随手拿起一份翻开,大声读道:"我们制作和修复薄膜唱片、老照片、受损或有水迹的照片。"她抬起头,心中突然觉得这个地方给人一种无比忧伤的感觉,就好像这里的人们还想紧紧抓住早已经一去不复返的过去的好时光。"现在已经是数码成像技术的时代,我都快忘记把胶卷装进照相机里照相的经历了。"克莱尔走到挂

249

满照片的墙壁面前,看着那些经过修复的照片。*它们都像是虚无缥缈的幻影,*她想。

当她正看着那些早已不在人世的人们的照片时,前厅里的一扇门打开了,接着传来一个男人的声音:"照相胶卷的时代已经过去了。"

尼克和哈特一起转过身来,只见一个三十多岁、浅褐色头发、面容和蔼的男人正迎面向他们走来。"我是道格·刘易斯,你们哪位是哈特警探?"

"我就是。"哈特回答说,两人握了握手。哈特指着尼克说:"这位是纽约警察局的罗勒警探,那边那位正在欣赏你们杰作的年轻女士是沃特斯医生。"

刘易斯盯着尼克的眼睛同他握了握手,"是什么事情把你这位纽约警察局的警官带到我们这里来了?"他十分友好地问尼克。

"实际上是因为你们这里的一个案子,"尼克回答道,"我是沃特斯医生的朋友,来这里为她帮忙的。"

尼克的话——加上突然传来的那股显影液的气味——使克莱尔回到了现实中来。她从墙上的照片前转过身,走到了刘易斯的跟前。"我想告诉你,你们这里的工作真是太神奇——"

当她看向刘易斯时,她突然打住了,整个人呆呆地站在那里一动不动,因为她眼前看到的这个男人让她惊恐不已。

噢,上帝啊。这不就是那个家伙吗!

刘易斯看到克莱尔脸上骤然变化的表情,脸上的微笑也立刻消失了。

"你没事吧,医生?"他关切地问道。

然而,惊吓过度的克莱尔已经无法开口。

就是他。

"她在哪儿?"克莱尔终于低声向刘易斯问道。

刘易斯神情紧张地看了尼克和哈特一眼,发现他们两人也同样一副摸不着头脑的模样。于是,他又回过头问克莱尔:"你刚才说什么?"说着,他警惕地向后退了一步。

"她在哪儿?"克莱尔提高嗓门恶狠狠地问道,这一次真把刘易斯吓得不轻。

"女士,我之所以同意见一见哈特警探,是因为他说他有几个问题想问我。我不明白你刚才的话是什么意——"

"你对她干了些什么?"克莱尔尖叫着冲向刘易斯,举起拳头向他脸上和胸口上一阵乱打,尼克和哈特两人都来不及做出任何反应。"告诉我,你这个丧心病狂的混蛋!告诉我艾米到底在哪儿!"

"走开!"刘易斯大叫着,克莱尔突如其来的举动把他吓坏了。

尼克和哈特立刻上前拉住了克莱尔,但是她仍然不断地质问着刘易斯同一个问题。

"克莱尔,你到底是怎么回事儿?"尼克大声呵斥,他紧紧地抓住她的双手,不让她继续攻击刘易斯。

"你看不见吗?"克莱尔对尼克吼叫道,"就是这个家伙!"

"不可能是他,"哈特尽量平静地对她说,"他太年轻了。"

他扭头向刘易斯问道:"1989年的时候你多大,十岁?"

"八岁,"刘易斯回答说,脸色开始恢复镇定,"这到底是怎么回事儿?"

"沃特斯医生一定是把你误认为当年绑架她朋友的那个家伙了。"哈特解释说,克莱尔也开始平静下来。

她已经意识到自己犯了一个天大的错误。

"对不起，"她一口气说出了原委，"那个人身上有一股显影液的气味，他把我的朋友艾米绑架了。他当着我的面把她塞进了一辆白色'宝马'汽车，从那以后我就再也没有见到过她。你的长相看起来同那个人很像。"

听到"白色'宝马'"几个字，刘易斯的脸色一下子阴沉下来。

"你还好吗，先生？"尼克问道。他看到了出现在刘易斯脸上的可怕表情——那种恐惧同他每次在镜子里看到的自己脸上的恐惧是一模一样的。

刘易斯也看到了尼克脸上同情的目光。"这个人……"他犹豫了一下，然后又鼓起勇气问道，"你还能告诉我有关这个人的其他一些特征吗？"

哈特看了尼克一眼，回答说："不多，我们只有一张他的画像，还知道他开着一辆白色'宝马'车。"

"还有他的姓，"克莱尔补充说，"至少是他告诉我们的姓，温斯洛。"

"温斯洛？"刘易斯仿佛听到了一声诅咒似的问道，"你肯定不会错吧？"

"我一辈子也不会忘记。"克莱尔说。

道格拉斯·刘易斯的眼睛里立刻流露出无限悲伤的神情，就好像被人压上了一副沉重的担子。他转身走到不远处的一个档案柜前，从衣服口袋里拿出一把钥匙，插进最上面一个抽屉的锁孔里，打开了锁。

"如果你的记忆是正确的，"他一边在档案文件中查找一边对他们说道，"那么，我确实应该向你们赔礼道歉。"

他找到了他要找的东西，那仅仅是一张纸。他没关抽屉，转过身回到他们面前。

"是这个人绑架了你的朋友吗？"刘易斯声音嘶哑地问克莱尔。

他把那张纸递给克莱尔，她一摸就感觉出那上面贴着一张照片。不用看，她就已经猜到了照片上的人应该是谁。

她把照片举到眼前，眼眶里立刻再次溢满了泪水。

克莱尔在照片上看到的正是那个把她的一生带进无限黑暗的那个人，她抬头看着尼克，默默地点了点头。

然后，她转过头看着刘易斯，什么也不想问，显然她想知道的问题已经有了答案。

"他的名字叫彼得·刘易斯，"他对她说，"他是我的父亲。"

在罗切斯特警察局总部的一个房间里，道格拉斯·刘易斯同克莱尔、尼克和艾尔坐在一起。这个房间同其他政府办公场所不同，见不到那些通常由政府配发的难看的破旧家具，这里的家具无论在外形还是舒适度方面都要更胜一筹，房间的总体色调为土褐色，让人感到温馨而友好。道格拉斯不仅已经答应把他知道的一切都告诉他们，甚至同意他们把他的话全部录下来，条件是他的这个证词只作为法庭证据使用，不得对外公开。

刚刚，他们一起挤进了哈特那辆没有警察标志的"福特维多利亚皇冠"汽车，一路上几乎谁也没有说话。刘易斯坐在哈特旁边的副驾驶位置上，正好处在克莱尔的前面。克莱尔强迫自己不要往前去看道格拉斯的脑袋，而是一直望着车窗外的风景，但是却抑制不住内心不断翻腾的复杂情绪。

现在，他们坐在办公桌前，从刘易斯灰白的脸上不难看出，接下来的谈话不仅对克莱尔是一次痛苦的体验，对他本人也同样是一次痛苦的经历。他刚刚得知了自己的父亲曾经绑架过一个名叫艾米的小女孩，如果她还活着，她的年龄正好与他一样，也与克莱尔一样。

克莱尔不禁想到：我和他现在承受着同样的痛苦。

"准备好了吗？"哈特向刘易斯问道，同时把一个麦克风放到他的面前。

"准备好了，开始吧。"刘易斯说着紧张地看了克莱尔一眼。

哈特按下了摄像机上的录制键，然后说道："请首先说明你的姓名和出生日期。"

刘易斯两眼紧盯着他们，深深地吸了一口气。

"我的名字叫道格拉斯·刘易斯，1981年4月2日生于罗切斯特的海兰德医院。我是完全自愿来到这里的，希望配合警方对这件事情进行调查。

"小时候，我家住在罗切斯特东面的韦伯斯特，就在安大略湖的边上。我母亲叫马乔丽，职业为秘书，1997年死于癌症；父亲叫彼得，化学家，是位于艾昂德夸特的'光化学制品公司'的工程师，这家公司主要生产用于照相胶卷的显影液和乳化剂。他经常对我说，他对化学制剂能在纸上变出栩栩如生的影像来十分着迷。1999年，他死于心脏病。"

听到这里克莱尔感到非常绝望，她心中一直抱有一个强烈的愿望——有一天能够直接面对那个把艾米从她身边带走的人。刘易斯看到了她脸上的失望，但他仍然面对着摄像机镜头继续自己的陈述。

"父亲当年经常因公外出，到过凤凰城、堪萨斯城、丹佛、旧金山、新奥尔良等许多地方。我曾经许多次问过他那些地方是什么样子，他的回答总是一样的。他说：'我们将来一起去的时候你就知道了，如果我现在就告诉你，那么当你将来第一次亲眼见到那些地方的时候，就再也不会感到惊喜了。'我对他的话深信不疑，因为他毕竟是我的父亲，天底下没有他不知道的事情。他给人的感觉始终是一个生活十分幸福的人，他同母亲的关系也非常亲密。

"但是，在我八岁那年，我们的生活突然彻底地改变了。在那年夏天一个电闪雷鸣的日子里，我从夏令营回到家，发现我母亲心情十分忧虑。我问她出了什么事，她却告诉我说什么事也没有出。我记得我当时对她说：'你看起来很忧伤，肯定出了什么可怕的事情。'我当时只是想安慰她，没想到她却突然哭了起来，然后跑上楼把自己关在了卧室里。我以为自己说错了话，也哭了起来。我一直待在楼下等待父亲回来，想把母亲的事情告诉他，因为每当母亲心情不好的时候，父亲总有办法让她高兴起来。我不想看到母亲伤心的样子。

"我打开电视机，在长沙发上躺下来等父亲，他每天都会在晚上七点左右回家。等到八点钟还不见他的身影，我就给他的办公室打了一个电话，但是却没有人接电话。于是，我上楼走到我父母卧室的门口，但是怎么敲门母亲也不开。我想拧开门直接进去，却发现母亲已经从里面把门锁上了。

"我只好回到楼下，重新坐在长沙发上继续等待。直到第二天早上，我才突然被母亲叫醒，说到了该去夏令营的时候了，而以前每天早上都是父亲来叫醒我的。

"我问她父亲到哪里去了，她告诉我说他一早就出门上班去了。但是，我看得出她仍然非常不安，所以我知道父亲昨晚肯定没有回家。

"母亲叫醒我以后又回到了楼上的卧室,我走进厨房,拿起电话再次给父亲的办公室打电话。他的秘书接听了电话,她对我说,我父亲不会再回到那里工作了。

"我记得放下电话我就呆呆地站在厨房里,不知道到底发生了什么事情。到夏令营以后,我一整天都在想这个问题。但是,当我下午回到家里的时候,却一眼看到父亲就在家里,脸上挂着我十分熟悉的那种微笑。我问他昨天晚上到哪里去了,他回答说:'同几个朋友参加了一个庆祝活动。'这时,母亲正好走了进来,她脸上也带着微笑。她很开心地对我说:'你父亲准备休假一段时间,现在他会有更多的时间跟我们在一起。'我听后非常高兴,他毕竟是我的父亲嘛,我当然不愿意家里经常见不到他的身影。

"一周后的一天夜里,我梦见我父亲和母亲正在吵架,立刻从睡梦中惊醒过来。我原以为自己只是做了一个梦,但是却突然听见父亲和母亲确实正在大声争吵。母亲对父亲说:'只靠我挣的这点钱根本无法维持生活,你就不能请求他们恢复你的工作吗?'父亲说,他无论如何也不会回到那里去工作了,他们对他如此不公,即使给他一百万美元也决不回去了。

"因此,他又找了一份工作,在一家自来水公司兼职。直到今天我也不知道他在这家公司到底做的是什么工作,只听说与检测水中的污染物有关。他又开始经常出差,说是其他城市也需要他去保障饮用水的安全,但是,他的心情始终很低落。

"后来,在我十岁生日的那一天,他突然兴高采烈地回到了家里,对我们说光化学制品公司刚刚给他打来了电话,他们准备筹建一个新的高分子科学部,想请他回去担任这个部门的主任。父亲说,他准备接受这份不错的工作。

"他非常开心,好几年都没有见他这么开心过了,因此母亲也很开心。接着,他就告诉了我们一个惊人的消息:为了这份工作我们必须全家迁居到加拿大去。母亲表示愿意,但是我却不想离开这个地方,因为这里有我的很多朋友。可是,我又不能让父亲放弃这么好的一份工作。

"第二个星期,父亲开始到加拿大去上班,不过每个周末都回家来。母亲和我一直等到那个学年结束以后,才跟他一起把家搬到了加拿大一个名叫皮克林的地方。那是一个不错的地方,冬天里也不太下雪,而且离多伦多很近。父亲就在那里工作,我们一家人都觉得皮克林是个过日子的好地方。我们在那里住了三年,那也是我们一家人过得最开心的三年。

"后来的一天晚上,我们的幸福生活突然之间就崩溃了。我现在还清楚地记得警察'咚咚'敲门的声音。他们手里都拿着自动步枪,身上穿着防弹背心,对着我父亲大喊大叫,要他举起双手,否则就一枪打烂他的脑袋。我当时只有十三岁,早已经被眼前的情景吓坏了。等我跑到屋外的时候,正好看到警察把戴着手铐的父亲塞进了一辆警车。他不停地对我们大叫着说不用担心,一切都不会有事的。警车开走的时候,他还把他的手放到胸膛上,两眼紧紧地盯着我,从他嘴唇的动作上,我看出来他对我说了一句'我爱你'。

"我当时并不知道,从那以后我就再也见不到他了。

"父亲被带走后,一个警官对我们说,母亲和我也必须到警察局去一趟,只是我们俩必须分别乘坐两辆警车去,到警察局以后也会分别接受警察的询问。到达那里以后,一个非常和蔼可亲的女警探来到我所在的那个房间里，同我交谈起来。她不愿意告诉我父亲到底惹了多大的麻烦，但是却问了我许多问题，特别是父亲到过哪些地方，要我告诉她每一个地方的名字。我把记得的那些地名都告诉了她，虽然根本就不知道这一切都是为了什么，但是我一直把父亲多年来常对我说的一句话记在心里，那就是：你必须对自己说的话负责任，永远都要说实话。所以，我就如实都说了。

"然后，我请她也不要对我有所隐瞒，告诉我到底发生了什么事情。于是，她告诉我说我父亲是因为被控犯下了多项罪行而被捕的，他涉嫌在我们附近的一个城镇绑架并杀害了一个九岁的小女孩。但是，她当时并没有告诉我他还奸污了她，我后来在报纸上才看到了这个消息。我对那位女警探说：'我父亲不可能伤害任何人，你们肯定是弄错了。'我永远也忘不了她当时对我说的那些话，她满脸悲伤地看着我说，如果父亲是无辜的，他可以在法庭上证明自己的清白。这时，门开了，一个我不认识的男人走了进来，他是一个律师，我已经记不起他的名字了。他对女警探说我的话已经说完了，然后把我带出了警察局。

"律师本来是准备把我和母亲送回家里的，但是我们已经回不去了。当我们的汽车开到我家门前的那条街上时，我们远远地就看到了有人在我们家起居室落地窗的玻璃上用喷漆写上了很大的'杀人犯'字样。母亲要我埋下头，告诉律师继续往前开。我们远远地离开了那个家，从那以后就再也没有回去过。

"那天晚上，我和母亲在一家廉价汽车旅馆过了一夜，所以没有人知道我们去了什么地方。第二天，那个律师又来和母亲见面，母亲告诉他说，她必须见我父亲一面。于是，他们把我留在汽车旅馆里，让我一个人在那里待了整整一天。当母亲终于回到汽车旅馆后,我发现她已经把她的车开来了,车上还装着几个箱子,里面都是我们俩的衣服。后来我才了解到,那天是那位律师和他的助手去了我们家,帮我们取来了汽车和那些衣服。

"我问母亲见到父亲没有,她说:'见到他了。他这辈子剩下的时间都只能在监狱里度过——'"

刘易斯泪流满面,再也说不下去了。他的可怕经历让克莱尔感到非常难过。

"你哭出来吧,我们都能理解。"她一边说一边递给他一张纸巾。

"你是什么医生?"他问道,用纸巾擦了擦眼睛。

"心理医生。"

"这件事让我一直抬不起头。"刘易斯说,嘴唇上掠过一丝苦笑,力图缓和一下气氛。

"你和你母亲后来去了哪里?"哈特问他。

"我们开车穿过魁北克省,进入了缅因州。我们在班戈市租了一间公寓,母亲找了一份工作,为一个注册会计师当秘书。"

"那么,你父亲为什么会自称为'温斯洛'?"克莱尔问道。

"他是在马萨诸塞州东部的水城长大的,他家的那条街就叫温斯洛。"刘易斯回答说,"我以前一直只知道他在加拿大伤害了那个小姑娘,今天才发现他还伤害了另一个甚至可能还有更多的人。"

"你是什么时候回到罗切斯特来的?"尼克问。

"大学毕业以后,"刘易斯说,他已经完全平静下来了,"班戈市始终没有家的感觉,所以我就回来了,在胶片实验室找了一份学徒的工作,一直干到现在。常言说,有其父必有其子,父亲喜欢照相,也是他教会了我照相。"刘易斯痛苦地闭上了眼睛,早已尘封的记忆又涌上心头。过了一会儿他睁开眼睛,看着克莱尔说:"我和父亲都喜欢摄影,这是我们俩的共同之处,我希望这也是我们唯一的共同之处。"他说完尴尬地笑了笑。

克莱尔听出了刘易斯话中的恐惧心理,她在同其他父母犯有严重罪行的病人谈话时多次感受过这种心情——他们害怕自己身上带有父母的邪恶基因,有一天也会做出可怕的事情来。

"你一直没有结婚吗?"克莱尔注意到他手指上没有戴结婚戒指,于是问道。

刘易斯苦笑了一下。"我才三十岁,"他说着低下了头,"还有的是时间。"

克莱尔看到了他眼睛里忧郁的眼神,又问道:"你有多长时间没跟女人约会过了?"

尼克和哈特彼此交换了一个眼神,立刻插话道:"对不起,你是不是应该让他休息———"

"不用,我很好。"刘易斯打断了尼克的话,"我愿意回答这个问题。"

他转向克莱尔说道:"当别人知道你父亲凌辱并且杀害了一个未成年的小姑娘的时候,你知道那是一种什么感觉吗?你能想象我心中莫大的耻辱感吗?"

"你碰过任何一个未成年的小姑娘吗?"克莱尔尖刻地问道。

"当然没有!"刘易斯愤怒地回答说。

"那么,你心中有过这样的冲动吗?"克莱尔俯身向前继续问道。

哈特伸手关上了摄像机,对克莱尔说道:"医生,我不是不尊重你,但是我认为你现在对刘易斯先生的询问已经越过了正常的界限。他已经为你——当然也是为我们——解开了这个多年的谜案,事情已经很清楚了:刘易斯先生对他父亲的疯狂行为并不负有任何责任。"

"这正是我要说明的问题,"克莱尔看着刘易斯说道,"你不是你父亲,你也永远不会像他那样行事。你无须担心自己有一天会成为他那样的人,你也无须担心自己会伤害别人,而应该理直气壮地过你自己的生活。哈特警探的话是对的,父亲的罪恶不会自动遗传到儿子的身上。因此,无论你有多大的负罪感,都必须把它抛弃,这是为了你自己好。"

刘易斯的情绪缓和下来了,对她说道:"谢谢你。但是,我做不到,尤其是你刚刚告诉我说你亲眼目睹我父亲绑架了你的朋友。那是什么时候的事情?"

"1989年7月,"克莱尔回答说,"很可能就是你说的雷鸣电闪的那一天,那天他不是没回家吗?"

"你们有没有证据证明是我父亲绑架并谋杀了这个名叫艾米的小姑娘?"刘易斯向哈特问道。

"我们掌握的情况只有沃特斯医生当时的证词。"哈特回答道,"汽车的颜色和牌子同你父亲的汽车是吻合的,而她现在又从照片上认出了他,这些同她当年对警方的描述都是一致的。"

"还有他使用的化名——温斯洛,"尼克补充道,"这不可能是巧合。"

刘易斯低头看着地面,不知道应该如何决断。

"那好吧,就让我们去问问他本人。"他最后说道。

克莱尔难以置信地看着他,问道:"问他本人?你不是说他已经死于心脏病了吗?"

"我必须确信你说的是事实。"刘易斯说。接着,他第一次俯身向前对克莱尔问道:"医生,你想了结这个案子吗?"

"当然想,这不仅仅是为了我自己,也是为了给艾米的父母一个交代。"

"我父亲现在仍在安大略监狱服刑。如果你想结案,我可以让你亲自去那里同他面谈一次。"

克莱尔毫不犹豫地做出了回答。

她告诉他说:"请你马上安排。"

第二十三章

金士顿监狱像一座巨大的石头要塞矗立在安大略湖的北岸,就像是一个守卫着金士顿城的前哨。实际上,这里就是加拿大的"恶魔岛",是加拿大守卫最为森严的监狱。这里关押着全国最危险的囚犯,几乎半数以上的人都被判了终身监禁。克莱尔来到监狱的探监入口处,先看了看门口的两根多利克式石柱[1],又抬起头看了看高高耸立在石墙左右两端拐角上的守卫塔。

---

1 古希腊建筑三种主要风格的石柱之一,通常上部建有三角形的门廊顶,柱身有雕塑。希腊雅典卫城中的帕特农神庙建于公元前438年,其建筑风格就是典型的多利克式。

她心中不禁想道：*那个混蛋总算被关进了真正属于他的地方。*

"那个混蛋"当然指的是彼得·刘易斯，二十多年前就是他自称"温斯洛先生"，在准备绑架克莱尔的时候却意外地绑架了艾米。

克莱尔扭头看了看站在她右边的道格·刘易斯，虽然他就是那个混蛋的儿子，但是她却对他十分感激，是他主动提出带她来见他的父亲，而他已经二十多年没有见过自己的父亲了。他们一起从罗切斯特出发，驱车三个半小时来到了金士顿监狱。从旅途一开始，道格就一直沉默不语，克莱尔几次想同他交谈都没有成功，但是她理解其中的原因，除了她恐怕再也没有任何一个人更清楚地知道这一点。道格本来已经彻底埋葬了自己的过去，而现在却被迫（或者说强迫自己）重新面对这件痛苦的往事。其实，虽然此事已经多年无人提及，但是它却始终把他同自己的父亲联系在一起；他一直背负着父亲犯下的可怕罪行给他带来的沉重精神负担，这同克莱尔二十多年来承受的痛苦是同样可怕的。

和道格一起穿过监狱门前双车道的国王街之后，一种强烈的不祥预感涌上她的心头。她真希望尼克跟他们一起来了，但是她知道，他之所以不来是有原因的。

这是为了使探监的要求更加容易得到批准。到加拿大监狱探视彼得·刘易斯的要求必须由罗切斯特警察局提出，首先要得到美国国务院的批准，然后要得到加拿大政府的批准，最后是刘易斯本人和他的律师的同意，这其中任何一个环节没有通过，探监之事就会化为泡影。

但是，他们知道已经这么多年没有见到自己唯一孩子的彼得·刘易斯是不会拒绝道格来访的，加拿大政府也不会，因为道格不仅拥有美国国籍，也同样拥有加拿大的国籍。

于是，克莱尔和尼克做出了一个决定：整个计划必须秘密地进行。哈特首先秘密地求见了警察局局长和地区检察官，得到了他们的首肯和支持，接着便以私事为由请了几天假，这样一来，如果计划实施过程中出现问题，他不会被牵扯进去。为了掩饰警察的身份，他和尼克开着他那辆破旧的"斯巴鲁傲虎"汽车前往金斯顿市，而克莱尔和道格则驾驶道格的"福特"运动型多功能汽车前去，以此避免在跨越美加边界时因同一辆车里坐着三男一女而引起双方边境官员的注意。尼克和哈特抵达金斯顿后在城中心的一家湖滨旅馆住下来，克莱尔和道格在见到彼得·刘易斯并弄清情况后，会立刻赶到那里同他们会合。

克莱尔和道格顺利地通过了监狱入口处的金属探测器检查和安检人员的搜身检查，她庆幸自己没有把那台微型录音机偷偷带来，否则必然会被查出来，他们也会立刻被驱逐出监狱。

这里犯人的行动都受到十分严格的限制，每天只有一个小时放风锻炼的时间，虽然彼得·刘易斯同样属于隔离关押的囚犯，但是因为他在狱中的表现一直良好，因此审查委员会认为他二十年来的第一次同来访者见面不必安排在密闭且警卫森严的单独会见室。所以，克莱尔和道格被狱警带进了一个会见大厅，里面摆放着几十张金属桌子和椅子，囚犯们可以同各自的家人坐在这里见面。大厅里也有几名狱警，他们不停地走动，时刻准备把违规的囚犯按倒在地。以前发生过许多这样的事情，有的囚犯会突然把手伸进自己女朋友的裙底，甚至有人企图当着其他来访者的面同自己的老婆或女友做爱。

克莱尔和道格被带到了离大厅墙壁不远的一张桌子前，两人并排坐下来，不远处就有两名狱警。克莱尔感到很奇怪，自己现在的心情反而变得格外平静。她看看道格，他显然心情十分紧张，虽然极力掩饰却无济于事。

"你觉得自己能应付得了吗?"她问他,同时伸出一只手摸摸他的肩膀。

"很难,"道格回答说,"不过,我会没事的。"

"谢谢你,"克莱尔说着用手把他额头上的一缕头发拨开。这样的肢体接触也是他们计划的一部分,是为了让刘易斯确信他们俩确实已经订婚了。不过,虽然是假装出来的行为,克莱尔还是明显感觉到她的抚摸让他平静下来了。*不知最后一次有人这样抚摸你已经过去了多少个年头?*她想。

他正要说什么,大厅另一头的那扇门突然打开了,两名狱警陪同一个面容消瘦、头发灰白的男人向他们走来。虽然"温斯洛先生"已经苍老了许多,但是一看到他她就立刻认了出来,心头不禁感到一阵恶心。他的双脚戴着脚镣,双手戴着手铐,腰间系着铁链,脚镣和和手铐又分别由两根铁链同腰间的铁链连在一起,因此他只能迈着碎步在铺着油毡的地面上行走。一看到自己的儿子,他的一边脸上立刻浮现出微笑,但是当他看到儿子身边坐着一个女人的时候,微笑又消失了。

这个女人现在抓着他儿子的手,两人十指交扣,看来是对情侣。

当刘易斯来到桌子对面的时候,克莱尔和道格都站起身来。一个狱警为刘易斯把椅子从桌子下拉出来。

"道格拉斯。"刘易斯坐下后说道,几乎没有任何感情色彩。

"彼得。"道格回答道,一只手仍然握着克莱尔的手。

"你以前一直都叫我'爸爸'。"刘易斯说。

"你已经很长时间没有做我的爸爸了。"道格淡淡地说。

接着,两人都沉默了,场面越来越让人感到尴尬。随后,刘易斯

265

看了克莱尔一眼，转向道格问道："你难道不准备把我介绍给你的这位朋友吗？"

"这是克莱尔，"道格介绍说，"这是彼得。"

"见到你很高兴。"刘易斯说着伸出一只被铐着的手，只是因为铁链的束缚没有伸出多远。

"我也很高兴。"克莱尔回答道。这时，她才松开了握着道格的左手，用双手握了握刘易斯伸出来的那只手。就在她碰到刘易斯的手的那一瞬间，她感到自己的背脊一阵发凉，但她还是努力控制住自己，没有表现出心中的恐惧。

但是，她却丝毫没有掩饰她左手戴着的钻石戒指，刘易斯立刻就注意到了这个戒指，这使他马上把自己的手收了回去。

"那个戒指是我当年送给你母亲的。"他对道格说道，但是眼睛却没有离开克莱尔。

"是的，"他儿子还是那样淡淡地说道，同时伸出一只胳膊搂住了克莱尔的腰，"克莱尔是我的未婚妻，我们不久就要结婚了。"

刘易斯依然没有流露出任何情感，只是稳稳地坐在那儿，两眼盯着他们看。"我想，我应该对你多少有些了解才对，"刘易斯转向克莱尔说，"你也是在皮克林长大的吗？"

"不是，我是美国人，"克莱尔尽量保持着应有的礼貌，"我是在罗切斯特长大的。"

"真是巧，"刘易斯说着向一旁瞟了一眼，好像想起了很久以前的往事，"我想道格拉斯肯定告诉过你，我们一家迁居加拿大之前也是住在罗切斯特的。"

"克莱尔和我就是在罗切斯特认识的，"道格说道，"大学毕业以后，我又搬回那里去住了。"

刘易斯的嘴角再一次向上翘起来，脸上又露出了刚才那半个虐待狂的微笑。"哦，"他接着道，"你一直没有来看过我，我还以为你恨死我了。"

"我现在已经不再恨你了，"道格回答说，"恨你太让我费心，仇恨几乎毁了我的一生。"他用热切的目光看了克莱尔一眼，继续道，"当我决定不再恨你的时候，我才终于找回了自己的生活。"

"你是不是想说，只要同我一刀两断事情就变得简单多了，你只要假装我这个人根本不存在，是吗？"刘易斯挖苦道。

"就是这个意思，"道格立刻回答说，毫不顾及他父亲的感受，"而我这么做都是为了克莱尔。"

刘易斯转向克莱尔，紧盯着她的眼睛问道："这么说，这都是你干的好事情。"

克莱尔假装出一副有些尴尬的样子，回答说："我只是对他说，只有不再沉溺于过去的痛苦经历，他才能自由地追求自己的未来。当然，那就是*我们的未来*。"

"依我看，你们的未来的内容之一就是跑到这里来同我一刀两断。"刘易斯反驳道。

"不是这样的，先生，"克莱尔谦恭地回答说，"道格之所以同意到这里来，是因为我想见到你。"*这一点至少是千真万确的事实*，她想，*虽然从她内心来讲，她根本不在乎自己对这个魔鬼撒谎。*

不知道是因为克莱尔假装出来的对他的尊重，还是她的话确实打动了他，总之她让刘易斯解除了敌意。他说："道格拉斯居然还会承认他有一个我这样的父亲，这真让我感到惊讶。"

"一开始他是不承认的,"克莱尔说着又抓起了道格的手,"他告诉我说你多年前死于心脏病。"

"但是,你并不相信他。"

"她要我带她去看一看你的坟墓,"道格回答道,"很显然,我没法让她看到这样的一座坟墓,但是我又不想把我们之间的关系建立在谎言之上,我不愿意像你对我小时候那样对她说谎。"

"我对你说过什么谎?"刘易斯俯身向前问道。

"你自己很清楚,你不是总是说你'因公出差'吗,还记得你是怎么说的吗?你说你不能告诉我你去过的那些地方是什么样子,否则等将来有一天你带我去的时候,我就再也不会感到惊喜了。"

刘易斯微笑道:"这不明摆着吗,我之所以没能带你去那些地方,只是因为我——"

"省省吧,*爸爸*。"道格提高嗓门一字一句地说道,以至于狱警们纷纷向他们看来,"你不告诉我那些地方是什么样子,只是因为你根本就没有去过那些地方。"

道格的话好像触动了刘易斯的心,使他产生了一种负疚感。他回答道:"我从来都没有对你或者你母亲撒谎说我去过哪些地方——"

"但是,你却从来也没有告诉过我们你都干了些什么事情。"道格驳斥道。

"那么,你认为我都干了些什么事情?"

"你强奸并且杀害了那些小姑娘。"

不论这句话是否让刘易斯感到惊讶,他的脸上却始终没有表现出来。他问道;"你怎么会这么想?"

"因为克莱尔说过,像你这种*恋童癖*的家伙是绝不可能只伤害过一个女孩的。"

"我根本不是什么恋童癖,而且克莱尔也不可能是这个方面的专家。"

道格咧嘴笑了笑。"实话告诉你吧,"他带着明显的满足感说道,"她正是这方面的专家,她就是一个司法精神病学家。"

至此,刘易斯看着克莱尔的目光里第一次流露出了无比蔑视的神情,他对她说道:"现在,我终于明白了,你之所以那么想见我,就是因为我是某种难得的科学试验品,你可以好好把我分析研究一番,然后写出篇一鸣惊人的论文来。"

"你说的不对,我想见到你已经有很多年了。"

刘易斯不禁一怔,说道:"你并没有同我儿子订婚,对吗?"

克莱尔向他俯过身体,她的脸离他灰暗的皮肤和黄色的牙齿仅仅只有几寸远。她回答说:"没错,我昨天才认识你的儿子,温斯洛先生。"

刘易斯目不转睛地看着她的眼睛,什么都明白了。

"我的上帝啊,"他小声道,"克莱尔……"

他突然把目光转向自己的儿子,说道:"她这是在玩弄你,道格拉斯。心理医生一贯歪曲事实、胡说八道,我就是被他们坑害了才被关进——"

"你被关进监狱是因为你谋杀了一个无辜的儿童。"道格提高声音说道。

"我是一个病人!"刘易斯申辩说,"我应该被送到医院去接受治疗,而不是关进监狱。我只伤害过一个小姑娘!我用我的生命发誓,那是我身不由己做出来的事情!"

"你就是一个满口谎言的混蛋。"道格回答说,眼睛里已经充满

269

了泪水。

"不，儿子，我没有骗你。我根本不知道我为什么会做出那样的事情，就好像我内心深处藏着一个魔鬼，它控制了我的一切。我有病，而当年那个心理医生却对法官说我根本没有什么心理疾病，结果我被判有罪，才不得不在这个臭气熏天的地方度过我的余生。"

"你太可悲了，竟然想以此让我对你感到怜悯。"道格说着从椅子上站了起来，"你让我感到恶心。"

刘易斯盯着克莱尔，眼睛里充满了恶毒的蔑视。"道格，你被她耍了，她利用你来诬陷我，你知道我说的没错。"

道格转身向会见大厅外走去，再也没有回过头来看他父亲一眼。

克莱尔看着刘易斯，他不无得意地对她挤出了一个微笑。克莱尔终于忍不住了，她向刘易斯提出了那个这些年来她一直想问的问题："她在哪儿？艾米到底在哪儿？"

"我不知道你说的这个艾米是谁，克莱尔。"他的语气突然变得十分亲热。"克莱尔，克莱尔，"他反复说着她的名字，就好像他的舌头正品尝着这个名字的甘甜，"多么可爱的小姑娘，多么可爱的名字。"

克莱尔丝毫没有退缩，仍然直视着刘易斯的眼睛继续道："我和你做一笔交易吧。"

"我可是判了终身监禁的人，亲爱的，你还有什么交易可以和我做啊？"

"这是门罗县地区检察官直接提出来的条件，你听好了：我已经非常明确地指认你就是当年绑架并且很可能杀害了艾米·丹佛斯的那个人。我想你肯定知道，无论是绑架罪还是谋杀罪，法律对起诉的时间都是没有限制的，因此，地区检察官可以对你提出起诉并要求把你引渡回美国受审,如果你拒绝合作,他立刻就会这么做。"

刘易斯发出几声轻蔑的笑声并摇了摇头。

"我刚才说的话有什么可笑的地方吗?"克莱尔问道。

他舔一舔自己的嘴唇,然后回答道:"当年我被捕之后,心理医生说我的心理状况很正常,完全可以接受审判,所以我当时就决定绝不让我的家庭遭受耻辱,我的妻子和儿子都不能出现在对这个如此恐怖的罪行进行审判的法庭上。我对当局保证说,只要他们同意就此封存档案,不对外发表评论并且绝不把我引渡到美国,那么我就认罪伏法,接受终身监禁并不得保释。"

现在,轮到克莱尔微笑了。"你以为加拿大政府还会维持他们当年对你的这个承诺吗?当他们发现在此之前,你在所谓'因公出差'期间还杀害过许多其他的无辜儿童时,他们还能无视美国政府提出的引渡要求吗?"

"要是有人拿得出指控我的证据,我早该听说了。"刘易斯回答说。

"还没有,但是他们肯定会找到证据的。"克莱尔说,"你儿子已经向警方提供了他的DNA样本。"

刘易斯的表情突然阴沉下来了,他结结巴巴地问道:"他干什……什么了?"

"他已经同意警方和联邦调查局把他的DNA同所有悬而未决的被害女童案中发现的嫌疑犯的DNA作比对。既然他的DNA有一半来自你,那么他们就可以以此证明你就是谋杀她们的那个混蛋,其实我们都知道那就是你干的。"

"你这个婊子!"刘易斯吼叫道。

紧接着,他的愤怒顷刻间爆发了,虽然他的手脚都戴着铁镣,但是却仍然从椅子上猛然跳起,越过桌面撞倒了克莱尔,并把她死死地按在地板上。

"我要用我的手杀死你这个臭婊子!"他不停地号叫道。

克莱尔用指甲抠他的脸,在他脸上划出了几道血痕。三名狱警立刻冲上来把大喊大叫的刘易斯拖开,大厅里的所有人都扭头看着发生在他们眼前的这一幕。

一名狱警把克莱尔扶起来,并让她后退到安全范围之内。然后他对刘易斯命令道:"退后,靠墙站好!"

刘易斯虽然被两名狱警紧紧抓住,却仍然在不停地挣扎,嘴里大叫道:"把她从这里赶出去!"他怒目圆睁,恨不能生吞活剥了她。

这时,克莱尔的情感防线也出现了裂痕,她向刘易斯大声喊道:"求求你!请你告诉我你到底把艾米埋在什么地方了!"

"你他妈不让我好过,"刘易斯怒吼道,"我也决不让你好过。我决不会告诉你!没门儿!"

紧接着,两个狱警拖着刘易斯离开了会见大厅。克莱尔的心头不禁感到害怕:刘易斯被带走了,找到艾米遗骨的机会从此荡然无存了。

第二十四章

"对不起,"克莱尔平静地说道。"我把事情搞砸了。"

这时已经是她和道格探监六个小时之后了,她同尼克、艾尔·哈特和道格·刘易斯一起坐在罗切斯特警察局的总部里。当尼克和哈特得知彼得·刘易斯在探视过程中突然情绪失控的消息后,他们立即决定取消了在金斯顿城中心那家旅馆里会面的计划。虽然金斯顿监狱方面只是向克莱尔表示了歉意便让她离开了,但是尼克和哈特还是认为他们应该尽早离开这座城市,因为他们担心刘易斯会把克莱尔向他提出的那个"交易"告诉他的律师,一旦律师将此事告诉了加拿大警方,事情就会变得非常糟糕。

于是,四个人立即分别乘坐两辆汽车向最近的边界出发,在加拿大警方还来不及做出反应之前越过美加边界回到了美国境内。现在,他们一起坐在警察局为他们提供的那间狭小的办公室里,尼克正极力打消克莱尔的负疚感。

"你只是按照我们制订的计划行事,"他一边说一边拉出一张金属椅子示意她坐下来,"你不可能预料到他会勃然大怒,发疯似的向你扑过去。"

"再说,你本来也根本不知道他同加拿大人有过那个约定,"道格补充说,"真是该死,我是他的儿子,就连我对此也一无所知。"

"我只是担心一点,"克莱尔说着在椅子上坐下来,"这样一来我们就永远也找不到艾米的遗骨了。"

"那么,我们就重新组合一下。"哈特建议说,他充满自信的口气让他们觉得很意外。

克莱尔看着他问道:"你还没有放弃吗?"

"放弃?这个案子已经尘封了二十多年了,可是你出现在我们面前才几天,我们就已经找到了那个恋童癖,现在,我们只需要继续沿着这条线索挖下去。"

他看了道格一眼,问道:"你还愿意帮助我们继续干下去吗?"

道格本人也并不想就此放弃,似乎见过他那个魔鬼父亲之后,他更加确信艾米就是被他父亲害死的。他回答说:"我会尽我的一切努力帮助你们。"

"很好,"尼克也立刻振作起来对道格说道,"那么,我们应该重新回到你的孩提时代,看看你还能回忆起一些什么事情。"

"我会尽力回忆。"他保证说。

尼克、哈特和道格各自拉出一把金属椅子,在一张不大的金属桌子两边面对面坐下来,尼克和哈特坐在一边,道格和克莱尔坐在另一边。

尼克首先开口说道:"我们回到1989年那个雷鸣电闪之日的第二天。你父亲告诉你和你母亲说,他前一天同几个朋友在外参加了一个庆祝活动。你有没有任何印象他那天去了什么地方?"

道格抬起一只手摸着自己的额头,开始回忆起来,当时的情景再一次浮现在他的脑海里。"实际上,我记得当时就觉得他的话很奇怪,因为在我的印象里我父亲并没有几个朋友。"

"你见过跟他在本地那家化学公司一起工作的同事吗?"哈特问道。

"见过,"道格回答道,"但是,如果你想知道他们的名字,我就说不上来了。不过,那家公司现在仍然存在,我们也许可以从他们的人力资源部门了解到那些人的名字。"

"这正是我们通常的做法,"尼克说道,"但是,如果有人把这件事泄露给了媒体,加拿大当局立刻就会发现我们欺骗了他们。"

"等一等,"克莱尔插话道,"我们最好一步一步地来。"她看着道格继续道,"先回到雷鸣电闪的那一天。你告诉了我们你从夏令营回到家后发生的事情,但是,那天早上你离开家的时候你父亲在家吗?"

道格咬着下唇想了想,回答说:"是的,他在家。我很肯定那天是他像往常那样把我叫醒的,也是他为我准备的早餐。"

"那么,当天下午他就出现在了我家的房子前,"克莱尔回忆说,"这么看来,我们对他为什么是在那一天绑架了艾米已经有些眉目了。"

尼克接过克莱尔的话分析道:"因为那天他被解雇了。"

"那么,这件事为什么会促使他干出那么恐怖的事情呢?"道格问道。

"这跟人们为什么酗酒、抽烟、吸食毒品或者行为放纵是一样的,你父亲承受着巨大的生活压力,同时又对小姑娘有偏好,在一般情况下他也许还能够控制住自己内心的这种冲动,但是失去工作的打击使他失去了自控的能力,他必须发泄内心的痛苦,才能够缓和他愤怒的情绪。"

"而他发泄的对象就是你。"道格得出了这样的结论,如此让人不寒而栗的分析不禁使他痛苦地摇了摇头。"那么,接下来又是怎么回事呢?是不是他开着车四处游荡,结果发现了你和艾米两个小姑娘?"

"我认为不是,"克莱尔说道。她又想了想,把当时见到刘易斯的情景再次回忆了一遍。"探监的时候,我用'温斯洛先生'这个名字称呼过你的父亲,当时你也在场,你注意到他当时的反应了吗?"

"噢,我的天哪,"道格恍然大悟,"而他反过来称呼你'克莱尔',他叫你名字的时候就好像想起你是谁来了。但是,那个时候他怎么会知道你是谁?"

"他跟踪过你,"尼克对克莱尔说道,"他肯定是在什么地方见过你,并且一直跟踪你找到了你的家,然后他就开始等待一个合适的机会到来。"

"但是,他最初是在什么地方见到我的?"克莱尔一边问,一边极力回想在七月的那天之前她是否在家门前见到过彼得·刘易斯。她看着道格问道:"你们当时没有住在罗切斯特的市中心吧?"

"我们住在布莱顿,"道格回答说。他说的是罗切斯特南郊附近的一个富裕的居民区。"就在爱姆伍德外靠近'十二角'的地方。"

"而你是在公园大道附近长大的,"哈特看着克莱尔继续道,"这两个地方之间的距离最多也不过三公里,你和刘易斯可能见过面的地方多的是。你当时只有八岁,这个家伙从你身后盯着你看的时候,除非你脑袋后面长着眼睛,否则根本不可能知道自己已经被人盯上了。"

克莱尔知道哈特的话在理,但是她并不准备放弃。她转向道格问道:"小时候,你父亲喜欢带你去的地方有哪些?"

"啊,"道格回答说,"我们经常去公园、动物园、海滩,凡是这一带孩子们觉得好玩的地方我们都去过。"

"克莱尔,"尼克说道,"我知道你现在的思路,但是我们必须把查找的范围缩小,否则我们就得把整个罗切斯特都找遍了。"

克莱尔向尼克瞥了一眼,然后继续问道格:"我问你,你父亲入狱以后,你们也离开皮克林去了缅因州,那么他的私人物品是怎么处理的?"

"我也想过这个问题,"道格回答,"但是,家里收拾打包和变卖房子的事情都是委托我们的律师去做的,母亲当时明确地告诉他们说,凡是属于我父亲的东西都通通处理掉,她再也不想见到任何与他有关的……"

他好像突然想起了什么事情,突然不说了。

"怎么了?"克莱尔满怀希望地问道。

道格看着她道:"我差点忘了,我有一份当年父亲接受审判时法庭诉讼程序的完整记录,他入狱前的所有情况都可以查到。"

"你母亲还保留着*那些东西*?"哈特疑惑地问道。

"不是我母亲保留下来的,"道格回答说,"是我大约十年前从加拿大方面要来的。我当时想了解一下父亲案子的整个情况,但是收到那些材料以后,我又没有勇气仔细去看了,只是勉强翻看了几页后就把它扔进了地下室,从此再也没有碰过。"

"你肯定那份记录还在地下室里吗?"尼克问道。

"肯定,"道格回答说,"放到那里以后我就再也没有拿出来过。"

"我们可以拿来看看吗?"克莱尔说着从椅子上站了起来。

"当然可以,"道格回答道,"你们什么时候想看都行。"

"我们现在就想看。"克莱尔说。

"我家里不太像样,你们别介意。"道格一边打开房门上的锁,一边对他们说道。这是一幢低矮的白色平房,整个房子非常普通,毫无特色可言。"我一直没有时间好好收拾一下。"

从罗切斯特市中心开车来到道格的家没花多少时间,这里位于市区以东的潘菲尔德,是一个十分宁静的近郊居民区。克莱尔走进道格的家,尼克和哈特紧随其后,她立刻就发现道格所谓的"不太像样"不过是放在厨房台子上的一个来自当地饭馆的外卖食品袋和洗涤池里两个没有洗的盘子。按照她的标准,道格的家可以说非常整洁,无可挑剔。

不过，同时也非常空虚。墙上挂着几幅廉价的印刷品油画，客厅里摆放着一个已经老掉牙的蓝色沙发和一把普通的双人座椅，它们前面放着一台美国无线电公司生产的巨大的电视机和操作平台，其历史显然比克莱尔和道格的年龄还要长。她心中禁不住想到，道格这一生都忙于逃避自己的过去，从来没有顾及过自己的现在，更谈不上去创造自己的未来。她断定这个人每天的生活就是早起出门上班，晚上回到家里，看着那台古老的电视进入梦乡，就这么周而复始地活着。

他说他的生活单调而乏味，这确实是实话，克莱尔想道，他和我一样，一直在逃避过去给我们留下来的创伤。

"你们几个要不要吃点东西或者喝点什么？"道格问道。不过，克莱尔觉得他的冰箱里恐怕拿不出多少可以吃喝的东西。

哈特和尼克都摇了摇头，于是克莱尔对他说："我们还是先看一看那份法庭诉讼记录吧，然后再解决吃的问题。"

道格打开了通向地下室的门，对他们道："还是我下去把东西拿上来看吧，那下面乱七八糟的。"

"别担心，"尼克回答说，"我们帮你一把吧。"

"那么，出什么事情就后果自负了。"道格说着打开了通道里的一盏灯，带着他们沿木梯走下去。

克莱尔跟在他身后往下走，很快她就意识到这一次道格没有谦虚。整个地下室显然没有经过整理，里面堆满了装文件的纸箱、盖着布的家具，以及其他一些用油布或旧毯子盖起来的物件，天知道那是些什么东西。

表面上一切井井有条，但是在那些紧闭的房门后和看不见的抽屉里，却乱成一团。这个地方让克莱尔想起了塔米·索伦森公寓内的情景——阳光而平静的外表下掩藏着无人知晓的疾风骤雨。

道格似乎感觉到了他们的心思。"几年前，为了减免税款我买下了这所房子，"他对他们说道，"我只是简单地把这些箱子整理了一下，但是从来没有好好地清理过箱子里面的东西。"

克莱尔发现，每一个纸箱上都贴有标签，上面清楚地写着箱子里面装着的东西。

"你知道装着那份记录的纸箱在哪里吗？"哈特颇有些怀疑地问道。

道格没有理会他的问题，只是从一大堆纸箱上面搬下两个纸箱。"就是这两个。"说着，他把两个纸箱分别交给哈特和尼克。

"就这么多东西？"尼克问道。

"整个庭审程序只持续了两天，"道格回答道，"我看过的内容很少，只知道我父亲承认自己精神失常，而大部分证词都是由控方的心理医生提出的，他认为父亲虽然有可能患有精神疾病，但是他很清楚他对那个小姑娘干下的事情是错误的。"

哈特抱着纸箱向楼梯走去，说："我们把这些东西带回警局再——"

"等一等，"尼克突然说道，"克莱尔跑到哪儿去了？"

"我在这里。"从地下室另一头传来了克莱尔颤抖的声音。哈特和尼克立刻放下手中的纸箱，和道格一起向声音传来的方向跑过去。

道格首先跑到了克莱尔所在的那个角落，这里十分隐蔽，从他们刚才搬纸箱的地方很难看得见。"怎么回事儿？"道格问道。虽然克莱尔站在阴暗的角落里，但道格还是看到了她面如死灰的神情。克莱尔颤抖的手正指着一样东西，结结巴巴地说道："你……你是从哪儿得到这个东西的?"

这时,尼克和哈特也来到了他们身边,只听道格解释说:"那是一个风筝,是我小时候玩耍的东西。"

两个警探探头看了看那只风筝,像是那种很长的中国龙风筝,只不过这只风筝是红蓝两种颜色的,上面弯弯曲曲地画着很多鱼鳞的图案,龙头上长着一张大嘴,嘴里布满了尖利的牙齿,看起来像在狞笑;嘴上方画着一只巨大而血红的眼睛,龙身两边还画着两个短小的翅膀,或者是鱼鳍。

克莱尔看起来已经吓得不轻。

"你是从哪儿得到这只风筝的?"

"我也不知道,我想应该是我父亲给我买的。"

"你没事吧?"尼克问克莱尔。

然而,克莱尔现在听到的却只有一个小姑娘的声音,而那个小姑娘正是她自己。

"爸爸,我不喜欢那个怪物风筝。"

"别怕,亲爱的,它不会伤害你的,那个动物不是真的。"

她抬起头,蓝天下那只血红的眼睛正居高临下俯瞰着她,密切地注视着她的一举一动。

"要是你不喜欢的话,我就把它收回来。"她听见另一个声音对她说,那声音是从她身后传来的。

小克莱尔转过身抬头一看,发现一个男人正看着她,他的一个嘴角向上翘起,像是在对她微笑。

噢,上帝啊!

"你知道吗?你长得真漂亮。"那个男人一边说一边开始收回那只吓人的风筝。

　　看着天上那只眼睛渐渐离她越来越近,她开始向后退去。最后,那个男人抓住了风筝,然后把它仔细地折叠起来。

　　"我向你保证,这只风筝是绝不会伤害你的。"那个男人对她说道。

　　"对不起,"克莱尔的父亲对他说,"我也不知道她为什么会害怕。"

　　"请别在意,"那个男人回答说,"我不想吓着你的女儿。祝你们过得愉快。"

　　但是,小克莱尔心中却始终感到不安,她不喜欢那个男人身上的某种东西。

　　接着,那个男人转过身来看着她,脸上再一次流露出了刚才那种奇怪的微笑。小克莱尔扭头向一旁望去,她看到公路另一边有一汪清澈的湖水。

　　湖水?

　　这使她猛醒过来,两眼紧紧地盯着道格。

　　"你说你父亲被光化学制品公司解雇以后,到了一家自来水公司工作,对吗?"她问道,声音仍然有些颤抖。

　　"是啊,"道格回答说,"怎么了?"

　　"他是不是在那家公司的总部工作?"克莱尔又问。

　　"你指的是不是在柯布斯山山脚的那幢办公楼?没错,我想是在那里。"道格说,"我记得那年夏天,母亲把我从夏令营接回来后就直接送到了那里,父亲下班后就带着我到山顶水池边的草地上放这个风……"他指着那只风筝突然停住了。

尼克把一只手放到克莱尔肩上,问道:"到底怎么回事儿,克莱尔?你想起什么来了?"

"我父亲也带我到那里去玩过,"她眼睛盯着风筝说道,"我就是在那里见到这个风筝的,也是在那里见到他的。"

"你是说彼得·刘易斯吗?"

她抬头看着道格。"他经常带你到那儿去吗?"她问他,心里却害怕听到道格的回答,"我是说到山顶上去?"

"不光是山顶上,"道格回答说,"整个公园都去过。我们经常在莱利湖边野餐,或者穿过华盛顿树林一直走到老水塔那里。他很喜欢那个地方……"

他说到一半又停住了,好像意识到了自己在说什么,明白了这些话意味着什么。

克莱尔伸出一只手扶着身边的一个大纸箱,稳住了自己的身体。

"我想我知道他把艾米埋在什么地方了。"

在柯布斯山公园内的门罗县水务局总部西面有一大块空地,三面森林环抱,只有从水务局总部后面的停车场穿过,沿着一条土路才能到达那里。在每年八月树木最为茂盛的季节里,也只有站在这条土路上才能看到这片空地。

第二天清晨,他们来到了克莱尔说的那个地方。她和道格·刘易斯坐在艾尔·哈特那辆没有任何标志的"维多利亚皇冠"汽车的后座上,看着几十辆警车、卡车和装满警察的大巴车一辆接一辆地来到现场。虽然太阳还未升起,但是他们早在凌晨三点就已经到达这里,到现在已经好几个小时了。他们的目的是要在这座城市——尤其是这座城市的新闻媒体——苏醒之前展开行动,以免这支不大不小的警察部队在这个市民最喜欢的公园里开展的行动引起人们过分的关注。

"你估计他们能顺利找到她吗?"道格问克莱尔。

克莱尔耸了耸肩膀,未置可否,警方在她眼前展开的大规模搜索行动让她感到惊讶,因为这一切都是因她而起的。等到天一亮,几十名警察就将开始对整个公园进行一次地毯式搜索,他们有的来自罗切斯特以西的水牛城,有的甚至来自罗切斯特以东更远的锡拉丘兹城。整个公园的面积达到大约六百七十亩,他们要在这个范围里找到艾米·丹佛斯的骨骸。这几个小时以来,克莱尔一直坐在汽车里一动不动,默默地盯着车窗外的黑夜,儿童时代同艾米一起度过的欢乐时光时断时续地出现在她的脑海里:她们一起跳绳,彼此拥抱,因为某个她早已忘记的笑话而一起傻笑不止,一起在绘画书上填色;当刘易斯的白色"宝马"车带着艾米离开时,她脸上流露出求助神情……

她突然惊醒过来,发现太阳刚刚露出了地平线。她想:*我刚才肯定是迷迷糊糊地睡着了。*于是,她在后座上坐直了身体,正好看到哈特和尼克向他们的汽车走来。哈特打开车门,对他们说道:"时间到了。"

当她和道格从汽车里走出来的时候,搜索行动即将开始。警察们被分成了几个小组,基里安警监和他的顶头上司罗切斯特警察局局长已经指定了各个小组的搜索区域。

"我们只搜索有树林的区域。"哈特对警察们说。然后,他扭头对道格说道:"虽然你父亲对这个地方非常熟悉,但是我想他还不至于胆大妄为到把一具尸体埋在开阔地里,比如湖边的草地或者某个垒球场上。"

他的话让克莱尔和尼克想到了另一个谋杀犯——托德·昆比,他就

283

是一个胆大妄为的家伙,曾经把一具尸体扔在了一个垒球场上。*那不过是几周之前的事情,*克莱尔不禁想到,*但却好像已经过去了好几年。*

"他们要不要检查一下那几个水塔附近?"克莱尔问道。

哈特轻声笑道:"你们相信吗,那几个水塔现在已经成为这里最主要的景观了。"

"但是,那些水塔不是几年前就已经废弃了吗?"克莱尔问。

"自来水公司确实把它们废弃了,但是涂鸦艺术家却如获至宝,"哈特解释说,"摄影爱好者也对它们情有独钟。来吧,我带你们去看看。"

他带着他们向南穿过树林,克莱尔一路上感到很惬意。清晨的阳光还没有把大地烤热,微风拂煦,清爽宜人;带露的野草发出沁人心脾的气息,让克莱尔不禁想起了儿时同父母一起远足的感觉。当他们走出树林以后,眼前就出现了两座高高矗立的天蓝色水塔。哈特说的没错,两座水塔的塔身上都画满了涂鸦作品。

"你说很多人专门跑到这里来就是为了看这些乱七八糟的东西?"克莱尔问哈特。

"有来欣赏的,也有来继续涂鸦的。"哈特摇摇头回答说,"涂鸦艺术家经常聚集到这里,欣赏彼此的作品、交流经验,没有人干涉他们。按照我的观点,这就是国家倡导的破坏艺术。"

"把几百加仑的油漆泼完之后,再愤怒的心情也都发泄干净了。"尼克发表了自己的看法。

"而为此埋单的终究还是你我这些纳税人。"哈特说。

这时,克莱尔已经离开两个警探,走到较大的那个水塔下,并开始绕着它查看塔身上的涂鸦。绝大多数"作品"都毫无创意,看上去就像是帮派的标志和信号。警方居然对这样的行为放任自流,实在是令人惊讶,她想。

接着,她走到了水塔靠近树木线的一侧,突然看到了一幅让她感到十分意外的精彩涂鸦:包括一个滑滑板的巴特[1]的形象;一个主要由鲜艳的红色和橙色绘成的图案,看上去就像一个具有某种象征意义的变形蜘蛛;一座画有"上帝之眼"的金字塔,就像一美元钞票背面的图案;在金字塔边上还画有一个十分蹩脚的"荷鲁斯之眼",克莱尔知道荷鲁斯是埃及神话中法老的守护神,"荷鲁斯之眼"就是守护的象征。

但是,没走几步她却突然停下了脚步,然后后退几步回到了"上帝之眼"的面前,心里觉得这幅图案有些不对劲。她仔细看了看,发现自己的感觉是对的,这个图案确实有问题。

是那个血红的瞳孔。

这只眼睛就好像在道格家地下室里那个风筝上看到的那只眼睛,也就是多年前刘易斯放过的那只风筝上的眼睛。

克莱尔走近几步,再一次仔细看了看,发现这个"上帝之眼"和那个"荷鲁斯之眼"的颜色比塔身上其他涂鸦的颜色都要暗淡,涂鸦的时间像是比其他图案要早许多年,风吹日晒之下已经明显地退色了。

难道说他竟然如此狂妄自大吗?这可能吗?

克莱尔感到既激动又害怕,她转过身向水塔下面的地面看去:一片碧绿的草地,十分平整。她很清楚,就算她确实已经找到了刘易斯埋葬艾米的地方,二十多年来自然的变化也早已抹平了当时可能留下的任何痕迹,要想看到一个类似坑或小土包的地方都是不可能的。

这时,她的目光停留在了几米之外的树木线上,她从无所不见的

---

[1] 美国一部动画片的主要角色之一。

"上帝之眼"下笔直地向前走去,来到树林边上后又继续向树林中走了几步,然后停住脚步,转过身体向水塔看去。

"上帝之眼"正直直地盯着她。

突然,她听到一根树枝折断的声音,转过身一看,发现尼克正拨开挡在他前面的树枝大步向她走来。

他来到了她的跟前,说道:"你再也不能像这样一转眼就消失得无影无踪了。你在这里干什么呢?"

"你自己看看吧。"她对尼克说道,同时抬起一只手指着塔身上的"上帝之眼"。

尼克仔细看了看,突然明白了,扭过头看着克莱尔。

"不可能吧,这么容易就找到了?"他问道。

就在这个时候,道格和哈特也转过水塔出现他们的视线中。哈特大声喊道:"你们两个家伙在哪儿呢?"

"在这儿,"尼克走出树林向他们喊道,"看来我们已经有所发现了。"他一边说一边向他们走过去,然后举起一只手指着画满涂鸦的塔身继续道,"抬头看一看上面的美术作品,发现有什么东西很熟悉吗?"

"没错,"道格说道,"那只眼睛。"

"我认识这只眼睛,"克莱尔指着"上帝之眼"说,"它同你父亲那只风筝上的眼睛是一模一样的。"

"我说的不是风筝上的那只眼睛,"道格指着另一只眼睛说,"我们家80年代的时候有一个唱片集,唱片集的封套上就印着这只眼睛。"

"在一个唱片集的封套上?"哈特嘲笑道。

"是的,我父亲经常为我唱的催眠曲就是那个唱片集里的一首歌。我小的时候,这只眼睛就已经画在这个塔上面了。"

"那是一首什么内容的歌？"克莱尔问他。

"一个人迷路了，做了一个梦，他不知道往哪里走，其实答案就在他的面前。"道格回答说，眼睛却紧紧地盯着"荷鲁斯之眼"。

克莱尔敏锐地看了尼克和哈特一眼，现在一切都毋庸置疑了。她对他们说道："我认为，这无疑是道格的父亲留给我们的暗示。"

"我马上叫一个技术人员过来。"哈特说着大步离开了。

警察们对这一片区域的搜索已经进行了两个小时，除了发现了一些小动物的骨骸之外一直一无所获，但是就在这个时候，事情突然出现了转机，只听见那名技术人员大声喊道："在这里！"

哈特和尼克立刻向拿着探地雷达器的技术人员跑去，他们发现他所站的地方位于树木线以内约三米处，从这里可以清楚地看到正前方水塔上画着的那只"荷鲁斯之眼"。

"发现什么了？"尼克问道。两人来到技术人员跟前，他用手指着雷达探测器的显示屏让他们看。

"我快要发疯了，不过从这上面看应该是我们要找的骨骸。"他回答说。

尼克和哈特探出头仔细查看显示屏上的影像，很显然那是一个人类头骨和几根四肢长骨的轮廓。

"你估计有多深？"尼克问道。

"大概一米二。"技术人员回答说。

哈特用眼睛四处搜索了一下，很快就看到了他想找的东西。他走过去从地上捡起一根树枝，然后回到原地，把树枝插进泥土里，作为发现骨骸地点的标记。

"马上把犯罪现场组的人叫来,"他大喊了一声,也不管谁能听见他的命令,"告诉他们带着铁锹来。"

当技术人员开始对克莱尔发现的那片区域进行探索的时候,她和道格就回到了搜索行动的集结地等待消息。现在,这里刚刚开来了一辆流动餐饮卡车,一个便携式供餐台已经搭好,开始为参加搜索行动的警察们提供食物。他们俩各自拿着一个三明治向摆放在草地上的几十张折叠桌椅走去,当他们正准备坐下来用餐的时候,一辆深蓝色的厢式货车从他们身边的小路上飞驰而过,向水塔的方向驶去。

"这又是发生什么事情了?"道格说着用手捂住口鼻,以遮挡汽车扬起的灰尘。

克莱尔正看着手中的三明治,听到道格的话便抬起头向刚刚驶过他们身边的厢式货车看去,透过飞扬的尘土终于看清了汽车车厢后面写着的几个字。

"那是验尸官的汽车,"她对道格说,接着便离开餐桌向汽车驶去的方向追去。"只要他们被叫来了,那就意味着——"

她没有说完那句话就开始奔跑起来,道格立刻放下手中的三明治,大步追上了克莱尔,两人很快一起消失在树林之中。

几分钟后,克莱尔和道格气喘吁吁地跑到了水塔下,夏日里潮湿闷热的空气已经使他们全身大汗淋漓。克莱尔从衣服口袋里拿出手机,她要记住这个重要的时刻:现在的时间是上午十点差几分。

"在那儿。"道格用手指着前方对她说道。

透过树林,克莱尔看到了一片被黄色犯罪现场隔离带围起来的地方，在隔离带的中心三个手拿铁锹的犯罪现场组技术人员正小心翼翼地在哈特做标记的地上挖掘，哈特本人就站在离他们不远的地方，等待着即将挖掘出来的结果。

"行了，已经挖出来了，"一名犯罪现场技术人员说。"可以开始拍照了。"

一名脖子上挂着一部尼康数码相机的技术人员走上前，开始拍摄坑内露出的东西。

"好了，伙计们，"第一个技术人员对大家说。"现在，我们开始用手把泥土清理干净。"

克莱尔和道格来到了隔离带外。"你为什么不叫我？"她向尼克质问道。

"我不知道你是不是愿意看到这个场面。"他回答说。

克莱尔立刻感到心里一热：*他在为我担心*，心中的不快随即消失了。

"谢谢你，"她对他说，"不过，我能行。"

"他们发现了一块很像塑料垃圾桶内衬袋的残片，"尼克对克莱尔和道格说道，"就是那种又大又厚的垃圾袋。"

"骨骸！"那名犯罪现场负责人突然喊道，"我们发现骨骸了。"

哈特转身对站在不远处的一名身穿制服的罗切斯特警察说道："去把验尸官叫到这里来。"

他看到了克莱尔焦急的目光，但是却一言不发地转回身继续看着坑底露出的骨骸。

"我们要等多久才能知道结果？"克莱尔问尼克。

"国土安全部同意为我们提供帮助，"尼克回答说，"他们现在拥有一项新技术，可以在大约一个小时之内得出DNA检测的初步结果。这种技术目前还处于测试阶段，所以我们同时还要用传统方法对这些骨骸进行检测。但是，这肯定是她的遗骨，克莱尔，我们已经找到艾米了。"

这一残酷的现实让道格再也无法忍受了，他转身离开众人而去。克莱尔看了看尼克，然后向她的这位新朋友追了上去。

"怎么了？"她追上他问道。

等他转过身看着她的时候，他的眼睛里已经满含着泪水。

"对不起，实在是对不——"

他扭过头去，不想让克莱尔看到他哭泣。

"如果没有你的帮助，我们根本不可能找到这里。"她对他说道，"你不必为此感到羞耻，我们也不会告诉任何人杀害艾米的人就是你父亲。"

道格极力忍住自己的泪水。这时，尼克突然出现在他们身旁，他伸出手搂住了道格的肩膀。"来吧，朋友，"他真诚地对他说道，"你要是愿意，乘现在新闻采访车还没有到，我带你离开这儿。"

然而，这位连环杀手的儿子却摇了摇头。

"不，"他突然十分坚定地说道，"我必须面对这一切，否则总有一天他犯下的罪行会把我也杀死。"

尼克看着道格，心头又增添了一分对他的新的尊敬。"你还是到树荫下去，坐下来休息几分钟。"他说。

"好的，"道格回答说，"我去休息一会儿。"

他心怀感激地看了看尼克和克莱尔，然后转身向树林走去。

看着道格走到一棵高大的橡树下坐下来以后，尼克对克莱尔说道：

"我过去对你们心理医生的看法确实错了。"克莱尔微微一笑,自从第一次见面以来,两人已经经历了无数难以置信的事情,想到此她就感到很感动。尼克继续道:"人们都说你是一个英雄,这你知道吗?"

"我才不想成为什么英雄,"她说着把目光转向了树林中的犯罪现场,从两个技术人员的身体中间,她看到了那名女验尸官,只见她用一只戴着乳胶手套的手从地上捡起了一个粘满泥土的东西。

克莱尔看出来了,那是一个头骨。

艾米的头骨。

这一幕犹如利剑穿心,让她感到痛彻肺腑,止不住的泪水夺眶而出。但是,与此同时她心中又感到一阵欣慰,这也是喜悦的泪水。

"我不想成为什么英雄,"她再一次对尼克说道,声音不禁有些颤抖,"我只是想让她得到一个体面的葬礼,这些年来我一直想把她带回她父母的身边。"

"你希望了结这个陈年谜案,"尼克说着伸出手臂搂住了她的肩膀,"现在,你做到了。"

"你准备好了吗?"克莱尔大声问道,"我们该走了,再不走你就要来不及了。"

克莱尔坐在父母家厨房里的餐桌旁,手里拿着车钥匙,等待着尼克从楼上下来,好把他送到机场去。她一边等待,一边翻看着道格交给她的那份彼得·刘易斯的法庭诉讼程序记录。

"马上就下来。"尼克有些模糊的声音从二楼传来。

自从找到艾米的遗骨到现在已经五天了,DNA检测也证实了遗骨确实是艾米的。克莱尔终于找回了久违的轻松心情,每天早晨醒来时积郁在心口的疼痛感也随之消失了。

在过去的几天里,他们一直忙于向各有关政府机构陈述案情和接受媒体的采访。对警方来说,正是因为有了克莱尔的帮助,罗切斯特史上时间最长也最棘手的一桩儿童失踪案终于得以结案了。

当DNA检测结果确认了艾米的遗骨以后,克莱尔立即陪同哈特一起来到了艾米的父母家。当两位老人在家门口看到克莱尔的那一瞬间,就知道他们终于可以了却多年来心中的不安了。艾米的母亲一把把克莱尔拉进自己的怀里,抚摸着她的头发,就好像她终于同自己失散的孩子再次团聚了。克拉尔告诉他们说,艾米的遗骨已经找到,杀害艾米的凶手已经被判终身监禁,再也不会危害他人了。在艾米的葬礼上,克莱尔还根据艾米父母的意愿发表了简短的讲话。对她来说,这个案子已经完美地了结了。

然而,一个又一个发人深省的消息相继传来。对道格·刘易斯提供的DNA样本,以及克莱尔探监时抓伤彼得·刘易斯后留在指甲内的皮肤细胞样本进行DNA检测后,使得美国其他一些州多年未决的诸多女童凶杀案也得到了解决,案发地涉及凤凰城、旧金山和新奥尔良。从已知的情况看来,被刘易斯残杀的女童名单还会继续增加,各地警方纷纷对彼得·刘易斯发出了逮捕令,亚利桑那州、加利福尼亚州和路易斯安那州的州长先后向美国司法部提出了把刘易斯引渡回美国接受审判的要求。

遗憾的是,加拿大政府却拒绝合作,其原因并不是刘易斯向克莱尔声称的那个他同加拿大政府之间达成的不引渡回国的协议,而是因为加拿大的法律禁止将引渡后可能被判处死刑的罪犯引渡回国,而亚利桑那州、加利福尼亚州和路易斯安那州的现行法律恰恰都有对罪大恶极的罪犯判处死刑的条款。

克莱尔意识到，把刘易斯引渡回美国受审的愿望恐怕永远无法实现了，但是她本人至少可以为找到更多受害人的遗骨而提供帮助。于是，这几天她一直在仔细研究从道格·刘易斯家的地下室拿来的数百页法庭诉讼程序记录，希望能够从中找到其他失踪女童尸体的线索。

但是，当尼克下楼的脚步声传来的时候，她刚刚得出了一个结论：这份法庭诉讼程序记录不过是例行公事，其中并没有更多可供参考的线索。

"运气如何，找到什么线索没有？"尼克问道。他刚刚走进起居室，把他的小行李箱放在了地上。

"我的希望看来要破灭了。"克莱尔回答说，她的视线仍然停留在眼前的法庭诉讼程序记录上。"这里面都是一些法律上的官样文章，关于认定刘易斯精神错乱的要求——或者加拿大法律上类似的规定——以及传唤检方——"

"传唤检方的什么人？"尼克问道。

但是，克莱尔却没有回答。他抬头向她看去，只见她瞪着双眼死死地盯着桌上的法庭诉讼程序，满脸流露出非常震惊的表情。

"怎么了？有什么问题吗？"尼克警觉地问道。

"你来看看这个吧，"克莱尔回答道，"该不是我脑子里产生幻觉了吧。"

尼克急忙走进厨房，来到克莱尔所在的餐桌旁，同时拿出一副老花镜戴上。她用手指着法庭诉讼程序中的一段文字，他弯下腰看了看。

这一看，尼克自己也禁不住瞪大了眼睛。他惊叹道："噢，我的天哪！"

在加拿大对刘易斯凶杀案的庭审过程中，检方传唤了一位心理医生出庭作证，以证明彼得·刘易斯的精神状况完全适合接受审判。尼克读出了这位心理医生的名字：

保罗·科廷医生。

第二十五章

克莱尔坐在"空中客车A320"的舷窗旁，眺望着窗外机身下一大片丝状的浮云。*这云就好像一个巨大的蜘蛛网*，她想。她最好的朋友艾米·丹佛斯的整个离奇故事也已经变成了这样的一个蜘蛛网，而盘踞在这个蜘蛛网中心的"蜘蛛"就是她的导师保罗·科廷医生。

克莱尔现在知道了，是科廷提供的证词把彼得·刘易斯关进了加拿大的监狱并终身不得保释。正是这个彼得·刘易斯承认他在1994年强奸并杀害了一个小姑娘，也正是这个彼得·刘易斯曾经化名温斯洛先生杀害了艾米·丹佛斯。她之所以现在要同尼克一起坐飞机飞回纽约，就是想当面问一问科廷为什么会发生这些奇怪的事情。这件事仅仅打一个电话是不够的，因为当她要科廷对这件怪异的巧合做出解释的时候，她还必须看到他的表情。

说到底，这不过是一个怪异的巧合，对吗？难道不是吗？

克莱尔的脑子里一直在不停地翻腾，她必须找到一个重要问题的答案：科廷是怎么牵扯到这个案子中去的？她突然发现，机身下的云彩表面似乎出现了一些人的面孔，有扎着马尾小辫的艾米，有咧嘴冷笑的刘易斯，有让她爱恋而渴望的伊恩，还有怒气冲冲的昆比。

渐渐地，云彩变得稀薄进而彻底消失了，克莱尔眼前展现出一望无际的清澈蓝天。"嘿，我说……克莱尔，克莱尔。"尼克对她说道，想把她的注意力从沉思中拉回来。

克莱尔扭过头，一脸茫然的神情。"什么事？"她问道。

"自从飞机起飞到现在为止，你一直在望着窗外发呆。"

她深深地叹了一口气，带着难以确定的口气问尼克："这只是一个巧合，你说是吗，尼克？"

"肯定是一个巧合，"尼克回答，"当人们对一个像彼得·刘易斯那样的魔鬼提起诉讼的时候，肯定会把这个行当中最杰出的心理医生请来作证。"

"我想，你说得有道理。"克莱尔说，虽然她的话听起来像是已经释怀，但是内心却依然十分怀疑，"他确实为数百起凶杀案提供过证词。"

尼克心照不宣地看了克莱尔一眼。这几周来，两人一直在一起工作，看看克莱尔的表情就知道她现在又处在心口不一的矛盾状况之下。每当这个时候，她的脸上就会泛起一阵红晕，眼睛就会眯起来、目光凝重。

"你不妨想一想这个问题，"尼克继续道，希望以此让她感到宽心，"科廷怎么可能通过刘易斯的案子知道你这个人？你的名字根本就没有出现在那份法庭诉讼程序里。"

克莱尔微笑起来，看着他想道：*他对我真是太了解了。*

"听着,如果有我在能让你感觉好一些,那么我可以跟你一起去见他。"尼克主动说道。

"那样一来,整个事情就会变得极具官方色彩,就好像我们在怀疑他做了什么见不得人的勾当。"

"你不就是对他有所怀疑了吗?"尼克说着俯身向她靠近,两人的脸几乎就要碰到一起了。

"并不完全是,我只是想看一看他会有什么反应。"

尼克微笑道:"这么说,你已经决定给他打电话,约一个面谈的时间?"

"不,"克莱尔回答说,"我要出其不意地出现在他面前,让他猝不及防。"

"谈完之后,你会立刻给我打电话。"尼克说道,那种口气使她感觉到她不得不遵命。

克莱尔默默地点了点头,心想:*我们仍然同舟共济。*

克莱尔穿着在飞机上那条牛仔裤和那件浅蓝色衬衣走进了曼哈顿城市医院的大门。她急于马上赶去科廷的办公室,根本没有时间换衣服,甚至在匆忙离开罗切斯特时也没有想过到纽约后该住在哪里。

她直奔精神科而去,一边走一边看了看表:现在是下午四点二十七分。她抬起头来,正好看到前方走廊站着一位她在科廷研究项目中的同事,他正在填写一份表格。*查房马上就要结束了,*克莱尔想,*这就意味着科廷很快就会回他的办公室去。*

这时,远处又有另一位同事向她所在的方向走来,她立刻拐进了另一条走廊,躲开了他的视线。她知道,她跟警方一起最终锁定彼得·刘易斯就是杀害艾米的真凶的消息早已经在纽约的新闻媒体上传得沸沸扬扬,她现在不能被她的那些同事们看见,否则他们会缠着她问这问那,几个小时也无法脱身。当然,她并没有对他们不恭的意思,因为作为他们之中的一员,她在仅仅几周的时间里就帮助警方锁定了两个重大连环杀人案的凶手,如果说托德·昆比系列杀人案的成功终结使她成了一个不大不小的明星的话,那么刘易斯一案的成功告破无疑已经使她成为同行眼中一颗耀眼的明星。

她完全能够想象到他们肯定会向她提出的那些问题:当你审问一个差一点儿就谋杀了你的男人时,心里是什么样的感觉啊?你当时感到恐惧吗?你有没有觉得自己就像一个受害者?在那种场合下,你还能同他保持一个心理医生应有的职业距离吗?

克莱尔突然意识到自己已经来到了科廷办公室所在的走廊里,她刚才又陷入了忘我的沉思,不过好在有一股无形的力量像一块巨大的磁铁一般把她引向科廷的办公室。她慢慢地拧动了科廷办公室的门把手,心中依然没有想清楚到底是什么原因促使她一定要来这里同她的导师对质。我到底想在这里得到什么东西呢?

科廷的助理邦妮正坐在电脑前,像往常一样神情迷茫地看着电脑显示屏。这时,她听到了门打开的声音。她抬起头,看着克莱尔走进门,望着她看了一会儿才突然认出来。

"是你?你又回来工作了?"邦妮用她浓厚的布朗克斯口音问道,她话中的质问口气始终让克莱尔觉得紧张。

"是啊,不过就今天一天。"她回答说,"科廷医生在吗?"

"对不起,亲爱的,"邦妮回答说,语气变得温和了,"他星期二得了感冒,一直在家休息,结果他的日程现在弄得一团糟。"她说着用手指了指她的电脑显示屏,"我正在为他取消这个星期的所有约会。"

克莱尔感到很惊讶,科廷喜欢自我夸耀的事情之一就是他从来没有因为生病而耽误过一天的工作,而且实际上他的绝大多数同事在这个问题上都无法同他相比,因为这个家伙曾经是一个三项全能运动员,身体素质历来非常好。对克莱尔来说,科廷因病不能工作确实是她万万没有想到的。

"哦。"克莱尔淡淡地说道。

邦妮带着不无遗憾的目光看了她一眼,接着道:"你一路从纽约州北部跑到这里来,该不是想给他一个什么突然袭击吧?"

"不,"克莱尔没有据实相告,"我今天正好在纽约市里,所以就想顺便过来看看。"

"你知道吗,"邦妮说,脸上出现了一丝羞涩的微笑,"我们都听说了你在那边干的那件事,就是那个杀害女童的连环杀手的事。科廷医生听说这件事情以后对你赞不绝口,不过你别告诉他是我跟你说的。"

邦妮的话使克莱尔感到意外,看来科廷还有她并不了解的一面——或者说他有意在自己的学生面前隐藏起来的一面。

"太遗憾了,否则他今天一定会亲口告诉你的。"邦妮惋惜道,"一定要预约才行。"

克莱尔忍不住笑起来,她对邦妮说道:"我也知道。那么,你认为本周之内他还有可能来上班吗?"

"一小时之前我刚刚和他通过电话,听起来他仍然病得很厉害,"邦妮回答说,"不过,如果你下周还来,我可以先为你安排一个时间。"

"那么,我看看能不能在这里一直待到周末。谢谢你,邦妮。"

克莱尔说着转身向门外走去。

"嘿，别着急啊。"邦妮在她身后喊道，她不得不停下脚步转过头来。"你离开之前也没有给我留下你的新地址。"她晃晃悠悠地从椅子上站起身来，一看就是那些常年坐着工作的人的模样。她伸手从一个文件柜里抓起几封信和一个大牛皮纸包裹递给她。"这些都是你……离开之后收到的，我一直替你收着呢。"

克莱尔从邦妮手中接过信件和包裹，低头看了看包裹上的地址，寄件人的地址立刻引起了她的注意——那是一个位于纽约贝德福德的邮政信箱。

贝德福德，塔米·索伦森的父母不正住在贝德福德吗？

不过，很快她就明白了这是怎么回事儿。

这个包裹一定是塔米的医生寄来的，里面肯定装的是塔米的医疗记录。

她的心情立刻又变得激动起来，但是表面却依然装出一副若无其事的样子。

"好吧，"克莱尔对邦妮说，"我还是在城里多留几天吧，不然也很难见到他。你能把我安排在下星期一吗？"

"今天才星期三，我想下星期一他无论如何也该来上班了。"邦妮扭头看着电脑显示屏，开始键入克莱尔与科廷医生见面的时间。"那么，就定在星期一上午十点钟吧。"

"那就星期一见，"克莱尔对抬起头得意地看着她的邦妮说道，"谢谢你，还要谢谢你替我保存这些邮件。"

克莱尔住进了纽约"新阿姆斯特丹旅馆"的一个小套间，房间虽然不算大，但是却带有一个小厨房和一间小起居室，而最重要的是房间十分干净。离开纽约之前，她已经放弃了自己和伊恩住过的那套公寓房，在目睹了伊恩惨死的恐怖场面之后，她再也不想回到那里去了。下午离开曼哈顿城市医院后，她匆匆忙忙地找到了这家旅馆，然后立刻住进了房间里。现在，她正一边翻看邦妮交给她的那些信件，一边吃着一块奶油吐司，心中不免又想起了伊恩。过去，每天早晨都是他为她准备好吐司，那也是她最喜欢的食物之一。伊恩做的吐司不仅味道好而且吃起来十分松脆，所以现在每当她吃吐司的时候就会想起自己同伊恩一起度过的那些美好时光。

那些信件都是她不感兴趣的东西，不外乎是一些例行的提醒或通知一类的邮件，而且已经过期了，除此之外就是制药公司广泛发送的新药广告。她真正想看的东西只有那个包裹中的塔米·索伦森的医疗档案，在打开包裹之前她要先把那些没用的信件都清理掉。她把它们一一撕成两半扔进了纸篓里。

她突然觉得自己很可笑，自从昆比企图谋杀她开始，紧接着伊恩遇害、昆比溺毙，再往后她又带着巨大的心理压力寻找艾米的遗骸，一件接一件惊心动魄的事情使得她全然忘记了自己曾经请求过塔米的母亲把她女儿的医疗记录送给她看。直到今天，她仍然渴望解开发生在塔米身上的这个医学谜案：患有晚期淋巴瘤且已经站在死亡边缘的塔米·索伦森，为什么还能继续保持着活跃甚至是过度活跃的性生活？

然而，如果说她希望在这份医疗档案里找到她所需要的答案，那么其结果不仅使她感到非常失望，而且非常震惊——这并不是因为档案中记载的内容让她感到震惊，而是因为档案中应该有却*根本没有的内容*让她感到震惊。在塔米的医疗记录中，除了普通和定期的身体检查，结果显示她的健康状况一切正常之外，丝毫没有关于癌症或其他重大疾病的医疗记录。克莱尔一直看到了记录的最后一页，发现塔米最后一次看病是因为得了干草热，而且时间是在她死之前的三个月，档案里根本没有提到她患有淋巴瘤，而且在她死前两个月为她进行投保前健康检查的医生也没有发现任何异常情况，对她的健康状况给出了有利于人寿保险的结论。

她对这一切感到难以置信，因为任何一个即将死于淋巴瘤的病人都会在体检中发现膨大而坚硬的淋巴结，塔米的医生怎么可能没有发现她身上如此严重的疾病，或者说发现了却丝毫没有记录在她的医疗档案里？那么，唯一的解释只有一个：这个医生根本就不知道塔米患有淋巴瘤这件事情。

也就是说，一定有另外一个医生在对塔米进行治疗。但是，那个医生为什么没有把如此严重的病例报告给肿瘤登记处呢？

她再次仔细翻看了一遍塔米的医疗档案，确信自己没有漏掉任何相关的记录，于是心烦意乱地合上了档案，由于用力稍大了一点儿，一份文件从档案夹中飞出来落到了地上。她很生自己的气，弯下腰把它捡起来。就在这个时候，她突然看到其中一页纸的下端用曲别针别着一张纸条，纸条上显示的日期是两个星期之前，上面写着一个电话留言：*给查尔斯·赛奇维克博士回电话*，下面留有一个电话号码。

克莱尔从口袋里拿出自己的手机，拨通了留言中的那个电话。

很快，从电话另一端传来自动应答的声音："你拨打的是拜欧法利克斯生物制药公司的电话，现在是我们公司的休息时间，请在正常工作时间再来电——"

克莱尔按断了电话，已经惊讶得目瞪口呆。*拜欧法利克斯生物制*

药公司，那不正是塔米工作的地方吗？她想，这个情况绝不可能是一种巧合。

她从手袋里拿出一台iPad，进入谷歌搜索引擎，然后键入了"拜欧法利克斯生物制药公司"和"查尔斯"，按下了回车键，显示屏上立刻出现了一长串搜索结果。

她点击进入页面上的第一个网址，发现这是该制药公司官方网站上有关赛奇维克的正式履历。她一边阅读这份履历，一边情不自禁地想：这个人的资历真是无人能及。赛奇维克是一位著名的分子遗传学研究员，拥有耶鲁大学颁发的医学博士和哲学博士两个学位；他在世界各国的诸多著名刊物上发表过许多论文，其主题都是关于致癌基因的——当人类细胞中的基因发生突变时就可能导致癌症——除此之外，他还是拜欧法利克斯生物制药公司的首席执行官。

他具有治疗癌症的专业知识，克莱尔想，一定是他一直在为塔米的淋巴瘤进行治疗，并且很有可能使用的是一种实验性抗癌药物。

她知道得很清楚，许多绝症患者为了不放过最后的一线希望，会向医药研究人员求助，如果自身符合某些特定的条件，他们就能免费得到实验性药物的治疗。这属于第二期药物实验的内容，实验的目的是为研究人员提供其新药在疗效以及副作用等方面的数据。这种药物实验常常能延长患者生命长达数月甚至数年的时间。

对拜欧法利克斯生物制药公司而言，塔米·索伦森无疑是一个十分理想的第二期药物实验的对象，而且她本人又在那里工作，对最新和最有前途的癌症治疗新药也非常了解。

克莱尔再次拿起自己的手机，拨打了她现在早已烂熟于心的那个电话号码。

"你好。"尼克一看到手机上显示出克莱尔来电的信息就立刻按下了接听键,"你怎么过了这么长时间才给我来电话?"

"我根本就没有见到科廷,"克莱尔连"你好"也不说就直接回答道,"他得了感冒,在家休息。不过,我得知了一个非常让人兴奋的信息,我需要你的帮助。"

拜欧法利克斯生物制药公司位于纽约长岛冷泉镇哈德逊河东岸一个突出部的北端,在曼哈顿以北约八十八公里。公司总部是一幢现代化的玻璃大楼,在上午的阳光下熠熠生辉。大楼建在原来的一个开放公园上,显得十分突兀,修建时曾经遭到当地居民的强烈反对,但是当地的政客们终究抵挡不住这个高科技、高税收企业的诱惑,还是允许其在此落了户。

尼克和克莱尔在接待人员的陪同下进入主楼前的玻璃长廊,长廊外迷人的哈德逊河尽收眼底,在河对岸略微靠南的地方可见美国陆军引以为豪的西点军校。他们脚下是透明的玻璃地板,一股清泉从地板下涓涓流过,注入哈德逊河。整个长廊由钴蓝色的桁架支撑在地面之上,使尼克和克莱尔产生了一种空中行走的奇妙感觉。

赛奇维克的办公室位于整座综合大楼的中心,当他们走近这个中心区域时,克莱尔发现这里也是公司实验室的所在地。实验室的四周向外伸出多个封闭的玻璃走廊,同大楼的各个区域相连接。在克莱尔眼里,这个奇特的格局就好像一条伸展出触须的硕大无比的章鱼,而她现在已经来到了章鱼的心脏。

当他们走到赛奇维克的办公室外时,他已经站在那里等候着他们的到来。赛奇维克中等身材、体态匀称,脑袋上的头发已经所剩无几。显然,为了掩饰即将秃头的窘境,他在自己头顶前部种植过头发,但是不知何故,植发却过于稀疏,看起来不免显得滑稽。像他这样富甲一方而又爱慕虚荣的人,克莱尔想,真的应该找一个高手为自己植发。

赛奇维克伸出手,分别同两人用力地握了握。"纽约的警察远道而来有何贵干啊?"他带着友好的微笑向尼克问道。

"我们对你手下的一个雇员感兴趣。"尼克也同样带着友好的微笑回答道。

听到尼克的回答,赛奇维克脸上的微笑一下子消失了。他问道:"你说的是塔米·索伦森吗?真是一个可怕的悲剧。"

"你指的是她被人谋杀的事还是她所患的疾病?"克莱尔不动声色地问。

"什么疾病?"赛奇维克反问道,脸上流露出疑惑不解的神情,"我只知道你们已经抓到了杀害她的凶手,你的意思是她还得了什么病?"

"她当时已经病入膏肓,"克莱尔回答说,"即使没有被人谋杀,她也不久于人世了。"

克莱尔和尼克仔细观察着赛奇维克的反应,只见他后退了一步,好像要远离这个可怕的消息。

"我对此一无所知,"他说,"她为什么没有告诉我呢?"

"这么说,你并不知道她患有霍杰金氏淋巴瘤?"克莱尔进一步追问道。

"不知道。如果我知道,我会让她得到最好的治疗。不过,这件事倒是说明了一些问题。"

"什么问题?"尼克问道。

"有一天,她突然就不来上班了,没有向任何人请假。因为她在我的实验室里工作,而且我们的关系很密切,所以我曾经试着把她找回来,但是却出现了问题。"

"你们的关系有多密切?"尼克问道,其含义已经十分明显,"我相信,她的男朋友可不少。"

"我们之间纯属工作关系,"赛奇维克直言不讳地回答,"我给她的父母打了电话,他们告诉我说她到外地休假去了。听到这个消息我有些为她担心,因为她的假期早就休完了,这个说法讲不通。"

"你为什么没有通知警方?"克莱尔问,这是她设下的一个陷阱。

"我通知了,但是警方说如果她父母已经确认她外出休假去了,那么她就并没有失踪。于是,我又从雇员档案中找到了她医生的姓名和电话,打电话询问她的健康状况,我只是希望确认她是否突然病倒并住进了某家医院。"

*这就解释了她在塔米·索伦森的医疗档案中发现那个电话留言的原因,*克莱尔想。

"她后来给你回过电话吗?"尼克问道。

"没有。我们一直不知道她到底出了什么事情,直到那天你们警察局的人给我们的人力资源部打来电话才知道她遇害了。好了,我今天的日程安排得非常满,"赛奇维克对他们说道,"你们还有其他事情需要我提供帮助吗?"

"是的,"尼克回答,"还有最后一个问题:你现在还做研究吗?"

"这里的*所有*研究工作都是在我的监督下进行的,"赛奇维克不耐烦地回答,"但是,如果你说的是我是否亲自从事某个具体课题的研究的话,那么回答是否定的,因为我根本没有那个时间。"说完,他打开了自己办公室的门,"实在对不起,我现在必须走了。如果你们还有其他任何需要,请尽管给我打电话。"

"谢谢你抽出时间见我们,医生。"克莱尔话音未落,赛奇维克已经急匆匆地走进了他的办公室,把尼克和克莱尔扔在了宽敞的玻璃走廊里。

"他在撒谎。"尼克对克莱尔说道。

"你想说什么?"克莱尔不解地问道。

"这个混蛋身上有一股苦杏仁的气味,跟昆比杀害的那些女人身上的气味完全一样。"

"噢,我的天哪!"克莱尔惊叹道,"这回不知我们又要陷入什么麻烦之中了!"

第二十六章

尼克一头冲进警队办公室里,他已经两个星期没有上班了。坐在办公桌前的托尼·萨瓦雷斯抬起头,对他大声喊道:"嘿,伙计,你回来了?见到你真高兴。"

"我也很高兴。"尼克心不在焉地应付了一句,直奔自己的办公桌。昆比一案的部分调查材料仍旧摆放在他的办公桌上,旁边放着那七个厚厚的各种颜色的档案夹,每一个代表着昆比犯下的一桩谋杀案。

直到今天上午之前，他还一直认为昆比的案子已经了结了。

他在办公桌前坐下来，开始迅速而仔细地把桌面散乱摆放着的材料一一放进相应的档案夹里，他准备过一会儿就把这些档案放到他那"雪佛兰黑斑羚"警车的后备箱去。如果有人问他这是干什么，他会说他准备把这些档案送到纽约警察局在皇后区那幢巨大的证据档案馆去。所有案件结案后，档案材料都要送到那里保存起来，对吧？昆比涉及的七个案子不是结案了吗？所以这些档案也该送去了。

去他妈的，结什么案！这件事还远远没有了结。

尼克并没打算把这些案卷送到皇后区去，而是要把它们直接带到克莱尔所在的那家旅馆的房间。严格地讲，他这是犯罪行为——偷窃警方官方文件和证据。

在过去差不多一年的时间里，他一直被人怀疑谋杀了自己的妻子，而这完全是莫须有的罪名，但现在他却是知法犯法，冒天下之大不韪、冒着失去整个警察生涯的危险，偷走了这些犯罪档案，这难道不是极具讽刺意味吗？不过，他也想通了，一旦曼戈尼医生说到做到，把他的病情通报给纽约警察局，他的事业同样也是要完蛋的。

尼克盯着被昆比谋杀的七个受害人的案卷想了想，最后把昆比的案卷放到了七个案卷的最上面。他一直沉浸在自己的思绪里，完全没有发现有人已经来到了他的办公桌旁。

"你终于回来了，好啊。"维尔克斯警督对他说道。

尼克抬头一看，才发现老板已经来到了他的面前。维尔克斯穿着全套警督制服——鲜亮的蓝色上衣，铜纽扣、金黄色绶带和胸膛上彰显着他从警业绩的多枚勋章。

"今天要到警察局总部去见大老板吗？"尼克问道。

"你从来不看别人发给你的语音留言吗?"维尔克斯反问道,很显然这次他比以往都更加生气。

尼克赶紧掏出手机看了看,共有四个语音短信,他立刻对维尔克斯说:"实在是对不起。"

"我还给你家里打过电话,"警督接着道,"你知道你母亲是怎么对我说的吗?她告诉我说你不在纽约城里,正在外地办理一桩什么案子。你就是这么休假的吗?"

尼克不得不暗暗叫苦:*真倒霉!* 离开纽约时他对母亲说的是实话,告诉她说他要到纽约州北部帮一位朋友处理一个案子。

"我只是给一个朋友帮个忙,老大,"尼克轻描淡写地回答说,"在幕后出出主意什么的,没人知道我的名字,所以也不会引发任何问题。"

确实,在寻找艾米·丹佛斯遗骸的事情上,他一直很低调,尤其是注意避免媒体的关注,让人们把注意力和赞扬都集中在克莱尔身上。在这件事情上,艾尔·哈特是他的搭档,深知尼克这个时候必须隐身于幕后,因为从技术角度上讲,即使是在休假期间,他也不应该私自参与这个案子。

"好吧,只要这件事情不把我牵扯进去,我就饶了你。"维尔克斯说,"现在,你马上去换衣服,我们一起到市中心去。"

"到市中心去干什么?"

维尔克斯用那种神秘莫测的眼光看着他,使尼克丝毫猜不透他的用意。

"我来给你介绍一下情况吧。我们——主要是*你*——刚刚成功地侦破了一个连环凶杀案,而这个案子虽然说不上千年难遇,但却是近十年来最大的凶杀案。你收到却没有看的那些语音短信都是总部发给你的,命令你今天下午到总部去,并且身穿全套制服,我昨天晚上也收到了内容相同的短信。"

尼克已经完全明白了这意味着什么,干他们这行的每一个人都一听就明白。

他抬头望着维尔克斯,维尔克斯则再也无法抑制心中的喜悦之情,笑哈哈地说道:"我马上就要扛上警监的肩章了,尼克,而你马上就要成为一名一级警探了。"他向尼克伸出一只手,"特此祝贺!"

尼克握着老板的手,已经惊呆了。要知道,成为一名一级警探是纽约警察局每一个警探的梦想,一旦获此殊荣,他就成了整座纽约城精英中的精英。一级警探不仅可以选择自己想办的案件,而且通常拥有指挥权,除此之外,一级警探的薪金水平也跟警督一样高。然而,尽管如此,尼克却怎么也笑不出来。

"你他妈这是怎么回事儿?"维尔克斯假作怒容,"你他妈现在是这座城市的大红人了,局长要是有这个权力,肯定会加封你为骑士的。我当时是冒险重新起用了你,你的表现也确实为我们争了气,使我们警队里的每一个警探都官升一级。尼克,看在上帝的分儿上,你应该感到高兴才对,这是你应得的奖赏。"

尼克只能低下头看着办公桌上的八个案卷。*如果我告诉你托德·昆比并不是杀害那七个人的真凶,或者告诉你我马上就要变成一个瞎子了,你还会这么说吗?*

现在,他怎么能欺瞒维尔克斯呢?对这样一个实际上挽救了自己的事业甚至也挽救了自己生命的人,他难道都不能给予充分的信任吗?

他抬头看向这位警督,身穿笔挺蓝色制服的维尔克斯稍稍歪了一下头,过去他在尼克的脸上也看到过现在这种表情。

"怎么回事儿,尼基?"他问道。

"老板,"尼克十分严肃地回答道,"我们到你的办公室里谈吧,我必须告诉你一件非常重要的事情。"

十五分钟之后,坐在自己办公桌前的维尔克斯终于目光凝重地抬起头来,看他那副神情就好像被人当头打了一棒。

"你能肯定吗?"他向尼克问道。

除了自己即将失明的事情之外,尼克已经把一切都向维尔克斯和盘托出了,包括他怀疑查尔斯·赛奇维克博士同塔米·索伦森的死有牵连的问题。

"这怎么可能呢?"维尔克斯问道,越来越感到了问题的严重性。

"我在他身上闻到了一股苦杏仁的气味,而在昆比的大多数受害人身上都有这种气味。"

"也有另外一种可能性,昆比是否可能有一个同谋?"维尔克斯问道,他对尼克的分析仍然有些怀疑。

"有可能,"尼克回答说,"我现在也不知道所有这些疑点之间到底存在什么样的关系,但是我对上帝发誓,我一定要把答案找出来。"

"尼基,你这些话像是痴人说梦,知道吗?"警督提醒他说。

尼克心里明白他的老板真正担心的是什么。维尔克斯是一个地地道道的政客,为了保住自己在纽约警察局的警督位置,他的这种担心是必不可少的。如果尼克刚才告诉他的那些都是事实,那么他警局里的每一个人都将被视为不称职的警察,更有甚者会把他们看做一帮彻头彻尾的低能儿。正因为尼克深知其利害关系,所以才不得不说出了下面这段话：

"你看，刚才你自己也说过，你是冒着极大的风险让我重返凶案组工作的。我刚才说的话到此为止，仅限于你我之间，出了这间办公室的门我们就把它彻底忘了，一切照旧。"

维尔克斯看着尼克的眼睛，想了想这个建议，然后又问道："那么，克莱尔·沃特斯怎么办？"

"克莱尔·沃特斯欠我的情，我在纽约州北部帮助她寻找杀害她朋友的凶手和被害人的遗骸，成功地侦破了那个多年的凶杀案。所以，我要是请求她为我做什么事情，她肯定无所不从。"

就这样，他为自己的老板找到了一条出路，维尔克斯略微想了想，随即做出了决定。

"我们这样做，"警督十分谨慎地对他说道，"你现在回家去，把警服穿上，然后立刻赶到警察局总部去，让他们先把提拔我们的事情搞定。"维尔克斯停顿了一下，想了想后面的话该怎么说，"然后，你就带上你办公桌上的那些案卷，再带上那个心理医生，从我们面前彻底地消失。"

这正是尼克内心里想要说出来的办法。布莱恩·维尔克斯虽然是个性格复杂的人，但却绝不是一个胆小怕事的家伙。

"你能给我多少时间？"尼克问道。

"我给你三天的时间，一切都必须秘密地进行。在这期间我会为你打掩护，告诉别人你要多休几天假。三天后你必须给我带回来一些证据确凿的东西，让我能够使局长相信昆比不是唯一的杀人犯，而是冰山的一角。你要是做不到，尼克，那我们就只能像你刚才所说的那样，让这个案子从此盖棺论定。"

"我们决不能让这个案子就这么盖棺论定。"克莱尔一边说,一边走到一台电脑前坐下来,然后打开了电脑的电源开关。

"你先冷静下来,"尼克说道,"我们有整整三天的时间。"

两人现在正在克莱尔的旅馆房间里,心里都明白要在三天的时间内把如此错综复杂的事情调查清楚是十分困难的。为了抓紧时间,尼克参加完纽约市警察局总部的嘉奖仪式后便立刻赶到了这里,连身上的蓝色制服都没有换下来。

"你穿上这身礼服看起来很帅。"克莱尔冲他微笑道。

"从来没敢想过我还能当上一级警探。趁现在事情还没有败露,我还是享受一下这个荣誉为好。"尼克回答说。

克莱尔知道,他所说的"事情"是他即将失明的眼睛。"尼克,如果你想就此罢手,我完全能够理解。"她告诉他说,但是她心里很清楚他是绝不会就此罢手的。

"我们从哪儿入手?"尼克回答道,根本没有理会克莱尔提出的问题。

"从苦杏仁气味入手,"她说,"这是我们已知的赛奇维克和昆比之间的唯一联系,你在昆比的几个受害人和赛奇维克身上都闻到了这种气味。"

"而且,我是唯一一个闻到这种气味的人。"尼克补充道。

"因为从他们身上散发出的这种气味十分微弱,只有个别嗅觉高度灵敏的人才能察觉出来。"

"你的意思是说,像我这样即将失明的人嗅觉就会变得格外灵敏。"

这正是克莱尔的意思,但是她不想那么说,不忍心触及他的痛处。

尼克从她脸上看出了她的想法。"你尽管直说无妨,"他对她说,"我又不是不知道我即将失明。"

"对不起。"她说。

"那么,"尼克继续道,"现在我们必须解决的第一个问题是,赛奇维克身上为什么会有一股苦杏仁的气味?"

克莱尔在谷歌搜索引擎里输入了赛奇维克的名字,然后回答说:"我来找一找赛奇维克目前的研究项目都是什么,看看里面会不会涉及某种具有苦杏仁气味的东西。"

"会不会是氰化物?"尼克问道。

"验尸官在尸检时都做过毒物检测了,并没有发现氰化物的痕迹。"克莱尔分析说,"依我看,应该是他在试验中使用的某种试剂或者化学物品。"

尼克站在她的身后,从她肩膀上方看着电脑显示屏,问道:"他是耶鲁大学医学院的教师吗?"

克莱尔打开了尼克说的那个链接看了看,然后告诉他说:"不是,他去耶鲁参加了一个学术会议并且在会上作了发言。"

"发言的内容是什么?"

"细胞凋亡。"克莱尔简单地回答道,她并不想深究这个问题。

"那到底是个什么玩意儿?"

"也叫做程序性细胞死亡,"她抬头看着他解释说,"成年人体内平均每天有大约五百亿到七百亿个细胞死亡。"

"几百亿?"

"这是一个细胞自主清理的过程,是一种正常的生物学现象。人体通过细胞凋亡清除掉不需要或者异常的细胞,如果细胞凋亡机制失常,发生基因突变的细胞就可能形成癌症。"

"那好,但是这跟我们调查的这摊事有什么关系?"

克莱尔回过头去看着电脑显示屏,回答道:"赛奇维克的发言是关于他在治癌药物方面新近取得的一个突破。多年来,我们一直使用化学疗法对癌症进行治疗,而化疗实际上就是一种毒药,它同时也会杀死健康的细胞。如果人们能找到一种办法,把细胞凋亡的机制引向肿瘤细胞,那么……"

她再次抬起头看着尼克道:"我的天哪,就是它。"

"行行好,克莱尔,"尼克说道,"别忘了我不是一个医生。"

"我认为赛奇维克正在寻找一种可以在肿瘤细胞中激活细胞凋亡作用的药物,从而让肿瘤细胞自己杀死自己。"

"我关心的是这种方法同苦杏仁的气味有什么关系。"

克莱尔扫视了一下显示屏上的搜寻结果,很快就找到了她需要的东西。

"确实有关系。他使用了一种名叫*二硫苏糖醇*的化学药品,用它把肿瘤细胞中的蛋白质分离并隔离起来,"她告诉尼克说,声音里流露出越来越兴奋的情绪,"二硫苏糖醇就有一股苦杏仁的气味。"

尼克认为他找到答案了。"很可能昆比仍然是单独一人作案的,"他分析说,"你看,塔米·索伦森同赛奇维克一起在实验室工作,所以她的身体理所当然会沾染上苦杏仁的气味,对吗?"

"继续说。"克莱尔鼓励他说。

"当昆比迫害她并且在她死后给尸体穿衣服的时候,他身上也就自然地沾染上了这种气味。"

"有道理。"克莱尔说道,她急于听到尼克接下来的分析。

"很好。塔米是我们发现的第四个受害人,但是根据尸体剖检的结论,她应该是第三个被昆比谋杀的女人。验尸官说过,昆比很可能把塔米的尸体放在冰块上或者冷藏室里保存了两天,然后才把她丢弃在垒球场的场地上。"

"我听明白了。"克莱尔说。

"我们设想一下,假如罗斯对塔米死亡时间的判断差了一天会怎么样呢?"尼克问道,他指的是验尸官罗斯,"那就意味着塔米并不是第三个被昆比杀害的女人,而是第一个,对吗?"

克莱尔思考了一下尼克提出的假设,然后说道:"那么,这样就可以解释为什么苦杏仁的气味也出现在了其他女人的尸体上,因为昆比在那几天里仍然不断接触过塔米的尸体和她的衣服。"

"再说,罗斯判断失误并不是第一次了。"尼克说道。

克莱尔和尼克互相看了看,都感觉这个理论还缺少一个十分重要的环节,而这个环节是必不可少的。

"昆比同他的祖母住在一起,"克莱尔说,"我觉得就算他把塔米的尸体放在家里三分钟也是不可能的,更不用说三天了。"

"由于我们一直认为这个案子已经告破,所以根本就没有去寻找昆比可能藏匿塔米尸体的地方。"尼克回答说,"我们现在必须找到这个地方。"

然而,这个推论却开始让克莱尔感到有问题,她对尼克说:"我一直认为自己对昆比了解得十分透彻,而且始终相信他之所以杀害那些女人,是因为他无法控制自己内心的冲动。如果我的看法是正确的,那么把一具死尸藏匿三天之久就不符合他的行为模式。"

"你的观点也可能是错误的。"尼克随口说道。

"如果我错了,那就意味着我们的整个犯罪心理学理论都错了。"克莱尔回答,"我觉得,昆比可能是受雇于人而杀害了那些女人。"

"你是说雇凶杀人?"尼克大为惊讶地问道,"目的何在?"

"目的是掩盖他们在塔米·索伦森身上所干的某种见不得人的事情。"

"你刚才说的是'他们',我想你指的应该是赛奇维克。那么,你认为他们对她都干了什么?"

克莱尔用手指了指电脑显示屏,并特别用手指点了点"细胞凋亡"四个字,说道:"塔米患上了致命的淋巴瘤,我们已经知道赛奇维克正在研究如何让肿瘤细胞死亡——但是,如果我们换一种思路想想:要是他在试验中意外地找到了一种方法,不是杀死肿瘤细胞,而恰恰正好相反,是*激活*肿瘤细胞呢?"

尼克瞪大眼睛看着她,然后又眨了眨眼睛,问道:"你是说赛奇维克把塔米当成了实验用的小白鼠?"

"我不知道,"克莱尔回答,"也许,当初塔米发现自己得病后主动找到了赛奇维克求助——他毕竟是治疗癌症的专家——而他在对她进行治疗的过程中却出现了意外,反而促使她体内的淋巴瘤变得更加活跃和具有攻击性,以至于完全失去了控制。"

尼克扭头看着克莱尔,心跳加快了。"不管是什么原因造成的,其结果是赛奇维克对塔米的治疗反而加重了她的病情,所以他想掩盖这个事实,对吗?"

克莱尔点了点头,说:"否则,一旦事情败露他就会失去一切——整个拜欧法利克斯生物制药公司都将垮台。"

"所以说,我们是否可以出一个结论:那就是他雇用了一个人杀害了其他四个女人,以此让我们误认为是一个连环杀手杀害了塔米?"

"你的意思是说,就是他雇用了昆比?"克莱尔大为惊讶地问道,"你这个理论听起来真是太疯狂了,你知道吗?"

"只有这样才能解释昆比和赛奇维克之间的关系,也才能说明为什么他们两人身上都会带有那种化学药品的气味。"

"如果确实是赛奇维克雇用了昆比……"克莱尔话说到一半就不说了,转身拿起塔米案的案卷翻看起来。她从案卷中拿出两张DVD光盘,上面写着"红色夜总会"监控录像。"这些是塔米被害那天晚上那个夜总会里的监控录像,对吗?"她问尼克。

"其中应该记录着昆比用塔米的信用卡付账的行为。"尼克回答说。

"你看过这些录像吗?"

"没有,昆比死的时候我们根本还没有得到这些录像。"

克莱尔扭头环顾了一下整个房间,说道:"这里只有电视机,没有DVD播放器。"

"你想现在就看吗?"

"如果昆比确实出现在录像之中,我必须眼见为实。"她坚持道。

尼克叹了一口气。"那好吧,我现在先回家换衣服,一个小时之后我来这里接你。"他一边说,一边从口袋里拿出了自己的手机。

纽约警察局总部位于下曼哈顿,建于20世纪70年代,是一幢典型的野兽派风格的建筑,几十年来纽约的警察们一直对其冷嘲热讽,说只要走进这幢大楼,你就能立刻体会到什么是"野兽派"。

因为尼克名义上正在休假而且今天下午刚刚到这里接受过嘉奖，所以他现在极不愿意有人看到他再次出现在总部大楼里。但是，纽约警察局技术援助反应部拥有一个最先进的摄像实验室，于是他请求实验室的一位朋友到离总部大楼一个街区外的地方来接他和克莱尔，然后带着他们从大楼的地下停车库溜进实验室去。

"这样就没有人知道我们去过那里。"尼克行动前告诉克莱尔说。

尼克的这位朋友是汤姆·马霍尼警探，两人在无数案子的侦破工作中多次合作过，而且尼克还曾经在多年前帮过他一个大忙。当年他女儿还是一个十几岁的少女，却被一个邪教组织迷惑离家出走，是尼克亲自进行调查并将她解救出来，而这件事情对尼克来说完全是份外的工作。现在，这个姑娘早已长大成人，嫁给了一个投资银行家，并生下了两个孩子，一家人幸福地生活在纽约州的威斯切斯特县。因此，只要尼克·罗勒开口，汤姆·马霍尼就是赴汤蹈火也在所不辞。

"就这么点事儿？"马霍尼一边打开摄像实验室的设备一边问道，听起来对尼克提出的要求颇有些失望。"你只是想看一看这个DVD录像？"

"这就要看情况了，我们很可能还需要你把你那套绝活儿拿出来。"尼克回答说，"开始吧。"

马霍尼用手指点了一下仪器上那台电脑的鼠标，大屏幕显示屏上立刻出现了"红色夜总会"四个摄像头拍下的监视画面。其中一个摄像头安装在吧台的后面，尼克用手指了指那个摄像头的画面。

"你能把吧台的画面单独放大后显示出来吗？"他问马霍尼。

"很容易。"马霍尼像一位音乐大师一样灵活地操纵着鼠标，很快就把吧台后摄像头拍摄的画面迅速放大，占据了整个显示屏。

"太棒了,"尼克说,"现在请以双倍速度快进。"

马霍尼再次点击了一下鼠标。几秒钟后——

"在那儿!"克莱尔大喊一声,用手指着显示屏,"那就是他。"

"现在,请按正常速度播放,最好把画面再放大。"尼克对马霍尼说道。

"没问题。"马霍尼说着把画面放大并增强了显示效果,很快昆比的脸就清晰地出现在显示屏上。

"这家伙出什么毛病了?"尼克问道。

他指的是画面上昆比的步态,他向吧台走来时明显脚步不稳。

"看起来像是喝多了。"马霍尼说。

"他还没有要酒,怎么会喝多了。"尼克回答说。

"等一等,"克莱尔说道,"你能不能把画面静止在他到达吧台的那一瞬间?"

"当然可以。"马霍尼说完,立刻回放并把克莱尔要求的画面固定在了显示屏上。

"你能把他的眼睛单独放大吗?"克莱尔问。

马霍尼继续操纵鼠标,显示屏上的图像开始出现了许多麻点,又点击了几次鼠标后,图像渐渐变得清晰起来,克莱尔终于看到了她所怀疑的东西。

"他的瞳孔已经放大。"

"你认为到夜总会之前他刚刚吸食过毒品?"

"也可能是有人刚给他下了药。"

马霍尼抬起头看着尼克问道:"她说的到底是什么意思?"

"记着,我们说的这些话你都没有听到过。"尼克对他说道。

"我根本不知道你们到这里来过。"马霍尼心领神会地回答。

尼克转向克莱尔,他要确认一下她刚才话里的意思。"你是想暗示说,有人强行让昆比服下了某种药物,然后迫使他来到了这家夜总会,要他在这里使用塔米·索伦森的信用卡?这样做的目的是什么?"

"就是为了给我们造成一种假象——他就是杀害塔米的凶手。"

"这种方法可能吗?我是说,给一个人服用某种药物,从而迫使他违心地去做某件事情?"

"你怎么知道一个像赛奇维克那样的天才在他的药物实验室里能做出什么来?"克莱尔反问道。

尼克摇了摇头,然后从口袋里拿出了自己的手机。

"你给谁打电话?"克莱尔问道。

"验尸官,"尼克一边说一边键入了电话号码,"我们马上把这个问题一劳永逸地搞清楚。

一小时之后,尼克和克莱尔来到了警局的停尸房,罗斯验尸官正等着他们的到来。"结果怎么样?"尼克一见到他就问道。

罗斯指了指走廊前方,尼克和克莱尔跟他并排向前走去。"你是对的,罗勒,我又弄错了。"

"你确实在昆比体内检查出了某种奇怪的药物?"尼克问道。

"嗯,我还需要两天的时间才能确定那到底是什么东西,"罗斯带着他们走进了一间宽大的实验室。"但是,当时我给昆比做切片检查的时候,确实感觉有些问题。"

"那你为什么不给我打电话?"尼克问道。

"因为我无法确定是什么问题,"罗斯回答说,这是他第一次委婉地表示出了歉意,"我想等我得到了实验室的分析结果以后再说。"

"你等等,"尼克说道,"你说的是什么实验室的分析结果?"

"对淹死昆比的那些水的化验结果,"罗斯回答说。"化验结果是上个星期送回来的,但是我的助手却忘记告诉我了——我自己也忘记追问此事了。"

"你发现什么问题了?"克莱尔问他,"你到底错在哪儿了?"

"我是一个科学家,对任何事情都不应该想当然,而应该让事实说话。但是,我却想当然地认为托德·昆比是在他的汽车坠入东河后淹死的。"

克莱尔瞪大了眼睛看着罗斯,就好像他是个脑子有毛病的人。她问道:"他们把他从东河中捞出来的时候你也在现场,你怎么会说他不是在那里淹死的呢?"

"这正是我要告诉你们的问题所在:他根本不可能是在那里淹死的。"罗斯明白无误地对他们说道。

"这怎么可能呢?"克莱尔问道。

"因为昆比的肺叶里充满了淡水。"

"所有河流的水体不都是淡水构成的吗?"克莱尔反问道。

"东河就不是,"罗斯告诉她说,"它是连接长岛湾和纽约湾的一个潮汐海峡,这就意味着东河里的水应该是——"

"咸水。"克莱尔立刻明白了罗斯的意思,心里感到十分震惊。"昆比的肺里应该充满了咸的海水。"

"如果肺叶里充满咸水,盐分的渗透作用会把细胞中的水分吸出来,那么昆比肺叶里的血细胞就会呈现出脱水的状态,而实际上那些血细胞却个个水分充足。"罗斯说道,"所以,我才把水样送到一家实验室去化验,我感觉到这其中必然有什么问题。"

"这就是说,"尼克总结道,"他是在另外一个地方淹死的,死后才被人放进了那辆汽车里。"

"正是,"罗斯道,"所以,我准备把他的死重新定性为谋杀。"

"你现在知不知道昆比到底是在哪里被淹死的?"尼克问道,罗斯的结论让他感到十分震惊。

"就凭我的感觉吗?从昆比肺叶中的水里的微生物看来,很像我们从哈德逊河中捞起的浮尸体内的水。但是,要我确定这些水来自哈德逊河上游的哪一个具体地点,还需要更长的时间,大概一周左右吧。"

"谢谢你,医生,"克莱尔对罗斯说道,"我们等着你的最后结果。"

"只要结果一出来,我就会立刻告诉你们的。"罗斯回答说,脸上再次流露出惭愧的表情,"这一次,我绝不会再忘记给你们打电话了。"

"走吧,"克莱尔对已经惊讶得目瞪口呆的尼克说,同时拉着他的手向门口走去,"我们还有其他事情要做。"

尼克跟着克莱尔走出了罗斯的实验室。

"这到底是怎么回事儿?"他问克莱尔。

"我们根本就不需要罗斯的化验结果了,"克莱尔对他说道,"拜欧法利克斯生物制药公司就在哈德逊河边上,昆比就是在那里淹死的,然后被塞进了他祖母的汽车里。"

"如果真是你说的那样,"尼克争辩道,"那么是谁杀害了玛吉·斯特尔斯?又是谁企图在安全屋里干掉你?还有又是谁驾驶的那辆该死的汽车?"

"都是赛奇维克。"

尼克一怔,这可是他万万没有想到的。

"那好吧,我们先把整件事情梳理一下。赛奇维克,也就是那个书呆子一样的医生,不仅杀害了一名警察,还企图杀害你,而且也是他像好莱坞电影里的硬汉史蒂夫·麦奎因那样驾驶着昆比祖母的那辆破车在罗斯福东河公园大道上飞驰,最后冲进了东河里。这还不算,当汽车沉入河里之后,他还把昆比的尸体放到了驾驶员的座位上,然后从汽车里钻出来,毫发无损地逃之夭夭了。"

"这只是一种假设,"克莱尔不得退一步说,"我承认,这听起来有些离奇。"

"你是开玩笑吧?"尼克进一步说道,"我要是把这个故事告诉我的老板,他马上就会把我们俩送进疯人院的。"

"等一等,"克莱尔突然意识到了另一个问题,"还有一个最根本的问题,像查尔斯·赛奇维克那样腰缠万贯的上流社会名人,怎么会找到了像托德·昆比那样的一个无名小混混?"

"这倒是你至今为止提出的最好的一个问题,"尼克回答说,"不过,我觉得只有那个腰缠万贯的上流社会名人才能回答这个问题。"

第二十七章

当晚快到八点的时候,克莱尔和尼克来到了中央公园西大道第七十街的一幢二战前修建的漂亮公寓大楼前,沿着楼前的石阶拾级而上。夏日的太阳已经开始西沉，一抹余晖把大楼石头外墙的棱角映照得金光闪烁。这个地址正是曼哈顿人气最旺的地方，克莱尔一走进大楼富丽堂皇的大理石前厅就禁不住想起了科廷医生，在这个积聚着巨大财富和无限奢华的地方，他怎么会走上了以研究犯罪心理为生的职业？

她知道得很清楚，她的这位导师同其他许多医学教授不同，虽然他无数次受到过生产精神药物的制药公司的邀请，但是却始终拒绝担任这些公司的董事会成员，尽量避免产生同它们之间的哪怕是一丝一毫的利益冲突。"我不能拿我的名誉冒险，不能当我在法庭上为检方作证时，让某个'正人君子'当面指责我因为拿了别人的钱财而行不义之事。"这就是他自始至终向所有希望请他出庭作证的检方表明的态度。

两人向前厅里坐在一张办公桌后面的看门人走去，那是一位三十多岁、面容修饰得十分得体的黑人男子。他看看他们，问道："你们需要帮助吗？"

"我是克莱尔·沃特斯，这位是尼克·罗勒。我们是来拜会拉西阿诺先生的。"她对看门人说道。"拉西阿诺先生"是科廷的化名，他只把这个化名告诉他愿意接待的人，如果来访者想见"科廷先生"，看门人就会把他挡在门外。他经常警告他的学生说："你根本无法预料到你的哪个病人会突然闯到你的家里来。"他告诉他们，隐瞒自己的职业并不是因为胆怯，而是因为这个职业具有风险，甚至可能具有危险，因此作为职业精神病医生，必须尽可能地保护自己的隐私和家庭。这都是克莱尔的学长们告诉她的，据说科廷总是在研究项目即将结束的时候才会对他们说这番话，到那个时候，他在学生们的心目中已经不再是一个让他们畏惧和痛苦的导师，而成为了一个慈父般的良师益友。

克莱尔想：真可惜，他没有在我们研究项目一开始时就把这个忠告告诉我们，否则，很可能就不会发生昆比那天晚上给我打电话的事情，他也不可能知道我住在哪里。

"他正等着你们呢。"看门人立刻回答说，连来访者名单也没有看一下。"拉西阿诺先生住在五楼A号。沿右边的走廊走到底，左手边就是电梯。"

克莱尔跟着尼克走到走廊的尽头，尼克按了一下呼叫按钮，电梯门打开了。两人默默地坐着狭小的电梯来到五楼，迈出电梯到了一条宽敞的走廊里，走廊两头各有一个单元门。

"哇，当一个心理医生居然买得起这样气派的公寓房？"尼克问道。

克莱尔伸手按了一下门铃。"他还出版过许多部著作，有版税收入。"她回答说，好像她对科廷的经济来源十分清楚似的。"告诉你吧，我们这些人大多数都是不可能享受到这种奢华的。"这时，门内传来开锁的声音，接着门开了，身穿一件蓝色真丝浴袍的科廷出现在他们面前，不过那件浴袍看起来至少大了两个号。克莱尔虽然感到惊讶和可笑，但还是尽量保持着一副一本正经的面孔，甚至礼貌地冲着自己的导师微微一笑。

同几周前她离开科廷时比起来，现在站在她面前的这个保罗·科廷似乎已经苍老了许多。她赶忙对科廷说道："谢谢你接待我们，医生。"

"克莱尔，罗勒警探，请进。"科廷声音嘶哑地说道。

他们走进了科廷那套宽大的公寓套房，克莱尔悄悄地观察着自己的这位导师：那个曾经的三项全能运动员、体格健壮的科廷，现在走起路来却脚步僵硬，仿佛一夜之间就患上了严重的关节炎；他那一头总是一丝不苟的波浪形银发也变得一团糟，早已失去了往日的光泽；

一贯修饰得光滑干净的脸颊上布满了参差的胡碴。看来,这场流感确实使他元气大伤。

"你现在感觉好些了吗?"尼克关切地问道。

"好多了,谢谢你。只是我这副模样太难看了——不过,你这么关心我还是很感激的。"他一边说,一边把他们让进了一间墙上贴满枫木镶板的客厅。他看着克莱尔说道:"我确实感觉好多了,不过不幸的是,我实际上得的是传染性单核细胞增多症[1]。"他在一张深蓝色的长沙发上坐下来,沙发前摆着两张铺着软垫的海绿色椅子。直到这个时候,克莱尔才突然意识到整个房间的装饰色调是以大海的颜色为主。"你们想一想,"科廷继续道,"一个像我这把年纪的人居然得了一种通常是十几岁的年轻人才得的病。"

"你肯定亲吻了一个不该吻的姑娘。"尼克微笑着打趣道。

"但愿如此啊,"科廷回答说,"不过,这种病不光是'通过接吻传染',很多日常生活中不经意的接触也会传染,比如饮水器,或者像我这个病例,大概就是在我们医院的餐厅里使用了没有清洗干净的刀叉或勺子感染上的。"

"我得记住这个问题。"尼克说道。

"你需要好好地休息,"克莱尔对科廷说,"我们不会耽误你太长的时间。"

"谢谢你,医生,"科廷回答说,"我接受你提出的忠告。"他把身体向后靠到沙发上,脸上仍然掩饰不住痛苦。"好了,"他很快恢复了常态,"你们来见我到底是因为什么重要的事情?"

---

[1] 一种急性的单核-巨噬细胞系统增生性疾病,临床表现为不规则发热、淋巴结肿大、咽痛、周围血液单核细胞显著增多,部分患者会出现肝脾肿大、皮疹等症状。潜伏期五至十五天,病程通常为一至三周。

克莱尔深深地吸了一口气，说道："我想现在就回来工作，我已经可以重返研究项目继续工作了。"

"你确信自己已经准备好了吗？"科廷问道，脸上丝毫没有流露出惊讶的表情，"你经历了一次相当严重的感情创伤，我本来估计你很难在短时间内恢复过来。"

"是尼克帮助我渡过了难关。"克莱尔说。

"是吗？"科廷扭头看着尼克问道，"这么看来，你应该加入我的研究计划，用一个既是心理医生又是警察的人也许不错，你可以教我们在审讯犯人时如何给他们下套。"

"无论我参不参加你的研究计划，"尼克说道，语气中流露出一丝不快，"都随时可教你们几招。"

"那就这么定了，等我病好了再说。"科廷答道，"克莱尔，现在请你告诉我罗勒警探是如何帮助你'渡过'难关的？我之所以要问这个问题，是想判断一下你是否真的可以重返工作岗位了。"

"他帮助我克服了过去遗留下来的问题。"克莱尔回答说，科廷的脸上没有流露出任何表情，"我过去一直因为一件我根本无法控制的事情而责备自己。"

"你是说彼得·刘易斯。"科廷冷冷地说道。

"邦妮告诉我说，你已经知道我终于找到了这个人。"克莱尔还是把科廷的秘书说了出来，她诧异于科廷一直没有提及这件事情。

"邦妮的话太多，这对她不好。我想，她大概还对你说过我对此赞赏有加，为你感到非常自豪。"科廷说道，"在我过去的研究项目里确实也出现过一些令人兴奋的事情，不过还没有哪一个人取得过你所取得的如此重大的业绩。克莱尔，我必须告诉你，你确实让我感到惊喜不已。"

"那么，"克莱尔不解地问道，"我们刚来时，你为什么没有马上提及这件事情？"

"那是因为我毕竟是一个治疗师，我希望你自己告诉我这件事情，这样我就可以判断出它对你到底造成了什么样的影响。"

克莱尔的头脑飞快地转动起来：这样看来，原以为她已经拼接在一起的诸多线索又要变得支离破碎了。科廷到底同这一切有没有牵连？或者说他去会见刘易斯确实只是一个巧合？

她看了看尼克，发现他也感到一片茫然。他脑子里想到的会不会正是她所思考的问题？他是否也在问自己这到底是怎么回事？

克莱尔意识到，要找到答案只有一个办法，那就是直截了当地问个明白。

"1994年加拿大法庭对彼得·刘易斯进行审判的时候，你曾经在法庭上作证，认定其精神正常，当时他对绑架和谋杀一个小姑娘的指控供认不讳。"

"是的，你说的没错，那个小姑娘的名字叫梅瑞迪丝·帕尔默。"

"你当时知道艾米这个名字吗？"

"就是最近新闻报道里的那个艾米吗？"科廷问道，连眼睛也没有眨一下。他在沙发上坐直了身子，两眼直盯着克莱尔的眼睛。"你说的这个艾米肯定就是你儿童时代的那个好朋友。这真是一个巧合，我作证送进监狱的这个人竟然就是杀害你朋友的凶手。"

"你对刘易斯的精神健康状况进行评估的时候，"尼克问道，"难道他从来没有提起过她吗？"

"我也希望老天有眼让他说出这件事情。要是我知道这个情况，我一定会好好地研究一下这个案子。"

说到这里,科廷做出了一件他从未做过的事情——他向克莱尔伸出手,把她的一只手紧紧地握在自己的手里。克莱尔一时间不知所措,只觉得他的手指和手掌是那么冰凉,像蜡一样地滑腻,自己就好像握着一具僵尸的手。

"要是我知道这件事,我早就可以帮助你摆脱多年来内心的痛苦。"

克莱尔很想把自己的手抽回来,但是科廷却抓得很紧。

"对不起,克莱尔,我应该为许多事情向你道歉。我把你逼得太紧,也不该把昆比的案子交给你去办,而且我应该给你提供帮助。"

"帮助我?"克莱尔问道,不知道他指的是什么事情。

"帮助你对昆比进行治疗。很显然,这些年来你一直患有创伤后应激障碍症[1],而昆比进一步加重了你的病情。"

他放开她的手,重新把身体靠到沙发上。"上帝保佑你,克莱尔,让你如此迅速地从这样严重的精神创伤中恢复过来,这是上帝对你的恩赐。"接着,他点了点头,好像再次确信了心中的判断。"我确实认为你已经可以回来继续研究工作了。"

听了科廷的话,克莱尔却不知道应该如何做出自己的判断了。是啊,她确实经历了一场痛苦的磨难,失去了自己心爱的男人,又找到了这些年来在她心灵上造成巨大创伤的另一个男人。科廷的话可能是对的,她是一个十分坚强的女人,只是她自己从来没有意识到罢了。现在,她终于从囚禁自己的樊笼中解脱出来,可以重新开始自己的生活了。她甚至觉得科廷对于他在刘易斯一案中作证的说法也可以接

---

1 创伤后应激障碍(Post Taumatic Stress Disorder,PTSD),又称为延迟性心因性反应,是指由异乎寻常的威胁性或灾难性心理创伤,导致延迟出现和长期持续的精神障碍。

受,他的证词把强奸和谋杀她最好朋友艾米的凶手送进了加拿大的监狱,那纯属巧合,因为在对刘易斯那样的精神病患者的判定上,他毕竟是一个世界级的权威人士。

但是,克莱尔又感到百思不得其解:*那么对托德·昆比又该作何解释呢?难道说这又是一个惊人的巧合吗?* 他谋杀了六个女人,至少她和尼克原来一直认为他就是凶手,而且是他独自一人所为。然而,当他们发现塔米·索伦森与查尔斯·赛奇维克之间的可疑联系之后,他们先前的观点就被彻底颠覆了。

克莱尔觉得,她必须了解科廷到底知道些什么,或者说他不知道些什么。

"看来你好像心里还有一些问题。"科廷对她说道。

"医生,"尼克开口道,"我有一个问题想问你。"

"但说无妨,警探。"科廷回答说。

"当你接受托德·昆比作为提前释放对象的时候,是否知道一些在你交给克莱尔的那份档案里并没有记载的事情?"

科廷立刻回答说:"你不了解我们的工作程序。"

"那就请你为我们解释一下,可以吗?"尼克问道。

"当然可以。我的学生们在一学年结束之前,通常都要对里克斯岛监狱符合假释条件的囚犯进行一次评估,从中挑选一批人作为我们的研究对象,这项工作完全是由学生们自己完成的。他们会把整个候选囚犯的案卷交给我审查,把他们决定选用的对象标示出来并说明选择他们的理由。这里有一个非常重要的工作原则,那就是所有案卷都是以匿名方式呈递给我审查的。每年七月新学年开始的时候,再按照确定的名单随机分配给新来的学生。"

尼克看来已经松了一口气，于是科廷再一次把身体向后靠到了沙发上，两眼直视着他问道："可以告诉我你为什么提出这个问题吗？"

"我们只是想搞清楚，托德·昆比是怎么同一个名叫查尔斯·赛奇维克博士的人联系到一起的。"克莱尔回答说。

即使科廷知道这个名字，从他脸上也看不出任何迹象。他表示说："我记得在昆比一案中从来没有提到过这个名字，而我本人也不认识这个人。他也是一个心理医生吗？"

"不是，他是一个分子生物学家和药理学家，"克莱尔回答说，"他在纽约州的普特南县经营着一家名叫拜欧法利克斯的生物制药公司，他是昆比的受害人之一塔米·索伦森的老板和同事。"

"我倒是听说过拜欧法利克斯生物制药公司，"科廷说，"遗憾的是赛奇维克这个名字却从来没有听说过。不过，如果你们需要，我很乐意为你们查一查。"

"那对我们就太有帮助了，医生。"尼克说。

"只要是我力所能及的事情，我都愿意为你们提供帮助。"科廷回答道。

克莱尔站起身来准备离开，尼克也随即站起来。

"谢谢你，医生，"克莱尔边走边对科廷说，"感谢你为我所做的一切，特别是允许我在这么短的时间内就返回工作岗位。"

科廷缓慢而痛苦地从沙发上站了起来。克莱尔不禁想起了在医学院学到的有关单核细胞增多症的知识，这种病会造成严重的肌肉疼痛和身体虚弱，所以科廷才会变得如此痛苦不堪。

"克莱尔，我是一个说话算数的人。"他说着，带着他们向门口走去。他指的是克莱尔离开研究项目之前他对她做出的承诺。"我说

| 331

过,只要你准备好了,随时都可以回来。我很高兴你已经从这一次巨大的精神创伤中恢复过来了。"他打开门,转向克莱尔又道:"我知道你已经处理了你原来住的那套公寓房,你现在住在哪里,我让邦妮把你的复职文件给你送去。"

克莱尔还来不及回答,尼克就立刻替她回答说:"她现在住在我家里,等安顿下来以后再搬出去。"

"那我就放心了,因为你有高手的保护。"科廷回答说,"照顾好自己。"

"我已经感觉好多了。"克莱尔在科廷关门前最后对他说。她同尼克一起向电梯走去,正想发火,却又忍住了,心想必须等走到科廷完全听不到的地方再说。走进电梯之后,电梯门刚刚关上,克莱尔就再也忍不住了。"你刚才为什么要对他说我住在你的家里?"

"因为你必须住在我的家里。"尼克回答说。克莱尔从他的口气中已经听出来了,她必须接受他的建议,"我们俩必须一起解开这个谜团,等这个案子真正了结之后,我自然会让你离开。"

第二十八章

"关键的问题是,"克莱尔放下手中的咖啡杯对尼克说道,"你是不是相信科廷所说的那些话。"

"我现在已经不知道该相信哪些话了。"尼克说,然后拿起一块早已凉了的苹果馅饼咬了一口。这块苹果馅饼已经出锅一个多小时了,味道大打折扣。

离开科廷的公寓楼以后,他们来到百老汇第五十六街上的一个饭馆里吃晚饭。两个人一边吃一边谈,已经讨论了好几个小时,还不时激烈地争论一番。他们的讨论主要围绕着两个问题:一是赛奇维克博士和托德·昆比是什么关系;二是科廷医生是否同这件事情有牵连。他们仔细分析了哪些是他们已经明确知道的事情,哪些是他们自以为知道的事情,以及哪些是他们至今仍然一无所知的事情。

"你比我更了解那个家伙,"尼克继续道,"当他说他不认识赛奇维克的时候,你感觉他是在撒谎吗?"

"我从他脸上什么也没有看出来,"克莱尔回答说,"这大概是因为我一直过于关注他的病情了。"

"事情明摆着,"尼克说着又咬了一口苹果馅饼,"对赛奇维克这样的人来说,他是不可能认识昆比那样的人的,这种巧合的可能性几乎不存在。我告诉你吧,科廷的脑子可不简单,在这件事情上他肯定脱不了干系。"

"可是,这个人的整个职业生涯就是把杀人犯绳之以法,"克莱尔争辩道,"他为什么要把自己变成一个杀人犯?这解释不通。"

"这个案子里解释不通的事情远远不止这一个。"尼克回答道。维尔克斯警督给他找到新证据的时间已经剩下不多了,他正变得越来越焦躁不安。

这时,女招待走到他们身旁,把账单放到他们的餐桌上,说道:"你们一会儿自己到前台付账吧。"

"那么，你想怎么办？"克莱尔问他道。

尼克看了一眼桌上的账单，然后看一看手表。"现在已经过了午夜了，"他回答说，从他的声音里已经可以听出疲倦的感觉，"我们已经来来回回地讨论了几个小时，还是没有结果。不论科廷同件事情是否有瓜葛，今天晚上是不可能找到答案了。我建议我们现在回家，抓紧时间睡一会儿再说。"

克莱尔虽然已经喝了三杯咖啡，但是也开始感到自己的眼皮正变得越来越沉重，于是回答说："我同意。"

当他们从尼克家拐角处的地铁站走出来的时候，已经过了凌晨一点。由于尼克还在"休假"，所以不能使用警局配发给他的那辆"雪佛兰黑斑羚"汽车，几天来在城中四处走动都只能坐出租车，花费已经不小。而克莱尔是一个花钱十分谨慎的人，她一直奉行的是量入为出的原则，更不会向别人借钱来花。所以，她欣然接受了坐地铁和住在尼克家里的建议，这样不仅可以节约一部分开销，也使她更有安全感，岂不两全其美。

然而，在这个纽约的大街上早已寂静无声的夜半时分，走着走着她又感到有些犹豫了。原因有两个：其一是她十分看重自己的隐私；其二是她不愿意尼克为了回报她在罗切斯特为他提供的便利而勉为其难地邀请她住到他的家里。

于是，当他们沿着莱克星顿大道继续向尼克家走去的时候，她向尼克问道："你肯定这样安排合适吗？"

"你担心的是什么问题？"尼克反问道。

"我觉得，你这是把工作带回自己的家里了。"

尼克忍不住笑了起来，回答道："如果我有这种感觉，从一开始我就不会提出这样的建议。"

"我只是不想影响你的正常家庭生活。"

"这没有什么影响，再说我被赶到沙发上睡觉也不是一次两次了。"尼克对她说道。

"你真是个善于讨好姑娘的人。"

"我现在跟我的母亲和两个女儿住在一起，所以遗憾的是，我已经不具备讨好任何姑娘的条件了。"

两人转过一个弯，走进尼克家所在的那个街区时，正好看到前方几米开外一个男人打开了路边一辆破旧的"道奇"客货两用车的引擎盖。尼克想：*这辆车肯定是出故障了。*

他们继续向前走，从"道奇"车旁边经过的时候，尼克看了一眼那个埋头在引擎盖下的司机，*奇怪*，他想，*他并没有在检查汽车的引擎。*

于是，尼克本能地向下看去，看到了那个男人脚上的靴子。那是一双黑色的尖头皮靴，一看就知道价格不菲。穿这种高档货的人开着一辆如此破旧的汽车显然不合情理。

就在这个时候，他听到前方传来一阵汽车轮胎摩擦地面的声音，便立即把视线从"道奇"车和那个司机身上移开，抬头向前看去。在前方拐角处明亮的街灯下，可见一辆垃圾车的轮廓，它正在倒车，向放在拐角的一个公用垃圾桶靠近。

"看看那辆车，"尼克生气地对克莱尔说道，"那个蠢货横在路中间，快把整条街都给挡住了。"

这时，他突然意识到这辆垃圾车有问题：它正在倒车，但是却听不到倒车蜂鸣器发出的提示声音。

尼克不禁倒吸一口凉气，克莱尔也感觉到了他的紧张情绪。

她看着他问道："你还好吗？"

"嗯，还好，"他平静地回答，"我们很快就到家了。"

他们俩离尼克家那幢公寓楼还有大约四十五米的距离。尼克迅速地看了看公寓楼的前门和街对面的垃圾车。司机正从垃圾车上下来，漫不经心地向汽车尾部走去。一个人。

他们从不会一个人开车出来干活。也从没见过他们在这么晚的时候来收垃圾。

垃圾车司机出现了，他从垃圾车后面的缝隙穿过，推起垃圾桶，向垃圾压实机走去。突然，他飞快地抬了一下头，向他们俩瞥了一眼，这进一步印证了尼克的恐惧。

他在看我们，而且他竟然没有戴手套。

尼克立刻把右手伸向腰间的手枪，同时伸出左手紧紧地抓住了克莱尔的手臂。

"出什么问题了？"她低声问道。

"只管往前走。"他告诉她说。

"你吓着我了。"克莱尔答道。

这时，从他们身后突然传来了汽车引擎盖"砰"地关上的声音。尼克回头看去，恰好听到了引擎发动的声音。

那辆"道奇"车。

他猛地把头转回来，正好看到那个垃圾工扔下垃圾桶，把手伸进了垃圾压实机打开的垃圾斗里。

他不是把什么东西放进去，而是要把什么东西拿出来。

尼克拉着克莱尔加快脚步向前走去。

"你到底是怎么了?"克莱尔问道,这下心里害怕了。

"记住,照我说的做。"

他的话刚一出口,就听见身后"道奇"车的引擎发出一阵轰响。尼克回头一看,只见"道奇"车打开了前灯,耀眼的灯光使他什么都看不见。

公寓楼的大门还在他们前面十米之外,而那个垃圾工人已经向他们走来,尼克想是否有可能向大门冲过去。

他手里拿着什么东西……

他意识到已经来不及了。

就在"道奇"汽车在他们身后不远处猛然刹住的那一刻,尼克同时采取了行动。

他拉起克莱尔迅速地躲到了停在人行道旁的两辆汽车之间,按下克莱尔的头大喊道:"蹲下!"

"到底发生什么事情了?"克莱尔歇斯底里地叫道。

"别站起来!"尼克吼道。

"噗!噗!噗!噗!噗!"

一连串子弹击中了他们前后的两辆车,但是却并没有听到巨大的射击声音,只有子弹穿透车体发出的"噗、噗"声。

这两个家伙都使用了消音器,尼克意识到,*他们都是职业杀手,是雇佣杀手。*

很快,雨点般的子弹突然停止了,尼克知道他们正在换弹夹。他从前面那辆车的后备箱后面探出头向外看了看,两个杀手**都**像是站在阴影里一样模糊不清。

我他妈什么也看不见。

337

他把手中的"格洛克"手枪塞到克莱尔手里。

"你这是干什么?"她惊恐地问道。

"朝他们开枪!"尼克命令道,"我看不见!"

克莱尔低头看着手中的枪,吓得不知所措。"我不会打枪!"

"对着他们射击就行了!真他妈该死,快开枪啊!"

仅仅几秒钟之后,克莱尔便站了起来。那个垃圾工人突然见到一个女人的脸出现在他几米外的地方,大吃一惊,而就在他迟疑不决的这一秒钟时间里,克莱尔已经举起枪扣动了扳机。

随着枪响立刻传来一声痛苦的呻吟。

尼克探出头看了一眼,发现克莱尔那一枪击中了垃圾工人的右腿。他扔掉了枪,倒在了地上。

"掩护我!"他对克莱尔耳语道。

"怎么掩护?"她惊恐不已地问道。

"只管继续朝另一个人开枪就行!"

克莱尔掉转枪口开始射击,尼克则弓着腰迅速从人行道一侧绕过几辆车,不到五秒钟就来到了拐角处。借着明亮的街灯,他几步跑到了垃圾车的后面,只见受伤的垃圾工人正拖着身体向后移动,企图把刚才扔在身后的武器拿到手。

尼克立刻冲上前去,在他重新捡起武器之前从后面抱住了他的腰,然后一使劲将他头朝下扔进了垃圾斗中,并立即捡起了地上的武器。

那是一把"乌兹"冲锋枪,枪口装有一个专门定制的巨大消音器。

尼克探头看了看垃圾工人的伤口,发现克莱尔射出的子弹不偏不倚地打碎了他的大腿骨,巨大的疼痛已经扭曲了他的脸。尼克伸出手把压实机的扳手推上去,垃圾斗开始关闭并实施压实。尼克把手伸进垃圾斗里抓住了杀手的脖子,把他拉起来并将他的头拉到垃圾斗外。这时,垃圾斗的开口处已经升到了杀手腰部的高度,很快就要闭合起来将其活活压死。"你要是不说实话,我就让你被切成两段,"尼克威胁他说,"除了你和那辆'道奇'车里的家伙,还有其他人没有?"

杀手只是拼命挣扎,疼痛也没能让他开口。尼克进一步用力掐紧他的脖子,吼叫道:"几个人?谁派你们来的?"

"去你妈的!"杀手勉强应道。

就在垃圾压实机即将闭合的时候,尼克松开了手并迅速后退几步,眼见着垃圾斗无情地闭合起来,随着一声撕心裂肺的惨叫,鲜血从压实机四面飞溅出来。

这时,尼克听到了"道奇"车再次启动并很快又刹车的声音。

正好停在了克莱尔藏身的地方。

尼克不顾一切地迎着"道奇"车的灯光跑去,隐约看见那个穿着长筒靴的男人手里拿着什么东西从车里冲下来。他知道那必定是一把枪,很可能也是一把他从垃圾工人那里夺来的"乌兹"冲锋枪那样的自动武器。他想用手中的冲锋枪射击,但是又看不到克莱尔身在何处,不敢贸然开枪。

他现在能做的只有一件事情。

"警察!"尼克迎面朝那个家伙大声喊道,"放下武器,否则我就要开枪了!"

听到尼克的喊声,二号杀手停下脚步转身面对尼克,尼克立刻举枪冲他扣动了扳机。

"咔、咔、咔。"

竟然卡壳了。真他妈该死!

杀手冲着尼克微微一笑,举起了手中的武器。

"砰!"

尼克只看见杀手的前额突然炸开了一个洞,身体摇晃了一下,随即倒在了地上,手中的武器碰到地面发出"咔啦啦"的声响。尼克这时才看到了站在杀手身后的克莱尔,她的手还在颤抖不已,仍然举着枪对着杀手头部刚才所在的位置。尼克走上前去,弯腰看了看已经死亡,却仍然握着一把"乌兹"冲锋枪的杀手,一把将那把枪夺了下来。

就在这个时候,他再一次闻到了那种气味——那种他已经多次闻到过的略带腐臭的苦杏仁气味,而这种气味无疑就来自他脚下那个杀手的尸体。

尼克几步跑到克莱尔面前,从她手中拿回了自己的配枪。她仍然全身发抖,并且开始哭泣,他伸手搂住了她的肩膀。

"好了,你没事了。"尼克对她说道。

"我们必须马上报警!"

"不,我们必须马上离开这个地方!"他喊道,"那个家伙身上也有苦杏仁的气味,他们肯定是赛奇维克派来的杀手。等他发现这两个人被打死以后,一定还会雇用其他的杀手来追杀我们的。"

"那我们到哪里去啊?"

"先要带上我的母亲和两个女儿。"他用双手捧住她的脸说道,"我需要你时刻待在我的身边,一秒钟都不要离开。这很重要,你明白吗?"

他的话让克莱尔从恐惧中恢复了过来,开始有所动作。"我明白,"她两眼看着尼克回答说,"我和你待在一起。"

他们从街上跑到了不远处尼克家的公寓楼里,沿着楼梯爬上三楼，再经过一段走廊来到了尼克的家门口。他用钥匙打开门，两人走进屋里，动作十分迅速。

"我的两个女儿在卧室睡觉，就是走廊尽头左边的那个房间。"

克莱尔向黑暗的走廊冲去，走廊里的第一扇门突然打开了。她紧张地停住了脚步，心想会不会还有一个杀手。这时，她听到了一个女人的声音。

"出什么事情了？"海伦一边问一边把一件浴衣穿到身上，"刚才外面传来很大的声响，像是有人在打风炮一样。"

"我们必须马上把姑娘们叫起来，离开这个地方。"尼克对他母亲说道。

"离开家？"海伦问道，煞白的脸上流露出害怕的神情。她伸手打开了走廊里的灯。"现在是半夜，孩子们正在睡觉。"

这时，她突然看到儿子衣服上沾满了血迹，同时也看到了他手中拿着的两把"乌兹"冲锋枪。

"噢，上帝啊！发生什么事情了？"

"先别管这些问题，"尼克说，"抓紧时间！"

就在这个时候，他们听到了远处传来的警笛声。

"我们难道不等警察来吗？"

"不等！快帮我把姑娘们带来！赶快！"

他把手中的两把"乌兹"冲锋枪交到克莱尔的手里，然后冲向女儿们的卧室。海伦看了看克莱尔。

"你是谁？"海伦问道。

"我是尼克的朋友。"克莱尔回答说。

"你负责掩护。"尼克回头对她说道。

警笛的声音正变得越来越大,克莱尔一手拿着一支"乌兹"冲锋枪,同尼克一家人一起来到了公寓楼的门口。她探出头向大街上张望了一下,然后对尼克轻声道:"看起来外面很安全。"

"那好。我们走吧。"尼克说道。他怀里的大女儿吉尔用双手搂着他的脖子,显然已经吓坏了。他的母亲则抱着小女儿凯蒂。

"开谁的车走?"克莱尔问他。

尼克指向仍旧停在街上的那辆"道奇"客货两用车,它的车灯开着,并且还没有熄火。他说:"我们只有这辆车可用。"

克莱尔再次向外看了一眼,然后拔腿向"道奇"车跑去,同时两手分别向左右两个方向举起"乌兹"冲锋枪,尼克和他母亲紧紧跟在她的身后。

尼克首先拉开了"道奇"车右边的车门,把大女儿放到座位上,系好安全带,然后从母亲手中接过小女儿放进车里。

"你不能在晚上开车,知道吗?"海伦对儿子说道。

尼克跳到副驾驶的位置上,向克莱尔做了个"你开车"的手势。

海伦看看克莱尔,然后又看看自己的儿子,问道:"你难道不准备告诉我她是谁吗?"

"她是一个心理医生。"尼克大声道。

"耶稣啊,圣母玛利亚啊,圣约瑟啊!这都什么时候了,你还吞吞吐吐的。"他母亲生气了。

"我叫克莱尔·沃特斯。很高兴认识你,夫人。"克莱尔说完立刻挂上挡,一脚踩下了油门。

她从垃圾车后面绕过去,快速转过街角,把车开上了第三大道,没有碰上从另一头开进街区的第一批警车。

事实证明,好运伴随着他们;一路都是绿灯。克莱尔两眼紧紧盯着前方,脚下用力加大了油门。

"我们往哪里开?"克莱尔头也没回地问尼克。

"往北。"他回答说。

他们似乎行驶了好几个小时,尼克指挥着克莱尔始终沿着州际高速公路走,因为它不仅畅通易行,而且州警察巡逻频繁,一旦发现杀手尾随而来便于得到警察的保护。但是,尼克也知道这样做既有利又有弊。如果后面又有麻烦,他们至少还有碰到一辆警察巡逻车的希望,但如果真的碰上某个耐不住寂寞的夜班警察,要他们停下车来接受检查,他们对这辆实际上是偷来的汽车又难以做出解释。因此,为了避免引起警察的注意,尼克一再嘱咐克莱尔控制住行驶的速度,千万不能超过限速五公里以上。

对克莱尔来说,这趟旅程无休无止又毫无目的。刚才的可怕经历曾一度造成她体内的肾上腺素大量分泌,而现在她的神经早已松弛下来。连续长时间驾驶让她感到疲惫不堪,情绪也变得十分低落,她感到,要想挺过这一关,必须强迫自己不去回想那些已经发生的事情。继续前行。不能停下来。

我亲手杀了一个人。

这句话反反复复地出现在她的脑子里,怎么也无法摆脱。虽然客观地讲她的行为属于自卫,但是杀死一个活生生的人却是她始终难以承受的精神刺激。

她用眼角的余光瞥了一下坐在副驾驶位置上的尼克,只见他手里始终握着一把"乌兹"冲锋枪,完全是一个武装押运员的模样。他一直板着脸,看不出任何表情,克莱尔也猜不透他此刻到底在想些什么。也许,他现在也像她一样,并不想再次感受刚刚经历过的恐惧。

克莱尔发现他又一次回过头去向车后张望,这恐怕已经是他第一百次这么做了。尽管她从汽车的后视镜和侧视镜中可以清楚地看到整条路上只有他们这一辆车,但是尼克还是要亲自看一看他们身后是不是有"尾巴"。她知道,在漆黑一片的州际公路上,尼克其实看不到什么东西。

"放心吧,"她安慰他说,"后面没有人。"

尼克回过头来看着前方并点了点头,然后问道:"你感觉怎么样?"

克莱尔忍不住打了一个哈欠,回答说:"我感觉我已经不能继续驾驶了。"

"再坚持一下,只剩下几公里的路程了。"

"这么说,你知道我们的目的地?那你为什么不告诉我?"克莱尔确实累坏了,话语中情不自禁地流露出了不满的情绪。

"你不必知道。"尼克回答道。紧接着,他看到了等待已久的第八十四号州际公路出口的指示牌,"就从这里下道。"他说。克莱尔赶忙减速,差一点儿错过了出口。

克莱尔及时转弯驶上了出口匝道,这其实是尼克的有意安排。他又一次回过头去看了看车后——一片漆黑,再次确认他们没有被人跟踪。

"你不想给我一点儿目的地的提示吗?"克拉尔问道,她已经累得没有力气发火了,"你到底想把我们带到什么地方去?"

"走完这个匝道后向左转,然后一直往前开到镇里。"

他说的这个镇叫比肯,位于曼哈顿以北九十六公里,与稍大一些的纽堡市隔哈德逊河相望。他们的目的地是比肯旅馆,旅馆位于比肯镇郊区,提供免费早餐。这个旅馆属于一个名叫迪姆·唐纳利的前纽约警察局警探,"9·11事件"后他退休来到这里。迪姆为人极为慷慨,这在纽约警察局里无人不知。在比肯镇附近有两座州立监狱,警察们经常要到监狱里提审某个犯人,每当他们当天回不了家、天气不作美,甚至是在当地酒吧里喝了太多的酒,或者干脆就不想回家的时候,唐纳利的这家既提供住宿又提供免费早餐的旅馆就成为最受他们青睐的落脚处。

不久前他们停车加油的时候,尼克已经给唐纳利打了电话,把他们遭遇的困境告诉了他。唐纳利仍然像往常一样对尼克保证说,他会为他们准备好三个房间,不仅免费,而且他们需要住多久都行。

当克莱尔把车开到旅馆前的时候,身材高大、满头灰发、面容修饰得干干净净的唐纳利已经站在那里等候着他们,手里还提着一把锯掉了部分枪身的双筒霰弹枪。尼克不等汽车停稳便急忙跳下车,跑上前给自己的老朋友一个热烈的拥抱。克莱尔打开车门,下车伸展了一下手脚。

"迪米[1],这位是克莱尔·沃特斯。迪米是我的朋友,是个了不起的警探。"

"欢迎你。"唐纳利说着同克莱尔握了握手。

"谢谢你。"她说。

"我的家就是你的家,需要住多久就住多久。"唐纳利令人宽慰地对尼克说,"我们先把孩子们安顿好。"他从后座上把尼克的一个女儿抱下来,然后指了指海伦和另一个女儿。"然后,我们再把这个破玩意儿藏起来。"说着,他用手指在"道奇"车的车顶上敲了敲。

---

[1] 迪姆的昵称。

"我必须租一辆车。"尼克说。

"这毫无必要。"唐纳利一挥手说道,"我儿子刚刚上大学去了,他的车还留在这儿,现在就归你了。"

"我们这是在哪儿啊?"海伦嘟囔道。她伸了个懒腰,还没有完全清醒过来。

"我们在一个安全的地方,妈妈。"尼克回答说,然后把她和两个刚刚醒过来的女儿介绍给唐纳利。唐纳利带着她们三人走进房子,并把她们送进了房间。

尼克转过身,准备把车开到一个隐蔽的地方藏起来,克莱尔见状立刻向他走去,对他说:"我来开。"

"只要开到旅馆后面就行了。"尼克略带不服气的口吻回答说。

"我们可不想看你撞到一棵树上。"克莱尔调侃说,经过这可怕的一夜之后,她第一次觉得可以笑一笑了。

尼克极不情愿地绕过车头坐到了"道奇"车的副驾驶位置上,克莱尔则坐到了司机的位置上。

"我们准备在这里待多久?"她问道。

尼克看了看自己的手表,凌晨三点十五分。"待到明天晚上,"他说,"到时候我们就出去做一番实地调查。"

第二十九章

克莱尔走在一条狭窄的通道里，天花板垂下几根电线，电线尽头吊着几只光秃秃的白炽灯泡，整个通道里光线十分昏暗。她踩着水泥地面继续向前走去，心中感到很疑惑：这里如此昏暗，什么也看不清楚，到底是个什么地方？

突然，眼前的灯光变得明亮起来，她发现自己原来又回到了里克斯岛监狱，身边还是她上次同科廷来时看到过的一间间同样的囚室，只是这一次科廷并没有同她一起来。

她加快了脚步，从那些躲在囚室黑暗角落里斜眼盯着她看的囚犯面前走过。她清楚地看到了他们的眼睛——那一双双熟悉的、散发出绿光的眼睛。

她感到害怕，于是不断地加快脚步向前走去，同时抬起头看着从头顶上向后退去的一个个裸露的灯泡。这些灯泡看起来怎么那么古怪？

很快，她就看明白了，这些灯泡都挂在一根根绞索形状的电线上。就在这个时候，躲在囚室角落里的囚犯们纷纷走上前来，趴在铁窗上怒视着她，他们的脸都清晰地呈现在她的面前。

是昆比，每个囚室里关的都是昆比。

第一个出现在铁窗处的犯人对着她龇牙咧嘴，第二个对着她"哈哈"大笑,第三个则冲着她声嘶力竭地号叫,但是她却听不见他的声音。最后一个囚犯更让她感到恐怖,那是一具僵尸,已经腐烂发臭,从它脸上的皮肤里正流淌下一滴滴蜡一样的液体。

克莱尔惊恐不已地把头扭到了一边,却看见通道尽头朦胧的灯光下站着两个男人。当她接近他们的时候,发现这两个人穿着完全相同的衣服,上身是一件马球衫、下身是一条短裤。

"我们这里发生了一件可怕的意外事件,"其中一个男人对她说道,而克莱尔却怎么也看不见这个人的脸,"跟我们来,别害怕。"

两个男人同时向克莱尔伸出手来。"你真是一个可爱的小姑娘,"另一个男人对她说道,"我敢说,你肯定也很聪明。"

"太聪明了,这对她不是好事情。"第一个男人说,接着两个人同时"哈哈"大笑起来。他们的笑声在昏暗而狭窄的通道里不停回荡,越来越大,震耳欲聋。

她继续向他们走去,现在终于可以看到他们的脸了,结果一个是科廷,另一个是赛奇维克。两个男人继续狂笑不止,整个房子开始在笑声中摇晃,水泥地面开始下陷,身边的墙壁开始坍塌,她拔腿夺路而逃。

克莱尔猛然惊醒过来,惊魂未定地坐起身子,发现自己已经大汗淋漓,湿透的被子乱糟糟地裹在身上。房间里很昏暗,但是从窗帘之间的缝隙可以看到一缕阳光。她环顾四周,看到了一把带有厚实坐垫的椅子和一个衣柜,但是都很陌生。又过了一会儿,她才终于想起,自己同尼克一家人正躲在他朋友的一家提供住宿和免费早餐的旅馆里。

她看了一眼摆在床头柜上的收音机闹钟,时间已经是下午三点零八分。她这一觉虽然从凌晨一直睡到现在,但是仍然感觉周身疲乏无力,她知道这种感觉光靠睡觉是无法解除的。这是由焦虑和恐惧共同造成的结果,是一种深及骨髓的疲乏感,而这也是她第一次清楚地知道造成疲乏的原因是什么。她没有像往常那样再去分析造成这种感觉的化学现象,问题明摆在那里,她心里很清楚。她不由得想起了艾米和伊恩,悲痛的泪水夺眶而出。她让自己默默而深情地为这两个她最爱而又已经失去的人痛哭了一阵。

几分钟后,她心中的悲痛渐渐平息,突如其来的哭泣释放出了内心的痛苦,几十年来一直深埋在心底的情感纠结终于渐渐解开了。

克莱尔用手擦干脸上的泪水,对自己说:好了,我现在已经平静下来了。她穿上牛仔裤和衬衫,转过身来,在镜子里看到了自己的形象。从窗帘缝隙中透进屋里的那一缕阳光正好照在她的脸上,那模样看上去就像是一个惨淡而漂浮不定的幽灵的面孔。然而,紧接着镜子里又陆续出现了其他几个幽灵的脸,首先是艾米,然后是伊恩,接下来是玛吉·斯特尔斯警探、塔米·索伦森以及其他几个被昆比杀害的女人。最后,昆比的脸也出现在了镜子里。这些幽灵们用他们深不可测的目光向她发出祈求,要她给他们安慰,把他们万世不复的灵魂解救出来。

她想起了她该做什么。

她迅速伸出手打开了屋里的灯,镜子中幽灵们的脸立刻消失了。她抓起鞋子和其他随身物品慌忙冲出了房间。

克莱尔走到玻璃走廊上,发现尼克正独自坐在那里喝咖啡。他显然刚刚洗过澡,湿润的头发梳得很整齐,脸上也已经刮干净。下午的阳光照在他棱角分明的脸上,更增添了几分英俊之气。

*他能帮助他们,*克莱尔想,*同时他也能够结束我的噩梦。*

"昨晚睡得好吗？"尼克问她，心中已经料到她会怎样回答。

"睡得很沉。"她回答说，但是脸上却没有一丝微笑。

"你准备好了吗？"尼克又问，同时拉出一把椅子让克莱尔坐在自己身边。

"完全准备好了。"她说着，在椅子上坐了下来。

两人看着对方，好长时间都没有说话。他长着一双漂亮的眼睛，她想，谁能料到这双眼睛很快就将失明了。

"我们晚上九点出发，"尼克说，"太阳下山之后。"

"我们这一趟'实地调查'是去拜欧法利克斯生物制药公司吧。"克莱尔回答说。

"无论还会发生什么样的事情，也无论这一切都是为了什么，所有答案肯定就在那幢大楼之中，而且就藏在赛奇维克的办公室里。"

克莱尔看着他，"你认为他们会让我们在那里随便溜达一番吗？"

"我根本就不准备征得他们的允许。"尼克转向她，"你不需要跟我去。"他确实是这样想的。

"我当然要去，"克莱尔回答，"你什么都看不见。"

他从她的口气中可以听出，不让她跟着去是不可能的。

两人静静地坐在那里，透过玻璃望着屋外的景色，无数橙色、紫色和红色的野花把大地装扮得分外美丽。

从比肯镇到冷泉只有十一公里的路程，克莱尔驾驶着唐纳利儿子那辆陈旧的"丰田雅阁"汽车，不到十五分钟就开到了。汽车沿着横贯镇中的大街行驶，街道两旁的商店都已经打烊。她和尼克注意到，警察的巡逻车停放在镇警察局的门口。克莱尔希望这辆车整晚都不要出动，好让他们顺利地完成这一次实地调查，因为她知道，这次行动成功与否将关系到生与死。

他们越过一条铁路线，沿着西街而下，很快就看到了路旁的那块指示牌："**欢迎来到拜欧法利克斯生物制药公司。保障您的健康始终是我们义不容辞的责任。**"她按下转向灯，正准备开上通向公司入口的那条三车道的专用车道时，尼克却突然伸出手抓住了方向盘，让她继续向前行驶。

"你这是干吗？"克莱尔问道。

"我们不能直接开到公司的大门口去，难道你想告诉门卫我们准备潜入赛奇维克的办公室吗？"

"你肯定已经想好我们该怎么做了，对吗？"克莱尔问道。她突然觉得这次行动过于疯狂，虽然明知现在嘱咐尼克为时已晚，但还是忍不住要说出来。

"在二十年的警察生涯中，我同无数顶尖窃贼打过交道，同时也学到了不少他们的绝招。"尼克回答道。他拿出一个小皮袋子，拉开拉链，从中取出一把银白色的锉刀似的东西，前端挂着一串细小的圆锥状的工具。"这个东西几乎可以打开任何一把锁。"

接着，尼克用手指着前方的一条岔道对她说："关上车灯，开过左边那所房子再走四十到五十米，然后把车开进树林里。我们就在那里下车，然后步行。"

克莱尔按照尼克的指示开到了岔道口，开上岔道后又行驶了数十米，然后把车停在了一棵老橡树的后面。她下了车，小心翼翼地关上了车门。夜晚的天气仍然很暖和，但是却不潮湿，只有天上的星星和飞舞的萤火虫点缀其中。

"今晚你就是我的眼睛,"尼克抓住克莱尔的一只手臂对她说道,"在拜欧法利克斯生物制药公司大楼的西北角有一个侧门,离赛奇维克的办公室不远。大楼离我们大约八百米,就在我们北面偏东北的方向,所以把你iPhone手机上的指南针打开,按照这个方向前进。"

"今天我睡觉的时候你已经来这里观察过了。"克莱尔立刻就明白了。

尼克点了点头,回答说:"晚上我看不见,所以必须白天来摸清情况。"

克莱尔拿出她的手机,从菜单中找到了指南针并把它打开。她默默地笑了笑,心想要不是碰到了尼克并同他一起调查这个案子,就算再过一百万年她也不可能用到手机上的这个功能。自从离开华盛顿来到纽约加入科廷的奖学金研究计划以后,她的生活已经彻底地改变了。她发现自己正在想:如果当初她拒绝了科廷的邀请,继续留在华盛顿做她过去的研究工作,那么她的生活又会变成什么样子呢?只有一点她是可以肯定的:*伊恩绝不会丢掉性命。*

他们在灌木丛和乱石堆里缓慢地穿行,黑暗中克莱尔拉着尼克绕过一棵棵他看不见的树木。最后,他们穿过一片茂密的灌木林和葛藤,来到了一个小山坡下,山坡上就是拜欧法利克斯生物制药公司的大楼,夜空下这座灯火通明的玻璃大楼格外耀眼。

"这幢楼看起来就好像一座翡翠城。"克莱尔对尼克说。

"而我们就要进城去一睹魔法师的真面目了。"尼克回答说。

两人向小山坡上走去,尼克松开了拉着克莱尔的手。

"我现在看得见了。"他对她说,这全靠大楼里里外外明亮的灯光,"跟我来。"

尼克迅速地从一棵树移动到另一棵树后,小心翼翼地把自己的身影隐藏在阴影里,并且每次都会停一停等待克莱尔跟上来。就这样,他们来到了尼克刚才所说的那个侧门外。他从口袋里拿出那个开锁工具插入锁孔,轻轻地来回拧动。

"咔嗒。"门锁很快就打开了。

尼克把门拉开一道缝,两人刚好从门缝中溜进去。他用手抵着门,让它轻轻地关上。他们面前是一道楼梯。

"上三楼。"尼克对克莱尔耳语道。

他们轻手轻脚地拾级而上,来到了三楼的楼道门口。尼克把门推开,用手指了指安装在天花板下的监视摄像头,然后又指了指不远处的一扇橡木门,克莱尔立刻就认出了那是赛奇维克办公套房的门。

"我们必须爬到那扇门那里去,"尼克悄声道,"跟着我。"

尼克趴到地上,开始手脚并用地匍匐前进。克莱尔照着他的样子跟着他向前爬,很快便爬到了赛奇维克办公室的门前。好在这个区域灯光比较昏暗,当尼克举起手把开锁工具插进球形把手的锁孔里时,不禁暗暗祈祷,希望监视器难以捕捉到他这只手的影像。

"咔嗒。"门开了。

尼克把门推开一条缝,他和克莱尔先后爬进了赛奇维克的办公室里。他们面前是一条长长的通道,只有安全照明灯发出微弱的灯光。在通道两旁的墙上排列着许多细长的圆柱体容器,上面印有"**氧气**"和"**氦气**"的字样。

就在这个时候,门外走廊上响起的脚步声打破了周围的宁静,克莱尔立刻扭头看着尼克,胸膛里开始"咚咚"地跳个不停。他迅速用手指了指不远处的一扇门,门上写着"材料室"几个字。他们跑进那扇门,刚刚把门掩上,一名保安就从外面的走廊走过。他们一直等到保安的脚步声消失在远处。这时,他们听见了门锁转动的声音,紧接着,他们进来的那扇门自动关上了。

克莱尔本来大气都不敢出,现在终于松了一口气。"我们必须找到他的个人实验室,"她对尼克耳语道,"我估计,他的实验室应该就在通道的尽头,像赛奇维克那样傲慢的家伙,肯定希望到这里来的每一个人都必须走过这条长长的通道,然后才能见到他的面。"

他们打开材料室的门,克莱尔探出头左右看了看:没有人。于是,两人走出材料室,迅速向通道尽头的一扇门走去。

克莱尔的分析很准确,那里正是赛奇维克的个人实验室,玻璃门上用红色油漆印着赛奇维克的名字。尼克伸手试了试门把手,门打开了。*奇怪*,他想,*屋里好像还有人在工作*。

尼克竖起食指放到自己的嘴唇上,提醒克莱尔不要说话,然后蹑手蹑脚地走进了实验室外间铺着厚厚地毯的办公室。两人来到了另一扇门前,把门打开一条细缝,尼克看到的情景让他惊讶不已。

出现在他眼前的是一间宽大而明亮的医院病房一样的房间,房间里摆放着三张轮床,上面分别躺着一个昏睡的男人,每人的手臂上都连着输液管。

"上帝啊,这里到底在干什么?"尼克小声道。

他把门推开一些,让克莱尔看看房间里的情况。她把目光集中在那几个输液袋上,看清了上面的药品名称:阿霉素、博来霉素和长春花碱。她回头看着尼克说:"他们输的都是抗癌药物,显然这几个人正在接受化疗。"

"说得完全正确,医生。"一个男人的声音突然从门后传来,紧接着一只手把门完全打开了。

"欢迎你们来到我的实验室。"

赛奇维克出现在他们面前,他身上穿着实验室的白大褂,脖子上系着一个红白斑点的领结。尼克立刻伸手准备掏枪。

"别动,警探,求求你不要掏枪。"赛奇维克说着举起手中一把九毫米"贝雷塔"手枪对准了尼克,"你们俩最好给我个面子,把双手举到头顶上。"

赛奇维克伸出手从尼克的枪套里拿走了他的"格洛克"手枪,然后上下摸了摸克莱尔的身体,没有发现武器。

"这样多好,"赛奇维克对他们说道,"我们现在可以轻松地聊一聊了。"

他用手中的枪指了指两把木头椅子,尼克和克莱尔顺从地在椅子上坐下来。

"你们应该知道,我那样做都是出于无奈。"赛奇维克对他们说。

"你竟然说得出这种话?"克莱尔难以置信地说道,"出于无奈,于是你就杀害了托德·昆比和所有那些女人?"

"那是解决问题的唯一办法。"赛奇维克回答。

克莱尔把目光从他身上移到轮床上那三个面容憔悴的男人身上。

"赛奇维克医生,你这些病人的身体都已经十分虚弱,"说着她把目光转向了尼克,解释道,"这几个人都已经处在癌症晚期,阿霉素、博来霉素和长春花碱都是治疗霍杰金氏淋巴瘤的化疗药物——塔米·索伦森就是死于这种癌症。"

"作为一个心理学家,你的知识面让我感到钦佩。"赛奇维克说道。

"塔米是不是也是你的试验品？"克莱尔直视着赛奇维克的眼睛问道，"你是不是给她使用了一种新药，但是却没有取得疗效？"

"实际情况比你说的要复杂得多。"赛奇维克眯起眼睛回答。

猛然间，她突然意识到了他对塔米干了什么。

"我的上帝啊，"她说，"你是有意让塔米患上了癌症。"

赛奇维克眨了眨眼睛，就好像自己的谎言被人当面戳穿了一样。"这是一种反人类罪，"他回答道，"没错，你分析得很对，确实是我让塔米·索伦森和这几个可怜的人患上癌症的，但是我并不是有意的。"

克莱尔和尼克从赛奇维克的话语中听得出来，他内心里确实感到懊悔。

"如果你不是故意的，"尼克问道，"那么怎么会发生这样的事情？"

"塔米和我一起研究促使免疫系统攻击癌细胞的方法。一个月之前，她培养出了一种超级淋巴瘤，我意识到我们的研究工作出错了。"

"你难道不认为这种说法太轻描淡写了吗？"克莱尔说道。

"我从来都没想过要制造出新的癌细胞，"赛奇维克说，"我们使用的爱泼斯坦-巴尔二氏病毒之一突然发生了变异，从而致使塔米的淋巴细胞失去了同癌细胞斗争的能力。请你们相信我，我已经尽了一切努力去挽救她的生命。"

"但是，这种癌症却极具攻击性，"克莱尔说，她已经完全明白了整个事情的来龙去脉，"所以，当你发现你已经无法医治她的癌症时，你就杀害了她以掩盖你所进行的实验。为了掩人耳目，你把她伪装成了托德·昆比连环杀人案中的受害人之一，让人们以为他是在夜总会或者大街上随意挑选出金色短发的女人然后将她们杀死。为了让人信服，你甚至给昆比下药，让他出现在塔米·索伦森失踪的那个夜总会里。"

"不仅如此，"尼克继续道，"你很清楚如果只有塔米一具尸体，就会引起我们的怀疑，把目标指向你。"

赛奇维克脸上流露几分自鸣得意的神情。

"你很精明，"尼克说道，"你把塔米伪装成了一个连环杀人犯的不幸受害者之一。你杀害了八个无辜的人。"

"你错了，"赛奇维克争辩道，"他们作出这样的牺牲是极其有价值的——这样就防止了这种病毒落入恐怖分子或者某个企图毁灭人类的邪恶组织的手里，我这样做就再也不会出现同样的*意外事故*。"

"你还企图杀死我！"克莱尔怒吼道，她的声音在实验室里回荡。

"那不过是不得已而为之。"

"但是，你却要嫁祸于人，"尼克指控他道，"你需要找一个替罪羊，于是你就设计陷害了托德·昆比，使他成为残杀妇女的嫌疑犯。你知道他在美国商船学院学习过，所以你就模仿他可能采用的方式使用了荷兰水手单套结。然后，你用药物控制他的行动，迫使他出现在塔米消失的那个夜总会中。"

"你们怎么不明白——"

"还有，当你不再需要他的时候，你就把他淹死在了这幢大楼外面的河水中，然后把他的尸体放到了他祖母那辆汽车的驾驶座上，"尼克继续道，"你显然是一个游泳高手，当你驾驶着那辆车冲进东河以后，你游泳逃脱了，把他的尸体留给我们去打捞。"

"他本来就是一个*该死的*混蛋，别忘了他是个卑鄙的性犯罪者。"

"他只是一个精神病患者！"克莱尔说道，"他完全是*无辜的*！"

"他是个*无足轻重的家伙*！"赛奇维克吼叫道，"而且那几个女人也都是无耻的妓女。为了保护人类的利益，我必须做我该做的事情。"

"真可笑，你倒成了一个货真价实的人道主义者了。"尼克讥讽道，然后用手指着躺在轮床上的三个人事不省的男人，"你准备如何处理他们几个人？"

"他们都是危在旦夕的人，"赛奇维克回答说，"我对他们已经无能为力了。不过，好在他们几个都是年轻的单身男人，既没有妻子也没有孩子，所以不会影响到任何人的正常生活。"

"那么，按照你的理论，他们为什么也是该死的人？"尼克问道，他的声音越来越高，"你是准备让他们毫无痛苦地死去吗？或者是把他们一个个掐死，然后再四处扔下几具无辜者的尸体，再制造出一个新的连环杀人案？医生，这一切什么时候才能结束啊？你还要杀死多少人，让我们找到多少尸体？"

"我告诉过你们，"赛奇维克恳求道，"我不想伤害任何人，你们为什么就不相信我的话呢？"

克莱尔怒视着他说道："你杀害了一名警察，而且还杀害了我的男朋友。"

"斯特尔斯警探不该在我搜查你公寓的时候突然走进来，"赛奇维克极力为自己开脱，"至于伊恩嘛，因为他知道得太多了，他准备向美国肿瘤委员会告发我，要他们对塔米的淋巴瘤病案展开调查。一旦他的想法实现了，我这里的一切岂不是要闹得人尽皆知。"他几步走到克莱尔的面前，对她说道，"你是一个*科学家*，医生，你也知道，科学和寻找治疗疾病的方法是要冒巨大风险的。我是在无意之中打开了'潘多拉的盒子'，我所做的一切都是为了把我发现的这个可怕的知识重新放进盒子里封闭起来。我虽然牺牲了八个人的生命，但是却挽救了数百万人的生命。要是你们处在我的位置上,你们同样也会这么干的。"

"就算是再过一百万年,我也绝不会打着所谓科学的旗号去剥夺任何一个人的生命。"

"为了拯救其他的人,总得有一些人必须作出牺牲。"赛奇维克说道。

他有病,克莱尔想,这就是他的真实想法。

接着,她把目光转向躺在轮床上的三个男人。

"他们几个也是你的试验品!"克莱尔挺身盯着赛奇维克大声道,"你还厚颜无耻地说你想帮助整个人类,但是你却拿这些活生生的人做实验,你的所作所为同纳粹毫无区别,你就是当代的'死亡天使'约瑟夫·门格尔医生[1],一个地地道道的魔鬼。"

"你错了,克莱尔,"赛奇维克为自己辩护,"那些人是从塔米·索伦森身上染上淋巴瘤病毒的。"

克莱尔惊讶地瞪大了眼睛。

"你发现了一种使人体细胞的程序性死亡机制失效的方法,"克莱尔声音颤抖着说道,"从而使人体防御癌症的系统彻底崩溃了。"

赛奇维克不无悲戚地长长叹了一口气,回答说:"我本来是想找到一种激活人体免疫系统的方法,于是就在病毒中植入了一种媒介,希望以此促使免疫细胞杀死癌细胞。"

"其结果却恰恰相反,你的病毒彻底关闭了免疫系统,把癌症带给了塔米。"

---

1 德国医生,曾任纳粹奥斯威辛集中营医学和实验科研处处长,以残忍著称。

"这只是个可怕的错误。"赛奇维克说。

现在,一切谜团都已经昭然若揭了,克莱尔终于明白了这个"可怕的错误",这个可怕的科学发现是如何导致了无辜人们的死亡。

"塔米同这几个男人接吻,"克莱尔看着轮床上奄奄一息的三个男人说,"把你变异的爱泼斯坦-巴尔二氏病毒传染给他们,病毒又引发了他们体内的淋巴瘤。"

"这就是我为什么要掩盖这件事情的原因所在,轻轻一个吻就能传播癌症,你想想,如此下去会有多少人因此受到感染?"

"这就像传染性单核细胞增多症的传播……"克莱尔突然戛然而止,然后又突然继续道,"科廷医生说他得了传染性单核细胞增多症,你这个混蛋,他是不是也是被塔米传染的?他是不是就是这样被牵扯到这件事情里来的?"

赛奇维克没有回答她的问题,而是举起手中的"贝雷塔"手枪瞄准了躺在轮床上的三个男人。

"不许开枪!"克莱尔大叫一声。

赛奇维克逐一对准他们的脑袋扣动了扳机,然后说道:"我为他们解除痛苦。"

"你枪杀了他们!"克莱尔声嘶力竭地喊道。

赛奇维克举起枪对准了她的头。

尼克立刻抢身上前,站到了克莱尔的前面。"看来,我们也是两个无足轻重的人,"他对赛奇维克说道,"凡是想要揭开这个臭垃圾箱盖子的人都是无足轻重的人,其他所有人都是无足轻重的人,只有你一个人不是,对吗?"

赛奇维克把枪对准了尼克的前额,眼眶里含着泪水。

"对不起了。"

"你根本无须这么做，医生。"尼克对他说。

"不，我必须这么做。"说着，赛奇维克扣动了扳机。

枪响了，但是子弹却打中了实验室的天花板。

赛奇维克张着嘴，脸上露出惊愕不已的表情，一股热血从他身上喷涌而出，在他洁白的白大褂上留下一条深红色的血痕。

赛奇维克向前扑倒在地板上，克莱尔吓得情不自禁地抓住了尼克的手臂，只见赛奇维克的脖子后面赫然有一个弹孔。她和尼克抬头一看，只见保罗·科廷从不远处的窗帘后面走了出来，手中拿着一把点三八口径的左轮手枪。

"这一切就要结束了。"科廷声音嘶哑地对他们说，他的脸色看上去比前一天更加苍白，整个人也更加消瘦了。

"就要结束了？"克莱尔问道，不明白科廷到底要说什么。

"故事的结局，你们应该知道。"

科廷把左轮手枪放到身旁的一张桌子上，迈步向克莱尔走来。他慢慢地伸出颤抖的手握住了克莱尔的手。*他的手是那么地冰凉，克莱尔想道。*接着，他把她的手放到自己胸膛下方的右腹上。

"你摸一摸。"科廷对她说道。

克莱尔把手轻轻地按下去，透过那件蓝色真丝衬衫，她首先感觉到了他的肋骨，紧接着摸到了一个鸡蛋大小的肿块。

"你得了淋巴瘤。"她对他说道。

"我身上已经到处长满了这样的东西，"科廷平淡地说道，"我剩下的时间只有几天了。"

"你是怎么得上这种病的？"克莱尔问他。

"六个星期前,我在'红色夜总会'认识了塔米,她的美貌让我无法抗拒。她跟我到了我家里,我们睡在了一起,而她那些甜蜜的香吻却把癌症传染给了我。"

这时,克莱尔猛然想起来了:"红色夜总会"。都是她的吻造成的;凡是跟她睡过觉的男人也都尝到了她甜蜜而致命的吻。她对科廷说:"我们看过塔米的日记,最后一篇写的是'EB'。"

科廷微微一笑道:"那就是爱泼斯坦-巴尔的缩写。塔米是一个非常聪明的女人。"

"她是想给我们留下一个线索?"尼克难以置信地问道。

"是的,警探。赛奇维克彻底清理过她的公寓,但是却有意把这个日记本留给了你们。他强迫塔米把昆比的名字写进了日记,使你们相信她认识昆比。"科廷在一张木头椅子上坐下来,"我坐一坐,你们不介意吧?"

"当然不。"尼克立刻回答说,不无惋惜地看着这个曾经充满男子气概的人痛苦地把自己瘦削的身体安放到了椅子上。"赛奇维克是怎么把你卷进来的?"

"塔米发病之后,他同我取得了联系——是她把我的名字告诉他的,她说她要给我一个吻。"科廷说着痛苦地闭上了眼睛,脑海里又浮现出了那天晚上塔米是如何把他带上这条末路的。过了一会儿,他终于睁开了眼睛,继续道:"赛奇维克后来告诉我说他要见我。见面后,他把他的研究情况告诉了我,并且一再向我说明他决不能让这个可怕的秘密泄露出去。"

科廷感到喘不上气来,不得不停下来。克莱尔深深地为他感到悲哀,这就是那个本该把她训练为一个出类拔萃的心理治疗师的人,那个本该帮助她洞悉犯罪大脑奥秘的人。

"赛奇维克把塔米隔离在这里,强迫她给父母打电话说她到夏威夷休假去了,然后设计出了一个把她的死伪装成被人谋杀的计划。"科廷歇了一会儿又继续道,"他要我在我的病人中为他找一个充当凶手的替死鬼,我就把昆比的名字给了他。他向我保证说,他只会杀死塔米一个人——采用毫无痛苦的'安乐死'方法,他也真是这么做的——因为说到底,她终究是要死的人,而且会死得非常可怕和痛苦。"

"而你却把昆比交给了我。"克莱尔说道。

"我知道你的所有事情,克莱尔,"科廷回答说,这时他的声音已经十分微弱,比耳语大不了多少,"当你申请奖学金研究项目的时候,我就觉得你的名字有些耳熟,于是,我到互联网上搜寻了一番,发现你就是艾米·丹佛斯被绑架那天同她在一起的那个人。我同时也意识到,你就是彼得·刘易斯反复向我提到的那个小姑娘。他曾经多次对我讲到过一个名叫'克莱尔'的小姑娘,这个'克莱尔'从他手中溜掉了。"

"但是,为什么是我?"克莱尔问道,"为什么你要把昆比安排给我?"

"因为我知道你在情感上是多么脆弱——你的过去至今仍然折磨着你的心灵。我原以为,你会因为无法处理好昆比的案子而感到内疚,从而自动退出这个研究项目。克莱尔,应该说我确实是一个非常出色的心理医生,但是你却让我始料不及,我完全没有想到你竟然会有勇气对塔米的谋杀案进行调查。"

"这么多年来,你一直致力于把一个又一个谋杀犯送进监狱,"克莱尔说着在他身边的椅子上坐下来,"像你这样的一个人怎么会听任赛奇维克杀害那么多无辜的人?"

"因为他欺骗了我,他向我保证过只杀死塔米和昆比,对于这一点我认为是可以接受的。"科廷回答道,紧接着又无奈地对自己这种自相矛盾的说法报以苦笑,"我根本不知道他会杀害其他那些女人,把整个事情伪装成一桩连环杀人案,我更没有料到他会为了阻止伊恩揭露他杀害塔米·索伦森的事实而伤害伊恩。"

"那么,你为什么直到现在才把这一切都说出来?"尼克问道。

科廷的声音已经小到难以听清了。他说:"其中的原因与赛奇维克杀害那些可怜女人的原因是一样的:他这个可怕的秘密绝不能泄露出去,至少绝不能由我把它泄露出去。"

说到这里,科廷的眼眶已经溢满了泪水。克莱尔转向尼克,感到十分震惊。这个让她害怕、让她崇拜并且让她十分尊重的男人竟然在他们面前痛哭流涕。

就在这个时候,实验室外的走廊里传来了急促的脚步声,有人向他们这里跑来了。尼克立刻从赛奇维克的腰间取回了自己的"格洛克"手枪,举着枪向脚步声传来的方向走去。

"是公司的保安,"他说,"他们身上带了武器吗?"他问科廷。

"没有武器。"科廷回答说。

"那就好办了,我可以把他们铐起来,省得他们碍事。"尼克说完冲出了实验室,克莱尔则转过头面对着科廷。

"你跟我们一起走,"她对他说道,"你还走得动吗?"

科廷勉强站了起来,忍着疼痛向几米外赛奇维克实验室的工作台走过去。

"还有一件事没有做完,"他说着从一个棕色的大纸袋里取出了一个大酒瓶。

"上帝啊,住手!"看到科廷迅速点燃了塞进瓶口的一根浸满液体的布条,她立刻向他大声喊道。

克莱尔向科廷跑去,但是已经太晚了,他举起燃烧的酒瓶,使出最后的力气把它扔向实验室的工作台。

燃烧的酒瓶好似一个罗马焰火筒从空中飞过,在赛奇维克实验室的工作台上摔得粉碎,一团耀眼的橙色火焰轰然而起。

"砰!砰!砰!砰!砰!"

工作台上一个个装满易燃液体的玻璃瓶相继爆炸,一股股蓝色、绿色、红色和黄色的火焰不断腾起,火花飞溅到实验室的各个角落。

"这就是最终的结局,"科廷自语道,紧紧地盯着已经蔓延到赛奇维克尸体上的火苗,"该死的病毒完蛋了。"

克莱尔又向躺在轮床上的三具男尸跑去,但是她还没有靠近,他们的输液袋就纷纷炸开了,燃烧的液体四散落下。科廷一把抓住她的手臂把她拉了回来,而整个房间里已经充斥着灰色的恶臭气体,克莱尔感到嗓子刺痛,开始不停地咳嗽。

"他们都死了,克莱尔,"他对她说道,"让我留下来,跟他们死在一起吧。"

"不行,"她坚决地回答道,"要死也不能这样死。"她拉起科廷向外走,只觉得他的身体竟是那样地轻,就好像飘浮在空气中一样。走到门口的时候,她回过头最后看了一眼赛奇维克的实验室。

"轰"的一声,整个实验室陷入了一片火海之中。

第三十章

　　克莱尔坐在纽约第十一大道上的一家餐馆里吃晚餐,她扭头透过玻璃向外望去,在几乎空无一人的黑暗街道上,一阵轻柔的秋风吹过,卷起地上红色和黄色的落叶,旋转着飞向空中,一闪一闪地从街灯下飞过,然后又飘落在地面上。

　　秋天一直是克莱尔最喜欢的季节,给她留下过许多美好的记忆:同父母一起开车到罗切斯特的莱奇沃思州立公园,看漫山遍野火红的秋叶;同艾米一起走进家里的后院,在父亲扫到一起的落叶堆里打滚;学校里又一个新学期开始了,她最喜欢开学的那一刻。对克莱尔来说,秋天意味着旧的结束和新的开始,而现在这个时候这两者都是她非常需要的。

　　女招待走过来,再次为她杯子里的无咖啡因咖啡加满了开水。她端起杯子喝了一口,思绪又回到了眼前。她把杯子放回托盘上,对自己做了个鬼脸,因为在她等待尼克到来的半个小时里,这已经是她第三次续杯了,杯中的咖啡早已失去了它原有的浓郁味道。她又想起了在查尔斯·赛奇维克谋杀玛吉·斯特尔斯并企图谋杀她本人的那天晚上,她也是在这家餐馆、坐在这个位置上吃的晚餐。她摇摇头把回忆赶走,然后不耐烦地看了看手表:十点三十分。*他到底跑到哪儿去了?*

自从他们在拜欧法利克斯生物制药公司发现了赛奇维克的可怕秘密以来，一个月的时间已经过去了，这是克莱尔希望永远忘却的一个月。两天前，她刚刚在康涅狄克州的一个美丽而偏僻的墓地里参加了保罗·科廷的葬礼。她原以为到此为止一切都该结束了，却突然意识到还有一件事情没有了结，她必须为一名受害者纠正一个错误。这个受害者也像她、尼克和科廷一样，身不由己地卷入了这个恐怖而血腥的旋涡之中。

这时，一阵冷风袭来，她抬头向餐馆门口看去，刚好发现尼克走了进来。他的步履缓慢而迟疑，餐馆里明亮的灯光对他并没有多大的帮助。

*他的视力已经进一步衰退了。*她想。

就在这个时候，他看到了她，脸上立刻浮现出灿烂的笑容。克莱尔也报以微笑，看着他坐到了自己对面的位置上。

"见到你很高兴。"尼克看着她的眼睛说。

"我也很高兴。"克莱尔避开了他的目光。

尼克很清楚这是为什么，克莱尔脸上伤心的微笑已经说明了一切。"你不用为我担心，我这是刚刚从黑暗中走进灯光下，还需要几秒钟的适应时间。再说，过不了多久，我就再也不用为此烦恼了。"

他的话里并没有丝毫自哀自怜的情绪，而是一种坦然接受现实的态度，这是克莱尔过去从来没有感受过的情感。她抬头再一次看着他的眼睛，不知道该说什么好。

"我很好。想不到一次小小的心理治疗竟然如此有效。"尼克继续道。

"你去看过心理医生了？"克莱尔问道。

尼克的脸上流露出顽皮的笑容，他回答道："有人曾经对我说过，那些最讨厌心理医生的家伙正是最需要心理医生的人。好建议啊，这就是我的结论。"

克莱尔点了点头，内心感到十分欣慰。"你的工作怎么办呢？"

"要说这件事情，还真是让人喜出望外。"尼克告诉她说，"两个月之前，他们还想方设法要把我打入冷宫，甚至关进监狱，而现在他们却来了个一百八十度大转弯，让我留下来继续工作。"

克莱尔看着他，感到不可思议。她问道："这怎么可——"

"条件是我必须把配枪交回去，"他打断她的话解释说，"不过，提拔我为一级警探的决定要到二月份才能生效。还有，只要我能坚持到那个时候，那么我的退休金就会增加一大截。所以，他们决定让我改做内勤工作，直到退休为止。他们说，看在你我都是英雄的分儿上，虽然别的事情他们无能为力，但是至少可以为我做出这样的安排。"

克莱尔微笑起来，说："好在没人会知道事实的真相。"

这件事情确实极具讽刺意味，但是又无法避免。拜欧法利克斯生物制药公司的事件发生之后，他们被警方保护性拘留起来，由联邦调查局对他们进行了询问和调查，最后得出的结论是：他们俩成功地挽救了数百万人的生命，一旦赛奇维克的病毒从他的实验室里扩散开来，必然引起一场可怕的生物大屠杀灾难，因此，他们俩是有功之臣，当局甚至秘密安排两人到白宫会见了美国总统。总统不仅深深地感谢他们的所作所为，还授予两人"绝密"安全审查等级，并且一再嘱咐他们为了维护国家安全，绝不能把他们知道的这个秘密告诉任何一个人，否则就会在民众中引起一场大恐慌。

"负责保护我的那些家伙告诉我说，科廷死的时候你一直陪伴在他身旁。"尼克说道。

"我不想让他感到孤独。临死前，他要我转告你，他对你所做的一切表示感谢，并且请你原谅他的过失。"

尼克想了想，回答说："无论他还干过其他什么错误的事情，他毕竟挽救了人的生命，很可能是数百万人的生命。我想，是我应该感谢他才对。"

这时，女招待走了过来，向尼克问道："你需要点儿什么吗？"

"请给我来一杯咖啡和一个奶油面包。"他回答说。

她扭头看着克莱尔，又问："你还要咖啡吗，亲爱的？"

"不要了，能给我来一个香草冰激凌吗？"克莱尔问。

"就来。"女招待说完转身离去。

尼克颇为开心地问道："香草的？哇！"

"我过去一直个谨小慎微的人，一点儿也不敢冒险，"克莱尔不得不承认说，"不过，那是这个案子发生之前的事儿了。"

"好吧，既然你把我叫到这里来，那现在就请告诉我是为了什么。"

"为了托德·昆比的不白之冤。"她看着他的眼睛，一本正经地回答说。

尼克点了点头，"我一直在想你什么时候会提出这个问题。"

"他根本就不是一个凶手，而是一个受害者。"克莱尔说道。

"我知道。"尼克回答道，心里琢磨着克莱尔会要求他做什么。

"昆比不应该为所发生的事情负责，他是一个精神病患者。"

尼克俯身向前，平静而轻声地对她说道："别忘了，如果我们把这件事情的真相告诉了任何一个人，联邦调查局那帮家伙就会马上把我们关起来,然后扔掉钥匙让我们烂在监狱里。你以为授予我们俩最高安全等级意味着什么,那就意味着联邦政府拥有了强迫我们闭嘴的法律权利。"

"这个我懂,我们当然不能公开去做这件事情。"克莱尔回答说,"但是,我希望我们能够找到一个办法,为昆比洗掉'连环杀人犯'的罪名。"

尼克思考了一会儿,突然想到一个办法。他问她:"这件事情不一定现在就让人们知道,对吗?"

"你想怎么做?"克莱尔立刻问道,心中感到了一线希望。

"昆比被控杀害的七个人的案卷都在我手里,还没有交到总部存档。"他回答说,"司法部想把这几个案子彻底封存起来以免泄密,但是又不想留下任何文字记录表明是他们下达的命令,于是便让曼哈顿地区法官下达了命令。"

"他们要把这几个案子封存多久?"克莱尔问。

"我想应该是二十年。"尼克回答说。

"这件事同洗清昆比的罪名有什么关系?"克莱尔又问。

"在把这几个案卷交上去封存之前,我可以在每个案卷中放入一张刑事侦查局的内部文件,说明真正的凶手是赛奇维克。"

"你这样做会招来麻烦吗?"

"也许不会,"尼克说,"因为在被封存起来之前,不会再有人看到它们,而等它们再次被打开,已经是二十年以后的事情了。"

克莱尔仔细看了看尼克的表情,觉得他确实不担心这个问题。

"虽然这样做并不圆满,"克莱尔回答说,"不过,也可以接受。"她停顿了一下,又喝了一口她并不想喝的咖啡,然后说道,"谢谢你。"

"不用谢。"

"那么,现在你有什么打算?"克莱尔换了一个话题问道,"我是说你将来从警察局退休以后。"

"我想找一个适合退休瞎子警察的事情干干,"尼克回答说,"比如当个顾问什么的。到时候再说吧,现在也只是随便说说而已。"他说着微微一笑。

看到他如此坦然地接受自己失明的未来,克莱尔心中不禁对他更加尊敬。"我只是想告诉你……"说到一半,她突然不说了。

但是,尼克却很清楚她想说的是什么。"我明白,我将来的生活不会像我现在说起来那么容易。不过,如果我需要帮助,我知道该给谁打电话。"他说道,脸上再一次出现了刚才那种顽皮的笑容。

克莱尔笑道:"我随时恭候。"

在里克斯岛监狱通向囚室区的走廊里,斑驳的水泥地面上再一次传出了克莱尔的高跟鞋发出的有节奏的"咔咔"声,响声在土棕色的煤矸砖墙之间回响。这声音使她想起了保罗·科廷带着她第一次来到这里时的情景,当时她每迈出一步都感觉自己无处藏身。然而,今天的感觉却截然不同了。

"你确定已经准备好了吗?"走在她身后一步远的菲尔伯恩医生问道。

"完全准备好了。"克莱尔回答。

她回过头自信地看了自己这位新导师一眼。今天,菲尔伯恩医生的打扮让克莱尔感到惊讶:她穿着一件很有品位的蓝色西装,脸上涂着柔和的口红和眼影,以往那副吸血鬼的模样消失得无影无踪,活脱脱一个来自我们这个世界的女人。克莱尔知道她这种转变的原因何在,她不想让那些病人们分心——或者换句话说,她不希望过多地吸引那些疯狂囚犯们的注意力。

"我很高兴你又回到了这个工作岗位上。"菲尔伯恩对她说,两人已经来到了监狱里的"患者会见室"。

"我也很高兴。"克莱尔回答道,心里很清楚她现在所从事的正是她可以大施拳脚的工作。

"准备好了吗,医生?"菲尔伯恩再次问道。

"准备好了。"克莱尔毫不迟疑地回答。

"那好。去吧,把他们搞定。"

鸣谢

非常感激哈佛大学医学院的细胞生物学教授阿尔弗雷德·戈德堡,是他的悉心解释让我们明白了什么是细胞凋亡和程序性细胞死亡,如果书中的讲述仍然有误,那都是我们的问题。

十一年来,纽约警察局犯罪现场组退休警探哈尔·谢尔曼一直为我们制作的美剧《法网游龙》担任技术顾问。他为我们无私提供的法医学专业知识一直是我们的无价之宝。

感谢詹姆斯·罗森伯格医生,我们从他那里学到了许多法医心理学家必备的知识和技能。

我们的编辑米凯拉·汉密尔顿温文尔雅,精心地指导我们一步步把一个写作大纲变成了现在这部书稿;她的耐心和敏锐的编辑见解无疑为此书增色不少。我们还要感谢肯辛顿出版公司杰出的市场销售团队和版权部门,他们为本书的推广工作作出了积极的努力。

我们二人今天之所以能够成为小说家,还有赖于帕拉蒂姆作家代理公司的德比·克莱因和瓦拉里·菲利普斯热情而孜孜不倦的支持,他们的真诚促使我们在创作上更上了一层楼,我们因此格外珍惜他们的这一份友谊。

莉迪亚·威尔斯是我们的图书代理人。有一天,她问我们是否有医学方面的惊悚电影剧本大纲，如果有不妨将其改写为一部小说。真是"无巧不成书"，我们正好有——于是，那个电影剧本大纲就变成了现在的这部书。在整个写作过程中，莉迪亚始终督促着我们，耐心地倾听我们的想法，敏锐地提出各种建议，自始至终支持我们发挥出最大的创作激情。没有她，就不可能有这本书。

TITLE: KILL SWITCH
AUTHOR: NEAL BAER AND JONATHAN GREENE
Copyright: © 2012 BY NEAL BAER AND JONATHAN GREENE
This edition arranged with KENSINGTON PUBLISHING CORP.
through BIG APPLE AGENCY, INC., LABUAN, MALAYSIA.
Simplified Chinese edition copyright:
2012 BEIJING ALPHA BOOKS. CO., INC.
ALL RIGHTS RESERVED.

版贸核渝字（2012）第039号
图书在版编目（CIP）数据

杀戮开关／（美）贝尔（Baer, N.），（美）格雷（Greene, J.）著；张兵一 译. —重庆：重庆出版社，2012.10
ISBN 978-7-229-05657-5

Ⅰ.①杀… Ⅱ.①贝… ②格… ③张… Ⅲ.①长篇小说—美国—现代 Ⅳ.①I712.45

中国版本图书馆CIP数据核字（2012）第201167号

杀戮开关
SHALU KAIGUAN

〔美〕尼尔·贝尔　〔美〕乔纳森·格雷　著
张兵一　译

出 版 人：罗小卫
策　　划：华章同人
出版统筹：陈建军
策划编辑：张慧哲
责任编辑：王春霞
责任印制：杨　宁
营销编辑：魏依云
封面设计：尚世视觉

重庆出版集团
重庆出版社　出版
（重庆长江二路205号）

投稿邮箱：bjhztr@vip.163.com

三河市宏达印刷有限公司　印刷
重庆出版集团图书发行有限公司　发行
邮购电话：010-85869375/76/77转810
重庆出版社天猫旗舰店
cqcbs.tmall.com
全国新华书店经销

开本：880mm×1230mm　1/32　印张：12　字数：263千
2012年10月第1版　2012年10月第1次印刷
定价：32.80元

如有印装质量问题，请致电023-68706683

版权所有，侵权必究